TRÊS LIÇÕES DE SEDUÇÃO

SEDAS E SOMBRAS
BOOK UM

SOFIE DARLING

Translated by
TANIA NEZIO

OLIVERHEBERBOOKS

1

PARIS, 12 DE SETEMBRO DE 1824

Casados: Pessoas acorrentadas ou algemadas juntas, para serem levadas à prisão, ou a bordo de navios de transporte; jargão usado para enganar pessoas, ditas casadas.

— UM DICIONÁRIO CLÁSSICO DA LÍNGUA VULGAR,
FRANCIS GROSE

Nick a avistou do outro lado da extensão cavernosa de La Grande Salle, e a respiração congelou em seu peito.

Haveria problemas.

De sua posição na sombra de seu camarote da ópera em frente ao dela, ele poderia facilmente fingir que ela era apenas mais uma parisiense sofisticada. Afinal, ele não conseguia ver seu rosto enquanto ela conversava à sua direita.

Só que ele não precisava ver seu rosto. Seu perfil, delineado no brilho suave de lampiões a gás, foi o suficiente para que o zumbido pesado de reconhecimento o inundasse com um pavor e uma emoção que o excitaram desde o primeiro momento em que a viu, mais de uma década atrás.

Por que ela estava em Paris?

Como se em resposta à sua pergunta que não foi feita, ela inclinou a cabeça para o lado e congelou como se sentisse algo inesperado, ou era alguém inesperado? Ele se aprofundou mais na sombra. Seu olhar mudou para o lado e infalivelmente encontrou o ponto exato que ele ocupara não mais do que três segundos atrás.

Ele resistiu à vontade de passar as mãos frustradas pelos cabelos recém-cortados. Ela pode ter visto um lampejo dele. Ele não tinha certeza.

Maldição. Por que ela estava aqui?

Ela estava aqui por ele.

O pensamento se fixou e o horror se desenvolveu dentro dele. No fundo, ele sabia que esse dia chegaria — o dia em que ela entraria em seu mundo sombrio.

Para começar, ele estava desaparecido ou morto? Ou talvez estivesse viajando para a Itália. Ninguém sabia dizer com certeza. E ele preferia assim até descobrir quem havia enviado dois homens para atacá-lo em sua suíte de hotel quinze dias atrás.

A mulher era mais do que um problema. Ela era uma ameaça para os planos mal formados que não estavam conseguindo se firmar. Ignorar sua presença em Paris não era uma opção. Se ela estivesse ali por ele — e ela sem dúvida estava — ela o encontraria. Ela era esse tipo de mulher. Ela não desaparecia em segundo plano quando era conveniente para os outros que ela o fizesse.

Na verdade, ela só respondia se colocando ainda mais em primeiro plano.

Ele precisava encontrar uma maneira de assumir o controle da situação antes que ela se afastasse dele, como costumava acontecer. Se ela o tivesse visto de relance, talvez ele pudesse usar a seu favor a curiosidade que essa visão despertaria nela.

Ela precisava ser controlada.

O que o colocava diretamente no segundo motivo pelo qual haveria problemas.

Ela era sua esposa.

Se uma pessoa em Paris podia vencê-lo, era Mariana.

"*Ma chérie*," Mariana ouviu como se estivesse a uma grande distância. "Sentar-se em La Grande Salle é um privilégio e uma alegria. Acomode-se e experimente. Você tem *les fourmis*."

"*Les fourmis?*" O francês de Mariana não se estendia além dos princípios básicos da sala de aula de *bonjours* e *adieus*.

"As formigas. Você se senta como se formigas estivessem rastejando contra sua pele", explicou Helene de Vivonne, a melhor amiga de infância de sua mãe. "Eu vivi em Londres durante la *Terreur* [1]. Você esqueceu? Tudo é depressa, rápido. Marque um item da sua lista para poder completar o próximo. Rapidamente, vocês, ingleses, dizem. Este não é o jeito francês." A mulher puxou Mariana para perto. "Saboreie a noite, *ma chérie*. Londres não tem nada a ver com Paris."

Possuída pela capacidade de atenção de uma borboleta, Helene soltou Mariana e se virou para sua outra amiga, deixando Mariana sozinha para apreciar a sala lotada.

Dos afrescos ornamentados do teto iluminados por um magnífico lustre de vidro lapidado, candelabro ormolu, e o piso de madeira coberto por densos tapetes persas, aos brilhantes *monsieurs, madames* e *mademoiselles* da Sociedade no meio, La Grande Salle era nada menos que suntuosa, o epicentro cintilante da Sociedade Parisiense. Dentro desta sala espetacularmente dourada, alguém poderia esquecer que Paris estava em ruínas há

---

1. O Reinado do Terror (em francês: la Terreur) foi um período da Revolução Francesa quando, após a criação da Primeira República, uma série de massacres e numerosas execuções públicas ocorreram em resposta às revoltas federalistas, fervor revolucionário, sentimento anticlerical e acusações de traição pelo Comitê de Segurança Pública. Embora o terror nunca tenha sido formalmente instituído como uma política legal pela Convenção, ele foi mais frequentemente empregado como um conceito.

não muito tempo. Esta sala poderia tentar alguém a fingir que a Revolução nunca havia acontecido, e que tinha sido apenas um terror noturno perverso que se revelou sem substância com o brilho quente do sol da manhã.

Foi neste mundo que seu marido passou a maior parte da última década. Oh, Nick...

Ela tirou o bilhete de sua bolsa e tocou suas bordas gastas. Ela olhou para ele tantas vezes nos últimos três dias, que e podia citar seu conteúdo de memória:

9 de setembro de 1824
Para a mais estimada Lady Nicholas Asquith:
É com grande e solene pesar que informamos que seu marido, Lord Nicholas Asquith, filho mais novo do Marquês de Clare, está desaparecido, presumivelmente morto a serviço de seu Rei e País. Ele foi visto pela última vez em Paris em 30 de agosto. Por favor, aceite nossas mais profundas e sinceras condolências, para você e sua família.

Incapaz de compreender as sutilezas contidas na nota de imediato, Mariana havia tomado uma atitude em relação aos seus elementos mais concretos. Ou seja, ela se apressaria para ir a Paris para encontrar seu marido — vivo ou morto.

Primeiro, ela havia cuidado dos gêmeos. Sua irmã, Olivia, levou Lavinia sem fazer muitas perguntas, e Geoffrey permaneceria na escola em Westminster.

Ela não conseguia tirar os olhos solenes, inteligentes e de dez anos de Geoffrey da cabeça. Ele sabia que algo estava errado. "Diga-me novamente por que você está indo embora com tanta pressa?", ele perguntou como se ela já não tivesse se explicado duas vezes.

"Estou indo visitar seu pai em Paris. Será umas férias."

"Você nunca visita o pai em Paris." Sua cabeça havia se inclinado para o lado. "Ou tira férias, para falar a verdade."

"Há uma primeira vez para tudo", ela disse brilhante e estridente.

Os olhos de Geoffrey apenas se estreitaram.

Mesmo assim, ele, como Lavinia, concordou em enviar uma carta expressa para o endereço de Helene em Paris todos os dias. Com a possibilidade de seu mundo ter virado de cabeça para baixo irrevogavelmente pairando sobre suas cabeças, Mariana precisava saber que seus filhos estavam seguros enquanto ela procurava por seu pai — seu pai desaparecido e supostamente morto.

Em seguida, ela correu de Londres para Margate. Lá, ela usou uma combinação de desespero e ouro para convencer um relutante Capitão Nylander a transportá-la através do Canal em seu East Indiaman. Ele estava pronto para navegar para o Leste Asiático em poucas horas, e uma rápida viagem lateral para Calais não significaria nada para ele. De Calais, ela alugou uma carruagem, pagou ao motorista o dobro de sua taxa normal e seguiu para Paris.

Se Nick estivesse vivo, ela o deixaria onde o encontrasse e voltaria para casa.

Por uma década, eles estavam vivendo uma reprodução fiel e perfeita de um casamento da Sociedade, onde se viam em épocas combinadas do ano — Natal, Páscoa, aniversários — para o benefício de Geoffrey e Lavinia. Não trocavam dez palavras por ano, e as crianças provavelmente nunca notavam. Era o tipo de casamento não incomum para seu grupo social, e nem um pouco o tipo de casamento que ela havia imaginado quando se apaixonou perdidamente por ele.

Ela balançou a cabeça levemente, limpando-a. Esse sonho tinha sido destruído anos atrás, uma vida inteira, na verdade. Um melhor uso de seu tempo seria se concentrar no presente. Se Nick estivesse morto, ela transportaria seu corpo para Londres.

No mínimo, ela devia aos gêmeos um enterro decente do pai em casa.

O pânico familiar aumentou, e o chão sob seus pés ameaçou se abrir e ceder. Ela não tinha certeza do que havia abaixo, mas suspeitava que fosse um abismo sem fundo do qual ela nunca conseguiria sair. Embora ela não o visse mais do que a cada poucos meses, um mundo sem Nick era demais para seu cérebro compreender.

Simplesmente não podia ser, e simplesmente não era. Uma força, intangível e misteriosa, a conectava a Nick. Ela sentiria sua ausência se ele tivesse deixado este mundo para o próximo. Exceto...

E se ela não conseguisse? E ele estivesse morto? A dúvida surgiu e ameaçou se dividir no abismo insondável de seus pesadelos, mas ela se recusou a considerar esse resultado.

Mãos cerradas em punhos ao lado do corpo, uma onda constante de determinação a fortaleceu. Simplesmente não podia ser. Simplesmente não era. Ela o encontraria e provaria — pelas crianças e, sim, por si mesma. Ela podia admitir isso.

O toque brincalhão de um leque de seda em seus dedos a trouxe de volta ao presente. Helene se inclinou. "Presumo que aquele Capitão Viking não esteja mais em Paris?"

Mariana reprimiu um suspiro. "Ele foi embora logo depois de me escoltar até o hotel de Nick."

Helene deu de ombros. "A perda é toda dele", ela falou voltando sua atenção para sua outra amiga.

Acompanhada até Paris pelo imponente Nylander — era verdade que o homem não se parecia em nada além de um viking, tanto no porte quanto no temperamento — a primeira coisa que Mariana fez ao chegar ontem foi se colocar na porta de Helene. Em menos de uma hora, Mariana e Nylander seguiram as instruções de Helene onde ficava o hotel de Nick na Place Vendôme.

"Acredito que é aqui que nos separamos", Mariana disse a

Nylander, seu tom decidido e profissional. "Não tenho certeza se você *precisava* me acompanhar até aqui."

Ela lançou um olhar furtivo para o capitão. Ele era o tipo de homem que poderia dar ideias a uma mulher infeliz, até mesmo feliz e casada. Embora estivesse ali por Nick, Mariana viu como ela poderia facilmente mudar de direção e seguir um caminho diferente. Ela poderia convidar esse homem lindo para sua suíte. Ela não devia fidelidade a Nick, especialmente depois do que ele fez.

"Devo acompanhá-la para dentro do hotel?" Nylander perguntou em uma voz baixa.

Por um longo momento, ela encontrou seus olhos azuis como o céu de um solstício de verão. "Acho que não."

"Estarei em Calais por quinze dias para fazer alguns reparos no *Fortuyn*. Entre em contato comigo no Le Blanc Navire se precisar de mais assistência." Sem outra palavra, ele girou e caminhou pela calçada lotada enquanto os passantes casuais se abriam para ele como o Mar Vermelho.

Mariana se viu a única ocupante do conjunto de quartos de Nick, que uma vez examinado centímetro por centímetro, não forneciam pistas sobre seu paradeiro ou destino, um resultado ao mesmo tempo extremamente frustrante e estranhamente reconfortante. Ela não sabia se ele estava vivo, mas também não sabia se ele estava morto.

O homem não estava em lugar nenhum.

Mariana esfregou o bilhete entre os dedos. Nos últimos dias, sua textura havia se tornado tão macia e flexível quanto um pano. No entanto, ela o manteve por perto por um motivo: este bilhete desafiava toda a lógica. Era impossível conciliar com a vida dissoluta que Nick levava em Paris. Embora a nota não fosse assinada, ela tinha origem no Ministério das Relações Exteriores.

Como, no curso de *deveres consulares amplamente cerimoniais* — palavras de Nick — alguém se torna desaparecido e presumivelmente morto aos olhos de Whitehall? Ela pretendia perguntar a Nick se o encontrasse... Não, *quando* o encontrasse.

"Mariana?" era a voz de Helene.

Quando Mariana se virou para responder, os pelos finos de seus braços se arrepiaram, e ela hesitou. Seus olhos dispararam para a esquerda, em direção à fonte desse sentimento, mas ela não encontrou ninguém que reconhecesse.

Com o coração batendo forte, ela sussurrou: "Helene, posso usar seu binóculo?"

Helene levantou uma única sobrancelha e lhe entregou o objeto.

Mariana levou o binóculo aos olhos e... não viu nada útil. Sua mente sobrecarregada estava pregando peças nela. Um marido fantasma era o material de romances cheios de caprichos e escândalos, não o material da vida real.

O brilho das luzes do teatro se apagou, e o barulho dos presentes diminuiu para um som baixo. O balé estava pronto para começar. Todos os olhos desviaram o foco do drama de suas próprias vidas para o drama iminente a ser encenado no palco.

Todos, exceto Mariana. Ela não podia sucumbir à fantasia açucarada do balé. Em um esforço para relaxar, ela exalou cada último suspiro em seus pulmões e inalou um fluxo lento e constante de ar. Mas foi em vão. Seu coração era uma tatuagem implacável em seu peito, as paredes do teatro ameaçavam se fechar sobre ela.

Ela se levantou rapidamente. "Helene, preciso de um pouco de ar fresco."

Sem se importar com a resposta da mulher, Mariana saiu correndo do camarote escuro e entrou em um corredor claro e vazio. Finalmente, abençoadamente sozinha, as paredes se expandiram e um sorriso autoconsciente apareceu em seus lábios. Ela corria o risco de se tornar o tipo de mulher excitável que testava sua paciência em trinta segundos de conversa. Não era um estado em que se pudesse conduzir a vida. Uma visita restauradora a um museu lhe faria bem. Talvez o Museu de História Natural...

Uma porta discreta se abriu, e uma mão apareceu, fechando-se em volta de seu braço com a força de um torno de aço. Um grito ficou preso em sua garganta enquanto ela era arrastada para uma sala escura como breu, a porta se fechando atrás dela. Seu coração batia forte em seu peito como se estivesse tentando se libertar de seu corpo, e sua mente corria num ritmo frenético.

Antes que outro grito pudesse se acumular em seu peito, uma mão enluvada de couro fechou sua boca, e um braço estendeu-se sobre seu torso, prendendo seus braços ao lado do corpo e puxando-a com força contra um peito sólido e musculoso. Ela se debateu, se contorceu, se agitou e pisou forte — tudo o que pôde pensar para se libertar. Mas nada deu certo, e sua respiração continuou saindo forte e rápida pelo nariz.

Somente quando seu corpo se acalmou em uma exaustão frustrada que ela inalou e sentiu o *cheiro*. No cheiro que a envolvia, havia um odor que ela reconheceu — odor específico de um homem. Era o cheiro de —

"Posso confiar em você para não gritar?"

Era a voz de um homem morto.

2

___

Ou, mais precisamente, era a voz de um homem desaparecido e presumivelmente morto.

Mariana deu um único aceno de concordância.

Um braço manteve seu aperto restritivo em seu corpo, mesmo quando a outra mão afrouxou o aperto sobre sua boca. Aquela mão pairou, apenas como um sussurro de um toque em sua pele, tão levemente que ela poderia falar se quisesse.

Ocorreu-lhe que ela e seu marido não se tocavam há dez anos, quando outra tensão se enroscou em seu corpo. Mas não era uma tensão nascida do medo, era algo mais simples do que o medo. Esta era uma resposta primordial, específica para eles.

Ele sentiu isso também?

Uma vez ela teve muita certeza que ele sentia. Ela teve certeza demais. Claro, foi quando ela pensou que significava alguma coisa para ele.

Um arco sutil de suas costas revelaria o seu desejo, ou a falta dele, mesmo através de várias camadas de saias de seda...

Cada músculo em seu corpo alinhado em um rígido *não*. Ela não se rebaixaria a esse nível.

Ela limpou a garganta, o som um arranhão curto e abafado contra o fundo da garganta. Ele atingiu o efeito pretendido quando as mãos dele caíram como se chocado com uma percepção semelhante. Ele deu um passo para trás, e o corpo dela balançou, de repente se sentindo livre demais. Ela ouviu uma chave girar em uma lamparina, e a escuridão se transformou em uma luz fraca e bruxuleante. Ela se inclinou para frente para se firmar contra uma prateleira repleta do que pareciam ser trapos e vários utensílios de limpeza.

Seu sangue correu por suas veias em uma única emoção: alívio. Ela poderia desmoronar com a ferocidade do sentimento, mas não o faria. Pelo menos, não o faria na frente dele, nem mesmo numa escuridão quase total.

Nick estava vivo.

"Eu sabia que você viria me procurar."

Aborrecida, ela se virou e avaliou o comprimento longo e sombrio dele vestido de preto. "Por que você está vestido de garçom?" ela retrucou. "E por que você está usando barba?" Ela não mencionaria que era um pecado contra a natureza obscurecer a linha forte de sua mandíbula e a sutil fenda de seu queixo.

Seus olhos, cinza de um mar nublado, encontraram os dela, e sua cabeça se inclinou para o lado, um ângulo arrogante para sua sobrancelha direita. "É melhor que você não saiba."

Mariana resistiu à tentação de estender a mão e dar um tapa naquela barba ridícula no rosto dele. Em vez disso, ela convocou a indignação justa que lhe serviu bem ao longo dos anos lidando com este homem. "Recebi uma mensagem de que você estava desaparecido e presumivelmente morto, então vim a Paris para recuperar seu corpo morto. Para dizer a verdade, esses últimos dois dias foram horríveis."

Ele encostou um ombro indolente na parede e cruzou os braços, pretendendo colocá-la na defensiva.

E, enquanto ela continuava, funcionou. "Você já experimentou o prazer de vasculhar os leitos de enfermos em La Salpêtriere [1] em busca de um homem desaparecido e presumivelmente morto?"

Um lento e insuportável balançar de cabeça foi toda a resposta que ele deu.

"Bem, é possível que eu tenha checado com todos os médicos e enfermeiras de Paris, e todas as prostitutas também."

A diversão dançava nos olhos de Nick.

"E o fedor." Ela não conseguiu controlar um arrepio de desgosto. "Bem, não vamos discutir o fedor. Exceto para dizer, enquanto estamos no assunto do fedor" — ela não conseguia conter o fluxo de palavras, agora que tinha começado — "você gostou de uma viagem ao necrotério ao longo do Quai du Marché-Neuf?"

"Eu *experimentei*, esse prazer em particular."

"Mas não como um homem morto, eu me assegurei mais cedo hoje. Com corpos colocados ombro a ombro como sardinhas em uma lata, um lugar mais miserável na Terra eu não consigo imaginar."

"Era um *matadouro* antes de ser convertido em um necrotério", Nick declarou, seu tom arrogante. Ela conheceu muito bem essa persona nos últimos dez anos.

Mas nem sempre foi assim...

---

1. O Hospital da Salpêtrière (em francês, *Hôpital de la Salpêtrière*) é um hospital em Paris, na França. Projetado por Louis Le Vau e construído no século XVII num local onde anteriormente existia uma fábrica de pólvora (o nome deriva do francês *salpêtre*; em português, salitre, um ingrediente da pólvora). O prédio foi projetado para abrigar pobres, mendigo, desocupados e marginais que pudessem perturbar a ordem da cidade de Paris.

Ela limpou a garganta. "Pelo o que eu senti e vi, nunca deixou de ser um matadouro."

"Você terminou?"

As bochechas de Mariana queimavam quentes e mortificadas, e sua boca se fechou. Ela o estava repreendendo como uma peixeira.

"Agora", ele continuou, "tenho certeza de que a carta que você recebeu não passou de uma mera brincadeira."

"Uma mera brincadeira?" Mariana perguntou, incapaz de acreditar no que ouvia. Ela se virou. Não conseguia olhar para ele nem mais um momento. *"Foreign Office* [2] foi rabiscado como endereço do remetente."

"Estava assinada?"

"Não."

Uma nota particular soou em sua voz, uma mistura fina de preocupação e curiosidade que ela poderia ter perdido se estivesse de frente para ele. Nick tendia a sobrecarregar seus sentidos quando ela o observava. Sua presença física sutil, mas imponente... sua beleza avassaladora... seu olhar direto que guardava muitos segredos, tanto dele quanto dela... Tudo combinado para despertar muita curiosidade dentro dela.

Ele estava mais seguro experimentando um sentido de cada vez, porque só então ela poderia ver através das camadas de engano para descobrir a verdade.

E definitivamente havia uma verdade no cerne de sua resposta.

"Você deve deixar Paris", ele declarou, baixo e duro, sua voz não afetada e real. O vaidoso arrogante se foi. Esta era a verdadeira voz de Nick falando.

"Eu devo?" ela se irritou.

---

2. O Foreign Office foi constituído em 1782, e atualmente é chamado de Foreign Commonwealth and Development Office (FCDO) é o Ministério das Relações Exteriores e um departamento ministerial do governo do Reino Unido.

"Você realizou o que se propôs a fazer."

"E o que eu realizei?"

"Me encontrar. É hora de você ir embora."

Ela se virou para encará-lo. "Posso tirar férias em Paris."

Agora que Nick estava seguro e salvo — bem, *seguro* podia ser um exagero — ela poderia retomar seu hábito de longa data de se opor a ele sempre que tivesse chance. Foi o único prazer que ela obteve dele nos últimos dez anos, embora tenha sido um prazer mesquinho.

"Ultimamente, todo mundo fala muito sobre as compras que se pode fazer em Paris."

"Você nunca teve prazer em fazer compras, Mariana."

A segurança de suas palavras a paralisou enquanto uma fúria ardente explodiu dentro dela. "E o que você sabe sobre o que me dá e o que não me dá prazer? Já faz mais de dez anos desde que nós..." Ela se interrompeu no meio da frase. Nada de bom poderia resultar dela falar em voz alta o que eles não faziam há dez anos. "Estamos separados."

Embora separados por uma distância de no máximo cinco pés, um abismo da largura e profundidade do Oceano Atlântico se expandia entre eles. Era uma distância impossível de transpor, especialmente depois do caso dele.

Ela limpou a garganta, apertada de emoção. "O que você tem feito no Continente todos esses anos? De alguma forma, não acho que sejam *deveres consulares cerimoniais.*"

"Você realmente não conseguiu decifrar?" Ele ergueu as sobrancelhas, especulação nos olhos. "Eu coleto informações para o Ministério das Relações Exteriores."

"Coleciona informações?" Mariana repetiu. "Isso é quase tão vago quanto deveres consulares cerimoniais."

Um silêncio carregado se estendeu entre eles antes que Nick o quebrasse. "Se eu te contar, você promete deixar Paris imediatamente?"

"Por que eu te prometeria alguma coisa?"

"Mariana."

"Eu prometo considerar *deixar* Paris."

Uma respiração frustrada e sibilante soou por entre seus dentes. "Para ser franco, eu sou um espião."

Uma curta explosão de confusão e perplexidade se transformou em um grande choque. "Um espião?" ela perguntou em um sussurro baixo. Ela tinha sido uma idiota obstinada todos esses anos. Ela tinha visto o que queria ver no homem que tinha partido seu coração: um diletante frívolo.

Mas o Nick parado diante dela — *quem quer que ele fosse* — era o verdadeiro Nick.

Ele era um coletor de informações para o Ministério das Relações Exteriores.

Nick era um *espião*.

Barba cerrada e cabelo cortado fora de moda faziam parte de um papel que ele desempenhava.

"Mariana, você não tem ideia no que está se metendo."

"Você ainda pensa em mim como aquela garota de dezoito anos, não é?" ela perguntou, amargura distorcendo cada palavra. Ela odiava sua incapacidade de esconder isso dele. "Aquela sempre tão acessível aos seus desejos e pedidos?"

Um sorriso irônico curvou seus lábios lindamente formados. Esses eram os mesmos lábios firmes e cheios que arrebataram cada centímetro dela durante sua curta união. Ele se afastou da parede e caminhou até a porta. "Eu nem sonharia em caracterizar você como acessível."

Ela resistiu ao impulso de se distrair. O passado deles não tinha lugar no presente. "Por que recebi o bilhete?" ela o pressionou.

Ele fez uma pausa e deslizou seu olhar em sua direção. Sua respiração parou em seus pulmões. Ele ainda possuía o poder de atordoá-la e cativá-la com um único olhar.

"Vou resolver isso", ele disse enquanto a reserva familiar e distante retornava ao seu comportamento. "Não há razão para envolver você."

Com essas palavras de despedida, ele abriu a porta e saiu.

E para fora da vida dela, pelo que ela sabia.

Ela se encostou a uma parede de prateleiras. Ela havia se esquecido de como ele poderia ser devastador e de como ele poderia cortá-la em pedaços com apenas algumas palavras.

Não há razão para envolver você.

Nenhuma frase resumiu melhor a história do casamento deles.

Em vez de se deixar levar por emoções que deveriam ser deixadas no passado, ela enrijeceu a coluna e se concentrou no presente. Ela tinha experiência em superar um momento devastador: colocar um pé na frente do outro e mirar em um destino. Nesse caso, o dinheiro de Helene serviria. No entanto, à medida que seus pés a levavam adiante, duas frases circulavam em seu cérebro como um redemoinho.

Nick está vivo.

Nick é um espião.

Uma declaração de alívio e verdade — *Nick está vivo*. Uma declaração de perplexidade e intriga — *Nick é um espião*. As pistas estavam diante dela o tempo todo desde que o conheceu.

Claro, Nick era um espião.

Em questão de minutos — minutos que não tinham nenhuma semelhança com o tique-taque constante do tempo, dada à torrente de pensamentos e emoções conflitantes que continuavam a girar em seu cérebro — ela retomou seu assento ao lado de Helene.

"O ar te refrescou?" Helene sussurrou.

Um rápido aceno afirmativo foi a resposta de Mariana. Seus olhos inatingíveis se fixaram no drama que se desenrolava no palco, mesmo quando ela tentava compreender o drama logo atrás dela.

Nick estava vivo, pelo menos, há cinco minutos, e ela estava livre para retomar sua vida de onde a havia deixado. Londres estava a pouco mais de uma viagem de barco de distância.

Um sutil toque no ombro de Helene chamou a atenção de Mariana. *"Ma chérie"*, veio o sussurro encantado de Helene, "você tem um admirador."

Quando ela levou o copo oferecido por Helene ao rosto e seguiu a direção do olhar cintilante de Helene, seu coração bateu forte no peito. Seria possível que pudesse ser...

A decepção a atingiu.

O homem errado retribuiu o olhar. Ele inclinou a cabeça em um aceno superficial, e seus olhos se desviaram.

"Ele pode não ser perfeito", Helene murmurou numa voz baixa, "mas um flerte com um homem mais jovem e elegível é um refresco para a alma, *non?*"

Mariana soltou um suspiro e deixou o copo cair em seu colo.

"Por que não?" Helene pressionou, interpretando mal a causa do ressentimento de Mariana. "O situação do seu casamento não é segredo em nenhum dos lados do Canal, *ma chérie.*"

Irritada, Mariana desviou o olhar para o palco e se concentrou em um ponto comum a meia distância. Era verdade: a situação do casamento dela e de Nick havia se tornado aberto à especulação pública quando o caso dele com uma cantora de ópera foi espalhado em todos os jornais de fofocas de Londres dez anos atrás. Com poucos recursos disponíveis para ela — o Parlamento provavelmente não permitiria que ela se divorciasse de um marido que se comportava apenas como qualquer outro marido da Sociedade — ela aceitou que teria o tipo de casamento que jurou nunca ter — sem amor e distante.

Ela esperava um tipo diferente de casamento com Nick, um enraizado no amor. Mas no final, esse sentimento era só dela.

Uma multidão de rostos desconhecidos formava um borrão contínuo diante e abaixo dela. Por puro acidente, ela captou os olhos de seu jovem admirador. Algo nele lhe causou uma nota monótona. Seu semblante não continha nenhum indício de brincalhão ou sensual. Não havia promessa de prazeres futuros se ela o escolhesse.

Uma palavra lhe ocorreu — *solene.*

Quem já ouviu falar de um admirador *solene?*

Após uma reflexão mais aprofundada, solene não era bem o caso. Seu olhar era registrado como mais profundo, mais comovente, como um Lord Byron [3] parisiense. Na verdade, todo o ser desse homem falava do ideal romântico — olhos castanhos luminosos; cabelos escuros e cacheados; um ar de preocupação geral como um grupo de colegas de Mariana para os quais ela nunca teve um pingo de paciência.

Ainda assim, ele era bonito — e era jovem.

Bonito demais e jovem demais.

Como essa noite estava se tornando diferente.

Ela voltou sua atenção para o palco e se forçou a se concentrar pelo resto da apresentação. Parte do fascínio do balé, além de sua beleza de tirar o fôlego, era sua ordem e sincronicidade. Se todos acertassem suas marcas, ele fluía com uma precisão ausente na vida fora dessa sala. Durante a apresentação, ela teve permissão para fantasiar que uma vida ordenada era possível.

Cedo demais, o balé terminou, e a realidade — e a desordem — prevaleceram mais uma vez.

Nick está vivo.

Nick é um espião.

Possuindo as proporções de um pequeno e robusto pintas-

---

3. George Gordon Byron, 6.º Barão Byron, conhecido como Lord Byron, foi um poeta britânico e uma das figuras mais influentes do romantismo. Byron é considerado um dos maiores poetas britânico e permanece vastamente lido e influente. Ele percorreu toda a Europa, especialmente Itália, onde viveu durante sete anos. Muitas vezes descrito como o mais extravagante e notório dos maiores poetas romântico, Byron foi tanto festejado quanto criticado em sua vida pelos excessos aristocráticos, incluindo altas dívidas, numerosos casos amorosos com homens e mulheres (como, por exemplo, com a meia-irmã da escritora Mary Shelley, Claire Clairmont), além de boatos de uma relação escandalosa com sua meia-irmã, autoexílio e sua bissexualidade.

silgo, Helene pegou a mão de Mariana e a puxou para cima. Momentos como esse lembravam Mariana de como ela era muito mais alta do que as outras mulheres. Não que ela jamais tenha se importado com isso.

Helene começou a guiá-la por vários grupos de conhecidos da Sociedade. Insensível a tudo isso, Mariana seguiu os movimentos de apresentações e pequenas conversas. Ela não se lembraria de uma única pessoa daquela noite.

Cortesias observadas, Helene levou Mariana por um corredor escuro e lotado que se derramava em uma sala de teto alto despojada de decoração. Parecia ser um estúdio de ensaio com espelhos revestindo duas paredes adjacentes e barras de balé dividindo todas as quatro paredes.

"Que lugar é esse?" Mariana perguntou. Ela não conseguia deixar de se sentir deslocada, mas revigorada por uma efervescência que infundia a atmosfera da sala.

"Este é o Foyer de la Danse [4]", respondeu Helene. "Um número seleto de clientes tem a oportunidade de se relacionar com os dançarinos após a apresentação."

Mariana observou a dinâmica da sala. Na Inglaterra, os dançarinos eram considerados pouco melhores do que prostitutas comuns, e eram tratados como tal. Os aristocráticos londrinos mantinham cada parte de suas vidas distinta: suas virtudes localizadas em Mayfair e Belgravia; seus vícios em Southwark e Whitechapel. Os ingleses não misturavam virtude e vício no mesmo bairro, muito menos na mesma sala.

Aqui, alguns clientes assistiam pacientemente aos bailarinos se misturarem à multidão, enquanto outros aproveitavam a oportunidade para envolver os dançarinos e tentar a sorte. Em suma, era alto e baixo, celestial e sórdido, uma atmosfera estranha e conflitante, e muito parisiense.

---

4. Foyer de la Danse é um termo que se refere a um estúdio de dança ou um espaço de trabalho para artistas de balé

"Eu acredito", observou Mariana, "que você e eu somos as únicas duas mulheres que não usam collants e tule."

Uma risadinha satisfeita escapou de Helene. "*Ma chérie*, eu nunca conseguiria ver meu marido, o Marquês, se não entrasse nesta sala de vez em quando."

Mariana não conseguiu lhe dar uma resposta despreocupada. Ela não tinha sido tão otimista quando se tratava do abandono de seu próprio marido.

Pelo canto do olho, ela notou uma figura vestida de preto se aproximando. Era seu admirador. Melhor terminar logo essa apresentação. Solenemente — novamente essa palavra — o homem se curvou diante dela e de Helene.

"Não é perfeito?", Helene declarou em vez de perguntar enquanto estendia a mão para ser beijada. "Lady Nicholas Asquith, posso lhe apresentar Lucien Capet, o Conde de Ville-franche e herdeiro do Marquês de Touraine?"

Mariana concordou com o pedido com um aceno de cabeça e permitiu que o jovem Conde pegasse sua mão. Quando os lábios dele roçaram as costas de seus dedos enluvados, ela se preparou para o contato visual sugestivo que inevitavelmente se seguiria quando ele se endireitasse.

O inevitável não aconteceu. Na verdade, seus olhos escuros mal olharam em sua direção, mal sabendo onde pousar enquanto disparavam dela para Helene, para os tetos de caixotões de madeira, de volta para ela e Helene, e finalmente para seus pés. Mariana estava tonta observando-o.

Este jovem não parecia ter a menor compreensão do papel que estava tentando desempenhar. Não se tratava de um pretendente francês mundano com um rastro de conquistas em seu caminho. Ele era exatamente o oposto.

"Se você me permitir", ele começou, com um tom de voz calmo, "melhor eu ser seu acompanhante esta noite. O Foyer pode ser um lugar escandaloso para *mesdames* desacompanhadas."

"Escandaloso?" Mariana perguntou, confusa e irritada. "Quão" — oh, qual era a palavra perfeita? — "estimulante."

"Muita estimulação não é boa para as constituições delicadas de—"

"Mesdames?" Mariana terminou por ele, se aquecendo para o assunto. "Meu caro conde, entendo que você é jovem e ainda não possui uma compreensão prática das *mesdames,* mas posso lhe assegurar que nós—"

"Teremos prazer em aceitar sua companhia, Villefranche," interrompeu Helene, suavemente silenciando Mariana.

Mariana engoliu o resto de sua frase e concordou. Os três lado a lado, com Mariana no meio, eles começaram sua volta pela sala.

Eles não tinham dado mais do que dois passos quando uma dançarina se aproximou e parou diante deles, uma luz brincalhona em seus olhos. Com precisão cuidadosa, ela posicionou seus braços e pés antes de executar uma série de piruetas impecáveis. Ela era a imagem da graça e da beleza. Uma Helene encantada bateu palmas.

Depois que a dançarina se afastou para se apresentar para outro grupo de clientes, Mariana se virou para o jovem conde ao seu lado. Seria rude ficar em silêncio. "Você frequenta o Foyer?"

"Non," Villefranche respondeu, "não é do meu gosto."

Sua cabeça se inclinou para o lado. "Ainda assim, você está aqui."

"Há momentos em que um homem deve agir fora de suas verdadeiras inclinações", ele respondeu, uma palavra seguindo a outra em um tom de voz apaixonado.

Surpreendida com seu fervor, ela perguntou: "E por que o filho de um marquês teria que agir fora de suas verdadeiras inclinações?"

Uma mancha escarlate iluminou as bochechas do jovem conde, e ele desviou o olhar. Se ela o conhecesse melhor, ela poderia arriscar um palpite de que ele estava nervoso.

Sem saber da troca curiosa de palavras, Helene continuou cumprimentando os passantes enquanto eles avançavam pela sala.

Villefranche perguntou: "Você já fez compras no Palais-Royal?"

Mariana reprimiu uma risada surpresa com essa reviravolta na conversa. Esta noite ficava mais estranha a cada momento. *"Non",* ela respondeu, desinteresse completando a única sílaba. Nick estava certo sobre uma coisa: ela não sentia prazer em fazer compras.

"Eu a acompanharei amanhã, se quiser", Villefranche falou... solenemente.

Antes que Mariana pudesse formar uma recusa educada, Helene a cutucou. "Oh, *ma chérie,* você deve conhecer o Palais-Royal antes de deixar Paris."

Sem outra opção disponível, Mariana respondeu: "Eu pensarei sobre isso."

Ela não faria isso, é claro. Ela só entrava nas lojas por necessidade e com um objetivo claro. Ela não conseguia pensar em uma perda de tempo maior do que olhar sem objetivo mercadorias aleatórias à venda.

Villefranche se inclinou para frente e encontrou o olhar de Helene. "Você poderia se juntar a nós por uma questão de decoro?"

As sobrancelhas de Helene se ergueram. "Tenho quase certeza de que já tenho um compromisso."

Mariana reprimiu um sorriso. Helene ficaria muito ofendida com a simples sugestão de que ela tinha idade suficiente para ser acompanhante de uma mulher de trinta anos.

"Nesse caso", Villefranche continuou, "Lady Nicholas, enviarei amanhã um mensageiro para saber sua resposta."

Sem mais preâmbulos, o jovem conde fez uma reverência superficial antes de girar em um pé e se dirigir para a porta.

Um breve e atônito silêncio se seguiu. "Uma pena que a beleza dele seja desperdiçada em um homem tão sem humor", disse Helene em uma nota melancólica. "Não posso dizer que invejo sua excursão de compras."

Mariana assentiu em concordância educada e olhou para o outro lado da sala. Seus olhos se fixaram em uma figura fugaz e assustadoramente familiar. Não era Nick, mas se ela não soubesse, ela teria pensado que tinha visto um vislumbre de... *Percy*.

Ela piscou, e o fantasma se foi. *Ridículo*. Percy estava morto nos últimos onze anos. Duas testemunhas testemunharam que o viram ser abatido na Batalha de Maya [5] e enterrado em uma cova sem identificação. Só porque o próprio marido de Mariana havia ressuscitado da sepultura esta noite não significava que o mesmo aconteceria com o marido de Olivia.

Ela devia deixar Paris. Mas não por Nick. Ela devia deixar Paris por si mesma. Quaisquer perigos indiretos que ele pudesse ter mencionado esta noite eram insignificantes comparados ao perigo muito real que ela representava para si mesma.

Seu casamento com Nick só funcionava bem se nenhum deles se envolvesse ativamente com o outro, mantendo existências paralelas que se cruzavam em momentos determinados. No entanto, suas ações dos últimos dias haviam se desviado do curso e entrado no território de Nick.

Embora fosse necessário encontrá-lo e confirmar que ele permanecia entre os vivos, o assunto agora estava resolvido. No

---

5. A Batalha de Maya (25 de julho de 1813) viu um corpo imperial francês liderado por Jean-Baptiste Drouet, Conde d'Erlon, atacar a 2ª Divisão Britânica sob William Stewart no Passo Maya nos Pireneus ocidentais. Apesar de surpresos, os soldados britânicos em menor número lutaram bravamente, infligindo maiores perdas aos franceses do que eles próprios sofreram. À tarde, os franceses ganharam vantagem e estavam avançando, mas a chegada tardia de uma brigada da 7ª Divisão Britânica estabilizou a situação. As forças britânicas escaparam sob a cobertura da noite e os franceses não os perseguiram. A batalha da Guerra Peninsular em Maya foi parte da Batalha dos Pireneus, que terminou em uma vitória significativa anglo-aliada.

entanto, um par de perguntas persistiria silenciosamente: Quando ele se tornou um espião? E por que ele estava desaparecido e dado como morto para o Ministério das Relações Exteriores?

Ela exalou um suspiro forte, tentando liberar as perguntas de sua mente. Uma coisa era certa: este não era seu mistério para resolver, não importa o quanto sua curiosidade protestasse o oposto. Ela deixaria Paris e suas perguntas sem resposta para trás ao amanhecer.

Os negócios de Nick não eram da conta dela. Esse era um refrão que ela faria bem em repetir até colocar um grande volume de água entre ela e este novo Nick que a intrigava por demais.

3

—

Enigmas: Conceitos enigmáticos

— *UM DICIONÁRIO CLÁSSICO DA LÍNGUA VULGAR,*
FRANCIS GROSE

"Eu consigo ver daqui a minha suíte." Mariana colocou uma moeda na mão do garoto de recados. Com os olhos arregalados e gananciosos, ele abaixou um rápido aceno antes de descer as escadas do hotel, a moeda firmemente agarrada em seu punho.

Ela considerou o corredor escuro e estreito à sua frente e o conjunto de quartos no final, determinada a não sucumbir ao cansaço que havia substituído a onda inicial de alívio pela permanência de Nick em seu corpo mortal. Ele estava vivo, e ela e sua nova criada, Hortense, tinham uma noite de arrumação de malas pela frente.

Afinal, ela repetiu para si mesma, ela tinha uma vida a preservar em Londres: seus filhos, sua casa e a Escola Progressista para Jovens Senhoras e a Educação de Suas Mentes, a escola que ela e Olivia fundaram alguns anos atrás. Claro, Geoffrey e

27

Lavinia estavam sendo cuidados; sua casa estava nas mãos capazes de criados acostumados às ausências esporádicas e prolongadas de seus patrões. E a formidável Sra. Bloomquist dirigia a escola de acordo com seus próprios padrões elevados e exigentes. Com toda a honestidade, ela teria que se ausentar de sua vida por muito mais do que alguns dias para que sentissem sua falta. Um pensamento preocupante.

Ela deslizou a chave na fechadura da porta e girou a maçaneta. Ela estava na metade do caminho para a soleira quando congelou no meio do caminho. Cada lamparina e vela na sala de estar estavam acesas, iluminando a forma esguia de Nick esparramado em um sofá de seda dupioni azul-pavão, um tornozelo ocioso equilibrado sobre uma coxa musculosa. Ele abaixou o livro que estava lendo e silenciosamente a olhou como se ela fosse a intrusa. Sua facilidade com a situação a deixou nervosa.

"Sua barba se foi." Sua primeira observação foi fria, firme e em total desacordo com o tumulto que ela sentia em seu âmago. "E suas roupas... Agora você parece um prisioneiro recém-libertado."

"Essa era a ideia."

Ela não mencionaria como o cabelo curto lhe caía bem, pois emoldurava os ângulos fortes do rosto e os cílios grossos e pretos circundando seus penetrantes olhos cinzentos. Enquanto a luz bruxuleante lançava luz e relevo em suas feições, era fato que ele era incrivelmente bonito. Não apenas bonito — era uma palavra muito tênue para ele — mas incrivelmente atraente. Nick era o tipo de homem que atraía mulheres sem um pingo de esforço, não importava o comprimento do cabelo ou a qualidade de suas roupas.

Ela desviou os olhos, deixou cair sua bolsa na mesa mais próxima e fechou a porta com o ombro. Ela pressionou as costas contra ela na esperança tênue de que suas pernas trêmulas se firmassem logo. Elas não estavam prontas para se mover em direção à sala de estar... Em direção a Nick.

Ele ergueu o livro em suas mãos. "Seleção de leitura interessante."

O livro seria *aquele* livro. Um rubor traidor surgiu na superfície e, como uma colegial inexperiente, Mariana correu para se explicar. "Na minha pressa de deixar Londres, confundi-o com outro livro e joguei-o na minha bolsa."

As sobrancelhas de Nick se ergueram em perplexidade. "É mesmo?" Ele abriu o livro. "Vejo por esta dobra no canto do livro que você conseguiu chegar bem nos Cs." Sua voz se suavizou enquanto seu olhar percorria as páginas. *"Leão de Cotswold. Uma ovelha. Cotswold em Gloucestershire é famosa por sua raça de ovelhas.* Um pequeno detalhe útil. Seu tio Bertie certamente concordaria com essa avaliação de seu amado rebanho. Vamos ver..." Ele examinou mais abaixo na página. "Grande parte da página é dedicada a Covent Garden, famoso, ao que parece, por suas frutas, flores, ervas, teatros e bordéis. É preciso ter cuidado para não *contrair uma doença venérea* de uma *prostituta de Covent Garden.* Tudo parece estar em ordem lá." Uma risada seca saiu bem do fundo de sua garganta. *"Covey. Uma coleção de prostitutas. Que belo bando se teria, se o Diabo apenas jogasse sua rede!"* O olhar divertido de Nick se ergueu e a encontrou.

Incrivelmente, o rubor de Mariana ficou mais quente. "A Sra. Bloomquist confiscou o dicionário de uma das meninas."

"Essa é uma ótima educação que a escola está dando aos seus alunos."

"E ela me confiou o livro para eu o descartar adequadamente." Ela não mencionou que a parte culpada era sua sobrinha precoce, Lucy.

"Não tenho certeza se a palavra adequada deveria ser dita em conexão com o *Dicionário Clássico da Língua Vulgar.*"

"Está escrito em inglês, e não há outros livros", Mariana retrucou. "Além disso, achei esclarecedor." Oh, como ela queria poder parar de corar e de se explicar.

"Certo." Os dedos de Nick tamborilaram na capa de couro do livro. "Vejo que você decidiu ficar com minha suíte de hotel."

"Você não a estava usando", ela disse. "Além disso, você pode pegá-la de volta amanhã. Eu parto para a Inglaterra ao amanhecer."

Um sorriso perplexo atingiu seus olhos. "Desde quando você me ouve?"

Mariana se irritou com suas palavras, com a suposição que havia nelas, mas ela se recusou a aceitar. "Eu ouvi a mim mesma."

Novamente, seus dedos bateram no couro, exceto que agora seus lábios estavam firmes, o humor havia evaporado.

Ela limpou a garganta, na esperança de limpar o ar do tipo de momento carregado que tendia a se estender entre eles, e reuniu uma dose saudável de presunção. "Você não deve entrar nesta suíte à vontade. Você renunciou de seu direito a ela quando desapareceu."

"Um marido tem direitos", ele disse sua voz demonstrando presunção.

"Você os jogou fora junto com o lixo há alguns anos", ela afirmou com uma bravata que não sentia. Em vez disso, uma sensação de inquietação e exposição tomou conta de seus sentidos. Como era possível que ele ainda continuasse a ter o poder de reduzi-la a esse estado? Uma garota sensível composta de nervos à flor da pele, não era a mulher que ela havia passado a última década cultivando. "E a minha criada? O que você fez com ela?"

"Ela foi dispensada por esta noite."

"Simplesmente assim?"

"Um marido tem—"

"*Não* termine essa frase se você valoriza sua vida." Um pensamento surgiu em sua mente. "Como você a convenceu, vestido como está? Nenhuma criada acreditaria que alguém como *você*" — ela o olhou de cima a baixo — "pudesse ser meu marido."

"Nada é o que parece neste mundo."

"Os últimos dias foram os mais estranhos da minha vida," ela disse. "Você pode simplesmente dizer claramente o que diabos você não está dizendo?"

"Eu acho que você sabe o que eu não estou dizendo."

"Nick," ela começou a sussurrar, seu corpo avançando lentamente, as palavras dele e a implicação nelas a atraindo, "você está me dizendo que Hortense é uma *espiã?*" Ela se abaixou e se sentou na borda do sofá em frente ao dele. Eles agora estavam separados por não mais do que a largura de uma pequena mesa de nogueira.

A sobrancelha direita de Nick se ergueu, mas ele permaneceu em silêncio. Aquela sobrancelha disse a Mariana tudo o que ela precisava saber. "E eu aqui pensando que ela era uma dádiva de Deus."

"Se você prefere pensar nela dessa forma, não vou me opor," Nick interrompeu, um sorriso perverso brincando em seus lábios.

"Eu estava até pensando em levá-la de volta para Londres comigo," Mariana continuou, escolhendo ignorar sua piada. O homem sempre teve uma opinião elevada de si mesmo. "Você não entende como é difícil encontrar uma criada que fale inglês em Paris? Ela é tão rara quanto um mamute-lanoso [1] em Londres."

"Um mamute-lanoso em Londres?" ele perguntou com uma risada confusa.

"Dado meu envolvimento com a Escola Progressista para Moças e a Educação de Suas Mentes, passo muito tempo examinando os museus de Londres."

Nick inclinou a cabeça. "Eu teria pensado que encontrar você em um museu abafado seria tão raro quanto encontrar um mamute-lanoso em Londres."

"Eu gosto de ir ao museu." Mais uma vez, ela soou na defensiva. *Maldição.* "E eu sei que o Museu de História Natural de Paris tem seu próprio Mamute-Lanoso."

---

1. O Mamute-Lanoso (*Mammuthus primigenius*) foi a última espécie de mamute que se adaptou às regiões mais a norte do planeta.

Na verdade, ela estava decepcionada por não tê-lo visto nessa viagem. Mas Nick não precisava saber disso. Ela já havia revelado muito sobre sua vida.

"Isso é," ele começou, com uma nota reflexiva na voz, "algo novo."

"Na verdade, eles o adquiriram há mais de cem anos."

"Eu não estava falando do mamute."

As entranhas traidoras de Mariana se acenderam com as palavras dele e com a implicação nelas. O momento poderia se tornar mais suave, e uma sensação de tranquilidade poderia se instalar, se ela permitisse. Foi uma sensação de tranquilidade que ela sentiu na primeira vez que eles se olharam em um jantar na propriedade rural do Tio Bertie — há muito tempo atrás. Ela sentiu que eles eram duas metades do mesmo todo e que estavam esperando a vida inteira para se unirem.

Ela se deu uma sacudida mental. Essas memórias eram uma armadilha. Ao longo da última década, ela se saiu muito bem esquecendo como gostava de seu marido. Ela não permitiria que a suavidade abalasse sua determinação. Esse era Nick. Ele era tão suave quanto uma lâmina de barbear. "Você e eu não nos preocupamos em ter uma conversa que não envolvesse nossos filhos em uma década. Agora, duas vezes em uma única noite?"

A pergunta pairava no ar enquanto ele tirava um pedaço de fiapo de uma calça velha e surrada. Elas ficariam ali a noite toda, se esse fosse seu propósito, já que aquelas calças pareciam ser compostas inteiramente de fiapos. Por que ele estava vestido como uma pessoa que não possuía alojamento nem um lugar para tomar banho? Certamente, *coletar informações* tinha seus limites.

"Não é prerrogativa de o marido perguntar sobre o bem-estar da esposa?"

"É isso que estamos fazendo? Perguntando sobre o bem-estar um do outro?" Mariana afundou de volta na seda exuberante, mesmo com o espartilho rígido mordendo sua pele e espelhando a pose despreocupada de Nick. Dois poderiam jogar esse jogo.

"Vamos rever", ela começou. "Desde que cheguei a Paris, tenho dividido meu tempo entre hospitais, necrotérios e balés. Você gostaria de saber sobre os gêmeos?" ela perguntou, prosseguindo. "Lavinia está com Olivia e Lucy. A garota está louca por cavalos como sempre. Geoffrey está estabelecido em Westminster. Ele pediu uma faca kukri [2] para o dia do seu nome [3]."

"É provável que ele precise de uma faca em Westminster. Essa escola tem uma reputação de indisciplinada. Eu o teria colocado em Harrow."

"Westminster vem educando filhos de nobres há séculos," disse Mariana, na defensiva. "Como uma mãe que passa mais tempo em Londres, eu o teria mais perto de casa." Ela convocou a paciência de uma santa para passar por essa farsa. "Seu pai e sua mãe estão bem." Com uma boa dose de satisfação, ela o observou se mexer na cadeira. Aquele movimento falava de desconforto. "Falei com eles em uma festa no mês passado."

"Na mesma sala?" ele perguntou, cauteloso em suas palavras.

"Separadamente. Eu já os vi juntos na mesma sala?"

"No nosso casamento." Ele parou para pensar. "No batizado de Geoffrey e Lavinia."

"Eles não se importam muito um com o outro, não é?" Era quase como se ela e Nick estivessem tendo uma conversa normal. Mas o passado lhe ensinou para onde essa conversa estava indo: lugar nenhum. Nick não falava sobre sua família.

"Essa seria uma maneira de expor o caso", ele respondeu, brincando com uma unha como se estivesse entediado. "Outra maneira de expor seria dizer que eles preferem comer um jantar

---

2. A faca Kukri é uma ferramenta e arma tradicional originária do Nepal. Esta faca distintiva é especialmente reconhecida por sua associação com os guerreiros gurkha e está profundamente integrada na cultura e tradições nepalesas.

3. No cristianismo, um dia do nome é uma tradição em muitos países da Europa e das Américas. Consiste em celebrar um dia do ano que é associado ao nome de batismo de alguém, que é normativamente o de um personagem bíblico ou de um santo.

de cacos de vidro do que conversar cara a cara." Hesitante, ele perguntou: "E meu irmão?"

"Eu vi Jamie em reuniões aqui e ali", Mariana respondeu, com um tom de neutralidade cuidadosa.

"Bêbado?"

Agora foi a vez de Mariana fazer uma pausa. Ela gostava do irmão mais velho de Nick, Jamie, e era por isso que ela não queria falar mal dele. Ainda assim, sua resposta seria a verdade. "Parecia que sim."

"Você ouviu algum boato de um namoro?"

Ela estudou Nick mais de perto. Ele parecia estranhamente... Vulnerável. "Nenhum."

"Isso parece certo."

"Ele nunca vai se casar, vai?" Ela há muito se perguntava sobre a vida aparentemente solitária, até mesmo reclusa, de Jamie.

"Muito duvidoso, eu acho."

"Mas ele é o herdeiro do marquesado", ela rebateu. "Seus pais devem..."

Os olhos de Nick voaram para encontrar os dela, um brilho ardente carregando suas profundezas. "Jamie não deve nada aos nossos pais", ele afirmou, ferocidade discreta infundindo cada palavra. "Você foi criada pelo tipo de família que ri junto na mesa do café da manhã. Apenas nosso sobrenome Asquith une a família."

"Você ama Jamie." Ela nunca o tinha visto assim.

Um estremecimento sutil cruzou as feições impassíveis de Nick.

Avisos sobre a família Asquith surgiram na superfície da memória. Era uma família boa e nobre, uma combinação perfeita para ela, mas aqueles pais se odiavam. Na noite anterior ao seu casamento, Olivia até perguntou se ela tinha certeza de que queria se casar com alguém *daquela família*. Um alegre "Vou me casar com Nick, não com os pais dele", passou pelos lábios de

Mariana, a pergunta enterrada sob vários sonhos de felicidade conjugal futura.

Esta noite, ela viu a realidade, um Nick visivelmente abalado com a mudança de conversa sobre sua família. Aqui estava o maior perigo. Era aqui que ela seria atraída por ele, se permitisse.

E, oh, quão facilmente ela poderia permitir isso. Havia uma entidade conhecida entre eles, uma que ela fez bem em suprimir. Mas em uma sala localizada em um país estrangeiro onde uma sensação de irrealidade poderia prevalecer? Era aqui que ela poderia se deixar seduzir pela teia dele.

Ela não queria isso.

Ela não queria queimar com um desejo intenso de saber sobre ele. Levou muito tempo para ela extinguir aquela chama em particular, para se convencer de que não se importava, que nunca realmente se importou, que era a paixão seguindo seu curso. Mas, esta noite, ele revelou um fato concreto sobre si mesmo: ele era um *espião*. Ela ansiava por saber ainda mais sobre esse homem.

Ela nunca se sentiu mais decepcionada consigo mesma. Os últimos dez anos não a tornaram mais forte do que isso?

Ela se levantou rapidamente em uma onda de resolução, com a intenção de mostrar a porta para Nick. "Você conseguiu seu desejo. Eu vou embora amanhã. Não temos mais nada a dizer um ao outro até o décimo primeiro aniversário de Geoffrey e Lavinia no mês que vem."

Ele respondeu se acomodando mais profundamente no sofá, e uma profunda irritação a invadiu. Seu olhar percorreu todo o comprimento dela e se manteve quando chegou aos seus olhos. Ela não se contorceria. Ela não se lembraria do jeito que aquele olhar costumava serpentear através dela até que chegasse ao ápice de suas coxas. Se o fizesse, suas pernas poderiam começar a tremer, assim como estavam agora. Isso não daria certo.

"Uma conspiração está se formando para assassinar o herdeiro do rei francês, Charles, o Duque d'Artois."

Mariana recuou um passo e caiu de volta no sofá. No olhar

de Nick, ela detectou uma luz mortalmente séria e, assim, ela foi pega como um gafanhoto impetuoso. "Por que não assassinar o rei?" ela perguntou, imediatamente enredada por sua teia.

"O rei está em seu leito de morte e não tem herdeiro, exceto seu irmão Charles, o Duque d'Artois, cujo próprio herdeiro foi assassinado há quatro anos. Com a morte de Charles, a linhagem Bourbon morre, abrindo —"

"Caminho para uma nova linhagem," ela terminou para ele, incapaz de se conter.

Ele assentiu. "E novas ideologias."

"Os franceses têm uma história desse tipo de coisa." Foi uma tentativa superficial e lamentável de dissipar a tensão que seu olhar intenso despertou dentro dela.

"Eles não são revolucionários, Mariana."

"Então quem está conspirando, se não revolucionários?"

"Uma minoria rebelde de nobres que não compartilham a visão Ultra-Monarquista para o futuro da França. Esses homens temem que Charles volte no tempo como se a Revolução nunca tivesse acontecido."

"Ele pode?"

"Duvidoso, mas isso não quer dizer que ele não tentará. Esses homens são encorajados pelas revoltas monarquistas constitucionais do ano passado na Espanha."

"Nós, ingleses, não deveríamos apoiar tal causa?" ela perguntou. "Afinal, uma monarquia limitada por uma constituição é nossa forma de governo."

"No ano passado, dezenas de milhares morreram na Espanha numa guerra civil. Não se engane, se o herdeiro for assassinado, haverá guerra. É do interesse da Inglaterra e de toda a Europa que isso seja evitado a todo custo."

"Deve haver uma razão para você estar me contando isso," Mariana o interrompeu. Ela sentiu uma verdade mais profunda ondulando sob as palavras de Nick. "Um espião não se revela a menos que receba algo valioso em troca. O que é que eu tenho de valor para você?"

Ele se mexeu na cadeira e a olhou como se estivesse a uma grande distância. Ela quase podia ver as engrenagens em sua cabeça correndo para elaborar a melhor estratégia para lidar com ela. "Você chamou a atenção do Conde de Villefranche esta noite."

"Você estava no Foyer?", ela perguntou.

"Eu tenho pessoas."

"Você tem *pessoas*?"

Seus olhos encontraram os dela. "Sim." Ele estava absolutamente a desafiando a desviar o olhar primeiro. "Villefranche está conectado ao plano de assassinato."

"O Conde de Villefranche?" ela respondeu, sua voz pingando de descrença. "Você não pode acreditar que... aquele garoto... é capaz de assassinato e revolução."

"Eu já vi *garotos* fazerem pior."

Sua boca se fechou.

"A verdade..."

"A verdade?" ela interrompeu. "Eu não sabia que você e a verdade se conheciam."

"A verdade é", ele continuou pacientemente — pacientemente demais — "que Villefranche se encaixa na descrição do tipo de jovem idealista que homens poderosos manipulam para fazer seu trabalho sujo. Ele não seria o primeiro."

Um silêncio tenso acalmou o ar. "Antes de receber a nota de que você estava desaparecido e dado como morto", ela disse, "sua vida parecia estar centrada na busca dos prazeres do nosso grupo social. Eu pensei que você brincava de política e diplomacia aqui e ali, mas nada sério. Nada importante."

Nick se inclinou para frente e apoiou os antebraços nas coxas, todo o seu comportamento assumindo um registro distinto de urgência enquanto ele rompia o espaço entre eles. A antecipação animou o ar, e a sala se encolheu. Eram apenas ele e ela.

A respiração ficou presa em seu peito entre uma inspiração e uma expiração, retendo o cheiro dele em seu interior. Ela imaginou raízes de sândalo se estendendo de seus pulmões para suas veias até as pontas dos dedos das mãos e dos pés.

"Quem você acha que opera o governo da Inglaterra?" ele perguntou, sua voz abafada como veludo. "Aqueles com dinheiro, educação e terras. *Lordes*, Mariana." O cinza de suas íris brilhava com intensidade. "É tão difícil pensar que eu possa ser um deles?"

Outro rubor indisciplinado surgiu na superfície, florescendo e aquecendo seu rosto em alguns graus. Este para sua própria estupidez. Claro, Nick era o tipo de homem que mantinha os governos operando. Ele possuía o intelecto e a capacidade.

Essas foram as qualidades que ela gostou nele desde o começo. Essas eram memórias que tinham sido banidas para o passado.

Até esta noite.

"Por que você está *aqui*, Nick? Nesta suíte de hotel?" ela perguntou. Ele estava perto, tão perto. "Quando Hortense retornar, ela vai me ajudar a fazer as malas, e eu terei ido embora ao amanhecer. Você estará livre para retomar a vida estranha e misteriosa que leva aqui."

Seu olhar deslizou para o lado, e ele se recostou no assento. Ela quase doeu pela perda de sua proximidade. *Quase.* Ela não podia ser tão tola.

Com um suspiro, ela inclinou a cabeça, primeiro para um lado para tirar um brinco de diamante, depois para o outro lado para tirar o outro. Em seguida, ela abriu o fecho de sua pulseira de ouro. Seu olhar se ergueu para encontrá-lo seguindo cada movimento seu.

Instantaneamente, um tipo específico de intimidade impregnou o ar entre eles. Era a intimidade lenta e familiar de um marido observando sua esposa ficar confortável.

"O que você está fazendo?"

Se ela não o conhecesse bem, ela poderia pensar que o havia

enervado. "Preparando-me para dormir. É o que se faz no esquema normal das coisas. Ou *normal* é uma palavra completamente extinta para você?"

"Normal", ele respondeu, "é uma palavra profundamente enraizada no relativo. Normal é uma experiência inteiramente individual."

Ela resistiu a um balançar de cabeça incrédula. "Deixando de lado as reflexões filosóficas, quando Hortense disse que voltaria?" ela perguntou, seu tom todo profissional e rápido. Ela precisava da distância que tal tom proporcionava.

"Pedi para ela tirar a noite de folga."

Mariana abriu a boca e fechou-a bruscamente. Essas palavras não podiam significar o que pareciam, o que seu corpo, traidor e quente, esperava que significassem. "Não tenho criada esta noite?" ela perguntou.

Ele assentiu.

Uma onda de desejo percorreu seu corpo. Aquele aceno os levou a lugares no passado.

Não. Isso não daria certo.

Ela não devia deixar seu corpo governar sua cabeça.

Ela se envolveu em uma ofensa justa e se levantou rapidamente em um silêncio exasperado de saias de seda, agarrando o castiçal à sua direita e caminhando propositalmente em direção às portas francesas que dividiam a sala de estar do quarto. Ela as abriu.

"Bem, então, não há nada que se possa fazer. Você deve desempenhar o papel", ela gritou por cima do ombro. "Desabotoe meu vestido."

4

———

"**D**esabotoar seu vestido?" Nick repetiu. Não era possível que ele tivesse ouvido essas palavras nessa ordem.

"Sim," ela falou, confirmando seu pior medo.

Um sentimento nascente de horror se desenrolou dentro dele. Mariana sempre foi uma mulher provocadora, e era exatamente por isso que ele não passava um tempo sozinho com ela há uma década. Sua capacidade de perturbar seu equilíbrio permanecia absoluta e sem esforço.

Ainda assim, ele não conseguia resistir à atração por ela. Ele se levantou, e alguns passos hesitantes o levaram à soleira do quarto, a visão dela apoiada contra a cabeceira da cama diante dele. Espelhando sua postura despreocupada, ele equilibrou um ombro contra o batente da porta.

"Isso não é uma boa ideia," ele protestou... Fracamente. Se

41

pressionado, seu frágil fragmento de resistência daria lugar a qualquer desejo que ela expressasse.

"Você passou um único minuto de sua vida preso em camadas de espartilho, camisola e vestido bem abotoado? Isso já foi necessário para uma de suas missões de espionagem?"

Ele não conseguiu deixar de notar o desprezo na voz dela. "Nunca."

"Então você terá que confiar em mim quando eu sugerir que é uma ideia fantástica você me desabotoar. Você já fez isso antes, caso tenha esquecido."

"Eu não fiz," ele disse, a sua voz incapaz de mais do que um som baixo e rouco.

Ela piscou, e um momento se passou. "Foi você quem dispensou Hortense. Mesmo que ela seja uma espiã, ela também é minha criada."

Como se para ilustrar sua seriedade, Mariana se virou e apoiou as mãos na cabeceira da cama, se preparando para ele.

Se preparando para ele?

A razão ordenou que Nick saísse do quarto, localizasse Hortense e abandonasse a proposta. Sob nenhuma circunstância ele deveria diminuir a distância entre eles e colocar as mãos no corpo de Mariana. Camadas finas como papel de seda e musselina entre seus dedos e sua pele não seriam o suficiente.

Alguns passos rápidos poderiam levá-lo até ela. Alguns passos rápidos poderiam afastá-lo.

Seus olhos percorreram o comprimento do vestido elegantemente drapeado em seu corpo como se tivesse sido costurado nela. Uma breve contagem resultou em quinze botões brilhantes correndo pela crista de sua coluna. *Quinze.* Com qualquer outro homem e mulher, esta seria a cena de uma sedução. Um simples aceno de cabeça concordante era tudo o que seria necessário para que eles se tornassem aquelas duas outras pessoas sem passado e sem futuro — só esta noite.

Exceto que ele e ela não eram aquele homem e mulher. Não com seu histórico.

Ele sacudiu a cabeça para clareá-la, para não esquecer a missão que o trouxera a este quarto esta noite. Diante dele estava uma oportunidade, e no mundo da espionagem, ninguém despreza uma oportunidade. Aproveita-se. As segundas chances eram raras e pouco confiáveis.

Um tanto fortalecido, ele fechou a distância necessária. O calor do corpo dela se misturou ao dele e os envolveu em um casulo exclusivo *deles*. Uma gota de suor escorreu por sua coluna.

Oh, não, ele não tinha esquecido como era despir Mariana. Um segundo depois, ele pegou o botão de cima entre o polegar e o indicador. Músculos lisos se contraíram nas costas dela, resultando em um leve arco logo acima do traseiro. Impossível que ela não sentisse essa tensão implacável também. A certeza não tornou sua tarefa mais fácil. Somente uma venda nos olhos o faria.

O pequeno botão deslizou em seu laço de seda. Faltava apenas quatorze. Ele limpou a garganta. "Mariana?" O nome dela saiu num tom rouco alto o suficiente para agitar o trecho silencioso de ar entre sua boca e seu pescoço. Sob as pontas dos dedos, ele sentiu a respiração dela suspender em antecipação às suas próximas palavras. Ele abriu o segundo e o terceiro botões em rápida sucessão. "Tenho uma proposta para você."

Por fim, ele estava falando as palavras que deveria ter falado no momento em que ela entrou na sala de estar. Ele estava ali em uma função profissional, não como marido e certamente não como amante.

"Uma proposta?"

Ele não conseguiu deixar de notar o tom de interesse em sua voz. O quarto e o quinto botões se soltaram, e ele conteve uma pontada de decepção quando viu que ela usava um espartilho por baixo do vestido. Ele deveria ter sentido alívio por outra camada de tecido ficar entre sua pele e a dela, mas não sentiu.

O espartilho dela era preto. De renda. Era o espartilho de uma prostituta. Luxúria, pura e forte, disparou direto para seu pênis.

Ele devia ignorar que estava perto o suficiente para que os finos fios de seu cabelo esvoaçassem a cada palavra que ele falava. E que o calor do corpo dela o permeava em um nível elementar. E que ela usava o espartilho de uma prostituta.

"Seria de considerável utilidade", ele começou, esperando que a formalidade de suas palavras neutralizasse a inclinação decididamente informal de seus pensamentos, "se você permanecesse em Paris e aprofundasse seu conhecimento com o Conde de Villefranche."

"Aprofundar meu conhecimento?" ela perguntou. "Por que eu faria isso?"

"Não temos agentes tão convenientemente posicionados."

"É isso que eu sou? *Uma conveniência?*"

"Eu não iria tão longe assim."

Sua resposta foi um silêncio retumbante. Nada era fácil com Mariana. Ela não se dobrava ou se submetia à autoridade dele. Ela enrijeceu as costas e desafiou cada palavra dele. A maioria dos homens achava esse tipo de mulher exaustiva. Não Nick. Ela tendia a revigorá-lo.

Os botões estavam se soltando em um ritmo constante agora. *Seis... sete... oito.*

"Você estaria em posição", ele continuou, "de coletar informações."

"Ah, uma coletora de informações." Um fio de escárnio passou por sua voz. "Que tipo de informação?"

Ele começou a recitar possibilidades como se estivesse marcando itens de uma lista. "Nomes..." — *nove* — "datas..." — *dez* — "pontos de encontro..." — *onze* — "trechos de conversas que você puder ouvir..." — *doze* — "notas que você pode ler por acaso. O idealismo muitas vezes disfarça as motivações mais profundas dos principais jogadores. Você se colocaria na posição de chegar ao cerne da intriga."

"E como exatamente eu vou conseguir isso?"

"Ganhando a confiança de Villefranche."

Treze.

"E como eu faço isso?"

Quatorze.

Seus dedos hesitaram acima da curva suave da cintura dela. Ele poderia dizer a ela as palavras que ele veio aqui para dizer? Afinal, eram as mesmas palavras que ele falou para inúmeros agentes, homens e mulheres, ao longo dos anos. Não importa que a lei declarasse que ela era sua esposa. Esse detalhe em particular tinha sido um detalhe técnico menor por anos.

Ele deixou as palavras saírem. "Por qualquer meio necessário."

O ar ficou parado da mesma forma que antes de uma tempestade. Nick se preparou.

"Seduzindo-o?" ela perguntou em um meio sussurro incrédulo.

Quinze.

"Por qualquer meio", ele repetiu, sua voz oca para seus próprios ouvidos.

Nenhum botão permaneceu desabotoado, mas suas mãos permaneceram na parte inferior das costas dela.

"Agora meu espartilho", ela disse, suas palavras um comando silencioso.

"Perdão?" Impossível que ele a tivesse ouvido corretamente. Ele esperava uma ladainha de maldições, mas não isso.

"Afrouxe meu espartilho", ela declarou com mais firmeza.

"Mariana…"

Era o apelo de um homem desesperado, mas ele não se importava mais com a forma como soava. Só um tolo ficava em silêncio quando estava se afogando.

Ela apresentou seu perfil teimoso. "Preciso respirar profundamente. *Agora.*"

Dedos trêmulos tatearam o nó que mantinha o espartilho unido, e sua boca ficou seca. Ele não podia mais ignorar o efeito dela sobre ele. Sangue maduro de antecipação corria em suas veias, impregnando seu corpo com um desejo específico que exigia ser saciado de maneiras específicas que só ele e ela conheciam.

Ele se lembrava?

Como ele poderia esquecer?

Seu pênis, duro e pronto, certamente não tinha esquecido.

Não seria nada difícil se abaixar e juntar o vestido dela, uma dobra de seda de cada vez, expondo o comprimento longo de suas pernas centímetro por centímetro irresistível até que —

Não. Ele tinha que resistir. Quem ele estava pedindo para ela seduzir, afinal?

"Sobre Villefranche", ela começou. Sua voz tinha uma qualidade prática que serviu para estabilizar o momento. "Você já pensou que ele vai suspeitar que eu esteja me aproximando dele a seu pedido? Você e eu *somos* casados, afinal."

"A sociedade está bem ciente de que estamos afastados", respondeu Nick. Seus dedos começaram a trabalhar no nó novamente. Ele precisava terminar essa tarefa. "Villefranche e seus conspiradores podem pensar em jogar você contra mim, mas é uma oportunidade que não devemos deixar passar."

Por fim, os dedos de Nick soltaram o nó e afrouxaram os suportes. Tarefa concluída, nada o impediu de se afastar dela e se recompor antes que ele arruinasse toda a missão. Exceto que os olhos dele se detiveram na faixa transparente de musselina que pouco fazia para proteger do olhar dele a linha flexível da coluna dela.

Como se nada fosse, o frágil pedaço de tecido se partiria em dois. Sua língua traçaria aquela linha exposta até os pelos finos e sensíveis do pescoço dela... Essa era outra oportunidade que ele tinha diante de si.

Uma que ele deveria deixar passar.

"Você vai me responder uma pergunta antes de ter minha resposta." Ela se virou para encará-lo. Seu vestido caía levemente para frente, e ele vislumbrou uma renda preta aparecendo acima da seda verde-amarelada. Ela era a imagem de um desleixo feminino do tipo mais delicioso. "Por que você está vestido dessa maneira?"

"Eu fui para a clandestinidade."

"E isso tem a ver com alguém no Ministério das Relações Exteriores declarando você desaparecido e provavelmente morto?"

"São duas perguntas."

"Faça-me a vontade, Nick. Parece que você poderia descobrir os detalhes do plano de assassinato vestido como Lorde Nicholas Asquith, vivo e bem. No entanto, você não está vestido como um lorde. O que você não está me contando?"

Ela se se encostou à cabeceira da cama e cruzou os braços na frente dos seios para evitar que o vestido escorregasse até a cintura. Os olhos dele não tiveram escolha a não ser baixar e seguir o movimento. Em um piscar lento, seu olhar voltou a encontrar o dela e se manteve firme. "Antes de sua chegada a Paris, fui atacada por dois homens nesta suíte. Consegui atingir com a minha adaga um dos agressores enquanto o outro fugia da cena."

"Você matou um homem?" ela perguntou, com os olhos arregalados, mas sem nenhum traço de histeria ou medo.

"Isso pode ser um negócio sujo. Claramente, minha investigação sobre o plano de assassinato tocou o nervo das pessoas erradas. Achei melhor não ser eu mesmo por um tempo."

O frustrante era que Nick tinha contado apenas às pessoas *certas* sobre essa missão. O que levou a uma única conclusão inevitável: sua operação estava comprometida.

"Como Hortense está conectada à sua missão?"

"Após o ataque," ele começou, "ela foi colocada como criada para vigiar atividades suspeitas ao redor desta suíte, caso alguém retornasse."

"Você a instruiu a me espionar?" Mariana perguntou. Seus

olhos tinham uma luz rebelde. Nick sentiu que ela estava escapando dele. Ele deveria andar com cuidado.

"Foi um golpe de sorte." A verdade serviria melhor ao momento. "Assim que Hortense viu você fazer check-in no hotel, ela assumiu a responsabilidade de se tornar sua criada." Ele hesitou antes de fazer seu próximo pedido. Mariana nunca respondeu bem a ser informada sobre o que fazer. "Eu pediria que você a mantivesse. Ela seria útil em uma situação desagradável."

Os olhos âmbar de Mariana procuraram os dele, e a distância entre eles se tornou insignificante. O único mundo que importava era o mundo que ele via ali, ameaçando alcançar além do carnal e um reino que ele nunca entendeu e nunca quis entender. Nesse espaço íntimo estava o ingrediente para sua ruína, mas ele não conseguia resistir à sua atração, mesmo entendendo seu potencial de destruição.

"Se vamos trabalhar juntos, há algo que você deve saber", ele se viu dizendo. "Dez anos atrás —"

Uma mão de prevenção se ergueu, e os olhos dela se endureceram como uma pedra lisa e quebradiça. A distância fria dissipou instantaneamente qualquer falsa sensação de intimidade entre eles. "Não faça isso," ela ordenou.

"Não?"

"Pedir desculpas pelo seu caso", ela continuou, seu tom combinando com seus olhos. "Ou são casos? Os jornais de fofoca adoram escrever sobre suas façanhas. Tudo feito durante a *coleta de informações*, pelo que vejo."

Mesmo depois de todos esses anos, suas palavras o atingiram diretamente no plexo solar. No entanto, ele continuou. "Mariana, a cantora de ópera..."

"Eu vou fazer o que você me pediu", ela o interrompeu.

"Perdão?" Ela o estava transformando em um tolo.

"Eu coletarei informações para você." Ela falou as palavras como se estivesse tão surpresa quanto ele ao ouvi-las emergirem de sua boca. "Mas não se você insistir em desenterrar o passado. Está feito. Ele não tem lugar em Paris. Não foi assim que você conduziu sua vida na última década?"

Ele limpou a garganta, mas não encontrou palavras disponíveis. Ele assentiu uma vez, bruscamente.

"Além disso", ela falou com uma pequena de um sorriso brincando em seus lábios, "o Conde de Villefranche é realmente bonito."

A opinião contida nessas palavras atingiu Nick profundamente. Mas ele merecia, pois foi ele quem colocou a ideia de sedução em movimento. Ela simplesmente foi quem vocalizou. O assunto era discutível agora.

Mariana ia seduzir outro homem. E ele não tinha ninguém para culpar, exceto a si mesmo. Seu sangue ferveu com o pensamento.

"Entretanto, eu tenho um pedido."

"Sim?" ele perguntou, o monossílabo hesitante e cauteloso. Ele não gostaria de quaisquer palavras que saíssem da boca dela.

"Você vai mudar a sua voz."

Ele não precisava perguntar. Ele conhecia a voz da qual ela falava. Ele sabia há muito tempo como sua voz de persona arrogante irritava seus nervos. Agora ela estava despojando seu já escasso arsenal de uma de suas defesas mais eficazes contra ela. "Como quiser", ele disse. Certamente, ele poderia inventar outras defesas.

O sorriso dela se iluminou, dissipando a névoa impenetrável do passado. "Vai ser divertido."

Uma pontada de mau presságio eriçou os pelos do pescoço de Nick. *"Vai ser divertido?"* A palavra soou falsa para seus ouvidos. Ele deu um passo para trás, esperando ganhar um pouco de perspectiva. "Você não é do tipo que brinca."

"Não?" Um brilho ousado iluminou seus olhos. "Pela Inglaterra. Está bem assim?"

"Não tenho certeza", ele disse, as palavras emergindo sílaba por sílaba lentas em um esforço fraco para ganhar tempo.

O que estava acontecendo? Ela tinha virado o jogo contra ele. Claro que tinha.

Disposta diante dele em um estado de nudez parcial, impossivelmente sensual e impossível de ignorar, estava a Mariana de seus sonhos e pesadelos: despida de joias; vestido caindo de sua forma deliciosa; medalhão de ouro tentadoramente aninhado entre seus seios; seu rosto infundido com uma ânsia juvenil que ele acreditava ser uma memória. Ela parecia tão espontânea... tão Mariana...

Um problema com seu plano atingiu Nick com a força de um raio.

O rosto franco de Mariana.

Como ele poderia ter ignorado a característica que definia Mariana como... *Mariana?*

Espiões não possuíam rostos espontâneos. Pelo menos, espiões bem-sucedidos não possuíam — e definitivamente não os que sobreviveram.

Uma pontada de arrependimento o atravessou. O que ele havia começado?

"Quando eu começo?" ela perguntou como se estivesse a par de seus pensamentos.

"Amanhã você aceita o convite de Villefranche para fazer compras no Palais-Royal." Havia pânico em sua voz?

"Suponho que seu pessoal tenha relatado essa conversa para você?"

Nick assentiu. "Entrarei em contato." Com isso, ele girou nos calcanhares e fugiu do quarto.

Talvez ele tenha fugido do rosto perspicaz dela.

Talvez ele tenha fugido do desejo incipiente de lhe contar a verdade do que havia acontecido há cerca de dez anos. Ele definitivamente fugiu do desejo. Exceto que esse desejo não tinha nada a ver com o passado. Esse desejo vivia diretamente no presente, básico e implacável.

E essa não era a verdade que nenhum deles precisava

MARIANA ESTAVA DEITADA sobre a colcha macia, observando sombras tremeluzentes dançando em seu teto. Quando criança, ela imaginava que eram sombras de fadas que vinham protegê-la enquanto dormia. Esse estágio crepuscular entre dormir e acordar era sua parte favorita da hora de dormir. Ela não era o tipo de garota sonhadora que brincava em vastas paisagens imaginárias. Ela estava muito ancorada no presente. Exceto por esse capricho que lhe ocorria todas as noites quando ela relaxava e adormecia.

Ela entendeu que esse seria seu último período de quietude por algum tempo. Uma vez, ela já havia experimentado esse sentimento singular: na noite anterior ao seu casamento. Naquela ocasião, assim como agora, ela sentiu que estava prestes a ultrapassar um limite, e não haveria mais volta. A gravidade não funcionava dessa forma. Ela puxava alguém em direção a uma conclusão inevitável, e ela nunca foi de hesitar à beira de um precipício. Ela simplesmente se jogava.

Esta noite, ela hesitou. Ela e Nick criaram uma gravidade própria. E eles chegaram a uma conclusão inevitável. *Há dez anos.* Foi há muito tempo, e, ainda assim, parecia ontem.

Quando os olhos dela se fixaram nos olhos dele e os dedos dele roçaram o espaço entre as omoplatas dela enquanto a respiração dele acariciava sua nuca, ela ansiou, desejou, sofreu pela pressão do corpo dele contra o dela.

Não porque ela não se lembrasse, mas porque ela se *lembrava*.

Suas pálpebras se fecharam. Enquanto as fadas a colocavam para dormir, uma nota esperançosa soou. O passado sombrio não precisava forçar seu caminho para o presente. Era verdade que um fio gravitacional os ligava, um sem conexão com o nome ou filhos compartilhados. Nick sempre foi capaz de ignorar isso. Por que ela também não seria?

O passado era a direção errada.

A única direção agora era para frente.

5

Miado Barulhento: Sair à noite em busca de intrigas, como um gato na sarjeta.

— *UM DICIONÁRIO CLÁSSICO DA LÍNGUA VULGAR,*
FRANCIS GROSE

Os pés de Nick atingiram a calçada plana de paralelepípedos em um ritmo que só poderia ser caracterizado como uma quase corrida. Ele levantou a gola para se proteger da densa camada de neblina que agora envolvia Paris em um manto de névoa.

Quão grande era a tentação de encontrar a taverna mais próxima e beber esta noite até o esquecimento na esperança de uma mente mais clara na manhã seguinte. Mas não funcionaria. Ele precisava continuar se movendo. Uma longa e tortuosa caminhada pela cidade era a única maneira de se livrar do pânico que o atormentava.

O que ele estava pensando? Mariana não era uma espiã. Ela poderia ser a pessoa mais óbvia que ele já conheceu. Era uma qualidade que simultaneamente o encantava e causava uma nota de terror dentro dele, mas ele não podia negar que era parte de seu apelo.

Ele exalou uma forte rajada de ar por entre os dentes cerrados. Não seria bom pensar no apelo de Mariana agora. O que ele deveria fazer era retornar ao hotel, admitir seu erro e ajudá-la a fazer as malas para Londres.

Mas ele não podia voltar para o hotel. Ele a deixou em um estado de nudez parcial em seu quarto, e não confiava em si mesmo para não terminar o trabalho de remover seu espartilho de prostituta, sua combinação de musselina transparente, suas meias, suas ligas, tudo dela. E então? Seus esforços da última década — para manter distância, para mantê-la segura — seriam totalmente desfeitos.

Sem mencionar que ele quase revelou a verdade sobre a cantora de ópera. Droga. O que exatamente ele esperava realizar com essa revelação em particular?

Ele queria irritar Mariana para que ela deixasse Paris?

Ou era para reconquistá-la?

Ele exalou em frustração. A verdade provavelmente a aborreceria mais do que a mentira original.

Dez anos atrás, tinha sido fácil dizer a si mesmo que era a escolha necessária, a melhor escolha para garantir sua segurança. Ele repetiu palavras como necessidade e segurança para si mesmo até que acreditou nelas — quase. Uma verdade mais profunda estava por trás da fachada. Ele havia escolhido o caminho mais conveniente para sair do casamento, e sabia o porquê.

Enquanto seus pés o levavam adiante pelas escorregadias ruas parisienses, sua mente viajava de volta, além da noite em que uma mentira destruiu seu casamento. Foi em direção ao dia em que ele conheceu Mariana, e ela se tornou uma obsessão da qual ele nunca se recuperaria.

Cotswolds
5 de Março de 1811

NICK ESTAVA ATRASADO para a reunião mais importante de sua carreira. Ao longo da manhã, o que ele pensou que seria uma viagem direta de Londres se transformou em um emaranhado de curvas perdidas e estradas rurais erradas. A cada quilômetro ou mais, ele desencadeava outra rodada de insultos contra sua maldita má sorte.

Quase no final de seu período em Cambridge, um amigo da família, um Sr. Bertrand Montfort, o abordou em uma reunião social com uma oferta interessante do Ministério das Relações Exteriores. Ele estava saindo hoje para explorar suas possibilidades. Um filho mais novo, como ele, precisava de uma ocupação, e a igreja não era sua vocação. Valia a pena investigar uma posição dentro de Whitehall [1].

Por fim, ele se viu galopando pela propriedade Montfort em Cotswolds, a casa ampla logo à frente no horizonte verdejante. De repente, seu olhar se deparou com uma onda de movimento na periferia de sua visão. Algumas centenas de metros à sua direita caminhavam uma jovem e um cachorro, contornando a borda de um bosque. Ele e seu cavalo pararam completamente enquanto observavam a mulher alta e esbelta, com cabelos longos da cor de mel selvagem escorrendo pelas costas, seguir uma trilha imperceptível e desaparecer nas profundezas sombrias da floresta.

Por um minuto inteiro, ele observou o local onde ela havia desaparecido como se pudesse evocá-la. Algo sobre ela — seu passo decisivo, seu ar de determinação ou o vislumbre da beleza

______

1. Whitehall é conhecida como sede do governo britânico, já que a maioria dos prédios que abrigam as mais importantes instituições do país está situada lá. O nome *Whitehall*, muita vezes utilizado como metonímia para o Gabinete real, foi-lhe colocado em memória do antigo Palácio de Whitehall, residência real destruída pelo fogo em 1698.

transcendente de seu perfil — fez com que seu coração acelerasse a medida que ela se insinuava em sua mente. Quem era ela? Ela tinha sido uma invenção de sua imaginação? Então ele ouviu o latido abafado de um cão, e a realidade dela o agarrou e se recusou a soltá-lo.

Mesmo enquanto ele passava o resto do dia fechado com os outros três recrutas do Ministério das Relações Exteriores no escritório de Montfort, recebendo os detalhes de sua primeira missão na Península [2] — Napoleão ainda não havia terminado de devastar a Espanha e Portugal — o conhecimento de que ela ocupava as mesmas instalações que ele ofuscou completamente os procedimentos. Ele estava faminto por qualquer pedaço dela.

O nome dela era Lady Mariana Montfort.

Ela era sobrinha de seu anfitrião e seria apresentada a sociedade nesta temporada.

E, se ele permitisse, ela seria a ruína dele.

Ninguém precisava contar a Nick a última parte.

Se ele acreditasse em fantasia e capricho, ele poderia ter pensado que era amor à primeira vista. Claro, ele não acreditava em fantasia nem em capricho. E, amor, bem, ele também não acreditava nisso.

Quando ela se juntou ao pequeno grupo na mesa de jantar, ele juraria que o ar na sala ficou mais leve, quase efervescente. Ele evitou olhar diretamente para ela, mesmo enquanto a estudava pelo canto do olho. Durante a maior parte da refeição, ela permaneceu quieta na mesa, sua atenção saltando de uma conversa para outra e seus lábios carnudos ocasionalmente se curvando em um sorriso rápido para uma piada.

Foi quando ela discordou de uma opinião que ele a ouviu falar

---

2. A Guerra Peninsular (1807–1814) foi um conflito militar entre o Primeiro Império Francês e a aliança do Reino Unido da Grã-Bretanha e Irlanda, do Império Espanhol e do Reino de Portugal e Algarves pelo domínio da Península Ibérica durante as Guerras Napoleónicas.

pela primeira vez. "O que você quer dizer com *esses imigrantes sujos?*"

"Ah, os católicos da Irlanda e aqueles dos países latinos. Você sabe Itália, Espanha e coisas do tipo."

Nick observou seu queixo se erguer mais alto enquanto ela se aquecia para o debate. "Lorde Farnsworth, onde mais você teria encontrado mão de obra barata para construir sua mansão em Grosvenor Square?"

"Exatamente", respondeu Lorde Farnsworth. "Montfort, sua sobrinha certamente sempre se sai bem numa discussão. Muito bem, meu amigo."

Um rubor rosa subiu até as delicadas pontas das orelhas de Lady Mariana. "Temo que você tenha interpretado mal o significado das minhas palavras. Eu estava sendo irônica."

Os homens da mesa soltaram uma risada indulgente, e Montfort deu um tapinha na mão da sobrinha, silenciando efetivamente qualquer ironia adicional que ela pudesse expressar. Nick intuiu que ela provavelmente tinha algumas.

Então os olhos dela deslizaram para o lado e encontraram os dele. Seu olhar direto e âmbar poderia tê-lo mantido suspenso até o fim dos tempos. Na realidade, o contato não durou mais do que um par de batimentos cardíacos. Mas era tudo o que ele precisava saber com certeza de que ela estava tão ciente dele quanto ele dela. Um raio de alegria, diferente de qualquer outro que ele havia experimentado em seus vinte e dois anos, o atravessou.

Mais tarde, depois que os homens terminaram seus charutos e estavam se juntando às mulheres no pequeno salão, Nick a observou deslizar por uma fresta nas portas francesas externas. Em sua defesa, ele fez uma pausa. Um homem como ele não tinha nada a ver em seguir virgens noite adentro, pois ele não tinha intenção de se casar. Casamento e filhos prejudicavam um homem envolvido em espionagem.

No entanto, a hesitação durou apenas o suficiente para ele

largar seu conhaque. Em três passos curtos, ele passou pelas portas e estava sob um céu índigo pontilhado com um milhão de estrelas, o tipo de céu possível apenas fora da cidade envolta em neblina. Ele ficou parado, incerto, no pórtico de pedra, sentindo-se exposto e, de mil maneiras, um tolo.

Para onde ela tinha ido?

O instinto o guiou pela escadaria larga e por um caminho de granito ladeado por todos os tipos de flores. O Montfort era o jardim inglês por excelência, com sua profusão de flores crescidas de todos os matizes, hoje à noite tornadas monocromáticas pelos fortes raios da lua.

Ele começou a duvidar de seu instinto quando fez uma curva no caminho e a avistou uns dez metros à frente, parecendo não estar com pressa. Sua facilidade era aparente no conjunto relaxado de seus ombros e na maneira como sua mão arrastava preguiçosamente sobre as flores, permitindo que suas pétalas aveludadas roçassem a carne nua de sua palma. A maneira como a luz a banhava e a abraçava lembrava Selene, a deusa da lua.

Ele deveria voltar antes que eles arruinassem um ao outro.

Assim que ele fez menção de refazer seus passos em direção à casa, ela gritou por cima do ombro: "Você vai se esconder atrás de mim a noite toda?"

Essas foram as primeiras palavras que ela disse a ele. Seu coração disparou, e sua língua se tornou um cobertor encharcado em sua boca quando uma série de fatos lhe ocorreu:

Ele a seguiu.

Ele estava sozinho com ela.

E ele não queria nada mais do que tocá-la e sentir seu cheiro.

Seu passo aumentou para alcançá-la.

"Precisamos de uma apresentação formal antes que você fale comigo?" ela provocou, apresentando a ele seu perfil impecável. A lua acima delineava suas feições com um brilho suave, porém nítido, contraditório. "Ou você é simplesmente tímido?"

"Você deve saber quem eu sou", ele gritou para as costas dela.

"Ele fala." Uma risadinha encantadora flutuou sobre seu ombro. "Eu sei que você é um dos muitos jovens que se aventuram na propriedade do meu tio para discutir a política da Inglaterra. Mas quem você é especificamente, eu não sei dizer."

Eles chegaram a uma cerca e ele a observou pular o muro baixo com facilidade antes de se virar em direção à orla da floresta, ele seguindo em seus calcanhares como um cão de colo faminto pela menor migalha de sua atenção.

Ele se viu bem atrás dela, perto o suficiente para sentir seu cheiro de jasmim e néroli [3]. Ocorreu-lhe que este não era o cheiro de uma debutante. Na superfície, o jasmim floral indicava uma inocência superficial, mas o néroli profundo e amargo de laranja complicava essa avaliação e tornava a conclusão mais interessante. Ela era diferente. "Por que você saiu de casa?"

Os lábios dele se curvaram em um meio sorriso quando ela pulou com suas palavras. Palavras tão próximas que ela poderia ter sentido seu calor na nuca.

"Eu estava com calor."

Três palavras mais simples não existiam na língua inglesa. No entanto, aquela palavra simples — *quente* — enviou uma pontada de desejo direto através dele. "Suponho que o ar estava um pouco viciado", ele disse asperamente.

Eles subiram uma pequena elevação que dava para um pequeno lago, raios ondulados de luar ondulando em sua superfície fluida. O que ele estava fazendo na floresta com essa deusa da lua? Não era tarde demais para voltar.

Então ela falou as próximas palavras, e ele estava perdido.

"Eu não estava com calor por causa do *ar viciado*." Ela o encarou, seus olhos âmbar, claros e inabaláveis, avaliando sua reação. "Foi você. Eu estava com calor por sua causa."

---

3. O óleo de neroli é um óleo essencial produzido a partir da flor da laranjeira amarga. Seu cheiro é doce, melado e um tanto metálico com facetas verdes e picantes. A flor de laranjeira também é extraída da mesma flor e ambos os extratos são amplamente utilizados em perfumaria

Ele não conseguia mais manter suas emoções sob-rédea curta. Ela negou esse controle com algumas palavras descuidadas que atingiram seu âmago com a precisão de uma flecha bem mirada.

"Ninguém nunca lhe ensinou a não dizer essas coisas a homens estranhos?"

"Eles tentaram", ela disse com a segurança de uma mulher com muita experiência, ou talvez muito pouca. "Não há nada de estranho em você."

"Você deveria tentar essas palavras com um homem diferente", ele disse, esforçando-se para um tom de orientação paternal. Se ela acreditasse, ele também poderia. "Um que se casasse com você."

"Oh, eu não me importo com isso", ela disse rindo.

Instintivamente, protetoramente, ele estendeu a mão e a puxou para perto, seus lábios carnudos a um fio de cabelo dos dele, seus olhos brincalhões o convidando a diminuir a distância. "A sociedade não tolera mulheres que têm pouca moral."

Com sentimentos de saudade, desejo e perplexidade guerreando dentro dele, ele abaixou a cabeça e colocou sua boca na dela, despreparado para o soco de eletricidade que viria em resposta. Suas mãos deslizaram para sua cintura, e seus dedos encontraram a parte de trás de seu pescoço, suas unhas fazendo cócegas na pele sensível, seu corpo balançando em direção ao dele em rendição.

Beijos tinham o poder de revelar verdades sobre duas pessoas que iam muito além de trivialidades como compatibilidade e incompatibilidade. Este beijo revelou uma única verdade inabalável: ela era a única mulher para ele. Era uma verdade que o abalou até os ossos. Nick havia encontrado sua alma gêmea. Ele se esforçaria pelo resto da vida para ser digno dela.

E ele sabia que nunca seria.

Seus olhos se abriram e ele interrompeu o beijo, provocando um pequeno suspiro de protesto dela. Ele observou com uma mistura de auto aversão e paixão frustrada enquanto ela abria os olhos vidrados de desejo e fechava os lábios esmagados pelo beijo.

"Uma garota como você é uma garota com quem alguém poderia querer se casar", ele murmurou. Eram palavras descuidadas e perigosas que saíam de seus lábios, e ele não conseguia entender por que as dizia.

"Uma garota *como* eu?"

"Como você."

"*Alguém* poderia querer se casar?"

"Eu."

"Cuidado", ela sussurrou no espaço entre seus lábios. Era o único espaço que importava no universo. "Eu poderia cobrar tais palavras de você."

"Eu poderia esperar que você fizesse isso."

Mais uma vez, as palavras saíram de sua boca por vontade própria, e ele a pediu em casamento. Não houve como reprimir. E ele não queria. Pelo menos, não por mais cinco segundos. Então a enormidade da noite caiu sobre ele.

Eles não falaram mais nenhuma palavra enquanto caminhavam de volta para a casa sem se tocarem. Com apenas um murmúrio de despedida, ele a deixou na porta e caminhou em direção aos estábulos, com um propósito único em cada passo. Ele havia proposto casamento a Lady Mariana Montfort, uma garota que ele não conhecia.

Isso não era exatamente verdade.

Das maneiras que importavam, ele a conhecia.

Mas isso não mudava nada.

Estava errado.

Quando chegasse a hora do casamento — *se* ele escolhesse se casar alguns anos no futuro — ele precisava de uma união abençoada pela Sociedade. Ele precisava do tipo de casamento que dependesse de objetivos mútuos de herança, procriação e continuação da sociedade civilizada.

O que ele não precisava era de um casamento por amor — ou o que quer que tenha surgido entre ele e Lady Mariana esta noite.

Uma garota como ela merecia estar com o tipo de homem que saberia como fazer uma família feliz com ela. Nick mal sabia como as famílias funcionavam. Na verdade, ele passou toda a sua infância testemunhando o que acontecia quando um casamento por amor feito com pouco conhecimento do casal se transformava em ódio. Ele não se comprometeria nem com Lady Mariana a uma vida assim. Ele precisava se distanciar dos sentimentos que ela inspirava nele. E a maneira mais fácil de realizar esse feito era se distanciar fisicamente.

Silenciosamente e eficientemente, ele selou seu garanhão baio no escuro e cavalgou para Londres como se os cães do inferno o perseguissem. De lá, ele seguiu suas ordens e partiu para o Continente, onde permaneceu pelo ano seguinte, confiante de que Lady Mariana já teria sido arrebatada no mercado de casamentos quando ele retornasse. Não era provável que ela tivesse levado a sério sua proposta, se é que poderia ser chamada assim, a sério.

É claro que tudo não passou de uma ilusão.

O destino tinha outros planos para ele e Mariana. Sim, o destino. Não importava o quanto ele fosse realista e pragmático em sua vida cotidiana, um poder universal insondável os unia. Por mais que tentasse, ele não conseguia raciocinar para que isso não existisse. A chave era enterrá-lo profundamente sob camadas de determinação e força de vontade, concentrando-se na realidade. Mariana precisava ser protegida, e ele havia tomado as medidas necessárias.

Eram medidas que tinham sido bem-sucedidas...

Até esta noite.

Esta noite, ele a envolveu no mesmo mundo do qual jurou protegê-la.

Por todos os meios necessários.

Um gemido frustrado retumbou no fundo de seu peito, e ele apertou os olhos contra a névoa implacável que estava se tornando uma chuva substancial. Ele apontou os pés na direção de seu modesto conjunto de quartos do outro lado do Sena, na Margem Esquerda.

Ele tinha uma última defesa em seu arsenal contra ela. Ao contrário de seu eu de vinte e dois anos daquela noite longínqua, ele agora entendia o poder dela sobre ele. Esse entendimento lhe dava sua única vantagem e sua única esperança. Pois embora parecesse que ele havia rompido completamente o casamento deles há dez anos, somente ele entendia o único fio que se recusava a ser cortado.

O desejo de ser digno dela não havia esfriado um único grau. E ela não tinha ideia. Ela o achava frio e indiferente a ela. Se ele planejava continuar assim, precisava se preparar melhor contra ela. Mas, principalmente, precisava se preparar contra si mesmo.

Ele podia se confortar um pouco com o fato de que nos próximos dias ela passaria seu tempo com o Conde de Villefranche, não com ele. Ela seria simplesmente outra espiã a serviço dele.

Antes de vê-la novamente, ele precisava se convencer da mentira.

6

NO DIA SEGUINTE

Engomado: Rígido, afetado, formal, cerimonioso.

— *UM DICIONÁRIO CLÁSSICO DA LÍNGUA VULGAR,*
FRANCIS GROSE

Fragmentos de expectativa e ansiedade percorreram o corpo de Mariana enquanto ela passeava pelo amplo e lotado calçadão de uma galeria do Palais-Royal. Ela abriu os punhos úmidos ao lado do corpo e tentou absorver o ambiente brilhante e pulsante de vida, mesmo enquanto observava o Conde de Villefranche.

Da Rue de Richelieu, ela entrou na arcada retangular interna de lojas e cafés movimentados. Embora pudesse se deliciar com compras e comércio no perímetro, ela preferia a vista fornecida pelos jardins internos: fileiras perfeitamente alinhadas de macieiras e jardins meticulosamente cuidados. No centro do espaço havia uma grande fonte circular onde os parisienses de todas as classes se reuniam para aproveitar um pouco do sol da tarde ao som suave da água borbulhante.

Aqui, os princípios revolucionários de *Liberté! Egalité! Frater-*

nité! [1] brilhavam como em nenhum outro lugar. As palavras de Helene eram verdadeiras.

Londres não tinha nada a ver com Paris.

A mistura das mercadorias em exposição a refrescou e revigorou. Tecidos grossos se misturavam a superfinos; lãs opacas se entrelaçavam a sedas vibrantes. Turistas olhavam com cobiça para parisienses elegantes; parisienses, por sua vez, fingiam não notar. As prostitutas, que ela preferiu não reconhecer diretamente, lançavam olhares cansados sobre todo esse *espetáculo* enquanto esperavam que as casas de jogo do segundo andar expelissem os jogadores cheios de dinheiro.

Mariana estava apenas se afastando para permitir que um desses cavalheiros dissolutos passasse quando Villefranche apareceu no outro lado da galeria. Seu coração batia forte e seu estômago revirou enquanto emoções conflitantes de medo, incerteza, determinação e excitação a invadiam. Uma pequena voz calma tentou reprimi-las. Ela estava ali para fazer compras e passear com o homem. Duas atividades que ela entendia, pois eram duas das principais atividades de seu grupo social.

Hoje é diferente, a pequena voz a lembrou.

Hoje, ela estaria fazendo compras, passeando e *espionando* Villefranche.

Foi a última parte que a deixou com um nó nas entranhas.

Ela se sacudiu mentalmente. Ela estava complicando o dia, quando na realidade era simples: ela estava ali para desempenhar um papel. A habilidade de se tornar outra pessoa parecia ser um elemento essencial para navegar no mundo da espionagem de forma eficaz.

Na noite anterior, Nick tinha vindo até ela como garçom e fugitivo no espaço de algumas horas. Embora ela não fosse outra senão Lady Nicholas Asquith hoje, ela precisaria se tornar uma

---

1. Liberté! Egalité! Fraternité! = Liberdade! Igualdade! Fraternidade!

versão diferente de si mesma se quisesse desvendar quaisquer segredos bem guardados de Villefranche.

Ela poderia ter pedido orientação a Nick sobre o assunto.

Ela balançou a cabeça levemente. *Impossível.* Ela era uma mulher inteligente e capaz. Ela poderia navegar nessa água sem precisar correr para o marido.

Ela disse a Nick que havia concordado com seu plano pela a coroa e pelo país. Mas uma verdade mais profunda também estava no cerne da questão. A perspectiva de entrar em seu mundo sombrio de intrigas e vencê-lo era uma tentação deliciosa demais para resistir.

Era um mundo que a assustava um pouco, um mundo que a excitava infinitamente. Era o mundo de Nick. Ela preferiria correr nua por este calçadão a implorar por ajuda. Mas as palavras dele chegaram até ela: *por qualquer meio necessário.*

Seria que *algum meio* seria realmente necessário?

Ela se virou para encarar a vitrine de uma loja de curiosidades e fingiu interesse em seus produtos, mesmo enquanto rastreava Villefranche em sua visão periférica. A julgar por sua testa intensamente franzida, ela intuiu que ele estava muito fundo em seus próprios pensamentos para tê-la notado.

Que tipo de espião era o Conde de Villefranche, afinal?

Quando ele estava prestes a passar por ela, ela silenciosamente contou um... dois... três antes de girar em uma agitação dramática de saias, um sorriso brilhante colado em seu rosto. "Conde de Villefranche, é você!"

Como se tivesse saído de um transe, ele parou bruscamente, os olhos arregalados de surpresa. "Lady Nicholas?"

"A primeira e única", ela chilreou como um passarinho. Villefranche deve ser o mesmo tipo de espião que ela — um inexperiente.

"Mas", ele começou lentamente, "você e eu concordamos em nos encontrar no Le Grand Véfour [2] daqui a uma hora."

"Ainda assim, aqui estamos... nos encontrando." Mariana notou o quão abalado ele estava com essa pequena alteração no plano, certamente uma característica nada promissora para qualquer pessoa envolvida em espionagem. "Devemos prosseguir com nossa excursão de compras daqui?"

O comportamento de Villefranche mudou em aceitação sutil, e ele estendeu o braço para ela. "Claro", ele respondeu, seu tom tão rígido quanto sua pessoa. "Você se importaria em dar uma olhada nesta loja?" Ele olhou para a placa. "Le Grenelle é famosa por sua seleção de caixas églomise [3]."

"Que delícia", ela exclamou. Em uma fração de segundo, ela assumiu seu papel: Dama-Vazia-Que-Vive-Para-Compras.

Depois de apenas dois passos dentro da loja, no entanto, Mariana se arrependeu de sua aquiescência alegre. Esta loja em particular tinha a largura e a profundidade de uma baia de cavalos — com o mesmo odor — e abarrotada do teto ao chão com todo tipo de bibelô, tornando impossível para ela e Villefranche andarem lado a lado.

Andando cuidadosamente pelos corredores apertados, ela

---

2. Le Grand Véfour, o primeiro grande restaurante em Paris, foi inaugurado nas galerias do Palais-Royal em 1784. Uma lista de clientes regulares nos últimos dois séculos inclui a maioria dos pesos pesados da cultura e política francesas, por exemplo, Honoré de Balzac, Napoleão, Jean Cocteau, Colette e André Malraux. O restaurante, com sua decoração neoclássica do início do século XIX, com grandes espelhos em molduras douradas, continua sua tradição gastronômica no mesmo local, "uma cidadela repleta de história da culinária francesa clássica".

3. Églomisé é um termo francês que se refere ao processo de aplicar um desenho e douramento na face traseira do vidro para produzir um acabamento espelhado. O nome é derivado do decorador e negociante de arte francês do século XVIII Jean-Baptiste Glomy, que foi responsável por seu ressurgimento. A técnica de Glomy era relativamente simples de aplicar desenhos decorativos em uma combinação de cores lisas e dourados, geralmente em molduras de vidro. No entanto, com o tempo, ela passou a ser usada para descrever quase qualquer processo envolvendo vidro pintado e dourado, por mais elaborado que fosse.

escolheu seu caminho para os fundos, onde o proprietário estava atrás de um balcão. Os dois homens trocaram algumas palavras em francês, colocando o proprietário em uma onda de movimento com um sorriso obsequioso colado em seu rosto de rato. Logo, ele montou vários tamanhos e estilos de caixas églomise para que ela inspecionasse.

Ela destacou uma caixa com bordas douradas rendadas e pressionou sua pequena alavanca, clicando para abrir sua tampa ornamentada representando a famosa Fonte Medici do Jardin du Luxembourg. Com o olhar fixo na caixa sob sua mão, ela perguntou: "Você é um admirador de églomise?"

Quem diria que espionagem poderia ser tão mortalmente entediante?

"Não acredito em acumular bens materiais para colecionar. É desperdício", pontificou Villefranche. "Todos os objetos devem ser úteis; caso contrário, qual é o sentido desse objeto?"

Confusa com sua absoluta segurança, Mariana sentiu suas sobrancelhas se erguerem. "Como a arte se encaixa em sua visão de utilidade?"

Um rubor subiu por suas bochechas jovens. "Você terá que me perdoar, Lady Nicholas. Às vezes esqueço que nem todo mundo compartilha minhas crenças." Com um ar de autoconsciência, ele desviou o olhar para as profundezas aveludadas da caixa aberta. "Você está... bonita... hoje", ele acrescentou em um tom conciliatório e estranhamente monótono.

Um sorriso perplexo encontrou seu caminho para os lábios de Mariana. Villefranche nem estava olhando para ela. Suas habilidades como pretendente igualavam suas habilidades como espião.

"Seus olhos", ele gaguejou, "eles brilham."

"Oh, meu Deus", ela respondeu, "espero não ter pegado febre."

Com os olhos arregalados de alarme, ele se virou para ela. "Você entendeu mal a intenção das minhas palavras."

"Isso é, de fato, um alívio", ela respondeu, as palavras extremamente entediantes. Ela deu um tapinha na caixa e acenou para o proprietário. Com um floreio dramático, ele pegou a caixa e começou a embrulha-la. "Então você não é um admirador de églomise?" Ela sentiu um fio condutor útil percorrendo esse tópico de conversa em particular. "Eu teria pensado que você apreciava um ofício que requer tamanha habilidade e perícia."

Villefranche desviou o olhar. "Aqueles que pintam essas cenas minúsculas e intrincadas para multidões de turistas ricos recebem pouco pagamento, e seus olhos falham em idades muito jovens, deixando-os sem meios de subsistência e sem visão. É uma tragédia", ele proclamou para o local vazio de clientes, exceto eles mesmos.

Na tentativa de evitar que Villefranche visse o enorme revirar de olhos, Mariana dirigiu sua atenção para o enorme aparador à sua esquerda. Ela colocou uma mão na superfície de mármore e permitiu que o frescor da pedra penetrasse em sua pele através da seda de suas luvas. Ela olhou por cima do ombro para encontrar Villefranche endireitando um vaso oriental.

"Este é um vaso bem grande", ela começou, esperando aliviar a conversa. "Como eles conseguiram espremê-la dentro desta pequena loja? Deve pesar meia tonelada."

"Bem, na verdade, não é tão pesado, mas pesado o suficiente para ferir gravemente um homem que tem o azar de se encontrar do lado errado. Trabalhadores do cais todos os dias se mutilam ao mover tais estruturas."

Mariana deu um suspiro frustrado. O homem nunca tinha ouvido falar de hipérbole ou conversa fiada? Sobre cada conversa com o Conde de Villefranche pairava uma nuvem de chuva pronta para explodir. Como ela deveria arrancar qualquer informação útil deste homem? Sua única esperança estava no fato de que ele era claramente, felizmente, tão inábil na arte da espionagem quanto ela.

"Madame", o proprietário interrompeu com um murmúrio discreto, "sua caixa de charutos está pronta."

Caixa de charutos? Para que ela precisava de uma caixa de charutos? Ela enfiou a mão na bolsa para pagar. Dinheiro e itens trocados eficientemente entre ela e o proprietário satisfeito, ela encarou o jovem conde. "Vamos nos aventurar?"

Villefranche assentiu, e eles começaram a andar pela loja apertada, cada movimento para frente uma negociação intencional com a miscelânea de móveis, livros empilhados e várias ninharias e bugigangas. Mariana olhou para trás e viu Villefranche empilhando novamente uma coluna de livros que ele acidentalmente chutou.

Nick nunca foi tão desajeitado.

De onde veio esse pensamento?

Da parte do cérebro dela que não conseguia parar de pensar nele depois da noite passada.

Nick estava vivo, e ele era um espião.

Nick era seu... supervisor? Como ela poderia caracterizar melhor essa nova reviravolta no relacionamento deles? Independentemente do título, ela agora espionava para ele, se é que se pode chamar o que ela estava fazendo de *espionagem*.

Ela precisava de um novo papel. A Dama-Vazia-Que-Vive-Para-Compras não estava funcionando. Talvez, bajulação funcionasse. Geralmente funcionava com homens jovens. A Dama-Que-Descaradamente-Bajula-Homens-Mais-Jovens poderia ser seu novo papel. Valia a pena tentar.

Finalmente livre da loja apertada, Mariana pousou a mão no braço estendido de Villefranche e exclamou: "Oh meu Deus, que músculos duros você esconde sob este pano superfino. Você levanta objetos pesados?"

Polido e bonito, o Conde de Villefranche era o tipo de homem que incendiava os corações das jovens, mas que deixava o dela frio. No entanto, ela foi atingida por uma observação que deveria ter sido óbvia desde o início: em constituição e coloração, Villefranche era assustadoramente semelhante a Nick.

Ambos os homens eram altos, magros e possuíam uma beleza morena que chamava a atenção.

Ainda assim, uma diferença sutil, mas distinta, na postura os diferenciava. Villefranche encarava o mundo com uma postura absurdamente ereta, enquanto Nick se comportava de uma maneira não exatamente defensiva, mas de uma forma que o mantinha reservado. Era uma das qualidades que a atraíam para Nick — o mistério dele.

"Eu trabalho na propriedade da nossa família quando tenho oportunidade. Uma conexão com a terra é vital."

Suas palavras trouxeram Mariana de volta ao presente. Memórias do mistério eterno de Nick não ajudaram em nada. "Esses músculos combinados com sua altura imponente fazem de você um... jovem homem saudável."

Saudável? Jovem? Essa foi a resposta mais lisonjeira que ela conseguiu inventar? Suas habilidades de improvisação careciam muito de elegância.

"Um corpo saudável é a base de uma mente saudável", Villefranche respondeu, certo de seu caráter.

"Claro", ela respondeu. O homem falava apenas em aforismos? Ela limpou a garganta e continuou: "Você possui tanta sabedoria para alguém tão jovem. Seus anos nesta terra não podem exceder vinte."

"Vinte e um anos no dia do meu nome."

"Como as damas de Paris devem competir por você", ela continuou. "Um aristocrata marcante como você deve ter sua escolha. E agora, é claro, os aristocratas estão de volta à moda na França."

O passo de Villefranche se acelerou e uma onda de esperança percorreu Mariana. Será que ela havia conseguido encontrar uma brecha na armadura dele?

"*Oui*, minha família é aristocrata", ele disse, "mas somos franceses antes de tudo. Há aqueles que gostariam que voltássemos ao *Antigo Regime*."

"Ah?" ela perguntou, a pergunta um suspiro alegre.

O passo de Villefranche se acelerou e uma onda de esperança percorreu Mariana. Será que ela havia conseguido encontrar uma brecha na armadura dele?

"Eles se recusam a admitir que o jeito antigo seja insustentável", ele disse, o volume de sua voz aumentando a cada palavra que ele falava, ecoando pela longa arcada de pedra diante deles. "No entanto, temos um rei novamente."

"Temos um rei na Inglaterra", ela respondeu, mantendo um tom inocente.

"*Oui*, mas vocês também têm um Parlamento para manter o equilíbrio. Nós, franceses, temos problemas com equilíbrio." Uma risada irônica escapou dele, pegando Mariana de surpresa. Ela não o teria imaginado capaz de ironia. "Gostamos de extremos."

"Mas isso não é a natureza humana?" ela perguntou.

"Um governo, Lady Nicholas, deve estar acima de extremos," Villefranche expôs, instruindo-a como se ela fosse uma criança. "Deve estar acima da natureza humana, mesquinharias e caprichos. Quando um homem governa sem controle e equilíbrio, como diriam os americanos, ele se torna corrupto e um tirano. Até mesmo nosso grande Napoleão sucumbiu a isso."

Mariana observou o Conde de Villefranche se transformar diante de seus olhos. Ele não era mais um pretendente desajeitado e fingido. Ele era um homem confiante e apaixonado por suas crenças.

"Se quisermos ter uma aristocracia," ele continuou, "então devemos ter uma monarquia constitucional, como na sua Inglaterra. Caso contrário, boa sorte para os aristocratas."

"O seu é um ramo poderoso da família Orléans," ela rebateu. Finalmente, ela estava chegando a algum lugar. "Parece que sua família perderia muito."

"Minha família é francesa antes de tudo", ele repetiu em um tom de voz crescente. Como se estivesse chocado com seu próprio fervor, ele parou abruptamente. "Você deve me perdoar", ele disse, sua voz vazia da paixão que a infundiu segundos atrás.

O momento foi perdido. *Maldição*.

"Às vezes, eu fico muito..." ele disse, como se não conseguisse encontrar a palavra correta.

Mariana teve pena dele e exclamou: "Oh, esta é a loja que eu estava procurando. Meu filho, Geoffrey, simplesmente adora" — ela olhou para a placa, e seu estômago caiu até os pés — "tabaco".

As sobrancelhas de Villefranche se franziram. "Você não pode ter um filho com idade suficiente para..."

"Para quem você acha que é a caixa de charutos?" Mariana perguntou, seus olhos fixos nos dele, quase o desafiando a contradizê-la. Não seria bom mencionar que Geoffrey completaria onze anos no mês que vem.

Ou que, na carta que ela havia recuperado de Helene hoje, ele havia feito um pedido de compras para que ela trouxesse para casa uma caixa de bombons franceses. Ele estava tentando convencer um cozinheiro guloso em Westminster a lhe dar porções maiores de jantar. O garoto certamente possuía uma compreensão fundamental do que fazia o mundo girar. Na verdade, ele era muito parecido com o pai.

Uma vez que eu comecei, devo me comprometer... "Geoffrey é um conhecedor de fogus [4]."

Villefranche inclinou a cabeça. "*Fogus*? Não conheço essa palavra."

"O tabaco é caracterizado como tal em certas áreas de Londres." Ela guardaria para si quais áreas de Londres e que nunca havia se aventurado em nenhuma delas.

Oh, como o pequeno dicionário de Francis Grose estava infectando sua mente. O pensamento provocou um pequeno sorriso que ela não conseguiu reprimir.

---

4. Um fogus em um charuto se refere a uma mistura de folhas de tabaco mais curtas usada para encher o charuto, incluindo restos e aparas.

A boca de Villefranche se contraiu em uma linha silenciosa e sombria, e ele abriu a porta. Quando Mariana entrou na loja com o tilintar delicado dos sinos, ela se arrependeu de sua bravata. Fingindo interesse nas várias formas de tabaco em exposição, sua mente começou a pensar em um ângulo útil de como proceder. O flerte não havia sido bem sucedido. Ela se atrapalhou pensando em desempenhar um novo papel.

"Lady Nicholas", Villefranche começou, "gostaria que eu experimentasse um *fogus* em particular para seu filho? Pelo que entendi, as mulheres têm dificuldade em apreciar charutos."

Como Mariana ansiava por alcançar uma das muitas caixas abertas em exposição, tirar um charuto de suas profundezas e acendê-lo diante dos olhos escandalizados dele. Talvez fosse o paradoxo de Paris chamando por ela, mas a incursão da noite passada no Foyer de la Danse deslizou em sua mente. *Celestial e sórdida.*

Um arrepio de excitação percorreu seu corpo, e seu próximo papel lhe ocorreu. *Sedutora.* Não foi ideia de Nick usar *todos os meios necessários* para arrancar informações de Villefranche? Ela poderia se transformar em uma parisiense hedonista e amoral. Ter moral, é preciso admitir, pode ser tão cansativo...

Rapidamente, lhe veio outro pensamento: Nick a havia espionado na noite passada.

Nick poderia estar espionando-a *agora.*

Impelida por uma ousadia pouco familiar, ela apoiou os cotovelos na vitrine atrás dela e permitiu que um sorriso sedutor brincasse em seus lábios, canalizando completamente o papel de parisiense hedonista e amoral. Se tal posição forçasse seus seios a se projetarem para frente e atraíssem o olhar de Villefranche — ou de qualquer outro olhar que por acaso a estivesse observando — então que assim fosse.

Por qualquer meio.

"Você nunca pegou seu charuto e convidou uma mulher para apreciá-lo?" ela perguntou.

O choque se misturou às feições insossas de Villefranche. "Nunca."

"Você nunca desejou assistir a uma mulher —"

Suas sobrancelhas arquearam em direção ao teto.

"Acender seu charuto?"

Sua garganta se moveu para cima e para baixo em um movimento de engolir. Ela quase desejou poder lhe dar um copo d'água e um tapinha nas costas — quase. Quando ele finalmente recuperou sua capacidade de falar, ele balbuciou: "Eu nunca experimentei o prazer —"

"*Non?*" ela o interrompeu. "Eu pensei que todo tipo de prazer poderia ser experimentado em Paris."

Enquanto Villefranche desviava o olhar, ela considerou os olhos de Nick possivelmente demorando em partes de seu corpo há muito tempo intocadas. Uma mistura de excitação e desejo inesperados fluiu através dela, lançando um brilho quente pelo comprimento sinuoso de terminações nervosas doloridas para serem usadas novamente, aumentando sua sensação de irrealidade.

Memórias de um passado que era melhor esquecer ameaçavam cair sobre ela.

Memórias que Londres suprimiria; memórias que Paris acenderia.

Mesmo depois de todo esse tempo, elas poderiam consumi-la em um fogo que nunca havia sido convincentemente extinto.

Em um esforço para se recompor e permitir que a realidade se firmasse no presente, ela respirou profundamente e soltou o ar em uma expiração lenta.

O olhar de Villefranche se dirigiu furtivamente para seu decote por uma fração de segundo antes de ele se afastar. "Parece que eu estava enganado." Ele mudou seu peso para a esquerda, depois para a direita, depois para a esquerda novamente. "Já que não há nada que você não pareça saber sobre charutos —"

Mariana corou com a ironia não intencional.

"—Eu devo lhe dar *adieu*." Ele inclinou a cabeça em uma reverência superficial.

Alarmada, Mariana descartou seu papel de sedutora, empurrou o balcão e estendeu a mão para agarrar o braço de Villefranche. Ela não podia deixá-lo ir embora. Impossível que esse dia terminasse em fracasso. "Talvez pudéssemos nos encontrar novamente amanhã e aprofundar nossa" — ela vasculhou o cérebro em busca de uma palavra, qualquer palavra — *"deliciosa"* — essa não era bem a palavra certa — *"amizade".* Nem essa.

Villefranche hesitou, seu olhar incapaz de encontrar o dela. "Eu tenho um compromisso anterior."

Uma fina camada de suor cobria o corpo de Mariana. *Não, não, não.* "Que pena. Então no dia seguinte", ela pressionou. Ela estava fazendo papel de boba, mas não se importava. Nick poderia estar observando.

"Acredito..." ele começou.

"Então no dia seguinte." Os dedos dela apertaram o braço dele. "Você deve me mostrar os pontos turísticos de Paris." Metal rígido mordeu a carne macia da outra mão dela — a caixa de charutos. "Talvez o famoso Jardin du Luxembourg?"

Como se Villefranche sentisse que a única maneira de se livrar da interação cada vez mais estranha era ceder, ele disse, cada palavra claramente uma negociação com sua mente racional, "Será um prazer. Enviarei uma nota—"

"Encontro você na Fonte Medici às três e meia em ponto", ela interrompeu. Ela não permitiria que ele se esquivasse do encontro mais tarde. Seus dedos soltaram o aperto em volta do braço dele, e ela saiu correndo da loja, a mente dela correndo mais rápido que seus pés.

A vergonha a atacou de todos os ângulos. Ela cometeu um erro tático com Villefranche. Ele não tinha desejo de flertar, ser bajulado ou seduzido. E seu comportamento na tabacaria... Sua vergonha aumentou ainda mais.

Seu entusiasmo em derrotar Nick a cegou para o fato de que

ela não sabia nada sobre seu mundo e os métodos que precisaria para navegá-lo com sucesso. Sua obstinação e excesso de confiança arruinaram este dia. Como ela poderia encarar Nick novamente e manter um pouco de seu orgulho? Pois certamente ele sabia. Ele tinha *pessoas* que trabalhavam para ele.

Enquanto seus saltos estalavam na rua de paralelepípedos, ela quase gemeu alto quando outro pensamento lhe ocorreu. Quando ela se envolveu com o fantasma Nick de sua imaginação, isso a... *excitou*... Ela tinha esquecido o que havia sentido quando ele desapareceu de sua vida uma década atrás?

Um vazio negro.

E vazios ansiavam por serem preenchidos.

O pensamento a deixou séria. Ela não poderia dar a ele aquele poder sobre ela novamente.

Quando menina, ela se orgulhava de ter aprendido suas lições logo na primeira vez. E ela aprendeu sua lição sobre Nick há muito tempo. Uma vez era o suficiente, mas ela precisava de mais orientação se quisesse continuar com esta aventura.

Ela endireitou os ombros e encarou a galeria à sua frente. Ao longo dos últimos anos como patrona da Escola Progressista para Jovens Senhoras e a Educação de Suas Mentes, ela veio a entender algo fundamental sobre conhecimento: era fácil de alcançar se alguém estiver disposto a deixar de lado o orgulho e admitir a ignorância. Era isso que ela deveria fazer.

Hoje à noite, ela deixaria seu orgulho para trás e correria nua na frente de Nick, no sentido metafórico, é claro.

E depois, ela pegou uma caixa de bombons.

7

Nascido em um planeta de três centavos e meio, nunca valerá um centavo: Diz-se de qualquer pessoa notavelmente malsucedida em suas tentativas na vida ou em sua profissão.

— UM DICIONÁRIO CLÁSSICO DA LÍNGUA VULGAR,
FRANCIS GROSE

Mariana desceu da carruagem de aluguel apertada e barulhenta, levantou o rosto para o céu aberto da noite e se deleitou com o brilho abafado dos raios da lua. Revigorada, ela olhou ao redor da rua, seu olhar atraído para as lanternas vermelhas penduradas individualmente acima da fileira de batentes de porta.

Este era um lado da cidade conhecida como Margem Esquerda, que ela ainda não tinha conhecido. Cada superfície, da rua de paralelepípedos ao telhado de ardósia, brilhava com a luz da meia-noite que dançava ao ritmo competitivo da música de janelas abertas, criando uma sinfonia cacofônica de som não desagradável aos seus ouvidos.

E na rua abaixo daquelas janelas, onde ela estava um ritmo e comportamento que pertenciam à noite substituiu a agitação da atividade diurna. Era um ritmo não menos apressado, mas que falava de intenções ocultas e destinos secretos.

Quão gritante era o contraste entre este lugar e os arredores brilhantes e vivazes do Palais-Royal. Toda cidade tinha duas versões de si mesma: uma versão exibida abertamente com orgulho de propriedade e uma segunda versão que preenchia as sombras, mesmo em cidade ousada e sincera como Paris. Tudo o que era preciso fazer era dar um passeio de carruagem para sair da vida confortável para ver as sombras se escondendo à vista de todos.

Esta era uma Paris que a enervava e a encantava.

Quando menina, ela não tinha permissão para deixar a propriedade da família sem escolta. Certamente, vários assassinos e ladrões estavam à espreita para que uma garotinha como ela aparecesse. Como mulher adulta, ficava envergonhada ao admitir que ainda respeitasse as instruções de sua juventude quando se aventurava em Londres.

O que ela estava perdendo todos esses anos?

Esta noite parisiense barulhenta não parecia insegura.

Parecia viva.

Paris era aventura.

Sua parisiense amoral e hedonista voltou a ela, acompanhada pela familiar vergonha que a atormentou durante toda a tarde e a noite. Ela devia deixar de lado seu fracasso anterior e se submeter a aprender suas lições como uma boa aluna, mesmo que elas tivessem que vir de Nick. Impetuosidade e orgulho a levaram à humilhação esta tarde. Ela não deixaria isso acontecer novamente.

A algumas portas de distância, ela avistou uma lamparina diferente das outras. Esta brilhava roxa e fraca, sua luz não se estendendo além de sua própria porta. A intuição a levou até sua sólida porta de carvalho. Ela deu algumas batidas discretas e se lembrou da resposta concisa de Nick ao seu pedido — enviado por uma Hortense inquestionável — de que eles se encontrassem:

Rue de la Huchette. La Coquine Violet. Meia-noite em ponto. Memorize e queime.

La Coquine Violet. Mariana entendeu a palavra violeta facilmente, o que explicava a lamparina roxa pendurada bem acima de sua cabeça. Mas *la coquine?* Anos de aulas de francês nunca lhe ensinaram essa palavra. Claro, ela nunca teve paciência para francês, portanto, sua retenção do vocabulário e da gramática sempre foi insignificante.

Novamente, ela bateu na porta, mais forte dessa vez. Com a mão suspensa no meio da batida, a porta se abriu, assustando-a. Diante dela estava uma enorme parede de homens de ascendência africana. Silenciosamente, seus olhos percorreram o corpo dela antes de se afastar e leva-la para um saguão escuro que não oferecia nenhuma visão da sala. Apenas as vibrações abafadas de música barulhenta e vozes masculinas, seguidas por risadas femininas, a alcançaram do interior. A porta se fechou atrás dela.

"Seu sobretudo?" o porteiro entoou com um sotaque que falava de um passado complexo.

Ela assentiu e permitiu que ele tirasse seu casaco.

Cada fibra em seu ser formigava em antecipação ao que estava além da porta diante dela. "Aqui é *La Coquine Violet?*" ela perguntou, uma nota irritante de incerteza entrelaçando sua voz.

O porteiro afastou o nervosismo dela simplesmente sorrindo e empurrando a porta em resposta. Ela cruzou a soleira antes que a antecipação pudesse se transformar em pânico. Uma vez lá dentro, no entanto, não havia espaço para considerações idiotas como medo ou indecisão.

A sala pintada de azul apresentava todo tipo de cenários necessários para o entretenimento de um cavalheiro: mesas de jogo dominando os quatro cantos; carrinhos de uísque espalhados por toda parte; sofás reclináveis abrigados em sombras discretas.

Alguém poderia pensar que este lugar era um clube de cavalheiros, exceto por duas características distintivas: o piano estridente que produzia um estilo de música propício à brincadeira e diversão, e as mulheres. Elas estavam em todos os lugares onde os homens estavam. Sempre ouvindo. Sempre concordando. Sempre sorrindo. Sempre prontas e sempre em exibição.

E, oh, como elas se exibiam. As beldades de olhos escuros vestidas com cores fortes, as loiras de olhos claros em tons pastéis, todas envoltas em tecidos diáfanos que deixavam pouco para a imaginação.

Mariana se sentia nitidamente desleixada, vestida com as botas úteis e o vestido cinza que Hortense insistira que ela pegasse emprestado para a ocasião. Uma criada equilibrando uma bandeja de champanhe e vestindo nada mais do que uma camisa e pantalettes [1] passou rapidamente. Mariana pegou uma taça e tomou um gole refrescante.

Com o corpo cheio de excitação, ela foi envolvida por uma Paris diferente de tudo o que havia experimentado em seus círculos habituais. Nem mesmo em Londres ela havia pisado em uma sala como esta. Talvez, especialmente não em Londres.

La coquine. Havia uma razão pela qual ela nunca tivesse aprendido essa palavra na sala de aula de francês. Este lugar era certamente um —

Do outro lado da sala, um par de olhos escuros e penetrantes

---

1. Pantalettes são roupas íntimas que cobrem as pernas usadas por mulheres, meninas e meninos muito jovens no início e meados do século XIX. Pantalettes se originaram na França no início do século XIX e rapidamente se espalharam para a Grã-Bretanha e América. Pantalettes eram semelhantes à leggings. Elas podiam ser uma peça ou duas peças separadas, uma para cada perna, presas na cintura com botões ou cadarços. A virilha era deixada aberta por razões de higiene. Elas eram mais frequentemente de tecido de linho branco e podiam ser decoradas com pregas, rendas, recortes ou bordado inglês.

chamou sua atenção. Ela não conseguiria desviar o olhar da mulher robusta vestida de preto mesmo se quisesse. Além de Mariana, ela era a única mulher na sala que não sorria para um homem. Ela devia ser *la Madame*.

No instante seguinte, *la Madame* entrou em movimento, ágil e rápida em sua andança pela sala. A mulher estava vindo até dela. Mariana engoliu o resto do champanhe em uma tentativa de se preparar. Ela conhecia uma mulher formidável quando via uma.

La Madame parou na frente dela e olhou-a sem rodeios de cima a baixo antes de enchê-la com um discurso rápido em francês que Mariana não se incomodou em tentar traduzir. *La Madame* arrancou a taça de champanhe vazia de sua mão e apontou para uma porta do outro lado da sala. Em meio a uma névoa de choque, Mariana percebeu que a mulher estava absolutamente furiosa. Com ela.

Quando a Madame finalmente ficou sem palavras, Mariana perguntou educadamente, "Você poderia falar mais devagar? Tenho certeza de que podemos resolver esse assunto amigavelmente."

A boca da Madame se fechou e seus olhos se estreitaram. *"Anglaise?"*

Era mais uma declaração do que uma pergunta. Mariana respondeu um simples, *"Oui."*

O fogo deixou os olhos da mulher. "Um bebê," a Madame gritou por cima do ombro, em movimento novamente.

Mariana não teve escolha a não ser seguir a mulher pela sala. Cada casal que ela passava exalava seu próprio perfume único e erótico — jasmim combinado com cravo, lavanda com sândalo, rosa com amêndoa — sustentado por notas contínuas de fumaça de charuto e uísque, lembrando-a de que, apesar dos papéis de parede floridos, decotes trêmulos e móveis ornamentados, este era um mundo totalmente masculino.

Atrás da *Madame*, Mariana subiu uma escada escura, os sons da folia ficando mais distantes a cada passo. No final de um corredor de portas bem fechadas, *la Madame* bateu uma vez e pressionou o ouvido contra o carvalho, provavelmente ouvindo a permissão para entrar.

"Oui," *la Madame* gritou através da porta, pegando um chaveiro barulhento em sua cintura. Ela colocou a chave correta na fechadura e abriu a porta. Mariana passou pela soleira e conteve um suspiro ao ver um Nick à vontade descansando atrás do que parecia ser uma mesa de jogo.

"Você está vestido como você mesmo esta noite", ela disse, incapaz de dizer nada além do óbvio.

Com a graça fluida de um gato, ele se levantou, as pontas dos dedos roçando o tampo de feltro da mesa. "Neste estabelecimento, é necessário."

A distância fria infundindo suas palavras a trouxe de volta à realidade. Sim, ele era ele mesmo esta noite. Vestido em branco e preto impecáveis, ele era uma visão do homem inglês aristocrático. O gelo não derretia em sua boca. Diante dela estava o homem que ela presumiu que ele fosse até a noite passada. Exceto que ele não era esse homem e, possivelmente, nunca tinha sido.

Ela o observou se aproximar da *Madame* e começar a conversar com a mulher em seu francês nativo. Ela não pôde deixar de admirar sua confiança fria e controlada. Nick sempre foi assim. Ele sabia como lidar com um momento de forma competente sem tentar provar nada a ninguém.

Mais uma qualidade atraente sobre seu marido que ela se esforçou para esquecer. Mais uma qualidade atraente sobre seu marido que ela se lembrou, novamente.

Consciente de que estava encarando, Mariana redirecionou seu olhar e observou o cômodo ao seu redor. À sua direita estava a mesa de jogo. Sentado em uma de suas cinco cadeiras estava um crupiê de barba grisalha, que estava sentado com o rosto inclinado para a tarefa de embaralhar as cartas. Todas as barbas agora suspeitas, ela estreitou seu olhar para o homem antes de determinar que este fosse genuíno, pois o cabelo do homem era do mesmo cinza.

Seu olhar se voltou para a esquerda em direção à outra característica dominante do cômodo: a cama mais maciça e ornamentada que ela já tinha visto. Com suas cobertas escarlates e de veludo, parecia uma caricatura de uma cama que alguém encontraria em um bordel.

Um rubor quente subiu pela fenda de seu decote, e seus olhos se fecharam com força. Uma lembrança específica da noite passada veio a ela: suas mãos apoiadas contra a cabeceira da cama, o corpo de Nick posicionado atrás dela, breves rajadas de sua respiração em seu pescoço, dedos capazes desfazendo os frágeis pedaços de pano separando sua pele nua da dele...

A porta se fechou, felizmente desviando sua atenção da cama e de uma lembrança que não servia para nada. A *Madame* tinha ido embora.

"*Madame Larousse* tem um lugar para você", disse Nick, "se seu acordo comigo azedar."

"Ela acha que sou uma prostituta?" Mariana não sentiu um pingo de surpresa ou indignação com a suposição da *Madame*. Na verdade, isso poderia até mesmo agradá-la.

"Que outro tipo de mulher você seria?" ele perguntou, olhos arregalados e sinceros.

Uma risada curta escapou dela. "A vida como sua espiã é infinitamente mais interessante do que a vida como sua esposa." Ela não tinha certeza de quando eles haviam se envolvido pela última vez em brincadeiras leves, mas aquilo parecia novo. Se ela não tomasse cuidado, poderia parecer um começo. Ela seria mais cuidadosa.

"O significado de *la coquine?*" ela perguntou em uma tentativa de endireitar a conversa antes que ela se desviasse completamente.

"Sirigaita." Ele fez uma pausa antes de continuar, "Ou vadia, dependendo do seu ponto de vista."

"Então este lugar é o que eu acho que é?"

"Sim." Nick foi até um bar lateral e serviu dois copos de uísque puro.

"Eu não bebo uísque", ela disse, supondo que um copo era para ela.

"Hoje à noite, você pode reconsiderar."

Ele ofereceu a ela um copo meio cheio, e ela o pegou. "Há alguma razão para eu precisar dos efeitos fortificantes do uísque?"

Um sorriso enigmático curvou seus lábios. "Depois de receber seu pedido para nos encontrarmos hoje à noite, decidi que este era o lugar perfeito para começar suas... aulas... sobre os fundamentos da espionagem."

"Você está me dando aulas de espionagem" — ele estremeceu com a frase — "em um *bordel?*" Ela pensou que ele lhe ensinaria alguns truques do ofício esta noite e a mandaria embora.

"Temos três noites até seu próximo tête-à-tête com Villefranche." Ele colocou seu uísque na mesa mais próxima e enfiou a mão direita no bolso interno de seu paletó, puxando de suas profundezas um objeto longo e fino.

Era um charuto.

A repentina chama de mortificação percorreu Mariana quando Nick cortou a ponta antes de acender um fósforo e dar uma tragada no charuto. Uma coluna fina e sinuosa de fumaça flutuou em sua direção, com seu cheiro acre de terra enchendo o quarto. Com o charuto preso entre o polegar e o indicador, ele perguntou: "Você gostaria de uma tragada? Pelo que entendi, a vida até agora lhe negou o prazer de apreciar o charuto de um homem. Embora, se a memória não me falha —"

"Você estava lá hoje." Seu coração ameaçou sair do peito.

A ponta de seu charuto começou a ficar cinza. "Eu tenho..."

"Pessoas", ela terminou para ele.

Ele bateu as cinzas em um prato de cristal. "Você nunca estará sozinha ou sem segurança, Mariana. Nunca."

Suas palavras provocaram uma poderosa carga de emoção dentro dela, e ela desviou o olhar, para que ele não visse em seus olhos. O momento se prolongou enquanto nenhum dos dois falava. Nick gostava de prolongar um momento. Na verdade, ela se lembrava do tipo de momento que ele mais gostava de prolongar...

Anos... Fazia anos desde que ela se entregava a tais pensamentos sobre ele. Ela não era de se demorar em fracassos passados, mas com um toque de seu corpo na noite passada, aqueles anos ameaçaram desaparecer em irrelevância.

Nick limpou a garganta, interrompendo seu devaneio inútil, antes de apagar seu charuto no prato. Feito isso, ele ergueu o copo em um gesto de brinde e bebeu todo o conteúdo do copo. Ela tomou um gole e não conseguiu evitar uma careta.

"É uísque bourbon das Américas", ele explicou enquanto começava a caminhar em sua direção. Ela se preparou instintivamente. "Hoje à noite, jogaremos pôquer."

"Pôquer? Parece ameaçador."

"É um jogo de cartas jogado em barcos fluviais do Mississippi", ele explicou no tom paciente que alguém usaria com uma criança pequena. "É preciso empregar duplicidade e astúcia para vencer. Você não deve se entregar."

"Essa é a lição desta noite? Duplicidade e astúcia? E onde você conseguiu bourbon" — ela levantou o copo — "e aprendeu jogos de barco no rio Mississippi?"

"Em um barco no rio Mississippi."

Ela pensou que ele nunca mais a chocaria. "Nick, quando você esteve no rio Mississippi?"

Ocorreu a ela que ela deveria esquecer tudo o que achava que sabia sobre esse homem e começar do zero. Diante dela estava um espião que fazia viagens secretas pelo oceano, bebia uísques exóticos e jogava cartas em barcos no rio Mississippi.

Ah, e ele era o marido dela.

Três batidas soaram na porta.

"Vou guardar essa história para outra hora", ele gritou por cima do ombro.

Um grito estridente e animado do andar de baixo irrompeu na sala ao lado de duas jovens prostitutas atrevidas que entraram de braços dados, cada uma segurando uma garrafa aberta de champanhe. Seus olhos escuros e brilhantes passaram rapidamente entre Mariana e Nick antes que uma sussurrasse no ouvido da outra, e elas riram em uníssono. A mão de Mariana tateou a cadeira ao lado dela, e ela procurou no rosto de Nick por uma pista sobre os procedimentos desta noite. Mas ele não demonstrou um único pensamento.

O assunto dos sorrisos e risadinhas correspondentes das prostitutas tornou-se imediatamente aparente para Mariana. Eles estavam especulando sobre ela e Nick, e o que o casal exigiria delas. No lugar delas, ela se perguntaria o mesmo.

Na verdade, agora que ela pensava sobre isso, ela se perguntava o mesmo. O que seria exigido dessas duas prostitutas esta noite?

Um fato era óbvio: elas não eram virgens inocentes, e essa situação não era nova nem chocante para elas. Na verdade, ela era provavelmente a única pessoa nesta sala para quem essa circunstância em particular seria... *nova*. Cada músculo de seu corpo se retesou com a noção perversa. Ela se preparou para a noite bebendo metade do conteúdo de seu copo.

"Yvette e Lisette vão brincar com a gente", veio a voz baixa de Nick, mais perto de seu ouvido do que ela esperava.

Brincar com a gente?

Mariana se virou para encontrá-lo ao seu lado. "Você conhece todas as prostitutas de Paris pelo primeiro nome?"

Um sorriso rápido cruzou seus lábios quando ele puxou a cadeira ao lado dela. "Vamos?"

Ela reprimiu um sorriso de resposta. Ela gostou da maneira como aquele sorriso em particular transformou seu rosto sério e intenso no de um garoto despreocupado. Ela se obrigou a esquecer daquele sorriso completamente, mas agora se lembrava dele. Ela estava se lembrando dele demais.

Se soubesse o que era bom para ela, correria para Calais e embarcaria no próximo navio com destino à Inglaterra. Mas ela não sabia o que era bom para ela, porque se sentou no assento oferecido e arrumou suas saias como se estivesse se preparando para uma longa noite. Nick sentou-se à sua esquerda, Yvette e Lisette à sua direita, e o crupiê do outro lado.

Quase dava para esquecer o crupiê, tão quieto e discreto ele era, olhos baixos, rosto obscurecido pela barba tão característica de certa classe de parisiense. No entanto, uma familiaridade pairava sobre o homem que ela não conseguia identificar.

O pensamento foi substituído por assuntos mais urgentes quando Nick assentiu, e o crupiê começou a distribuir vários conjuntos de cinco cartas dispostas em várias combinações.

Nick não fez nenhum movimento para pegar as cartas. "O pôquer é um jogo de competição, semelhante ao Brag [2]."

"Brag usa três cartas", Mariana apontou.

"Similar. Não é o mesmo jogo."

Mais uma vez, aquela nota paciente soou em sua voz. Ela encontrou seu caminho sob a pele dela e se aninhou ali.

Enquanto Nick prosseguia explicando as regras do jogo e suas combinações vencedoras, Mariana só conseguia captar cada palavra. Yvette e Lisette, com seus sussurros e risadinhas incessantes, forneciam distração constante.

Desinteressadas nas palavras que saíam da boca de Nick, elas demonstraram um interesse definitivo nele como homem. Uma prostituta se inclinou para frente em falsa curiosidade, quando na verdade ela estava oferecendo a ele uma visão de seu decote,

---

2. Brag é um jogo de cartas britânico do século XVIII, e o representante nacional britânico da família de jogos de azar. É um descendente do jogo Elizabetano do jogo Primero e um dos vários ancestrais do pôquer, a versão moderna variando apenas no estilo de aposta e na classificação das mãos. Foi descrito como o "representante britânico mais antigo da família do pôquer".

enquanto a outra prostituta deslizava a língua pelo lábio inferior em uma tentativa descarada de chamar a atenção dele para a natureza de seus potenciais encantos. Mariana já tinha visto isso dezenas de vezes. As mulheres simplesmente não conseguiam se conter perto de Nick.

"Podemos jogar?" ele perguntou assim que concluiu seu tutorial. Ele distribuiu três sacos de pequenas moedas ao redor da mesa antes que o crupiê embaralhasse rapidamente e distribuísse. O jogo começou.

Mariana pegou suas cartas e escondeu um sorriso indisciplinado. Um straight flush [3]. Embora as cartas fossem baixas, era uma das melhores combinações do jogo.

Ela adicionou algumas moedas ao pote e olhou ao redor, tentando — e provavelmente falhando — mascarar sua alegria. O rosto de Nick, por outro lado, não revelou nada enquanto ele trocava duas cartas. Enquanto isso, Yvette e Lisette bebiam champanhe direto da garrafa e riam, sem se preocupar em esconder suas cartas uma da outra.

Quando chegou a hora de revelar suas cartas, o coração de Mariana disparou com a perspectiva de uma vitória. Yvette e Lisette mostraram um par cada antes de Nick fazer um full house [4]. O alívio tomou conta de Mariana. Se alguém pudesse ter superado seu straight flush, teria sido Nick.

"Muito bem."

"Sorte de principiante, com certeza", ela admitiu enquanto pegava seus ganhos. Tudo o que ela queria fazer era cantar em triunfo.

Era bom vencer Nick. *Sempre.*

Obviamente, este jogo não tinha nada de especial.

O crupiê distribuiu a próxima mão. Dessa vez, ela estava a apenas uma carta de um straight flush. Que sorte. Ela deslizou

---

3. Straight Flush - Cinco cartas do mesmo naipe e em sequência.
4. Full House - Um par e um trio na mesma mão.

seu nove de copas virado para baixo em direção ao crupiê, que o trocou por uma carta diferente. Tudo o que ela precisava era de um Valete de qualquer naipe para completar sua sequência. Com a respiração suspensa, ela levantou a nova carta. Nove de ouros. A Maldição da Escócia [5]— o nome de Grose para esta carta em particular — não era nada do que ela precisava.

E agora?

Não querendo admitir incerteza, portanto fraqueza, ela colocou mais dinheiro no pote.

"Você está aumentando?" Nick perguntou enquanto jogava moedas suficientes no pote para verificar sua aposta.

"Claro", ela respondeu, esperando que sua voz não soasse tão vazia quanto parecia.

No final, foi Yvette — ou foi Lisette? Oh, quem se importava — quem ganhou a rodada. Claro, a resposta dela foi rir, sussurrar e rir um pouco mais. Que par de cérebros ocos. Mariana não se importaria em pegar o par de prostitutas pelos ombros e colocar um pouco de bom senso na cabeça delas.

Em vez disso, ela se virou na cadeira e fixou seu olhar em Nick. "Este jogo ridículo deveria me fornecer uma" — sua voz baixou para um murmúrio abafado — "lição?"

Com os olhos fixos em suas cartas, a resposta de Nick foi um breve aceno de cabeça.

Na próxima mão, ela foi para a sequência. *De novo.*

E ela perdeu.

De novo.

Nick venceu. Yvette venceu. Lisette venceu. Mariana perdeu

---

5. Nove de Ouros – A Maldição da Escócia: Um livro de 1726 dá a pergunta e resposta, ainda considerando a questão como relacionada a um provérbio. Em 1757, a carta foi descrita como "comumente chamada de Maldição da Escócia" com a explicação de que o epíteto se refere a Lorde Ormistoune, Lorde Justice Clerk de 1692 a 1735, que suprimiu a revolta jacobita de 1715 e "tornou-se universalmente odiado na Escócia". Na Escócia do século XVIII, o nove de ouros era às vezes chamado de "Justice Clerk" e era considerado a carta mais azarada do baralho.

todas as mãos, exceto a primeira, que estava começando a parecer uma vida inteira atrás.

Ela olhou para as cartas recém-distribuídas agora descansando em suas mãos, e seu coração acelerou. Ela tinha um flush, mas... Ela estava tão perto de um royal flush [6]. Como cada instinto a chamava para jogar a cautela ao vento e trocar o nove de espadas por uma chance no dez. Ela resistiu ao chamado e ficou, quase certa de uma vitória se ela se mantivesse firme. Seus dedos se apertaram em torno de seu copo de uísque. A cada gole, ele descia cada vez mais suavemente.

Nick aumentou as apostas jogando um punhado de moedas, e as prostitutas o acompanharam. Aquela pilha de moedas era exatamente o que Mariana precisava para se restabelecer no jogo, e essa era exatamente a mão que a levaria até lá. Ela se abaixou para verificar suas apostas e não encontrou nada além de feltro verde, liso e vazio. Ela estava sem um tostão.

A sala ficou sem ar, e suas bochechas esquentaram. Era isso. Ela estava tão perto, e ainda assim estava acabada. Seus olhos se recusaram a encontrar os de Nick. Ela falharia em tudo hoje?

À sua direita, Yvette e Lisette sussurravam nos ouvidos uma da outra. A troca foi notável porque dessa vez elas não riram. Em vez disso, sorrisos travessos iluminaram seus rostos enquanto falavam algumas palavras para Nick em francês rápido. Seus lábios eram uma linha inflexível, ele balançou a cabeça. Yvette e Lisette riram e novamente insistiram em seu ponto de vista. Mais uma vez, Nick balançou a cabeça, dessa vez pontuando o gesto com um firme, *"Non"*.

"Nick?" Mariana perguntou, incapaz de conter sua curiosidade por mais um momento. "O que elas estão dizendo?"

Ele se virou e fixou seu olhar sério nela. "Se você deseja continuar no jogo, Yvette e Lisette têm uma proposta."

---

6. Royal Flush: A melhor mão possível no pôquer é Dez, Valete, Dama, Rei e Ás, todos do mesmo naipe.

"Sim?" Mariana perguntou. O que um par de prostitutas tolas com ar no lugar do cérebro poderia propor a ela?

"Já que você ficou sem fundos, elas sugerem que apostemos peças de nossas roupas."

"Nossas roupas?" Mariana perguntou em um sussurro atordoado.

Seu olhar mudou para a direita e encontrou as prostitutas observando-a cautelosamente, aguardando sua reação. Elas se perguntavam se ela tinha coragem.

Bem, elas não a conheciam.

8

Os livros do diabo: Cartas

— *UM DICIONÁRIO CLÁSSICO DA LÍNGUA VULGAR,*
FRANCIS GROSE

Fascinado, Nick observou um desfile de emoções no rosto da esposa.

Choque... perplexidade... descrença... Essas eram as emoções esperadas.

Quando a descrença evoluiu para reflexão, no entanto, ele sentiu um choque de surpresa.

Ela estava considerando a proposta.

Claro.

Se Mariana tinha um calcanhar de Aquiles, era sua incapacidade de resistir ao chamado da aventura. Foi essa qualidade que a trouxe a Paris. Foi essa qualidade que a trouxe a esta sala. E foi essa qualidade que ele procurou explorar ao envolvê-la na intriga do assassinato.

Seu plano para esta noite era permitir que ela esgotasse seus fundos e então fornecer mais moedas antes de começar sua *lição de espionagem* a sério. Não foi necessário repetir a proposta de Yvette e Lisette.

Por que ele se desviou do plano?

A resposta era simples.

Porque ele não conseguiu se conter.

Porque ele a havia despido parcialmente na noite passada, e a parte mais vil dele veria o trabalho ser feito esta noite.

E porque, se tivesse oportunidade, ele se prejudicaria várias vezes quando se tratasse dela.

Foi *por isso* que ele organizou esta aula aqui, entre todos os lugares. E foi *por isso* que ele disse qual era a proposta de Yvette e Lisette.

Seus olhos fixos no dinheiro no meio da mesa, Mariana assentiu uma vez em concordância. Yvette e Lisette gritaram de alegria. "Qual é o velho ditado? Quando estiver em um bordel, faça como as prostitutas?" Suas pernas balançaram para a direita, em direção a Nick. "Um pouco de espaço, se você não se importar?"

Sua boca ficou seca quando ela se inclinou para frente e desamarrou os cadarços de sua bota. Ela chutou a bota para fora do pé e parou, possivelmente tendo dúvidas. "Você não precisa fazer isso."

Seu olhar disparou para encontrar o dele. "Mas Yvette e Lisette estão tão impressionadas."

"Uma honra duvidosa, na melhor das hipóteses."

Os olhos dela se iluminaram com humor antes de se desviarem, e a satisfação surgiu dentro dele. Como ele se deliciava em diverti-la. Ele estava em apuros.

Pelo canto de sua visão periférica, ele observou Mariana pegar seu vestido e levantá-lo dobra sobre dobra até que a bainha descansasse em sua coxa. Em uma tripla tentativa, ela libertou a meia da liga e a deslizou pelo comprimento suave de sua perna. Segura entre o indicador e o polegar, ela jogou a delicada meia, permitindo que ela voasse até a mesa.

Yvette e Lisette bateram palmas de alegria.

Nick precisava de uma grande dose de bebida para sua boca repentinamente seca. Ele pegou o uísque e encheu seu copo antes de colocar a garrafa de volta na mesa. Ele suspeitou que precisaria de mais algumas doses antes que esta noite terminasse.

O jogo recomeçou, e Mariana colocou um flush na mesa, um sorriso tímido e malicioso aparecendo em seus lábios rosados. Aquele sorriso era delicioso. Ele queria dar uma mordida nele. Claro, ela não lhe deixaria não depois que ele mostrasse suas cartas.

Yvette e Lisette colocaram dois pares cada, e Nick hesitou. Mariana havia concordado em potencialmente se despir com base na força de sua mão, e seu full house era uma das poucas combinações que superavam um flush [1].

Como arrancar um curativo de uma ferida recente, ele jogou suas cartas viradas para cima na mesa de feltro. Ele meio que esperava que Mariana jogasse suas cartas em seu rosto ou, talvez, nunca mais falasse com ele.

Ela não fez nada disso. Seus lábios se firmaram em uma carranca reta — ele sentiu uma pontada com a perda de seu sorriso fofo e bonito — e ela o encarou com um olhar intenso. "Como você conhece este lugar?"

Impressionado com sua contenção, ele limpou a garganta. "No meu *métier*, aprendemos sobre esses lugares." Ele soltou a gravata e a jogou no pote como sua aposta.

"Paris", ela começou em um tom de conversa em que ele não confiava, "deve estar cheia de lugares assim."

Ele assentiu com uma resposta concisa, esperando suprimir esse tópico de conversa em particular, e fingiu se concentrar no jogo. Yvette e Lisette jogaram uma liga cada no pote de dinheiro. Mariana se abaixou e novamente juntou seu vestido dobra por dobra antes de desabotoar as ligas em sua outra perna, seus

---

1. Flush no pôquer é quando você tem 5 cartas do mesmo naipe em uma mão.

movimentos rápidos e eficientes como se essa situação fosse corriqueira, banal até.

Como um garoto inocente à beira de sua primeira visão de carne feminina, o coração de Nick dobrou sua frequência. Ele deveria desviar o olhar. Era o curso de ação de um cavalheiro, mas toda a esperança foi perdida quando seu olhar se prendeu no peito do pé estreito dela. Os ossos de seus pés combinavam com o resto dela: longos e ágeis. *Elegantes*. A mulher tinha pés elegantes.

Ele precisava ganhar controle sobre si mesmo. Esse era um exemplo de como um momento poderia sair do controle em torno de Mariana. Quão facilmente ele poderia perguntar se os pés dela doíam, se eles precisavam de uma massagem. Era esse tipo de momento que ele vinha evitando durante a maior parte do casamento. Não importava o quanto ele fingisse indiferença, ele não era indiferente.

Finalmente, ela se endireitou e jogou a meia e a liga rosa-choque no pote. Era um rosa incomum do tipo que se esperaria encontrar nos trópicos, onde tudo e todos ficam um pouco mais quentes...

Em uma tentativa desesperada de retomar o controle daquela noite, Nick pegou o resto da conversa e começou a expor fatos na esperança de que eles o resgatassem da ficção erótica que sua mente estava criando. "No século XIII", ele começou, seu tom rápido e prático, "Luís IX decretou a prostituição legal em nove ruas de Paris em um esforço para controlar sua disseminação pela cidade. A Rue de la Huchette era uma dessas ruas. Hoje, mais de cento e oitenta bordéis povoam Paris."

"Um número tão preciso", ela disse. "Alguém poderia pensar que você é um *connoisseur*."

Sua voz ficou fria e distante. Exatamente onde ele precisava que estivesse. Quente e próxima era muito perturbador. "*Connoisseur* não é a palavra correta para o meu interesse. E você sabe disso."

"Eu sei?" ela rebateu. "Eu sei uma única coisa verdadeira sobre você?"

"Sim", ele afirmou, desafiando-a a olhar para ele.

Seu olhar, no entanto, permaneceu firme em suas cartas. Ela estava processando a resposta dele e, mais especificamente, aquela palavra. *Sim.* Não teria simplificado as coisas se tivesse dito *não*? Implícito naquela palavra estaria que ela nunca o conheceu.

Mas ele respondeu o oposto. Era como se tivesse uma necessidade básica de preservar o fio de sua antiga conexão, um fio que ele havia cortado. Ou assim ele se convenceu. Um dia, na presença dela, revelou a mentira.

As sobrancelhas dela se ergueram até a linha do cabelo, e ela ofegou, levando as pontas dos dedos à boca. Nick seguiu a direção do olhar dela, e uma resposta muito mais cínica escapou dele na forma de um riso curto.

Yvette e Lisette se levantaram e agora estavam se esgueirando uma em volta da outra, desabotoando lentamente os vestidos uma da outra. Em uníssono, elas balançaram os ombros e deixaram seus vestidos caírem no chão. Nenhuma delas usava uma combinação, apenas pantalettes curtas e pequenos espartilhos que serviam para levantar os seios expostos, mamilos imodestamente franzidos.

Ondas de tensão irradiavam de Mariana enquanto as prostitutas jogavam seus vestidos no pote e riam. Nick sabia que não devia reagir.

Todos os olhos se voltaram para Mariana, até mesmo os do crupiê. O próximo movimento era dela. Um rubor rosa profundo percorreu sua delicada clavícula enquanto ela fez o inesperado: seus dedos se estenderam por seu corpo e encontraram os três botões localizados na lateral de seu vestido antes de tirá-los de seus laços.

A noite poderia ter escapado dele.

"Mariana" — ele falou, porque ele deve — "você não precisa fazer isso."

"Não preciso? Devo obedecer às regras do jogo se quiser continuar no jogo, correto?"

A mão de Nick disparou e prendeu os dedos de Mariana na mesa. Os olhos dela se arregalaram e voaram para cima para encontrar os dele enquanto uma faísca de corrente elétrica percorreu seu braço. Ela deve ter sentido isso também. "Este é o seu jogo, Mariana. Você faz as regras."

"Como vou aprender a jogar se eu sou uma flor delicada para quem concessões devem ser feitas? Pensei que você vivesse em um mundo mais severo do que esse."

"Eu vivo."

A consciência repentina pegou Nick de surpresa, a carne de suas mãos pressionada pele a pele. Ele puxou a mão para trás como se tivesse se queimado. Ela se levantou e tirou o vestido, deixando-o cair no chão em uma pilha. Yvette e Lisette primeiro arfaram, e depois se acalmaram coletivamente ao vê-la.

O vestido era opaco como água de banho usada, mas opaco não era a palavra correta para as roupas que estavam por baixo. Ele não tinha certeza se a cor fúcsia do espartilho e das ligas existia na natureza, mas a cor ganhava vida contra a pele cor de mel de Mariana, mesmo quando o espartilho abraçava seu corpo exuberante, empurrando os seios maduros para cima e para frente, curvando-se em sua cintura e sutilmente alargando-se em seus quadris.

Ela era uma flor de estufa desabrochando.

Ela era incomparável.

Sua boca ficou seca novamente. Ele precisava se ocupar se quisesse manter sua cabeça, a que estava sobre seus ombros, no jogo. Lentamente, para não assustar a requintada e deliciosa confecção que tinha diante de si, ele tirou o paletó e o adicionou ao pote. Sua contribuição pareceu escassa em comparação à de Mariana.

Ela se acomodou em sua cadeira com uma despreocupação como se nada de importante tivesse ocorrido. Muito francesa era essa despreocupação. Muito diferente da Mariana que ele conhecia. O crupiê distribuiu a próxima mão.

Enquanto trocavam as cartas, era inegável que o tom da sala havia mudado. Como não poderia? Mariana havia lançado o desafio.

Yvette e Lisette não sussurravam e riam mais. Em vez disso, elas se tornaram mais... *táteis*... uma com a outra. Yvette passou os dedos leves pela clavícula de Lisette antes de levantar a mão para remover um brinco. Ela repetiu o movimento do outro lado e jogou o par no pote. Lisette respondeu da mesma forma.

E Mariana?

Cativada, ela observava Yvette e Lisette encenando uma cena erótica pela qual os clientes pagavam somas absurdas de dinheiro para assistir e até mesmo participar. Para os não iniciados, poderia ser avassalador. No entanto, a reação fria de Mariana foi se levantar, remover o broche de prata que prendia seu coque simples no lugar e colocá-lo no pote.

A ação em si era simples; o efeito era tudo menos isso. O cabelo dela caía sobre os ombros, mechas soltas encontrando seu caminho para a fenda entre os seios, transformando-a na mulher mais atraente de Paris. Nick acrescentou seu colete e desviou o olhar. O jogo estava pronto para recomeçar.

A rodada que havia começado tão dramaticamente concluiu com um gemido quando ele mostrou sua mão. Mariana suspirou e desistiu. Enquanto ele juntava seus ganhos, ele observou a atenção dela novamente se desviar para Yvette e Lisette, que agora estavam acariciando os rostos uma da outra. Então, uma sussurrou no ouvido da outra, e ambas inclinaram seus corpos em direção a Mariana. Provavelmente ela nunca tinha visto uma exibição como essa entre duas mulheres — ou mesmo considerado essa possibilidade.

Lisette estendeu a mão e gentilmente segurou um lado do

rosto de Mariana, enquanto Yvette segurava o outro. Mariana ficou imóvel como se tivesse sido enfeitiçada. Pontas de dedos experientes começaram a traçar um caminho por suas bochechas e pescoço, centímetro por centímetro, descendo antes de hesitar no espaço logo acima de seus seios. De repente, o equilíbrio da sala pareceu equilibrado na ponta de uma agulha sem margem para um movimento errado. Ou alguém fugia, ou alguém iria experimentar algo novo.

Ocorreu a Nick que poderia haver derramamento de sangue esta noite.

Encorajadas pela falta de resposta de Mariana, Yvette e Lisette se aproximaram. As três mulheres pareciam estar formando um pacto sagrado, cujos segredos eram conhecidos apenas por elas. E tudo o que Nick podia fazer era assistir, impotente em seu lado da mesa. Ele olhou para o crupiê cuja atenção permanecia fixa em suas cartas.

As pontas dos dedos retomaram seu progresso cada vez mais para baixo em direção à curva dos seios escassamente vestidos de Mariana. Ele podia ver o contorno de seus mamilos enrugados sob sua combinação branca.

Antes que Nick tivesse a chance de considerar o que esta noite poderia revelar, ela se levantou e agarrou cada prostituta pelo pulso, provocando gemidos irritados de cada uma.

O pacto havia sido quebrado.

Um Nick aliviado se levantou rapidamente. Finalmente, ele poderia ser de alguma utilidade. "Isso é tudo", ele disse às visivelmente perplexas Yvette e Lisette em sua língua nativa. Petulantemente, elas pegaram suas roupas descartadas e saíram pisando duro da sala, batendo a porta atrás delas.

Ele fez contato visual com o crupiê. "Você deve ir também. E deixar as cartas." O homem assentiu e passou pela porta rapidamente.

Nick girou a fechadura atrás dele e encarou uma Mariana

alterada daquela que havia entrado nesta sala uma hora atrás. Esta mulher poderia ser a cortesã mais procurada e cara de Paris.

"Não há nada que essas mulheres não façam, não é mesmo?" foram suas primeiras palavras no que pareceram horas, mas não devem ter sido mais do que cinco minutos.

Qualquer coisa pode acontecer em cinco minutos.

"Não."

"Devo fazer também, já que *trabalho* para você?"

Sua voz surgiu calma e suave, e ele detectou um fio incomum de incerteza passando por ela. "Você nunca será forçada a fazer nada que não queira fazer", ele respondeu com uma seriedade fervorosa que não expressava há anos, se é que alguma vez ele houvesse expressado. Ele se sentou na cadeira vaga do crupiê em frente a ela e empurrou uma pilha de moedas pela mesa. "Pronta?"

Ela empurrou as moedas de volta para ele. "Vamos manter as apostas altas, certo?"

9

Afiado: Sutil, agudo, perspicaz; também inteligente

ou trapaceiro, em oposição a um chato, um enganador ou mentiroso.
Afiado é a palavra e rápido é o movimento; dito de qualquer um muito
atento ao seu próprio interesse e apto a tirar todas as vantagens.

— UM DICIONÁRIO CLÁSSICO DA LÍNGUA VULGAR,
FRANCIS GROSE

Mesmo com todas as reviravoltas que a noite trouxe, Mariana percebeu pela expressão assustada de Nick que ele não estava preparado para isso. Ele esperava que ela, como qualquer dama protegida de sua classe, o acusasse de submetê-la a uma noite cheia de vícios e perversidade. Em vez disso, ela escolheu continuar jogando, prosseguir com o jogo, levá-lo ao limite.

Ela aprenderia a lição daquela noite antes que o jogo acabasse.

Sua mão alcançou por baixo da mesa e emergiu balançando sua outra liga. Ele tirou suas abotoaduras de safira e ouro e as jogou no pote. O jogo estava pronto para recomeçar.

Silenciosamente, ele embaralhou as cartas. Silenciosamente,

ele as distribuiu. Silenciosamente, ele ganhou quando ela desistiu. Silenciosamente, ele deslizou os ganhos para sua pilha de ganhos que crescia cada vez mais.

Silenciosamente, Mariana ficou preocupada.

Reunindo sua compostura, ela finalmente falou. "Diga-me o que estou fazendo errado."

"Mostre-me suas cartas."

Ela as colocou na mesa, viradas para cima.

"Você estava tentando fazer um straight [1]."

"Sim?"

"Eu sei sua mão pela maneira como você aposta. Se você tem um par, você aumenta com duas moedas. Se você tem uma mão melhor, você aumenta com cinco moedas. Você é muito previsível. Você não pode ser previsível em espionagem."

Ela queria se irritar com a palavra *previsível*, mas não conseguiu. "Então como Villefranche se envolveu nessa intriga? Ele é uma das pessoas mais previsíveis que já conheci."

"Talvez tenha sido por isso que ele foi escolhido."

"Escolhido?"

"Ele se reporta a alguém com mais poder e conexões. Por outro lado, ele pode ser simplesmente um anarquista sanguinário."

"Essa é uma teoria. Tente outra."

"Ele é um descendente da família Orléans. Eles são uma família poderosa, mas não estão no poder. Ele pode querer corrigir esse desequilíbrio."

Mariana balançou a cabeça. "Isso também não parece verdade. Ele não me parece faminto por poder." Ela hesitou. "Diga-me, você já visitou os museus em Paris?"

A testa de Nick se franziu com a mudança repentina de

---

1. Straight é uma mão no pôquer que consiste em cinco cartas em sequência ou consecutivas.

conversa. Então seus olhos se estreitaram. "É sobre o mamute lanoso?"

"Eles são lanosos e têm presas grandes. Essa pergunta foi imprevisível?"

Nick largou suas cartas viradas para cima no feltro. Ela mostrou um par de setes e sentiu um sorriso malicioso inclinar os cantos de sua boca. Ele tinha desistido com um par de valetes. Ela ganhou a mão e obteve seu primeiro prêmio da noite.

Duplicidade, astúcia... Ela estava começando a entender como vencer neste jogo.

Nick olhou para seu erro e admitiu com um relutante, "muito bem." Ele pegou um baralho de cartas recém-embaralhado, pronto para distribuir.

Em uma gratificante onda de triunfo, Mariana estava prestes a pegar as abotoaduras dele no pote quando hesitou. Um sentimento nervoso começou a tomar conta dela, um sentimento que fez o quarto parecer brilhante e reluzente e cheio de possibilidades.

Ela apostaria seu medalhão. Não precisava. E definitivamente não queria que Nick o tivesse ou visse o que havia dentro, mas não conseguiu resistir a apostar seu bem mais precioso. Queria apostar alto. Nunca se sentira tão viva... nunca. Talvez o bourbon estivesse descendo *muito* bem.

"Nos últimos anos, descobri algo sobre mim mesma." Com o sangue correndo forte em suas veias, ela abriu o medalhão e o jogou no pote. "Estou bastante envolvida com a história da nossa Terra. Parece que a Escola Progressista para Moças e a Educação de Suas Mentes também fez sua mágica na minha mente. Você consegue imaginar?"

"Eu posso imaginar", ele respondeu, correspondendo à aposta dela com os botões de safira e ouro que combinavam com suas abotoaduras de punho perdidas.

"Há uma palavra para o que eu sou. *Autodidata*. É meu segredinho sujo." Ela podia ignorar o fato de que a camisa dele estava um centímetro aberta, revelando a fina trilha de pelos descendo pela cavidade de seu estômago marcado até o topo de suas calças.

Carregada por uma sensação de invencibilidade, ela colocou suas cartas viradas para cima no feltro — um full house.

"Muito bem — de novo", ele retrucou.

Com um simples aceno de reconhecimento, ela aceitou seu insignificante parabéns e deslizou seus ganhos em direção à sua crescente pilha de dinheiro e joias. "Isso não quer dizer que de repente eu seja uma intelectual." Ela retomou o fio da conversa como se a mão que acabara de ganhar fosse uma trivialidade, como se ela não estivesse animada com isso. Era uma sensação inebriante, derrotar um homem como Nick.

Ela pegou a garrafa de bourbon — quando isso apareceu na mesa? — e encheu seu copo e bebeu como uma jogadora experiente de barco no rio Mississipi. Ela podia estar desenvolvendo um gosto pelo hedonismo.

"Se eu puder ser franca?"

Ela gostou do jeito que sua voz soou agora. Toda afetação se foi, e não havia nenhum indício de paternalismo também. O tom admitiu que eles fossem dois adultos bem parecidos. "Alguma vez você não foi franca comigo?"

"Você está vestida como a cortesã mais cara de Paris." Seu olhar intenso e cinza segurou o dela. "É uma aposta justa que ninguém iria confundi-la com uma intelectual."

Os lábios dela se esticaram em um sorriso largo demais. Ela deveria estar ofendida com as palavras dele, mas elas a encantaram. Ele só confirmou o que ela sabia há alguns minutos. Ele estava distraído com o estado de desleixo dela.

Os dedos dela brincaram distraidamente com a parte de cima da combinação, roçando a pele exposta acima dos seios empinados pelo espartilho. Nick desviou o olhar e se mexeu na cadeira.

Em uma onda de gratificação, ela se inclinou para frente. "Eu realmente quero ver aquele mamute lanoso." As palavras podiam soar brincalhonas no momento, mas ela não poderia estar sendo mais sincera.

"Tenha cuidado onde você expressa seus desejos," ele começou em uma voz baixa e intensa e totalmente séria enquanto seu olhar novamente capturava o dela. "Existem homens que não parariam por nada para lhe dar o que você quer. Os homens quebram leis, andam sobre chamas e até começam guerras para dar a uma mulher como você *tudo* o que ela quer."

"Uma mulher como eu?" ela sussurrou de dentro do feitiço que ele havia tecido ao redor dela com suas palavras. "Um homem como quem, Nick?"

O ar ficou parado. O mundo poderia ter parado de girar em seu eixo, e ela não teria notado.

"Eu acho que você dominou a duplicidade e a astúcia," ele disse no silêncio antes de se levantar e quebrar o feitiço.

Mariana avaliou o homem que se elevava sobre a mesa. Ele estava agitado, o que a acalmou perversamente. "Você acha que eu sou assim sem astúcia?"

Ela se levantou, bem devagar, até que eles ficaram de frente um para o outro como combatentes. Os olhos dele permaneceram firmes — firmes demais — nos dela. Ele estava tentando não olhar para o corpo seminu dela. Ela gostava de pensar que tinha escolhido as roupas íntimas desta noite sem ele em mente, mas sabia a verdade.

Ela se inclinou sobre a mesa para pegar suas roupas. Se ele viu o efeito da gravidade no decote com espartilho, então que assim fosse. Ela se reclinou na cadeira e levantou um pé, deslizando os dedos dentro de uma meia e desenrolando o comprimento da seda pela perna. Os olhos dele permaneceram quentes na pele nua da coxa dela, logo acima de onde a meia terminava.

Ela pegou a outra meia. "Parece que não discutimos nada substancial."

"Há muitas maneiras de se ter uma conversa", ele disse, sua voz áspera e íntima. "Às vezes, nos comunicamos mais sobre nós mesmos pelo que não dizemos." Um momento se passou. "E na linguagem dos nossos corpos."

Um raio de desejo atingiu Mariana.

E ela pensou que estava no controle.

Em vez disso, uma intoxicação, brilhante e penetrante, fluiu através dela, como se ela tivesse bebido toda a garrafa de bourbon em um único gole. Seu brilho quente encontrou seu caminho para sua corrente sanguínea, transformando seu corpo em um recipiente incandescente com luz brilhante. Ela levantou a outra perna e tocou os dedos dos pés com a seda.

Os olhos dela se ergueram e encontraram o desejo cru dentro dos dele. O espaço entre seus corpos não importava mais. "E o que meu corpo está comunicando neste momento?"

"Mariana..."

O resto de suas palavras escapou. Seus olhos falaram quando abaixaram para os dedos dela e subiram pelos tornozelos antes de se demorarem em suas coxas expostas por um momento longo demais. Seu núcleo latejava e doía. Sem pressa, seu olhar continuou sobre seus quadris, seios, clavícula e lábios entreabertos antes de alcançar seus olhos. Uma brasa penetrante queimava nela, não deixando dúvidas sobre a mensagem que ela havia comunicado e a que ele havia recebido. Sua respiração ficou superficial e rápida enquanto a euforia surgia através dela. Ao contrário do que ela havia assumido na última década, Nick não era imune a ela.

Em três passos decisivos, ele se moveu para o lado dela da mesa, apagando toda a distância entre eles. Ela permaneceu em sua cadeira, sua cabeça inclinada para trás para apreciar o comprimento deste homem lindo — todas as linhas longas e ângulos fortes. Ele estendeu a mão e levantou o colar dela da mesa. O medalhão balançava como um pêndulo entre eles.

A mão dela voou para o peito para confirmar que o medalhão não estava lá. Como ela tinha esquecido?

O homem diante dela estava.

"Você se importa?", ela perguntou, levantando-se de meias. Oh. Poucos centímetros separavam seus corpos. O mundo exterior parecia tão distante como se tivessem criado um mundo de duas pessoas, seus únicos ocupantes ela e ele. Ela não conseguia desviar o olhar.

Nick PODERIA TER ENTREGADO o colar.

Ele *deveria* ter entregado o colar.

Em vez disso, ele estendeu a mão para a curva do quadril de Mariana e a guiou até que suas costas estivessem voltadas para ele. Ele ficou pronto para colocar o colar em volta do pescoço elegante dela e permitir que o medalhão reassumisse seu lugar de direito entre a curva madura de seus seios.

Era outro exemplo do que ele deveria ter feito. Mas um sentimento básico demais para ser negado sobrepujou seu intelecto.

Ele a queria — muito.

Sem pensar no passado ou no futuro, ele abaixou a cabeça e colocou os lábios na pele nua dela. As costas dela arquearam e as omoplatas deslizaram juntas. A mão dele alcançou a cintura dela até a parte plana da barriga, firmando os dois enquanto a língua dele passava rapidamente pela carne salgada dela.

"Nick..." O nome dele saiu dos lábios dela, não como uma bronca, mas como um suspiro. Ela estava esperando, antecipando. Ela sentia o mesmo intenso desejo.

Ele sentiu isso na quietude do corpo dela e ouviu no suspiro dela. Sua língua traçou a crista da coluna dela e subiu por seu pescoço gracioso até chegar ao lóbulo da orelha, puxando a carne macia entre os lábios e dentes para uma mordidinha. A cabeça dela se inclinou para o lado, dando a ele acesso a mais dela. Ele soltou um gemido suave no ouvido dela, e ela se arrepiou com o toque dele. O comprimento rígido de seu pênis pulsava em antecipação ao que viria a seguir.

Aquela cama ridícula atrás deles dominava o quarto por um motivo. Não era uma cama construída para um bom sono. Era uma cama construída para uma boa trepada.

Ela estava a um único suspiro de ceder a essa necessidade...

Mas essa respiração nunca veio. A mão dela cobriu a dele. No início, um toque leve como uma pluma, mas que se tornou visível quando os dedos dela apertaram a mão dele e a levantaram de seu corpo.

Reativamente, ele deu um, dois passos para trás. Ela se virou para encará-lo, um rubor rosado tingindo sua pele, sua respiração rápida e forte.

Ah, sim, ela também queria. Mas foi ela quem colocou um fim à loucura. Seus lábios eram uma linha firme e determinada quando ela pegou seu vestido e deslizou a roupa sobre a cabeça. Seus movimentos, rápidos e eficientes, contrastavam fortemente com o momento suave e lânguido que acabara de ficar para trás.

Completamente desequilibrado, Nick se sentia um amador. E ele deveria ser o professor. Ele havia perdido o foco, pura e simplesmente. Era o tipo de gafe que poderia custar-lhe a vida em circunstâncias mais tênues. Com o corpo dolorido e amargo com desejo não correspondido, ele agarrou seu paletó.

Maldição. Esta noite serviu apenas para um propósito útil: um lembrete do homem que ele se tornou ao seu redor — o homem que nunca se cansava dela.

Uma rápida sucessão de batidas soou na porta. Com o colar ainda na mão, ele o guardou no bolso enquanto caminhava para atender antes que a porta saísse das dobradiças.

Após uma breve troca de palavras com um bêbado que estava no quarto errado, Nick se virou e encontrou Mariana vestida, de pé, com a bolsa cuidadosamente segura diante dela. O interlúdio anterior havia sido apagado da existência. Não era essa a melhor ficção para os dois?

"Minhas desculpas pela necessidade de um local tão arriscado", ele pronunciou com desdém, quebrando a promessa da noite anterior. Ele precisava baixar suas defesas contra ela. "Este lugar deve ser bem diferente do seu ambiente habitual para entretenimentos."

Ele viu um vislumbre de perplexidade no rosto dela, mas antes que pudesse examiná-lo, ele se transformou em outra coisa — algo mais duro e menos vulnerável. "Tenho certeza de que você não sabe nada sobre meus *ambientes*, Nick."

Com essas palavras, o passado deles era novamente o presente deles, implacável e intransponível. Ele podia esquecer que por um momento selvagem um resultado diferente parecia possível, até mesmo inevitável.

"Acredito que cobrimos a duplicidade e a astúcia o suficiente", ele se viu dizendo.

"Até a nossa próxima lição?" ela perguntou. "Logo, a sedução começa." Ela passou por ele e saiu pela porta.

Ele correu para a porta e espiou a estreita distância do corredor muito depois que ela desapareceu escada abaixo, deixando para trás apenas um tênue fio de seu perfume e um desejo familiar que nem o tempo nem à distância haviam apagado.

Logo, a sedução começa.

Ou já tinha começado? Ele nunca conheceu uma mulher mais sedutora em sua vida.

Nunca tinha conhecido? Claro, eles se *conheceram*. Era uma palavra tão pequena para tudo o que eles fizeram. Eles eram casados, afinal. Exceto que a Mariana que ele havia deixado dez anos atrás ainda não havia se desenvolvido nessa mulher. Ela sempre foi irresistível para ele, mas não uma mulher sedutora.

Sedutora.

A palavra caiu com um estrondo. Ela não estava ali para seduzi-lo; ela estava ali para seduzir outro homem. O golpe da realidade o atingiu com força.

Seria bom que ele se lembrasse de seu impacto.

10

NO DIA SEGUINTE

Ilha: Ele bebeu da garrafa até ver a ilha: a ilha é o fundo ascendente de uma garrafa de vinho, que parece uma ilha no centro, antes que a garrafa esteja completamente vazia.

— UM DICIONÁRIO CLÁSSICO DA LÍNGUA VULGAR,
FRANCIS GROSE

Uma palavra para o estado de Mariana naquela manhã veio à mente: bêbada.

O hedonismo tinha suas desvantagens.

Uma mulher tinha o direito de dormir o dia todo quando passou a noite anterior bebendo e jogando em um bordel com um par de prostitutas e seu ex-marido. Ela havia conquistado o direito de dormir, e Hortense deveria ter deixado. Mas Hortense era o tipo de criada — e espiã... E elas ainda não haviam discutido essa elaboração do trabalho direito — que acreditava em um começo de dia revigorante e precoce.

A garota deu uma olhada para ela naquela manhã e soltou um pequeno grito de angústia. "*Mon dieu!* As olheiras... Vou buscar um espelho para você."

Com os olhos fechados para a luz implacável da manhã, Mariana levantou a mão. "*Non*, Hortense, sem espelho. Se minha cabeça parece alguma coisa por fora como parece por dentro... simplesmente *non*." Ela precisava de mais tempo para se afundar em sua miséria. O flerte com uísque da noite passada pode ter levado a melhor sobre ela. Ontem não foi o começo mais auspicioso para sua vida como espiã.

Ela deu um suspiro profundo de alívio quando os passos de Hortense se afastaram do quarto. Como diabos ela poderia chamar Helene para coletar as cartas dos gêmeos hoje? Ela teria que enviar o garoto de recados do hotel. Ela não poderia encarar Helene nessas condições.

Passos eficiente soaram do lado de fora do quarto, e Mariana abafou um gemido de aborrecimento. Hortense estava voltando. Através de uma floresta de cílios felpudos, ela observou a garota despejar uma jarra de água fria em uma pia antes de pegar uma faca e cortar um pepino em duas fatias finas.

Por insistência de Hortense, ela deixou o conforto de sua cama quente e lavou o rosto na água fria antes de se sentar em uma cadeira, permitindo que Hortense inclinasse sua cabeça para trás e colocasse as fatias de pepinos sobre seus olhos. A garota insistiu que ela não se deitasse novamente.

"*Non, non*, sua cabeça deve ficar elevada. O ar ruim expirado deve fluir para baixo."

Foi assim que Mariana permaneceu pelos próximos trinta minutos ou mais. Ela teve que admitir que se sentisse um pouco menos indigna sentada ali com a cabeça apoiada em uma superfície firme e acolchoada com vegetais cobrindo os olhos. Ela se sentia bem.

Logo, a sedução começa.

Através da névoa da devassidão do dia anterior, as palavras chegaram até ela, ecoando em sua cabeça como um gongo. Por que ela as havia falado? *Para ele.*

Ela sabia o porquê. Ela esperava que aquelas palavras se incrustassem na pele dele como pequenas e pegajosas rebarbas.

Hortense começou a esvoaçar ao redor da cama, endireitando cobertores e travesseiros. "A fada verde, *non?*"

Mariana espiou por baixo de um pepino. "Perdão?"

"O absinto, *non?*"

"*Non.*"

"Você não sabe do absinto?"

Mariana balançou a cabeça e imediatamente se arrependeu. "Foi o uísque." Ela sentiu que agora poderia ser sua oportunidade de discutir as outras tarefas de Hortense. "Você está na sua outra linha de *serviço* há muito tempo?"

O olhar de Hortense encontrou o dela, e Mariana viu que a garota entendeu essa reviravolta na conversa. "Desde que eu tinha quatorze anos de idade."

"Quantos anos você tem agora?"

"Vinte."

O choque percorreu Mariana. Aos vinte, ela era uma mulher casada com um par de gêmeos para cuidar, uma casa para administrar e um marido mulherengo para ignorar. "Hortense é seu nome verdadeiro?"

"A resposta para essa pergunta é... complexa."

"Como você se tornou —" Mariana hesitou.

"Seu marido me salvou de uma situação familiar ruim."

"Nick lança uma rede ampla, não é?" Mariana disse incapaz de esconder seu sarcasmo.

"Seu marido é um grande homem," Hortense disse, feroz, seus olhos escuros brilhando. "Você tem sorte de chamar um homem assim de seu."

Com um sobressalto de surpresa, Mariana entendeu que essa garota não sabia nada sobre seu relacionamento com Nick. Ele certamente conseguiu manter suas duas vidas distintas.

Como se percebesse que havia passado dos limites, Hortense corou e se ocupou em afofar travesseiros que haviam sido afofados minutos atrás. Ela precisava dizer algo para deixar a garota à vontade. "Sua lealdade a Nick lhe dá crédito." Estranhamente, ela quis dizer isso.

Hortense assentiu uma vez em reconhecimento, e o clima no quarto melhorou. Mariana se aconchegou mais em seu robe e novamente cobriu os olhos com os pepinos.

O que deu nela na noite passada? O que deu em Nick?

Uísque.

Mas isso não era tudo. Culpar o uísque era uma absolvição fácil demais. O uísque simplesmente tornou mais fácil lembrar-se do que ela gostava em seu marido. *Fácil demais.*

No futuro, ela ficaria longe do uísque perto de Nick.

Um suave, mas insistente, tap-tap-tap soou na porta externa de seus aposentos. Os ouvidos de Mariana se esforçaram em direção ao som de Hortense girando a chave na fechadura e abrindo a porta em dobradiças suaves. Hortense não teve tempo de pedir um cartão de visita antes que uma cacofonia de vozes enchesse os cômodos. Mariana conhecia aqueles tons, ritmos e cadências quase tão bem quanto qualquer um na Terra.

A família havia chegado.

Mais irritada do que alarmada, ela jogou os pepinos em uma lixeira, apertou a faixa em sua cintura e atravessou a porta do quarto. Ela podia ignorar o leve e persistente latejar na base de seu crânio. "Tio Bertie? Tia Dot?" Seus nomes surgiram em um tom hesitante de descrença confusa. "Que extraordinário vê-los." Foi a maneira mais educada que ela encontrou para perguntar o que eles estavam fazendo aqui.

Com sua nuvem característica de cabelos brancos rebeldes em volta da cabeça, Tia Dot atravessou a sala correndo e pegou as duas mãos de Mariana entre as suas ligeiramente úmidas. Tia Dot sempre tinha as palmas das mãos úmidas. "Oh, minha querida. Oh, minha querida." Ela girou para frente e para trás entre o Tio Bertie e Mariana algumas vezes. Mariana comparava a Tia Dot a um pião quando ela se agitava. Hoje, ela estava em sua melhor forma. "Oh, minha querida."

"Aconteceu alguma coisa?" Mariana perguntou, com um alarme genuíno começando a aparecer.

"Aconteceu alguma coisa? *Aconteceu* alguma coisa? Oh, minha querida."

Mariana olhou para o Tio Bertie, um homem corpulento cuja grande papada estava mais caída do que nunca, e ergueu as sobrancelhas em sinal de dúvida. "Tio?" ela perguntou em uma voz fraca, preparando-se para o pior.

"Oh, minha querida, seu rosto —"

"Meu rosto?" Sem dúvida, ela não estava com a melhor aparência da manhã, mas tinha certeza de que não havia brotado uma verruga na ponta do nariz da noite para o dia.

"Seu rosto diz tudo. Oh, minha querida."

Mariana recuperou as mãos da Tia Dot e começou a se preocupar com o fato de ter entrado em uma cena que parecia ter saído de um filme de terror.

"Por que não nos sentamos e talvez pedimos um chá?" sugeriu o Tio Bertie em sua maneira adequada e diplomática habitual, enquanto acomodava seu corpo pesado no sofá.

"Claro, tio", respondeu Mariana, seguindo o exemplo dele e sentando-se na beirada do sofá oposto.

"E você quer um pouco de creme francês para acompanhar o chá?" perguntou Tia Dot, com os olhos arregalados e inocentes.

Mariana acenou com a cabeça para Hortense e voltou sua atenção para o tio e a tia, que a observavam com olhares de expectativa. Ocorreu a ela que todos eles poderiam precisar de mais do que uma dose de conhaque antes do fim da visita.

"Vocês chegaram recentemente a Paris?" Parecia uma pergunta apropriada. Sua aparência desgrenhada sugeria que haviam chegado naquele exato momento.

"Chegamos recentemente? *Chegamos* recentemente? Oh,

minha querida. Em uma onda do dilúvio de Noé, eu me atrevo a dizer."

"Está chovendo?"

"Está chovendo? *Se* está chovendo? Oh, minha querida, está chovendo. Não temos nada parecido com isso na Inglaterra. Posso lhe garantir isso, de fato. Oh, os franceses..." Hortense entrou na sala carregando o serviço de chá, e Tia Dot baixou a voz. "Como é que eles vivem do jeito que insistem em viver?"

"Tia", Mariana começou, resistindo a um suspiro, 'os franceses não conseguem controlar o clima'. Pelo canto do olho, Mariana notou que Hortense enrijeceu ao começar sua tarefa de arrumar a bandeja de chá para o serviço.

Em um sussurro alto, a Tia Dot perguntou: "A garota sabe fazer chá?"

"Sim, tia", respondeu Mariana, sua paciência começando a se esgotar.

"Chá inglês *de verdade?*"

Impaciente para redirecionar a conversa, Mariana se voltou para o Tio Bertie. "Vocês vão ficar em Paris por muito tempo?"

"Ainda não sabemos a duração de nossa estadia." O olhar dele se fixou no dela e se manteve. "E você, minha querida, já encontrou o que tanto procurava?"

Sinos de alarme soaram na cabeça de Mariana. "Suponho que —"

Sua resposta foi interrompida quando a Tia Dot, que não parava de monitorar cada movimento de Hortense, gritou: "Garota - como se diz *garota* em francês?"

"*Une fille?*" Mariana disse a palavra e se arrependeu imediatamente. Ela só estava alimentando a fera. "Tia, Hortense fala um inglês perfeitamente funcional."

Tia Dot, no entanto, já estava farta. Ela se levantou irritada e correu para o sofá, com a mão estendida. "Eu levo isso", ordenou, referindo-se ao coador de chá segurado por uma Hortense atônita. Ela soltou o instrumento e deu um passo para trás, deixando amplo espaço para Tia Dot.

"Agora, *fille*", disse Tia Dot enquanto começava a aconselhar Hortense sobre os meandros de fazer um chá inglês adequado, enunciando cada palavra em alto e bom som como se Hortense fosse surda e mentalmente lenta, em vez de simplesmente francesa. Para Tia Dot, isso era a mesma coisa.

De vez em quando, a tia inseria uma palavra incorreta em francês, e Hortense a corrigia, dizendo: "Madame, eu falo inglês fluentemente". Mas os protestos de Hortense eram em vão; as senhoras inglesas não se deixavam influenciar nem mudar.

Enquanto isso, Tio Bertie se inclinou para frente de maneira confidencial. "Vim assim que soube", ele entoou em um tom baixo que não ultrapassou os poucos metros que os separavam.

Uma pontada de pressentimento percorreu a coluna de Mariana. "Ouviu o quê?"

"Sobre o Nick, querida."

Mariana olhou em volta, viu o olhar firme de Hortense por uma fração de segundo e se inclinou para mais perto do tio. "Eu vi o Nick."

"Vivo?"

Mariana recuou diante do olhar estreito do tio. Ela teve a sensação de que havia dito a coisa errada. O brilho nos olhos do Tio Bertie era penetrante, aguçado.

Ele estendeu a mão e cobriu a dela com a dele. Foi preciso cada grama de sua determinação para deixar a mão onde estava, mesmo que seu instinto a fizesse arrebatá-la. Por pura força de vontade, ela devolveu o olhar do tio e sentiu um momento de conexão. Um conhecimento estava dentro dos olhos dele... Era um conhecimento que não deveria estar ali, a menos que...

A menos que ele também tivesse recebido um bilhete.

Tia Dot interrompeu essa linha de pensamento desconcertante quando passou pelo sofá em uma agitação de saias de musselina. "Oh, minha querida, você simplesmente deve ficar de olho nessa garota", Tia Dot proclamou em uma voz nada discreta.

"Tia, ela fala inglês", Mariana repetiu, "e ela pode te ouvir perfeitamente bem. Eu pediria que você baixasse a voz ou, melhor ainda, guardasse esses pensamentos para si mesma", ela concluiu com firmeza. Anos passados ao lado da severa diretora, Sra. Bloomquist, não passaram despercebidos por ela.

Hortense trouxe a bandeja e começou a servir. Uma Tia Dot muito castigada observou em silêncio, mesmo enquanto seu olhar implacável captava cada nuance e guardava cada erro percebido para conversas futuras. Uma pequena pontada de culpa atingiu a consciência de Mariana. "Sua viagem foi boa e confortável?"

"Oh, minha querida, as estradas."

Mariana esperou por mais esclarecimentos, mas isso foi tudo o que sua tia disse sobre o assunto. *As estradas* explicavam tudo.

Sem beber um gole de chá, Tio Bertie se levantou do sofá. "Bem, precisamos ir."

Tia Dot estendeu a mão e apertou a mão de Mariana. "Minha querida, você ficará bem na nossa ausência?"

"Eu vou conseguir", respondeu Mariana enquanto a tia soltava sua mão. Ela conduziu os dois até a porta. "Obrigada pela visita e pela... preocupação."

No instante em que a porta se fechou, Mariana gritou: "Hortense, você pode me preparar um banho?" Parcialmente escondida por uma tela de seda chinoiserie, havia uma banheira com pés de garra, convidativa na luz do meio da manhã.

Mais uma vez, ela se acomodou na cadeira e descansou a cabeça contra sua almofada, olhos fechados, enquanto o banho era preparado.

Tio Bertie sabia algo sobre a vida que Nick levava deste lado do Canal da Mancha, disso ela tinha certeza. Desde que ela conseguia se lembrar, ele estava envolvido em atividades governamentais, como muitos segundos filhos de sua classe. Na verdade, foi o tio Bertie quem abriu o caminho para Nick, outro segundo filho, no Consulado.

Ela sentiu que sua suspeita anterior estava correta. Tio Bertie também recebeu um bilhete. Por que ele não lhe disse isso? Ela não conseguia se livrar da sensação de que tinha lidado mal com a situação ao dizer a ele que Nick estava vivo.

Ela continuava errando a todo o momento quando se tratava desse assunto de espionagem.

Ela soltou um gemido de frustração. Nada era o que parecia. Primeiro Nick, depois Hortense, agora tio Bertie... Quem *não estava* envolvido nessa intriga?

Claro, ela não deveria se sentir tão surpresa. Nick sempre escondeu dela a essência de si mesmo. Nos primeiros dias, ela sentiu isso com uma profunda certeza da maneira como apenas uma garota apaixonada de todo o coração pela primeira vez poderia intuir cada reta e curva do coração de seu amante. E, como uma jovem garota, ela aceitou. Ele era cinco anos mais velho; claro, ele teria um passado. Seu mistério não era parte de seu fascínio?

Agora esse passado estava fora das sombras e na luz, mas ainda entre eles. Era um mundo totalmente novo e estranho que se desenrolava diante dela. Uma imagem de Yvette e Lisette se beijando surgiu na mente. Que tipo de vida Nick levava?

Seu dedo correu pelo espaço entre os seios onde seu medalhão de ouro deveria estar. Uma pontada de arrependimento por sua perda a perfurou. O que a levou a jogar fora seu medalhão?

Não foi o uísque. Em vez disso, era um perigoso entusiasmo que, às vezes, sobrepujava seu bom senso e a levava por caminhos selvagens e desconhecidos, às vezes destrutivos. Com toda a probabilidade, e nesse exato momento, seu medalhão estava enfeitando o decote de uma prostituta francesa chamada Yvette ou Lisette. Ela apertou os olhos com força ao pensar em qual atividade a dita prostituta francesa poderia estar envolvida —

"Madame, seu banho está pronto", veio a voz suave e rouca de Hortense.

Mariana se levantou e tirou o roupão enquanto fechava os poucos passos entre ela e o prazer abençoado de um banho bem quente. Nenhum clique de anel soou quando seus dedos se fecharam em volta da borda da banheira, e ela se abaixou em suas profundezas fumegantes. Ela havia parado de usar sua aliança de casamento anos atrás, no momento em que soube do caso de Nick, não pelos jornais de fofoca — eles falavam mentiras, afinal — mas pelos próprios lábios dele.

Mas ela nunca parou de usar o medalhão com o camafeu dentro. Nem por uma única ocasião. O camafeu representava um ideal, um que eles alcançaram juntos por um único momento perfeito no tempo.

Ela afundou ainda mais no abraço sensual da água, banindo o pensamento e o arrependimento. De olhos fechados, sua mente viajou para um tempo e lugar diferentes, muito distantes e há muito tempo em direção a uma memória há muito suprimida. Era por autopreservação, com certeza. Mas aqui em Paris, ela podia se dar ao luxo da lembrança — não qualquer lembrança, mas sua lembrança favorita.

O dia em que ela soube que Nick era dela para sempre.

11

COTSWOLDS, 24 DE MARÇO DE 1812

Caos: Gostar de caos é o mesmo que ficar extremamente animado ou se apaixonar por algo ou por alguém.

— *UM DICIONÁRIO CLÁSSICO DA LÍNGUA VULGAR,*
FRANCIS GROSE

Ao contrário de sua irmã gêmea Olivia, Mariana não se apaixonou pelo marido em um baile ou em qualquer lugar próximo ao fluxo brilhante da *alta sociedade*. Se ela fosse caracterizar a Sociedade como um conjunto de cores, sua paleta brilharia em ouro brilhante e platina dura.

Em contraste direto estava o lugar onde ela se apaixonou por Nick: uma paleta de cores de âmbares suaves e verdes suaves, a paleta do campo.

Como irmão mais novo do pai de Mariana, o Conde de Surrey, o Tio Bertie tinha direito à propriedade Cotswolds que fazia parte do dote de sua mãe. Desde muito jovem, Mariana amava viajar para Little Spruisty Folly [1].

---

1. Folly é uma forma arquitetônica que surgiu de paisagens bem cuidadas na

Para chegar ao coração da propriedade, saía-se da estrada principal e cavalgava-se por mais de meia milha por uma larga estrada ladeada de ambos os lados por imponentes castanheiros-da-índia antes de avistar a casa principal. Embora nem a casa nem o terreno fossem "pequenos", e nem uma única folly nem um pinheiro solitário pudessem ser encontrados em qualquer lugar da propriedade, o nome de alguma forma se encaixava na ampla casa construída com vários estilos arquitetônicos, desde o original Tudor até o mais recente Georgiano. Era uma colcha de retalhos de uma casa, e uma que não era esquecida tão cedo. Alguém poderia facilmente se perder dentro de sua confusão de cômodos por horas, dias e até semanas.

Mariana amava a Folly de uma forma pessoal que ninguém de sua outra família amava, nem mesmo Olivia. Como resultado, ela passou muitos dias de sua juventude como a única visitante do Tio Bertie e da Tia Dot. Ninguém — nem mesmo o tio e a tia, ela suspeitava — conseguia compreender o amor de Mariana pelo lugar, já que sua solidão bucólica parecia tão em desacordo com a garota ousada e social que Londres conhecia. Para Mariana, a Folly era um lugar onde ela nunca sentiu a necessidade de provar *seu valor*. Ela podia simplesmente ser. A Folly era seu oásis.

Certa manhã, nada diferente de qualquer outra, o tio Bertie começou a falar longamente sobre um sujeito promissor que estava fazendo excelentes conexões no continente. "O garoto tem as ideias certas", continuou o tio. "Exatamente o tipo de coisa que a Inglaterra precisa com Napoleão se preparando para marchar novamente."

A conversa ocorreu na periferia da consciência de Mariana, pois ela estava totalmente concentrada em Horace, o beagle de

---

Europa do século XVIII. Normalmente, a folly — como muitos dos jardins que a continha — era criada principalmente como formas de decoração e, muitas vezes, não serviam para nenhum propósito funcional. Muitas dessas estruturas evocavam a arquitetura do passado, enquanto muitas sugeriam origens exóticas (e atemporais).

caça aposentado da propriedade, que furtivamente abocanhava cada pedaço de presunto que ela colocava debaixo da mesa para ele. O tio estava sempre falando sobre um sujeito promissor ou outro, e foi por isso que seu comentário sobre o retorno "do sujeito" à Inglaterra passou despercebido por ela. Se ela tivesse sido mais atenta, talvez ficasse preparada para a visão que saudaria seus olhos trinta minutos depois. Provavelmente não.

A Tia Dot tinha outros planos para a conversa do café da manhã. "Querida Mariana", ela interrompeu, silenciando Tio Bertie, que dirigiu sua atenção para seu *Morning Chronicle*, "você elaborou uma estratégia para a próxima Temporada Social? Você deve fazer sua segunda tentativa valer a pena. Nenhum jovem lorde chamou sua atenção?"

Mariana se encolheu interiormente e exalou um evasivo, "Hmm."

"Bem, Olivia aproveitou ao máximo sua *primeira* temporada," a tia continuou, alheia ao desconforto crescente de Mariana. "Um casamento por amor com o filho de um duque. Mesmo que ele seja um filho mais novo, Percy Bretagne era um bom partido. E se casou antes do fim da Temporada Social... Ouso dizer, eu nunca imaginei que a garota fosse tão boa," Tia Dot terminou com uma nota de admiração relutante.

Incapaz de aturar mais conversas sobre estratégias e "pegar" maridos, Mariana se levantou e se desculpou e saiu da mesa. Com um assobio baixo e curto, ela chamou Horace para acompanhá-la em sua caminhada matinal. Às vezes ele trotava ao lado dela; outras vezes seu nariz sensível captava um cheiro interessante que exigia toda a sua atenção e saía trotando em sua própria direção. Os cheiros não eram bons nem ruins para Horace; eles eram interessantes ou não.

Nesta manhã em particular, ele ficou por perto enquanto eles cruzavam o pórtico de pedra e iam para a grama bem aparada que servia de tapete para o jardim formal. Depois de passar pelo ha-ha [2], Mariana cortou para a direita e encontrou a trilha estreita que levava ao bosque formando o limite nordeste da terra do tio.

Logo, eles chegaram ao riacho borbulhante, que corria pela propriedade. Eles continuaram andando paralelamente ao longo do rio até que ele desaguasse no pequeno e isolado Duck Pond, nome dado primeiro de forma otimista, depois irônico, dado à massa de água em que nenhum pato jamais se dignou a colocar suas penas sobre a água. Era nesse local que Horace geralmente se desviava, mas não neste dia.

Neste dia, ele ficou com Mariana como se soubesse o que eles encontrariam do outro lado da pequena elevação que formava a margem sudoeste do lago. Ela não pensou em nada sobre a firmeza incomum de Horace. Em vez disso, sua mente vagou para outro lugar.

Era verdade que ela estava à beira de sua segunda Temporada Social. Também era verdade que ela teria que encarar sem Olivia dessa vez.

Pensamento horrível.

O problema era que ela não conseguia imaginar que a seleção de maridos em potencial seria melhor nesta temporada. Afinal, eles seriam os mesmos jovens da temporada passada. Não que eles fossem jovens horríveis sem perspectivas, eles simplesmente não eram... *Ele*.

Ele a arruinou.

Ou mais precisamente, ela se arruinou com ele.

No período de uma única noite de luar, ele se tornou mais do que o padrão pelo qual ela julgava outros homens.

Ele se tornou o único homem.

---

2. Um ha-ha é um tipo de cerca afundada que era comumente usada em jardins paisagísticos e parques no século XVIII. O objetivo do ha-ha era dar ao observador do jardim a ilusão de um gramado ondulado contínuo e ininterrupto, ao mesmo tempo em que fornecia limites para o pastoreio do gado.

Ela se sacudiu mentalmente. Um ano havia se passado, e ela talvez nunca mais o visse. Ela devia expurgá-lo de sua mente. Afinal, além de sua proposta acidental que realmente não significou nada, ele não lhe deu nenhuma razão para acreditar que faria parte de seu futuro. Ela precisava desistir da ideia dele, pois era só isso que ele era. Uma ideia — um fantasma, na verdade.

Horace a salvou de explorar mais aquele pensamento sombrio, quando, pouco antes de chegarem a Duck Pond, ele parou, levantou uma pata dianteira e inclinou a cabeça.

"O que foi, garoto?" ela perguntou, despreocupada enquanto continuava a andar para frente.

Esse era o comportamento típico de Horace, um cão de caça robusto e pequeno. Provavelmente era um coelho. Então ela viu: um choque de branco brilhante reluzindo ao sol da manhã na margem da lagoa.

O linho branco de uma camisa.

Ela parou no meio do caminho e notou mais algumas anomalias. Os estorninhos não estavam cantando através de carvalhos e olmos, e os grilos não estavam cantando na grama. Totalmente imóvel, ela ouviu qualquer som que pudesse vir da direção daquela camisa branca.

Seus pés subiram a colina em um ritmo de caracol, levando-a em direção a ela pouco a pouco, com a cobertura vegetal da natureza de folhas mortas e galhos podres rangendo sob seus pés. Ela era como uma agulha atraída para uma magnetita [3], tão aguda era sua curiosidade.

Por fim, ela ouviu o que seus ouvidos estavam esperando e temendo: um respingo. Poderia ser um trabalhador da proprie-

---

3. A magnetita é o material magnético mais antigo conhecido pelos seres humanos; é a pedra-ímã mais magnética de todos os minerais da Terra, e a existência desta propriedade foi utilizada para a fabricação de bússolas. O nome magnetita vem da região onde a mesma era antigamente encontrada, que era a Magnésia (região da Grécia), e magnésia quer dizer "lugar das pedras mágicas", pois estas pedras "magicamente" atraíam-se.

dade? Uma possibilidade. Mas seus passeios matinais eram bem conhecidos na Folly, e nenhum trabalhador correria esse risco. Ela se preparou para a probabilidade de que alguém desconhecido para ela estivesse chapinhando no lago. Seus pés tropeçaram em um galho, e ela o pegou. Horace correu para o topo da elevação e novamente levantou uma pata do chão, atento a tudo ou a quem ele visse.

Quase chegando ao topo, ela parou para inspecionar as camadas de roupas a seus pés: gravata de seda azul-marinho, camisa branca de linho, calças bege, botas de montaria e paletó azul-marinho, tudo dobrado em uma única pilha compacta. Essas não eram roupas de um trabalhador da propriedade. Essas roupas pertenciam a um homem de sua classe.

Foi então que seus ouvidos perceberam o ritmo dos respingos. O homem estava...

Nadando?

Ela apertou o galho com mais força e deu os poucos passos restantes até o topo da margem. Seu estômago caiu aos seus pés. Suas suspeitas estavam corretas.

Era um homem, e ele estava nadando.

Exceto...

O homem era *ele*. E *ele* estava...

Nu.

Um rápido bater de coração, e percebeu que *Lorde Nicholas Asquith* estava nadando nu em Duck Pond. Seus olhos se desviaram antes que um instinto mais forte e elementar os puxasse de volta.

A cada braçada, seus braços longos e musculosos cortavam a água como lâminas, levando-o com fluidez pela água como se ele tivesse nascido para isso. Os filetes de água escorriam por sua pele bronzeada como seda transparente, descendo pelo comprimento dos músculos enrijecidos antes de mergulhar na parte inferior de suas costas e passar por suas nádegas musculosas para fluir sobre pernas longas que chutavam sem esforço no ritmo dos braços.

Ela nunca havia imaginado que o corpo de um homem pudesse ser algo tão lindo. Olhando para esse... *Adonis*... Ela entendeu que nunca havia possuído a capacidade de imaginar esse tipo de corpo de homem antes.

A sensação que irradiava da junção de suas pernas lhe dizia algo mais sobre o corpo de um homem. Era uma coisa de desejo. *Esse* era o sentimento que inspirava escândalos. *Esse* era o sentimento que perturbava o equilíbrio do mundo. *Esse* era o sentimento que comandava o mundo. Pela primeira vez em sua vida inexperiente, ela entendeu o desejo como algo mais substancial do que impulso frágil ou uma fraqueza.

Seus dedos afrouxaram o aperto no galho, e ele caiu no chão antes de rolar para a água com um pequeno respingo. Horace correu para recuperá-lo, mas em vez de trazê-lo de volta, ele encontrou um pedaço macio de palha e começou a roê-lo preguiçosamente, Lorde Nicholas Asquith esquecido.

Quando o olhar de Mariana voltou para o lago, tudo mudou. Ele não estava mais nadando. Em vez disso, ele estava pisando na água, com os olhos fixos nela. Cabelos escuros e molhados penteado para trás e gotas de água escorrendo pelas maçãs do rosto angulosas e maxilar esculpido, ele era lindo. Olhos do tom e intensidade de uma nuvem de tempestade da tarde a encaravam, correndo para cima e para baixo em seu comprimento em silenciosa pergunta e avaliação. Um arrepio de excitação percorreu todo o seu corpo.

Ela gostava da ideia de que um homem como Lord Nicholas Asquith estivesse curioso sobre ela, uma ninguém de dezoito anos à beira de sua segunda Temporada Social. Uma garota nunca se cansaria de ser o objeto de atenção de um homem como ele. Sua pelisse [4] ficou quente e apertada, e de repente ela quis —

---

4. Uma pelisse era originalmente uma jaqueta curta com acabamento em pele

não, *precisou* — tirá-la do corpo.

Quando ela começou a se afastar do lago, seus pés tropeçaram em um objeto. Era sua pilha de roupas.

Ainda assim, ele a observou, silencioso e controlado.

A irritação a atingiu em cheio. Era difícil para ela controlar o impulso de quebrar o autocontrole de alguém. Quando criança, ela beliscava a sempre equilibrada Olivia só para irritá-la um pouco. Esse mesmo impulso a incomodava agora.

Alimentada pelo capricho, ela agarrou a pilha de roupas e as abraçou perto do peito. Um aroma profundo, rico e totalmente masculino chegou ao seu nariz, e ela inalou, com os olhos fechados enquanto seus pulmões se enchiam com ele.

Ao expirar, seus olhos se abriram. O canto direito da boca dele se inclinou para cima em um quase sorriso. Seus braços começaram a se mover em um movimento lânguido movimento de nado peito, puxando-o em direção à costa... Em direção a *ela*... Em um desenvolvimento lento e deliberado.

O coração de Mariana se tornou um martelo em seu peito, implorando para que ela fugisse. O que ela estava pensando? Ela estava fora de seu alcance.

Sua capacidade de raciocinar sobre a situação evaporou quando os pés dele encontraram apoio no fundo do lago, e ele começou a emergir do lago. A água escorria por riachos formados pelos músculos vigorosos de seus braços e peito, descendo cada vez mais para sua barriga firme, seguindo o fino rastro de pelos que desciam ainda mais.

Com o coração acelerado, ela levantou os olhos para encontrar os dele já sobre ela, desafiando-a a novamente festejar seus olhos nele. Ele podia estar nu quanto um deus grego, mas era ela que se sentia exposta.

---

que os soldados de cavalaria leve hussardos do século XVII em diante geralmente usavam solta sobre o ombro esquerdo, ostensivamente para evitar cortes de espada. O nome também passou a se referir a um estilo moderno de vestimenta feminina semelhante a um casaco, usada no início do século XIX.

Ela queria desviar o olhar.

Não, isso não era verdade.

Ela não queria desviar o olhar. Ela *deveria* desviar o olhar. Decoro e modéstia exigiam isso. Mas ela não tinha decoro e nem era modesta, sempre atraída pelo selvagem e desconhecido. Mesmo assim, ela ficou chocada com os passos dele sem pressa em sua direção... Nu.

O olhar dele prendeu o dela com seu olhar enigmático, e os joelhos dela ficaram moles. Ele e ela poderiam ser o único homem e mulher na Terra. Ela nunca tinha sido especialmente atenta as suas aulas de catecismo, mas a história de Adão e Eva veio à sua mente. Exceto que diante dela não estava Adão, mas um homem que era ao mesmo tempo serpente e fruto, tentador e tentação. Tudo o que ela precisava fazer era estender a mão e...

O feitiço quebrou quando ele parou a um pé dela e tirou suas roupas de suas mãos complacentes. Seus dedos roçaram os dela, enviando uma sensação de formigamento por seu corpo. Uma emoção desconhecida para ela cruzou as feições dele, mas desapareceu antes que ela pudesse considerá-la.

Mais tarde, ela saberia que ele estava respondendo ao seu desejo. Neste dia, no entanto, seus pensamentos mudaram quando ele se virou e caminhou até um pedaço de grama ensolarado, entoando suavemente o nome de Horace e se abaixando para afagar o focinho do beagle traidor.

Em transe, ela observou fascinada e horrorizada enquanto ele colocava seu paletó no chão e depois se deitava sobre ele — de costas, com os olhos fechados enquanto seu corpo, cada centímetro de seu comprimento, encharcava a luz do sol orvalhada. Em nenhum momento ele demonstrou preocupação com a presença dela ou com o fato de que ela pudesse olhar para ele. E que banquete em exibição. Todo ele era longo e magro, exceto, bem, seu membro masculino certamente era longo, mas não era magro. Na verdade, ele parecia estar ficando... Mais grosso... A cada momento.

Uma onda de constrangimento quente e úmido a invadiu, e ela se virou, ficando de costas para ele, com as bochechas queimando. "Lorde Nicholas, devo pedir que se vista."

Seus ouvidos captaram o farfalhar de movimento atrás dela, e ela se sentiu aliviada e estranhamente decepcionada.

"É seguro se virar agora", ela ouviu depois de um minuto ou mais.

Ela arriscou um olhar por cima do ombro antes de se virar completamente para encará-lo. Ele tinha vestido suas calças e camisa, mas a camisa estava aberta até a cintura, revelando a fina trilha de cabelo que levava diretamente ao seu —

"Você", ela começou, sua voz cooperando apenas com grande dificuldade, "voltou".

"Ontem." Ele esticou as pernas na frente dele. "Você se importaria em se juntar a mim aqui?"

Apesar de toda sua exibição casual e confiante, ela detectou uma nota de apreensão em seu tom. Era atraente, aquela apreensão. Isso o tornava mais humano, menos divino, acessível. Isso a atraiu, e antes que ela percebesse, estava sentada ao lado dele, seu ombro apenas roçando o dele. Seu universo inteiro desmoronou naquele simples contato.

"Eu tenho algo para você que eu encontrei durante minhas viagens", ele disse enquanto sua mão alcançava o bolso de seu paletó e emergia segurando um objeto brilhante em sua palma aberta.

Ela se inclinou para mais perto. Era um colar, dado o comprimento da corrente de ouro enrolada em sua palma. Mas não foi isso que atraiu seu interesse. Havia um pingente de formato oval que parecia ser um camafeu de... *Ela.*

Num suspiro, ela se endireitou e encontrou seu olhar. "Você não encontrou isso por acaso durante suas viagens."

O cinza opaco e tempestuoso a manteve cativa. "Eu contratei Pistrucci para gravá-lo quando eu estava em Roma."

"Roma", ela sussurrou, sua respiração presa na garganta. "Mas como ele fez minha imagem com tanta precisão?"

"Eu lhe dei um esboço."

"Feito por?"

"Mim."

"Da lembrança de uma noite?"

Ele assentiu uma vez.

Ele era tão diferente de todos os pretendentes que ela teve que suportar no último ano. Lorde Nicholas Asquith não estava consumido em se promover. Ele era atencioso, amável, além de bonito.

Foi nesse momento que ela soube: eles estavam destinados um ao outro.

"Sim", ela declarou simplesmente, ousadamente.

"Sim?" Uma luz divertida entrou em seus olhos. "Mas eu não lhe fiz nenhuma pergunta."

"Você perguntou há um ano." Ela não o deixaria ir. Nunca. "E agora você tem minha resposta."

Com isso, ela arrancou o camafeu da palma aberta dele e se levantou de um salto. Ela correu pelo barranco, seu ritmo aumentando a cada passo. Quando chegou à beira da clareira, não conseguiu resistir a um último olhar para trás para confirmar que ele era real.

Lá estava seu futuro marido, o próprio modelo para Adônis. *Poderoso. Confiante. Pensativo. Atencioso.* Essas eram palavras para ele. *Bonito* era outra palavra. *Mais velho* era outra. Mas não muito mais velho. Ele era mais experiente, não mais velho.

Simplesmente perfeito, mais velho.

Naquele instante, sua queda foi completa.

Ela estava perdidamente apaixonada.

"E Nick" — ela decidiu naquele exato momento que ele seria Nick para ela — "você deve se apressar e ir para Londres pedir minha mão ao meu pai. Não vou suportar outra temporada no mercado de casamentos."

Então ela assobiou para Horace e correu pela trilha antes que Lorde Nicholas, *Nick*, pudesse contradizê-la e dizer que sua proposta de um ano atrás não significava nada. A cada passo que dava, ela não sentia a terra sob seus pés, mas nuvens. Seus pés talvez nunca mais tocassem terra firme.

Mesmo agora em Paris, com tantos anos entre aquele dia e este, o que ela sentiu então — o desejo em seu estômago, a confirmação em seu coração — ecoava dentro dela quando sua memória a chamava. Ela podia se odiar por isso.

Nick partiu seu coração uma vez.

Ela não permitiria que acontecesse novamente.

Seu primeiro amor era a espionagem. Ela não fazia parte da equação, nunca fez realmente, e ela nunca soube o porquê. Agora que sabia, ela não tinha certeza se saber era melhor. Junto com o conhecimento veio à compreensão. E ela não queria entender Nick porque, logo após a compreensão, poderia vir a simpatia.

Ela deveria se proteger daquele sentimento insidioso, um sentimento que não poderia levá-la a lugar nenhum bom ou seguro. Isso poderia levá-la a acreditar na possibilidade de momentos perfeitos novamente. E a possibilidade era uma sensação ilusória de se juntar a Nick.

A segunda aula de espionagem desta noite precisava permanecer uma parceria de negócios. Ela era sua espiã. Qualquer outra parceria era impensável.

Na noite passada, ela dominou a duplicidade e a astúcia. Nos próximos dias e aulas, ela os usaria a seu favor, não apenas para a missão, mas para seu coração.

Seus dedos deslizaram ao longo de sua clavícula e traçaram um caminho até o lugar onde o medalhão normalmente ficava. Ela não acreditava mais na atração oca da possibilidade, mas uma pequena parte dela — uma parte guardada dentro de um medalhão perdido — era grata pela prova de que ele havia existido.

12

———

*Órgãos genitais: Uma amante; também boas roupas. O homem provi-
denciou roupas finas para a sua amante; o sujeito deu boas roupas à
sua amante. Os órgãos genitais de um homem.*

— UM DICIONÁRIO CLÁSSICO DA LÍNGUA VULGAR,
FRANCIS GROSE

"Seu círculo íntimo tem certeza de que o Rei Luís não se levantará mais da cama", o agente falou da sombra de uma confeitaria fechada. "Precisamos discutir o plano."

"Mais tarde", Nick murmurou.

Através da névoa do fim da noite, ele viu uma figura descer de uma carruagem de aluguel a dois quarteirões de distância. Ele deu uma olhada rápida em seu relógio de bolso, o único resquício de sua vida refinada recentemente abandonada que ele mantinha consigo. Poucos minutos depois da hora. Um pouco atrasada. Ela estava, como sempre, um pouco atrasada.

"Você tem certeza sobre envolvê-la?" O agente projetou o queixo na direção dela.

"Ela fica por enquanto." Nick valorizava o julgamento do agente, mas ele tinha a palavra final neste assunto.

O agente assentiu, admitindo a questão. "Vou me encontrar com Villefranche daqui a duas horas. Você e eu podemos discutir o resultado mais tarde em meus aposentos."

O agente desapareceu na noite encharcada enquanto o olhar de Nick permanecia fixo na figura vigorosa de Mariana.

Mesmo usando o vestido de uma vagabunda parisiense de baixa estirpe, Mariana, com seu passo eficiente e determinado, mantinha a habilidade de ser puramente Mariana. Isso nunca deixava de inspirar uma medida de inveja nele. Ser puramente ele mesmo era puro luxo — um luxo que ele não podia se permitir. Ele não tinha certeza se sabia como. Exceto...

Ele ainda conseguia sentir o gosto do sal da pele dela na língua. Ele não havia perdido completamente a habilidade de ser ele mesmo. Na noite passada, ele havia perdido o controle e esquecido a primeira regra deste jogo: ele deveria vê-la com imparcialidade profissional, como qualquer um de seus outros agentes. O que significava que ele não deveria lamber sua coluna até seu pescoço elegante. Nunca antes ele tinha chegado perto de lamber um de seus agentes.

Claro, nenhum de seus outros agentes era Mariana.

Era uma verdade que ele continuava a reprimir, porque ele precisava dela. Quem quer que tivesse enviado a ela o bilhete de um endereço em Whitehall era a chave para o plano de assassinato. Ela era sua oportunidade de atrair essa pessoa, e ele não desistiria facilmente. Ele não devia esquecer que seu papel principal era agente do Rei e do País.

Não como amante de sua esposa.

Agora a um quarteirão de distância, seu olhar se fixou nela. Uma pontada de incerteza persistiu. Mariana... uma espiã? O que ele estava pensando?

Ele se afastou da parede e colocou os pés em movimento rápido, fechando a distância entre eles em cinco passadas. Ele deslizou seu braço na curva do dela antes de curvar à esquerda e redirecioná-los para o local desta noite. Do lado de fora, eles deveriam parecer o casal devotado que não eram.

"Vejo que você voltou ao visual de prisioneiro recém-libertado esta noite", ela observou quando seus pés se estabeleceram em um ritmo constante.

Nick passou os nós dos dedos constrangidos pela barba por fazer de um dia. "Eu estava tentando parecer um revolucionário boêmio."

"Uma fantasia diferente a cada noite?" Ele detectou uma nota cáustica na pergunta. "O que vamos fazer esta noite? E por que estou vestida como uma boneca Bartholomew [1]?"

Nick não conseguiu resistir a um sorriso forçado. "Acho que devo agradecer a Francis Grose por esse toque de cor?"

Mariana pigarreou. Ele suspeitou que poderia ter visto um rubor rosando suas bochechas à luz do dia. "É outra maneira de dizer que pareço espalhafatosa. Quero dizer, esse vestido, Nick."

Ele não precisava olhar para saber o que ela queria dizer *sobre esse vestido*. "É necessário que você se vista dessa maneira para sua aula de espionagem." Ele se sentiu meio bobo falando essas palavras em voz alta. "Ao contrário de Londres, grande parte da vida intelectual em Paris acontece em cafés. Hoje à noite, você é minha *lorette*."

"*Lorette?*" ela perguntou seu olhar quente no lado do rosto dele. "Eu quero saber o que isso quer dizer?"

"Nem esposa nem prostituta." Ele hesitou. "Amante."

"Então chegamos a esse ponto? Agora sou sua amante? Muitas vezes me perguntei quais habilidades as amantes possuem que as esposas não têm." Uma risada curta escapou dela. "Ninguém nos confundiria com convencionais. E, por favor, diga, que nova

---

1. Bartholomew porque eram vendidas na Bartholomew Fair em Londres: Uma boneca de madeira, geralmente sem braços ou articulações, pintada e vestida na moda atual.

habilidade eu devo aprender esta noite? Se a lição da noite passada foi duplicidade e astúcia, a desta noite é" — ela indicou os montes arredondados de seus seios com a mão livre — *"o quê?"*

"Invisibilidade."

Outra risada soou, mas esta possuía uma ponta fina e afiada. "Com este vestido? Com minha cintura apertada e meus seios até as orelhas?"

Seu olhar passou por ela. "O último estilo parisiense combina com você."

Abençoadamente ignorando essa última parte, Mariana continuou sua reclamação, "Por favor, diga, como eu deveria ser invisível quando tanto de mim é visível? Além disso, pensei que o propósito das minhas atividades de espionagem era me *fazer notar* por Villefranche."

"Mariana, você se saiu admiravelmente bem em se tornar óbvia para o homem." Seu corpo enrijeceu ao lado dele. "Às vezes você precisa ser discreta neste jogo que estamos jogando. É importante que você consiga transitar entre ser vista e não ser vista à vontade." Ele fez uma pausa. "Você nunca foi uma mulher tímida, de personalidade introvertida."

"Deixe-me ter certeza de que tenho os fatos corretos. Você acha que eu vou ficar invisível com meu peito exposto dessa maneira obsceno?"

"O que mais qualquer homem em um raio de um quilômetro será capaz de ver?" Ele parou na calçada vazia e a encarou. "Mas eles não verão *você*."

Seus olhos se estreitaram antes que ela exalasse um suave "Ah", e guardasse o resto de seus pensamentos para si mesma.

Nick pigarreou e estendeu o braço, indicando sua prontidão para retomar o progresso. "A intenção dessas *aulas de espionagem* é introduzir algum artifício em suas relações com o mundo." Ele fez uma pausa. "Seu olhar é muito curioso, muito seguro, muito aristocrático e muito direto."

"Você faz parecer que eu sou demais."

Era verdade. Ela era completamente demais.

"Uma agente deve se tornar invisível à vontade", ele disse. "Isso pode significar a diferença entre a vida e a morte neste jogo. Você deve se comprometer com isso."

"Então", ela começou, "era isso que você estava fazendo quando eu te vi agora? Tornando-se invisível para o mundo?"

"*Pardon?*"

"E o homem com você? Ele também estava sendo invisível?"

Nick permaneceu em silêncio. É melhor deixá-la expor seu ponto de vista.

"Seu perfil barbudo tinha uma semelhança impressionante com o do crupiê da noite passada." Olhos âmbar, arregalados e inabaláveis, o observavam em busca de uma reação, e um sorrisinho presunçoso surgiu nos cantos de sua boca.

Ela o tinha na palma da mão.

Nick pesou suas próximas palavras e decidiu falar a verdade. "Eu confio nele."

"Eu pensei que ninguém era confiável."

"Eu confio nele com a minha vida." Ele hesitou antes de acrescentar, "E com a sua."

As palavras saíram com uma finalidade que não admitia discussão. Mas Mariana não tinha terminado. "Tio Bertie e Tia Dot me fizeram uma visita esta manhã."

"Ah?" Nick respondeu, cautela no monossílabo.

"O que o Tio Bertie sabe sobre suas atividades no continente?"

Uma risada raivosa irrompeu de Nick. A intenção era amenizar sua pergunta. Em vez disso, caiu com um baque surdo entre eles.

"Nick?"

"Por que seu amado Tio Bertie *saberia* alguma coisa sobre seu ex-marido?"

"Há algo que preciso lhe contar." Mariana firmou os pés e os fez parar. "Tio Bertie sabe que você está vivo."

"Por que ele pensaria o contrário?"

"Esse foi meu primeiro pensamento também. Mas, Nick, ele *sabia*."

"O que ele sabia?"

"Que você estava desaparecido."

"Mais alguma coisa?"

"E que agora você está vivo."

"Estamos falando em círculos."

"Parece que confirmei a ele que você está vivo." Incerteza e culpa pairavam sobre ela. "Acho que lidei com isso de forma errada."

Sua vulnerabilidade nua estendeu a mão e agarrou Nick no peito. "Mariana", ele disse, baixo e insistente, "você não fez nada de errado."

"Então por que parece assim?"

"Muita informação vai colocar você em perigo. Você vai ter que confiar em mim."

Ela estremeceu. "Isso é pedir demais."

"Existe confiança, e existe *confiança*." Os olhos dele procuraram os dela. "Você sabe que pode confiar em mim."

"Eu confio?"

"Sim."

Ela se concentrou na parede ao lado deles, onde minúsculas gotas de névoa se acumulavam e se transformavam em gotas redondas. Pesadas demais para a força da gravidade, elas finalmente caíam em listras verticais aleatórias no chão. "Você parece tão genuíno que eu poderia acreditar em você. Eu poderia até acreditar que você acredita em suas palavras." Os olhos dela, nublados de emoção, encontraram os dele. "É melhor se não falarmos sobre confiança."

As palavras dela, suaves e claras, o atingiram bem no plexo solar. Ela havia falado a verdade. Ele não merecia a confiança dela. Essa foi a troca que ele fez uma década atrás. Ao evitar interação significativa com ela todos esses anos, ele conseguiu evitar sua culpabilidade.

Até agora.

Ele merecia as palavras dela.

E mais.

No entanto, ela permaneceu em silêncio e começou a se mover, o clique dos saltos era o único som entre eles, enquanto quarteirão por quarteirão a calçada ficava cada vez mais lotada com uma vida noturna parisiense cada vez mais animada.

Pouco antes da entrada de um bar animado, com seus clientes se espalhando pela rua em pequenos grupos, Nick puxou Mariana para um lugar tranquilo. O espaço era aconchegante o suficiente para que ele sentisse o calor irradiando de seu corpo. "Há algo que você precisa saber sobre este lugar", ele disse desejando que ela seguisse sua liderança e deixasse o passado de lado por enquanto. "Não servem bebidas tradicionais."

"Isso é um alívio depois da farra de uísque da noite passada", ela disse em um tom leve.

Mesmo que soasse um pouco vazio, ela estava brincando. Ótimo.

"Este lugar serve absinto. Você já ouviu falar?"

"*The Green Fairy* [2]? Claro", ela disse, alegre e desdenhosa.

"A Fada Verde vem em pequenas doses", ele explicou como se ela nunca tivesse ouvido falar de absinto, o que, claro, ela não tinha. Ele admirava sua bravata, no entanto. "Sob nenhuma circunstância beba de uma só vez. Deve ser bebido bem devagar. Na verdade, seria melhor se você apenas fingisse beber."

---

2. O absinto é uma bebida destilada à base de anis e outras ervas, como funcho e Artemisia absinthium. Foi criado e utilizado primeiramente como remédio pelo médico francês Pierre Ordinaire, por volta de 1792. O absinto foi especialmente popular na França, sobretudo pela ligação aos artistas parisienses de finais do século XIX e princípios do século XX, até a sua proibição em 1915. Recentemente, ganhou alguma popularidade com a sua legalização em vários países. É também conhecido popularmente por *fada verde* (*the green fairy*) em virtude de um suposto efeito alucinógeno.

"Não dependo de ninguém para apoio ou orientação", ela retrucou.

"Então você deve saber..." Ele hesitou, considerando a melhor maneira de expressar suas próximas palavras. "Produz um estado de euforia."

"Um estado de euforia?" Sua cabeça inclinou para o lado.

Ela estava intrigada. *Maldição.*

"Você já tentou?" ela perguntou.

Ele assentiu uma vez, seus olhos se afastando do olhar intrigado dela. "E a sensação que produz no dia seguinte —"

"Uma sensação de libertinagem?" ela interrompeu. "Depois da noite passada, eu sei algo sobre essa sensação."

"É exatamente o oposto de eufórico. Melhor ficar longe. Concorda?"

Oh, como ele queria que ela concordasse.

"Talvez", ela disse. Essa era toda a satisfação que ela lhe daria. Ela respirou profundamente e saiu do local onde eles estavam, incapaz de reprimir um sorriso indisciplinado.

A porta da frente se abriu amplamente, e dedos longos e protetores se curvaram em volta de sua mão. Picadas vertiginosas de excitação percorreram sua pele daquele pequeno ponto de contato enquanto ele a arrastava para dentro do bar e os guiava por um aglomerado de mesas espalhadas desordenadamente. Eles se aventuraram para o fundo do bar lado a lado, um casal genuíno para a multidão ao redor deles.

"Este bar", ele disse em uma voz abafada destinada apenas aos ouvidos dela, "é povoado por filhos mimados e endinheirados que procuram exibir sua educação e suas *lorettes*."

Sem outra palavra, eles encontraram dois assentos vagos em uma longa mesa que se estendia por toda a extensão da parede dos fundos. Mariana sentou-se no assento de canto que Nick ofereceu e tentou acompanhar qualquer uma das várias conversas acaloradas que giravam no ar denso com fumaça de charuto e certa umidade específica de espaços fechados cheios de pessoas animadas.

"Este é um lugar bastante público", ela observou.

"Os bares são onde indivíduos de convicções políticas semelhantes, geralmente extremas, se reúnem."

A voz de Mariana surgiu em um silêncio secreto, "Essas pessoas são revolucionárias?"

"Em um extremo."

"Villefranche disse que os franceses gostam de viver em extremos."

"Ele não está totalmente errado."

De repente, todos no bar ficaram desconfiados. "As pessoas erradas não saberão que você está vivo?"

"Eles realmente não acham que estou morto. O bilhete que você recebeu em Londres foi um estratagema, estou convencido." Embora ele não tivesse descoberto o porquê. "Estou simplesmente inacessível por enquanto."

Mariana assentiu e permitiu que seu olhar percorresse a sala. Ela desistiu de entender o que estava sendo gritado ao seu redor. O francês falado era muito informal e rápido. Ela se inclinou para perto de Nick. "Traduza a conversa dele para mim." Ela projetou o queixo em direção a um jovem com o cabelo mais selvagem e ruivo que ela já tinha visto, superado apenas por seu bigode vermelho selvagem.

"Ele está especulando se o novo trono do rei é de ouro maciço ou banhado a ouro."

"Isso importa?"

"Para os franceses? Absolutamente."

Em seguida, ela indicou um jovem fervoroso à direita de Nick.

"Ele está declamando os méritos das tintas a óleo sobre aquarelas. Aquarelas falam da falta de coragem, substância e gravidade de um artista. Elas são um vazio moral e pouco substancial."

Um meio sorriso espreitava nos lábios de Nick e receptivamente, não, *instintivamente,* ela o correspondeu. "Bom saber," ela respondeu, mas a atenção dele havia se desviado dela.

Ela reprimiu um lampejo de irritação. Sua mente racional entendeu que isso fazia parte do ato deles esta noite. Ainda assim, a irritava que Nick desempenhasse seu papel tão convincentemente bem.

Deixada sozinha com seus pensamentos, ela se acomodou e absorveu a atmosfera. Ela não conseguia deixar de se sentir um pouco decepcionada. Ela pensava que questões urgentes de importância eram discutidas nos cafés e bares de Paris. E, talvez, fossem. Mas não com ela, uma mera mulher. A julgar pela disposição da mesa, era gritantemente óbvio que uma mulher deveria ser vista e não ouvida. Os homens sentavam-se rentes à mesa — para melhor ouvirem uns aos outros e inserirem uma opinião quando necessário — enquanto as mulheres sentavam-se posicionadas ligeiramente atrás de seus homens.

Ela formou um vínculo simpático com as outras mulheres, as *lorettes,* que transcendia suas barreiras culturais e linguísticas. Em Londres, mulheres de sua posição encontrariam um canto tranquilo e conduziriam suas próprias conversas. Essas parisienses, no entanto, permaneciam coladas aos lados de seus homens. Contentes em serem exibidas em uma capacidade ornamental, elas mantinham um semblante desinteressado específico que apenas as mulheres francesas poderiam empregar adequadamente. Na verdade, foi essa despreocupação francesa que conseguia salvar sua dignidade.

O traje das mulheres atraiu sua atenção. De fato, Nick estava certo em enviar essa monstruosidade carmesim com as instruções desta noite. Ela a integrava perfeitamente ao ambiente com sua cintura marcada, decote revelador e cor berrante. Ela examinou a fileira de mulheres vestidas como joias em tons de safira, rubi, esmeralda e ametista, dispostas como um arco-íris de pecado.

Oh, que moralista, Mariana se repreendeu. Talvez ela devesse descer do seu pedestal. Afinal, ela não entendia completamente a vida ou o sustento dessas mulheres. Era um mundo difícil para mulheres sem recursos. Ela faria bem em se lembrar disso.

Nick estava certo... *de novo.*

Mesmo com suas roupas reveladoras, ou por causa delas, essas mulheres eram invisíveis em todos os sentidos significativos. Ela moveu seu corpo em direção a Nick, tentando imitar sua pose específica de despreocupação sofisticada. Mas ela teve dificuldade em decidir onde colocar suas mãos. Seu pescoço parecia estranhamente angulado, e ela desejava desesperadamente cruzar as pernas. O que parecia totalmente natural para as *lorettes,* parecia totalmente antinatural para ela. Ela percebeu que todo o comportamento e a conduta delas eram uma forma de arte sutil. Seria preciso mais do que uma única noite para que ela se tornasse uma delas.

Um toque repentino atraiu sua atenção para sua mão sem luvas. A ponta do dedo de Nick começou a traçar suaves oitos na pele macia de sua palma, fazendo cócegas nas terminações nervosas que, por sua vez, enviavam sinais por seu corpo. As cacofonias concorrentes de música agitada. conversas gritadas e risadas turbulentas foram reduzidas a um ruído de fundo abafado quando o dedo dele começou uma subida suave pelo braço dela até o ombro antes de descer languidamente até a ponta do dedo médio. Seu corpo ansiava por balançar em direção a ele como um gato, encorajando, até mesmo implorando para que ele fizesse isso de novo.

Seus olhos se abriram. Quando foi que eles se fecharam?

Ela olhou para Nick e o encontrou ainda envolvido em uma conversa com os outros homens. Ele nem havia interrompido a conversa para acariciá-la. Esse era o tipo de tratamento que esses homens davam às suas *lorettes.* Era como uma declaração de propriedade em relação a um objeto amado... ou um animal de estimação favorito. Ao reivindicá-la dessa forma, ele a estava tornando ainda mais invisível. Mesmo que fosse um papel por uma noite, ela não conseguia deixar de se irritar com o tratamento. Ela definitivamente não era a *gatinha* de ninguém.

Nick repetiu o movimento, e seus mamilos se apertaram em botões duros. Seu corpo parecia não entender o que sua mente fazia. Claro, era possível que seu corpo simplesmente não se importasse. A lembrança de outra sensação veio a ela. Uma de sua língua aveludada deslizando por sua pele. Oh, ontem à noite...

Mariana sentou-se ereta e juntou as mãos.

Não haveria mais disso.

Uma garrafa de líquido verde e um pequeno copo apareceram diante dela. O copo estava coberto por um cubo de açúcar aninhado dentro do que parecia ser uma peneira minúscula.

Nick inclinou a cabeça para trás, então seus lábios quase roçaram a orelha dela. "Conheça a Fada Verde."

"Absinto?" Ela abandonou sua pretensão anterior de que conhecia bem a substância. "Como ele atinge esse brilho verde específico?"

Ele inclinou a cabeça, e seu olhar sério encontrou o dela. "Siga minha liderança."

Enquanto ela observava, ele pegou a garrafa na mão e derramou a substância sobrenatural — não havia outra palavra para isso — sobre o cubo de açúcar. Conforme o líquido filtrava pelo açúcar, as duas substâncias se fundiam no copo.

"Vamos beber isso?"

Ela pensou ter visto um sorriso brilhar em seus lábios bem definidos, mas ela poderia ter imaginado que suas próximas palavras foram sussurradas tão seriamente. "Lembre-se do que eu disse. Você deve *fingir* que bebe."

Não foi só o conteúdo das palavras dele que a irritou, mas a maneira como ele as falou, como se estivesse dizendo gentilmente, mas firmemente, *não*.

Bem, isso não daria certo. Era hora de ela lembrá-lo de quem ela era.

Sem pensar duas vezes, ela pegou o copo. A mão de Nick disparou e fechou em volta da dela. Ela o afastou e levou o copo aos lábios. Um cheiro forte de anis encontrou seu nariz. Não era seu perfume favorito, mas não havia como voltar atrás.

Seu olhar encontrou o dele acima da borda do copo — ela tinha toda a atenção dele agora — e seus lábios se curvaram em um sorriso. *"Vive la France!"* ela gritou e inclinou a cabeça para trás, virando o absinto em um gole rápido antes de colocar o copo na mesa.

13

Erro (Fox's paw): A pronúncia vulgar das palavras francesas faux pâs.
Ele fez um confuso fox's paw.

— *UM DICIONÁRIO CLÁSSICO DA LÍNGUA VULGAR,*
FRANCIS GROSE

No espaço entre um batimento cardíaco e o seguinte, o mundo de Mariana se transformou em um país das maravilhas composto inteiramente de hélio e éter. Ela também não tinha certeza se era inteiramente o efeito do absinto, em vez disso, suspeitava que pudesse ser seu ato de desobediência alimentando o sentimento.

Não, essa não era a melhor caracterização do sentimento ou de si mesma. Desobediência era o ato de uma criança que tentava afirmar seu poder e controle.

Ela não era criança. Era uma mulher adulta. Talvez beber um copo cheio de um líquido desconhecido que emitia um brilho verde sobrenatural não fosse a maneira mais adulta de afirmar sua independência, mas o olhar firme e cinzento de Nick lhe disse que ela havia conseguido se expressar em alto e bom som.

Exceto pelo fato de que ele não parecia nada surpreso.

Ela deu uma olhada consciente ao redor da mesa. Uma dúzia de pares de olhos a observavam com partes iguais de perplexidade e espanto, aguardando seu próximo movimento. Então o momento evaporou quando eles pareceram perceber em uníssono que ela não tinha mais movimentos.

Os homens continuaram suas conversas enquanto os olhos das amantes permaneceram por mais meio segundo, avaliando, indulgentes, mas não calorosos. A peculiar inglesa foi dispensada, sua novidade desapareceu tão rapidamente quanto surgiu. A música estridente e a cacofonia geral do espírito do café voltaram à vida, e o mundo exterior entrou em cena.

Não importava. Especialmente quando o ar ao seu redor se tornou leve e sem peso como se a gravidade não tivesse mais poder sobre ela. Seus dedos envolveram o assento de sua cadeira enquanto uma cascata de calor flutuante a inundava. Ela já havia bebido um pouco de vinho a mais — ou uísque, conforme a ocasião permitia — mais vezes do que uma dama ousaria admitir, mas essa sensação era isso e muito mais.

"De onde vem isso?" ela ouviu sua voz perguntando.

"Grande absinto", Nick disse por cima do ombro.

"Não. Não de onde, mas *de onde?* De que mundo? Certamente não do nosso. Eu me sinto como se... como se tivesse laçado uma estrela cadente."

Ela pode ter percebido um revirar de olhos de Nick antes que ele se virasse, mas isso não importava. Ela não tinha utilidade para o aqui e agora, mas para a epifania, brilhante e verdadeira: apenas Nick a havia tocado. Nas últimas três noites, ele havia tocado alguma parte do corpo dela, mas ela não havia tocado o dele.

Fazia anos desde que ela o sentiu pela última vez.

Seus olhos viajaram pela ampla largura de suas costas. Ele estava diferente agora? Ele era magro e anguloso, mas os ângulos hoje em dia eram um pouco mais nítidos. Este era um homem mais duro de uma década atrás. Como isso escapou de sua atenção em todos aqueles Natais, Páscoas e aniversários? Ela queria senti-lo. Não através de camadas de jaqueta, colete e camisa, mas pele com pele.

Seu olhar vagou sobre as outras mulheres, as outras *lorettes*, seu estranho senso de parentesco com elas aumentando. Então, ela percebeu. Essas mulheres não estavam simplesmente recebendo carícias. Elas retribuíam de maneiras sutis: as pontas dos dedos tocando uma pequena parte de pele nua na nuca; lábios pintados pressionados contra uma orelha, sussurrando uma promessa para mais tarde que somente os dois saberiam; mãos encontrando seus caminhos dentro dos bolsos do paletó, dentro dos bolsos das calças...

Uma sensação de formigamento surgiu em seu estômago. Ela não precisava ficar sentada aqui, como um simples nada, a noite toda. Diante dela estava uma oportunidade de pegar o que quisesse.

E agora o que ela queria era um toque de Nick.

Ela moveu sua cadeira para mais perto da dele e se enrolou contra ele. Todos os músculos das costas dele ficaram rígidos. *Ótimo*. Ainda assim, esse nível de toque não era o suficiente para satisfazê-la.

Com esse pensamento em mente, sua mão encontrou seu caminho para a coxa dele e, como os músculos das costas dele, eles também se contraíram sob seu toque. Ela resistiu à vontade de testar sua rigidez com um aperto. Em vez disso, sua mão começou a serpentear seu caminho até o comprimento sólido do músculo, seus dedos logo localizando o bolso da calça dele.

Ela escorregou para dentro.

Chocada com sua própria ousadia, ela hesitou, sua respiração engatada em seu peito. Ela observou seu perfil por uma reação, qualquer sinal que revelasse um efeito sobre ele, o efeito dela sobre ele. Nada. Seu rosto permaneceu frustrantemente impassível. Mas seu coração — que ela sentia, pressionada como estava contra suas costas — revelou o oposto de impassibilidade. O coração dele batia forte e rápido, espelhando o estrondo do dela. Oh, ele sentia isso também.

Os dedos dela retomaram o progresso, sentindo o caminho mais profundo dentro do bolso dele. Ele sentiu uma luz aumentando em luminescência dentro dele até que ele estava brilhando com um rio quente de sensação, molhado e maravilhoso?

Hmm, essa última parte pode ter sido o absinto.

Oh, deliciosa antecipação. Uma imagem de sua masculinidade passou por sua mente. Ela se lembrava disso como duro e verdadeiro e sempre pronto. Esse ainda era o caso?

"Estou invisível o suficiente agora?" ela sussurrou em seu ouvido.

Um aperto de torno, repentino e forte, prendeu-se ao pulso dela e retirou a mão do bolso dele, devolvendo-a com firmeza ao colo.

Ele se virou na cadeira e a encarou. Seus olhos não revelavam nada, e ocorreu a ela que eles deveriam. Eles deveriam mostrar raiva, consternação, desejo, desgosto... *Alguma coisa*. No entanto, eles não revelavam nada, o que poderia ser um sinal por si só. Ele não estava se permitindo revelar. Como foi que ela nunca percebeu essa habilidade específica em seu marido? Ela pensou que ele não sentia nada, mas estava começando a suspeitar que fosse o oposto.

"Não sinto um pingo de vergonha pelo que acabei de tentar", ela sussurrou. Ela nunca foi o tipo de garota que se importava muito em se meter em problemas. "Eu não estava me comportando como mais uma das amantes? Como outra de *suas* amantes?" Ele permaneceu estoico e silencioso. "A indignação e a vergonha são emoções *muito confusas*. Na verdade, sinto o oposto de confusa. *Na verdade*, nunca me senti tão pura na minha vida."

"É o absinto falando."

"É? E o seu absinto que está falando comigo agora?"

"Mariana —"

"Ah, pare de me repreender. Eu não estava falando sério. Bem, não totalmente."

Ela não se sentia mais refém do olhar muito firme de Nick. Ela queria aproveitar a noite. Nunca em sua vida se sentiu tão em sintonia com as pessoas ao seu redor. Era como se estivessem juntos em um plano de existência conhecido apenas por eles. Parecia milagroso.

Sua reflexão foi interrompida quando seu olhar caiu sobre uma figura familiar. A princípio, ela não acreditou em seus olhos. Afinal, ela estava vendo o mundo através das lentes da Fada Verde. "Nick," ela sussurrou, urgência suficiente em sua voz para recuperar sua atenção.

"Sim, Mariana," ele respondeu. Ela não se importou com seu tom sofrido.

"Você não está preocupada que esse seja o tipo de lugar que alguém que você conhece frequentaria? Talvez alguém como o Conde de Villefranche?"

"Villefranche não seria pego nem morto em um lugar como esse," Nick respondeu. "Seus ideais elevados não se aventuram muito longe do alto e descem ao reino da realidade."

Mariana sentiu um sorriso indisciplinado florescer em seu rosto. Ela sabia de algo que Nick não sabia. "Então como é que eu o vi entrar pela entrada da frente?"

Nick congelou. "Ele está sozinho?"

"Sim."

"Ele viu você?"

"Ainda não." Seus olhos se fixaram na forma alta e dura de Villefranche enquanto ele andava pela sala entre vários grupos de pessoas com quem ele claramente estava familiarizado. "Eu acredito que você tenha subestimado seu oponente."

"Ele está atrás de mim?"

"Diretamente."

"Olhe para mim," Nick ordenou.

Mariana desviou o olhar do Conde de Villefranche e encontrou os olhos cinza-aço de Nick. Ele estendeu a mão e segurou a parte de trás da cabeça dela, seus dedos longos passando por seus cabelos soltos, dedos quentes, capazes e masculinos.

"Siga minha liderança", ele disse pela segunda vez esta noite.

Sem outra palavra, ele a puxou para si, e sua boca estava sobre a dela no que só externamente poderia ser caracterizado como um beijo, tão frios e inflexíveis eram seus lábios.

Não durou mais do que três segundos antes que ela se afastasse ofegante. "Eu pensei que éramos melhores em beijar do que isso", ela explodiu.

"Ele já passou?" Nick perguntou, recusando-se a se distrair com seu beijo totalmente, totalmente terrível.

Mariana nunca se sentiu tão decepcionada em sua vida.

Mas ela se lembrou de seu papel e localizou as costas recuadas de Villefranche. "Ele está apenas saindo pela porta da frente com uma mulher. Acho que seus ideais elevados de vez em quando gostam de se misturar com a ralé."

Nick se afastou da mesa e se levantou, arrastando-a para cima com ele. Sem um único *adieu*, eles partiram, navegando pelo bar de uma forma desordenada em um ritmo acelerado certamente nunca antes visto. Seu frágil pedaço de xale escorregou de seus ombros, esquecido para sempre na noite, pois não havia como parar o ímpeto de Nick. E tudo isso foi feito sem uma única perturbação na firmeza de suas feições.

Em um piscar de olhos, eles estavam correndo por um corredor curto nos fundos. Com a mão de Nick ainda presa à dela, ele usou a outra para abrir a porta no final do corredor.

Dois passos depois, Mariana se viu em um beco estreito e escuro, desprovido de luz e denso com uma névoa suave. Mesmo com os ritmos irregulares de sua respiração correndo em seus ouvidos, o mundo desacelerou e a quietude os envolveu. O café estridente desapareceu em um passado que estava se tornando cada vez mais distante, mesmo com o absinto pulsando relâmpagos em suas veias.

Apenas o presente onde a mão dele segurava a dela importava.

"Estamos seguindo Villefranche?"

Nick balançou a cabeça, uma luz selvagem piscando nas profundezas cinzentas de seus olhos. Através da névoa de seu passado compartilhado veio a lembrança de que sua selvageria sempre a deixou igualmente louca por ele.

"Você pensou que éramos melhores do que isso?" ele perguntou dando um passo à frente. Centímetros os separavam. Sua mão segurou a dela enquanto a outra se levantou e acariciou o lado de seu rosto. Seus dedos pareciam maravilhosamente frios contra suas bochechas, quentes de embriaguez e... Desejo.

Ela abriu a boca para falar, mas as palavras se recusaram a se formar.

Não havia mais nada a dizer.

Só restava algo a fazer.

A mão dela se ergueu, encontrou a nuca dele e puxou a boca dele em direção à dela.

Um rosnado suave soou quando os lábios dele reivindicaram os dela com uma ferocidade reprimida que estava vibrando entre eles por três noites seguidas. Um beijo nunca pareceu tão bom, tão arrebatador, tão hedonista, *tão certo*.

Não, não estava certo.

No entanto, de alguma forma, o fato *de ser tão errado* o tornava ainda melhor.

O comprimento total e implacável do corpo dele pressionou para frente e a prendeu contra a parede úmida de pedra. Os olhos dela se fecharam, e tudo o que ela podia fazer era sentir as sensações contrastantes de prazer e dor girando juntas. Todo o seu ser se transformou em um feixe de terminações nervosas expostas cuja única função era dar e receber prazer. O que mais havia?

As pontas dos dedos dele percorreram seu pescoço, passando pela clavícula, e hesitaram na protuberância de seus seios. Um grito lamentoso irrompeu em sua garganta, e suas costas arquearam, pressionando-a ainda mais contra seu corpo. Ela queria mais do que um beijo.

Uma mão segurou seu traseiro, puxando-a para um contato erótico e completo com seu eixo ereto, a outra deslizou para dentro de seu corpete e levantou um seio do tecido confinante antes de apertar seu mamilo tenso entre o polegar e o indicador. Instintivamente, sua perna envolveu sua cintura enquanto sua masculinidade se movia dentro dela. Seu corpo alternadamente gritava e ansiava por mais... Por tudo

Maldição, essas camadas de roupas entre eles.

Ele interrompeu o beijo e levou seu seio à boca. Sua cabeça arqueou para trás, e um longo gemido escapou dela.

"Nós *somos* melhores do que isso", ele murmurou com a mão subindo pela coxa nua dela. "Você precisa de provas adicionais?"

"Sim", ela exalou um apelo aos céus acima.

Os céus ignoraram seu pedido, pois no momento seguinte, Nick ficou imóvel e pressionou um dedo contra seus lábios antes que ela pudesse gritar em protesto. Ela seguiu seu olhar e encontrou o que havia chamado sua atenção. Um gendarme estava parado, a menos de um metro e meio de distância, aguardando pacientemente a atenção deles.

Mariana sabia que deveria se sentir absolutamente mortificada, o rosto em chamas de vergonha e constrangimento. Mas ela não sentia nem um pouco disso. Ela tinha acabado de persuadir Nick a baixar suas defesas e revelar algo verdadeiro sobre si mesmo — que ele a desejava... Loucamente, selvagemente — e esse oficial da lei idiota apareceu e lhe negou seu momento.

Ela não se sentiu envergonhada.

Ela se sentiu frustrada.

O gendarme fez sinal para Nick se afastar com ele. *"Monsieur, s'il vous plait?"*

Nick se endireitou e olhou nos olhos de Mariana por um breve momento, a mensagem neles clara: ela deveria ficar parada e ficar quieta. Ela deveria provar que havia aprendido a lição e se tornar invisível.

Ha. Aquele navio tinha partido.

Ela observou sua selvageria recuar e a civilização assumir o controle enquanto seus dedos corriam por seu cabelo raspado e o alisavam. Ela suprimiu o desejo de estender a mão e segurar sua mão. Desejo e possibilidade desapareceram rapidamente, substituídos por uma sensação devastadora de impossibilidade. O desejo não era suficiente para consertar o que a afligia e a Nick. Nunca foi.

Ela imediatamente ficou séria. "Nem esposa nem prostituta", saiu de seus lábios.

***

NICK SENTIU as palavras com a força de um tapa, mas não tinha tempo para elas agora. O gendarme estava esperando. O apaziguamento devia ser sua primeira preocupação. Mariana viria depois.

Ele fechou os olhos e inalou.

Não, Mariana não viria depois. Não desse jeito, de qualquer maneira. Não haveria apaziguamento esta noite — ou nunca — para eles.

Ele se afastou dela. "Você pode querer" — ele lançou um olhar para seus seios nus — "se arrumar." O gendarme estava dando uma olhada.

Nick deu um passo em direção ao oficial da lei, um sorriso ensaiado e envergonhado nos lábios. *Oui*, ele sabia que este não era o lugar, mas às vezes um homem tinha... *Necessidades*. Foi a vez de o gendarme sorrir envergonhado, batendo uma mão vazia contra sua coxa. *Oui, oui,* mas da próxima vez. *Oui, oui,* da próxima vez. A mão do gendarme voltou ao seu bolso mais rica do que estava alguns minutos antes.

O gendarme se afastou com um assobio de satisfação nos

lábios e Nick voltou a encarar Mariana. Não poderia haver uma próxima vez. Enquanto ele a observava arrumar o cabelo, com os braços esbeltos levantados e os seios expostos ao céu noturno e a qualquer outra pessoa que passasse por ali, a resolução soou vazia.

"Esse esquema não está saindo como planejado." Ele ajustou a gravata. "Você não é exatamente uma espiã."

"Ah, estou vendo."

Assustado, ele olhou para cima, esperando encontrá-la vibrando com traição e decepção — parecia que o destino dele era sempre decepcioná-la —, mas ele não viu nenhuma emoção ali.

"Acho que Paris combina comigo", ela disse, com um desafio em seus olhos.

"Isso é maior do que nós", ele insistiu, mas até ele podia perceber que suas palavras não tinham convicção. Ele não tinha certeza se algo era maior do que ele e Mariana. Nem mesmo os destinos da França e da Inglaterra — não naquele momento.

"Não existe *nós,* Nick. Nunca existiu."

Ele estremeceu. Até ele sabia que isso não era verdade. Era uma vez, quando havia *eles,* e tinha sido uma gloriosa brincadeira de ilusão — até que a realidade bateu à porta.

Mais uma vez, ele invocou as palavras necessárias. "A estabilidade da Europa está em jogo aqui."

Uma risada frágil escapou dela. "E, é claro, você é o único homem que pode garantir a estabilidade continental. Você sempre superestimou seu controle sobre uma situação."

Ele sentiu uma vontade repentina e ardente de provocá-la. "Nem sempre." As palavras saíram em um rosnado duro. "Há certas situações que eu controlo muito bem."

Um rubor aqueceu as bochechas de Mariana e ela desviou o olhar, na esperança de esconder a reação de seu corpo às palavras dele, à promessa em seus olhos quando ele as disse. Era um desejo que precisava ser reprimido. Eles tinham ido longe demais esta noite.

Não o suficiente, o corpo dela protestou.

Nick saiu para a rua e chamou um cocheiro que se aproximava. Com a mão estendida para o cocheiro, ele se virou e acenou para ela na direção do veículo. Seus pés pareciam atolados em lama quando ela atravessou os poucos metros entre o local onde estava e a porta aberta. O absinto tinha ido embora para o éter sem ela, deixando-a presa à terra e desanimada.

Sim, o absinto. Ela não pensou em outra coisa que pudesse causar essa sensação de tristeza. Qual era a palavra de antes?

Glutona.

Era a palavra perfeita.

Absoluta glutona.

O braço dele, inclinado no cotovelo, se estendeu e aguardou a mão dela, para que ele pudesse ajudá-la a entrar na carruagem.

A lembrança, não solicitada e indesejável, pressionou os cantos de sua mente. Certa vez, ela havia ficado assim, com a mão posicionada sobre o antebraço dele; ela estava vestida em marfim virginal e ele em preto e branco. Seu "sim" acabara de ser pronunciado, e eles estavam de frente para o corredor, com amigos e familiares de cada lado. A mão dela, trêmula e enluvada de seda, havia descido para descansar levemente sobre a lã superfina, e a gratificação de tê-lo apanhado verdadeiramente se avolumou. Esse homem lindo, astuto e indomável era dela, para sempre.

A amargura se misturou à lembrança. Um lampejo foi tudo o que aconteceu. Não havia nenhuma substância, nenhuma verdade duradoura naquilo. Ela ignorou o antebraço dele e agarrou-se à moldura da janela aberta da carruagem, subindo o primeiro degrau sem ajuda.

"Foi uma ideia tola, Mariana, pensar que você..."

"Poderia ser útil?", ela concluiu para ele.

"Você é útil, mas não para —"

"Você?" Ela estava de pé, perpendicular a ele, com o olhar fixo no interior da carruagem. "Bem, não é seu trabalho fazer com que eu seja?"

"Mariana —"

"Mais uma lição, Nick", ela disse, odiando sua incapacidade de manter um tom de súplica em sua voz.

Depois de um momento de hesitação, ele disse: "Mais uma lição".

Ela terminou de subir na carruagem e Nick fechou a porta atrás dela. Ele deu dois toques rápidos na porta da carruagem e ela entrou em movimento.

Mariana resistiu ao impulso de olhar pela janela e ver Nick se distanciar até se misturar com as sombras. Em vez disso, ela pressionou as costas contra o couro e voltou seus pensamentos para suas terminações nervosas.

Há menos de dez minutos, ela estava concentrada no prazer deles. No entanto, foi o outro lado de uma terminação nervosa que exigiu sua atenção agora que o prazer havia diminuído: a dor.

Enquanto a Paris da meia-noite passava por sua janela, ela sentiu uma dor incipiente, porém familiar, que estava sendo mantida à distância, uma dor que ela preferia evitar.

Se esse era realmente o caso, então por que ela havia praticamente implorado por outra aula?

Ela sabia o motivo.

Foi pelo mesmo motivo nervoso e hedonista pelo qual ela havia apostado seu medalhão na noite passada.

Embora houvesse metade da chance de ela encontrar dor quando chegasse ao final desse nervo em particular, havia outra metade da chance de ela encontrar prazer ali. Afinal de contas, ela havia prometido seguir o exemplo de Nick e ignorar o passado deles. Um passado tão sombrio era melhor ser deixado na sombria Londres. Esse idílio parisiense era um momento e um lugar para a irrealidade dominar o dia.

E se algumas terminações nervosas fossem agradadas ao longo do caminho, bem, não era para isso que Paris servia?

As pessoas se arriscavam mais por menos.

Ela se mexeu desconfortavelmente em seu assento.

Um risco maior do que um coração? Um pequeno pensamento a incomodava.

14

Importância confortável: uma esposa

— *UM DICIONÁRIO CLÁSSICO DA LÍNGUA VULGAR,*
FRANCIS GROSE

Com os pés em um ritmo acelerado pelas ruas de paralelepípedos enevoadas de uma Paris na madrugada, Nick não ousou diminuir o ritmo.

Ele a beijou.

Não, beijo era uma palavra muito simples para o que ele fez. Ele arrebatou a boca dela com a sua e teria feito mais se o gendarme não tivesse aparecido.

Mas o gendarme e até mesmo o beijo em si não eram o que mais o incomodava. Ele havia perdido o controle... De novo.

"Eu sou invisível o suficiente agora?"

Desde o momento em que ela sussurrou a provocação, ele teve que tê-la. Não havia dúvida disso em sua mente. Ele estava determinado a demonstrar a ela precisamente o quão invisível *ela não era.*

Seu primeiro instinto ao vê-la dentro de La Grande Salle

estava correto. O problema havia chegado. E aqui sua previsão estava se concretizando como ele havia imaginado. Apenas o gendarme que passava o salvou de si mesmo esta noite. Quem o salvaria de si mesmo na próxima vez?

Ele olhou para cima e diminuiu o passo. Seus pés o levaram até as margens do Sena, onde ele inalou o ar carregado de esgoto e fedor do rio. Quão lisa sua superfície escura e turva parecia nessas últimas horas antes do amanhecer, como se sua fachada de tranquilidade continuasse bem abaixo da superfície, mas nada poderia estar mais longe da verdade. Logo abaixo daquela superfície calma, agitava-se um rio cheio de vida vibrante, esforçando-se para chegar ao seu destino final, o Canal.

Quão parecido com uma pessoa era um rio.

Quão parecido com Mariana.

Sua superfície era um exterior elegante e sofisticado, semelhante ao de muitas mulheres de sua classe. Uma olhada rápida poderia levar alguém a supor que suas profundezas não eram complicadas pelo mundo fora de sua órbita rarefeita. Afinal, dessa forma, ela se encaixava perfeitamente com seus iguais.

No entanto, seria um equívoco.

Há fortes correntes abaixo da superfície de Mariana. Muitos mergulharam um dedo do pé, apenas para se vir arrastados pela força de sua maré. Assim como o Sena, Mariana também tinha destinos inevitáveis — só que ela queria saber aonde eles a levariam.

E um dos destinos inevitáveis dela era ele.

De fato, eles estavam fadados de certas maneiras.

Ele se afastou do rio e atravessou a ponte.

Por que ele não seguiu Villefranche noite adentro? Se ele tivesse entrado no café, não seria possível que ele tivesse outras paradas inesperadas no caminho para encontrar seu agente?

Mas essas não eram as perguntas que mais o incomodavam. Uma pergunta diferente o atormentava.

Mais uma lição.

Por que ele concordou?

Ele sabia a resposta. Ele estava perdendo o foco, incapaz de resistir à força da correnteza dela. Ele nunca tinha conseguido resistir, não realmente.

Onze anos atrás — onze anos no mês que vem, na verdade — essa realidade tinha voltado para casa, desmentindo as meias-verdades que ele vinha dizendo a si mesmo.

Londres
10 de Outubro de 1813

Dentro de Whitehall, Nick estava sentado, com a pena no papel, escrevendo um resumo, o reverso banal da espionagem que os garotos que brincavam com capas e espadas nunca sonharam.

Ele tinha acabado de entrar no cerne do relatório quando o agente de patente baixa que ele designou para ficar de olho na casa irrompeu no escritório. "Senhor, eles estão chegando", o homem exclamou.

Um zumbido baixo se expandiu dentro da cabeça de Nick, fornecendo um amortecedor entre ele e o mundo exterior. Ninguém precisava explicar quem eles eram, ou por que importava que eles estivessem chegando.

Eles estão chegando.

Em movimento, ele arrancou seu sobretudo, com os pés engolindo grandes extensões de terreno a cada passo. Vários quarteirões da cidade e dois parques estavam entre ele e Mariana. Ele chegaria à Half Moon Street em doze minutos em uma corrida constante, tendo se preparado para esse dia com uma corrida na semana passada. *Duas vezes.*

"Senhor!" ele ouviu atrás dele, seus passos fazendo um rápido clique-claque em uma calçada abençoadamente seca. "Sua carruagem!"

O apelo caiu ignorado em suas costas. A carruagem não reduziria o tempo — provavelmente levaria mais tempo — e ele não podia ficar sentado passivamente lá dentro enquanto os minutos passavam.

Ele virou rapidamente à direita na Horse Guards, sua figura um fantasma ao longo dos caminhos escassamente povoados de St. James e Green Parks. Quando chegou ao reservatório em Green Park, ele estava exausto, suado, mas concentrado também. Ele estava a apenas alguns quarteirões de casa agora.

Eles estão chegando.

Mariana não estava muito preocupada em dar à luz a gêmeos. "Afinal", ela repetiu mais de uma vez, "minha mãe passou muito bem e, como ela, eu não sou uma mulher pequena."

A lógica pouco fez para acalmar seus medos. Esta era Mariana que estava prestes a dar à luz a gêmeos. O que ele estava pensando ao deixá-la grávida? Com filhos? Como gêmea, ele sabia do perigo.

Ele voou pela porta da frente da casa deles, subindo as escadas três degraus de cada vez, um bando de criados atrás dele, todos gritando: "Senhor, Senhor". Foi só quando chegou à porta fechada do quarto de Mariana, o quarto mantido para as aparências, já que ela passava todas as noites na cama dele, que ele parou, recuperou o fôlego e tentou se recompor.

Eles estão chegando.

"Nick", soou a voz baixa e calma de Olivia ao seu lado, "ela está ótima."

"Estarei presente no parto", ele disse, combativo, pronto para lutar e entrar se fosse necessário.

"É muito irregular", ela disse, com um meio sorriso nas palavras.

Um longo e agudo lamento soou através da bétula oca, e o instinto assumiu o controle. Nick abriu a porta, passou pela comitiva de médicos e enfermeiros que ele havia contratado para este dia, e pela parteira carrancuda que primeiro o repreendeu, depois murmurou repetidamente, que sua presença era completamente *desnecessária*.

Com os nós dos dedos brancos agarrando os cobertores ao lado do corpo, o suor escorrendo em finos riachos pelo rosto, os olhos de Mariana encontraram os dele do outro lado da sala. "Você não deveria estar aqui."

Seus pés congelaram no lugar. Ele não havia considerado a possibilidade de que ela não o quisesse presente. "Eu posso ir embora."

"Não se atreva", ela disse, com uma dose igual de leviandade e aço.

Seus pés fecharam a distância em dois passos, e ele pegou a mão dela. "Aperte o mais forte que puder. Transfira sua dor para mim. Eu posso aguentar", ele disse, imaginando as palavras que saíam de sua boca. Eram palavras nascidas do medo, da impotência.

"Nick", ela disse, "tudo vai dar certo."

"Agora", a parteira gritou de seu lugar no pé da cama, "quando eu disser empurre, você empurra até sentir que o topo da sua cabeça está prestes a estourar. Entendido?"

Mariana assentiu, e Nick sentiu que ela se aprofundou em si mesma, deixando-o ao eu lado, indefeso, incapaz de protegê-la dali para frente. Isso era entre Mariana, o Criador e a parteira.

O aperto de Mariana em sua mão aumentou, e a parteira disse: "Tudo bem, milady, a contração está chegando" — outro gemido persistente surgiu de Mariana, ganhando volume em um aumento — "Prepare-se... para... *empurrar*", a parteira ordenou.

O tronco de Mariana se contraiu para frente, seus calcanhares cravaram na cama, e ela esmagou a mão de Nick. Como ele queria que ela apertasse mais forte, até mesmo tirasse sua mão, se isso aliviasse um pouco seu sofrimento.

Seu corpo se soltou, e ela caiu de volta nos travesseiros de penas, com a respiração superficial e ritmada. O médico deu um passo à frente, e a parteira o afastou.

"Mais dois assim, milady, e teremos um bebê gritando pela casa."

Outro gemido se formou no peito de Mariana, exigindo a liberação, e Nick permaneceu impotente ao lado dela, incapaz de alcançá-la dentro do lugar profundo e feminino que ela havia ido.

"Outra contração já? Tudo bem, milady, comece a respirar profundamente."

O quarto silencioso se encheu com o som agudo e interrupto da respiração entrando, saindo, entrando e saindo do "O" arredondado dos lábios de Mariana.

"Agora, de novo, *empurre*", a parteira ordenou.

Um gemido, o mais profundo e alto até agora, surgiu das profundezas das entranhas de Mariana e ameaçou sacudir as janelas. Uma nova camada de suor brotou em sua testa. O coração de Nick batia forte em seu peito no ritmo de mil cavalos puro-sangue. O medo, forte e brilhante, ameaçava tirá-lo de sua pele.

"A cabeça está coroando", a parteira gritou. "Agora, descanse um momento."

O som de respiração ofegante encheu o ar, e Nick sentiu um pano frio e úmido sendo pressionado em sua mão.

"Para a testa dela", disse Olivia às suas costas.

Ele passou o pano na testa de Mariana, descendo pelas bochechas coradas e quentes.

"Está na hora de esse bebê nascer. "O bebê que está atrás dele não gostará de sua demora", disse a parteira. Estava claro que ela gostava da ocupação. "Agora, faça força e *empurre*!"

Mais uma vez, Mariana avançou com força, e o mundo de Nick ficou branco. Medo e desamparo o pressionaram em todos os ângulos enquanto ele retribuía o aperto esmagador de Mariana com o seu próprio. Ele nunca havia se sentido tão ligado à outra pessoa, tão dependente de outra pessoa, para sua felicidade, para todo o seu ser. Não havia sentido em ficar sem ela, essa mulher corajosa e formidável que atravessava a vida sem medo.

Mas estava tudo bem. Ele sentia medo suficiente pelos dois. Ele sentia, então ela nunca teria que sentir. Ele jurou mover céus e terras para mantê-la segura, sempre, e sem medo. Contanto que eles passassem por esse dia.

Uma névoa, preta nas bordas, cobria a periferia de sua consciência. Primeiro veio Geoffrey, depois Lavinia, um logo após o outro. "A obra do Senhor está feita", a parteira entoou, levantando-se e mergulhando as mãos na bacia.

Mariana pegou os gêmeos, um em cada braço, e pressionou os lábios em suas testas enrugadas e vermelhas, para frente e para trás entre os dois. Olhos âmbar admirados encontraram os dele, convidando-o a compartilhar a maravilha.

Foi só então que Nick percebeu que estava afastado. Cuidadosamente, ele abaixou o corpo na cama e se aninhou perto, mas ainda sem tocar. Ele não tinha o direito de arruinar a perfeição desta cena com sua presença desajeitada e indigna.

Mariana estendeu a mão, pegou a mão dele na dela e puxou. O instinto o guiou enquanto ele envolvia um braço, depois o outro, em torno deste trio de perfeição, seu mundo inteiro englobado em seus braços. Sua queda foi completa, ele estava perdido.

Na verdade, isso não era verdade.

Sua queda não estava completa.

Ele continuou caindo, desamparado, impotente para parar o sentimento.

Mesmo assim, sua mente racional continuou afirmando. Ele podia não ser capaz de controlar seu mundo interior, mas o único mundo que importava agora era o mundo dentro de seus braços. Ele não pararia por nada para protegê-los, para mantê-los seguros.

E ele conseguiu com sucesso.

Até duas noites atrás, quando ele convidou Mariana para seu mundo.

Nick olhou para um prédio indefinido cujo estado dilapidado nem mesmo a noite mais escura conseguia esconder e descobriu que havia chegado ao seu destino. Ele entrou e começou a subida de cinco andares até os quartos do sótão.

Um olhar casual para baixo revelou uma pequena família de três — uma mãe, ou possivelmente uma irmã mais velha, e duas crianças pequenas — aninhadas na curva oca da escada. Ele se curvou sobre o corrimão e colocou um soberano de ouro no bolso esfarrapado do sobretudo do mais velho. Ele podia se acostumar com muitas das condições desanimadoras de Paris, mas nunca com a vida carente de tantos jovens.

Ele subiu as escadas dois degraus de cada vez e logo se viu diante de uma porta indefinida no topo de um patamar apertado. Seus nós dos dedos deram uma única batida, seguida por uma pausa de cinco segundos, depois três toques abafados em rápida sucessão.

Uma chave girou na fechadura e ele entrou em uma sala iluminada por uma vela solitária, o espaço escuro e simples. Os descritores de seu mundo natal, palavras como *dourado e exuberante*, não se aplicavam aqui. A vela de cera de abelha sobre uma pequena mesa retangular era, de fato, o único elemento na sala que sugeria que nem tudo era o que parecia. Esta única vela branca era luxo, o tipo de luxo, por exemplo, indisponível para os outros moradores do prédio, que provavelmente queimavam sebo barato.

Este era o quarto de um agente britânico que não se passava por francês, mas por espanhol com seus olhos escuros e brilhantes e corpo magro e esguio que parecia não ter encontrado uma refeição decente em vários anos. O agente personificava o papel de um revolucionário escapando da perseguição em seu país natal. Não seria exagero acreditar que este homem estava procurando começar uma revolução em nome de ideais democráticos. O Conde de Villefranche certamente foi atraído por ele ao longo de uma semana de encontros "casuais" dentro de bares e cafés.

Se ele não conhecesse este homem por mais de uma década, Nick nunca o teria conectado com o homem que ele conheceu em um salão de baile lotado vários anos atrás. A guerra mudou os homens, e certamente fez seu trabalho neste homem. A cicatriz fina e prateada ao longo de sua bochecha esquerda seria a devastação mais óbvia da guerra. Seria de se esperar que essa característica distintiva fosse um déficit no mundo da espionagem. Não é bem assim. Havia missões em que a cicatriz conferia certo grau de autenticidade.

O agente serviu um copo de uísque para cada um antes de se acomodar em uma cadeira frágil no outro lado da mesa. Nick escolheu permanecer de pé. "Bertrand Montfort chegou a Paris hoje", ele declarou sem preâmbulos.

O agente engoliu um dedo do líquido âmbar antes de responder. "Villefranche me apresentou ao seu recrutador esta noite." O agente parou por um segundo desconfortável antes de empurrar o outro uísque para o outro lado da mesa. "Você pode querer tomar uma bebida antes de eu continuar."

Ao ver o olhar do outro homem, Nick engoliu o líquido ardente de um gole só e esperou.

"É Bertrand Montfort", disse o agente, os olhos cuidadosamente fixos em Nick. "Ele está comandando uma operação desonesta."

"Não está passando pelo Ministério das Relações Exteriores?"

O agente balançou a cabeça.

Certos elementos começaram a fazer sentido. "Villefranche é o bode expiatório perfeito. Peça a um membro da família Orléans para fazer o trabalho sujo e assumir a culpa, se necessário."

"Ninguém jamais ligaria Villefranche a Montfort. Mas com que finalidade? O assassinato só incitará a revolução."

"Talvez essa seja a intenção."

"E como outra revolução francesa beneficia Montfort?"

A pergunta pairava no ar, sem resposta, mesmo quando a revelação deixou Nick sem fôlego como um golpe no estômago. Bertrand Montfort... Tio Bertie.

Uma profunda sensação de confirmação se instalou dentro dele.

Ela se encaixou.

Peças que seus preconceitos tinham sido cegos demais para ver se encaixavam. Certos detalhes da operação que só ele e Montfort conheciam agora se tornaram claros. O cérebro de Nick vasculhou os últimos quinze dias, peça por peça: o ataque em seus quartos... O bilhete para Mariana... A visita a Mariana.

Mariana.

Sangue quente virou gelo em suas veias. Montfort a usara para atraí-lo. Mesmo depois de todo esse tempo e distância dela, Montfort sabia que ela era seu calcanhar de Aquiles, um fato que provavelmente era evidente para todos, menos para ele, ao longo dos anos.

E ele pensou que tinha criado uma distância intransponível entre ele e ela. Era de se rir como os últimos dias haviam provado completamente o contrário.

O agente serviu mais dois dedos de uísque. Claro, Nick não era o único homem naquela sala com uma conexão com Bertrand Montfort. "Diga-me que ele não reconheceu você."

O agente permitiu que um longo momento de avaliação passasse. Nick sozinho não havia se sacrificado em nome da Inglaterra. Diante dele estava sentado um homem que havia sacrificado *tudo*.

"Estava escuro. Eu fui cauteloso. Ele não me reconheceu", disse o agente, com um forte sotaque espanhol. "Não sou facilmente reconhecido hoje em dia." Um tom amargo permeou suas palavras.

Nick não tinha interesse em prosseguir com essa linha de

conversa. Ele tinha uma preocupação mais urgente. "Alguma coisa foi dita sobre Mariana?"

"Só que Villefranche continuaria a se envolver com ela até que o Rei Louis morra."

Nick deveria permitir que a conversa girasse em direção à missão deles — o agente lhe dera a oportunidade ao mencionar o rei moribundo —, mas ele estava fixado. "Montfort está jogando Mariana contra mim. Ele acha que, onde quer que ela esteja, eu não estarei muito longe."

O agente ergueu as sobrancelhas. "Ele seria um tolo se não fizesse isso."

"Maldição."

Nick bebeu outra rodada de uísque sob o olhar passivo do agente. Se havia um agente melhor do que ele era o homem sentado à sua frente. Mesmo com a cicatriz, que podia ser minimizada ou maximizada, o homem era um camaleão, perdido em cada papel, à altura de cada circunstância. Todos aqueles anos atrás na Inglaterra, Nick não poderia ter previsto que um jovem tão frívolo se transformaria no homem endurecido diante dele agora — um homem que lutou ao seu lado em batalha. Esse era o único homem no mundo a quem ele confiava sua vida.

Um pensamento lhe ocorreu. "Como você se sentiria sobre uma nova tarefa?"

"Você quer que eu a siga?" o outro homem intuiu.

Nick assentiu.

"Eu posso fazer isso." O agente se inclinou para frente e apoiou os cotovelos na mesa, a cabeça inclinada em um ângulo especulativo. "Ou—"

"Ou o quê?"

"Você poderia levá-la para casa." O agente recostou-se na cadeira, certamente testando todos os limites de sua construção frágil. "*Você* deve voltar para casa."

O estômago de Nick apertou. "O plano de assassinato—"

"Se resolverá sozinho", o homem terminou por ele. "Como acontece nessas situações."

"Eu não tinha percebido que você se tornaria tão arrogante sobre o nosso trabalho."

"Não vou permitir que você redirecione a conversa." O agente fez uma pausa, escolhendo suas próximas palavras. "Já lhe ocorreu que seu casamento não estava condenado desde o início?"

Uma sensação familiar de pavor percorreu Nick. "Não estou entendendo o que você quer dizer." Embora ele tenha entendido.

E no momento seguinte, o agente confirmou. "Só porque a união dos seus pais explodiu em uma bola de fogo—"

Nick deu um passo agressivo para frente, parando o agente no meio da frase. Apenas sua história compartilhada o impediu de causar danos físicos a este homem. Em vez disso, ele declarou em uma voz controlada: "Este tópico não está aberto à especulação ou discussão. Minha família não tem nada a ver com —"

O agente estendeu as mãos de forma conciliatória. "Você sabe melhor do que eu, com certeza." Nick escolheu ignorar o tom vazio de descrença nas palavras. O agente continuou, "Isto é sobre você e Mariana. Vá para casa. Você já fez o suficiente pela Inglaterra. É hora de recuperar sua vida."

"Ela não me quer na vida dela."

"Hoje à noite, e ontem à noite, eu vi a maneira como você a observava. Devo descrever para você?"

"Eu acho que não."

"Qualquer um com olhos pode ver que você não é tão imune a ela quanto gostaria de acreditar," o agente pressionou.

Isso mostrou o quanto esse homem entendia. Nick entendeu em um nível fundamental que ele não tinha absolutamente nenhuma imunidade em relação à Mariana.

Em vez de corrigir o agente, ele tentou uma abordagem diferente. "Por que você não vai para casa e recupera sua vida?"

"Eu não tenho casa nem vida para recuperar. Eu desisti de

ambos quando segui esse caminho. Não cometa o mesmo erro. Há uma chance para você, Nick. Foi isso que vi em seus olhos esta noite."

"Você não conhece Mariana—"

"Eu sei um pouco sobre Lady Nicholas Asquith. Eu a conheci quando ela era Lady Mariana Montfort, se você se lembra."

Nick segurou a língua. Claro, esse homem sabia um pouco sobre Mariana. Ele deu um único aceno rápido. "Se isso é tudo por esta noite."

O agente serviu outro uísque e brindou silenciosamente a Nick antes de inclinar garrafa para o teto.

Nick saiu da sala sem uma palavra de despedida e rapidamente se viu do lado de fora, se preparando contra um vento norte repentino. Punhais de ar puro e cortante eram o que sua mente desordenada precisava no momento. Ele precisava colocar seus pensamentos em ordem antes que eles se transformassem em um caldeirão em seu cérebro.

Bertrand Montfort representava o maior perigo, muito além do Conde de Villefranche. Maldito homem. O que ele estava fazendo? Foi Montfort quem o recrutou para o Ministério das Relações Exteriores em primeiro lugar. Agora, Montfort estava contratando bandidos para atacá-lo em seu hotel? As duas coisas não combinavam.

E então havia Mariana — sobrinha de Montfort e esposa de Nick. Claro, foi por meio de Montfort que Nick a conheceu. Oh, Mariana...

Todos os rios levavam de volta a ela. Ela era seu destino inevitável, não importava o quanto ele tentasse influenciar o destino de outra forma. Ele estava fugindo disso nos últimos dez anos.

As palavras do agente ecoaram em sua mente. *É hora de recuperar sua vida.*

Suas entranhas deram uma cambalhota com essas palavras.

Uma reação digna de um garoto virgem.

Uma reação nascida da esperança.

Esperança? Com que finalidade?

A resposta estava escondida no potencial da força que o conectava a Mariana. Era uma força que ele nunca havia enfrentado diretamente, porque ele havia garantido que nunca precisaria. Quão conveniente tinha sido se convencer de que o Ministério das Relações Exteriores não tolerava concorrentes. Que ao abandonar sua esposa, ele havia garantido sua segurança. Ele havia se convencido de que todos esses anos eram dignos de seu sacrifício.

Bem abaixo dessa superfície havia outra razão para negar a conexão entre ele e Mariana, uma razão que ele havia cuidadosamente mantido escondida. Até esta noite, quando o agente deu a entender sua raiz. *Só porque a união dos seus pais se transformou em uma bola de fogo —*

Nick não permitiu que o agente terminasse a frase. Estava claro que o homem nunca tinha visto um casamento se desintegrar por dentro.

Nick tinha.

Ele tinha acabado de completar cinco anos quando seu irmão mais velho, Jamie, abandonou alegremente o ninho ancestral em Suffolk e reivindicou seu lugar de direito em Harrow, o internato que educava os filhos Asquith desde o reinado do Rei James I.

Deixado por conta própria, Nick passou os cinco anos seguintes principalmente na companhia de criados e uma série de governantas em constante mudança. Uma após a outra, as governantas substituíam umas às outras três ou quatro vezes por ano. A próxima era sempre igual à anterior: jovem, bonita e tímida. Nick se culpava pelas deserções delas e tentava ser melhor, mas melhor nunca foi bom o suficiente para fazer qualquer uma delas ficar. Só mais tarde Nick entendeu sobre a predileção de seu pai por garotas jovens, bonitas e vulneráveis.

Pior do que o desfile de governantas eram os feriados em que sua mãe se dignava a deixar sua amada Londres e visitar Suffolk. Incapazes de controlar a animosidade mútua, seus pais passavam o tempo todo se criticando e tentando se despedaçar por causa da última infidelidade de um ou do outro.

E isso foi na privacidade de sua casa. Suas brigas públicas eram lendárias.

Assim que Nick atingiu a maioridade e finalmente, teve idade suficiente para ser enviado para Harrow, ele se juntou a Jamie entre as fileiras da população estudantil e nunca olhou para trás.

Nick entendia, em um nível elementar, o que acontecia com os relacionamentos amorosos quando o amor azedava e se transformava em uma pilha nociva e fedorenta de acrimônia. E por mais que ele tentasse convencer a si mesmo e aos outros de que a união dele e de Mariana era um casamento como qualquer outro da sociedade, ele sabia exatamente que tipo de união eles haviam feito.

Ombros curvados e preparados para outra rajada de ar do norte, ele enfiou as mãos bem fundo nos bolsos do sobretudo. Os dedos da mão esquerda engancharam uma longa corrente e puxaram de suas profundezas um medalhão — o medalhão de Mariana. Ele o abriu com um clique, esperando encontrar retratos em miniatura dos gêmeas lá dentro, quando uma imagem diferente encontrou seus olhos.

Era o camafeu.

Sua pulsação saltou em suas veias e seu ritmo diminuiu. Mais uma lembrança o acometeu — parecia haver um suprimento infinito delas esta noite — e seus pensamentos voltaram para aquele dia, há muito tempo, em que ele havia reivindicado o camafeu de Pistrucci. Ele segurou o sardônio esculpido em suas mãos, impressionado com sua beleza. O perfil de alabastro de Mariana estava coberto por um vermelho escuro e rico e circundado por uma faixa de ouro rosa. O fabricante de camafeus de renome mundial havia superado sua reputação na execução da peça.

O homem perguntou a Nick quais palavras ele gostaria de ver ínscritas no verso, e ele ficou mudo. Que tipo de palavras?

Durante todo o ano anterior, ele lutou para encontrar as palavras que capturassem seus sentimentos por Lady Mariana Montfort.

Havia muitas emoções para contar e a maioria delas conflitantes. Mas isso não queria dizer que ele tivesse deixado o espaço em branco.

Ele fechou o medalhão e o virou na mão. O verso não era nada mais do que uma superfície lisa de ouro. Ela colocou o camafeu dentro do medalhão para ninguém ver. Só ela e ele sabiam as palavras que ele tinha inscrito. E ela as mantinha perto do coração...

Certo.

Se ele realmente soubesse o que era bom para ele, ele quebraria sua promessa a Mariana e recusaria outra *aula de espionagem.* Mas ele não quebraria sua promessa a ela. Muitas promessas já haviam sido quebradas.

Hoje à noite, ele lhe ensinaria um dos elementos mais fundamentais da espionagem e, ao fazer isso, daria a ela a única coisa que ela queria em Paris. Não importava que ele estaria se dando o presente de ver o rosto dela se iluminar de alegria quando ela o contemplasse.

De um canto solitário de sua mente, ele viu que sua espiral fora de controle já havia começado. Suas palavras da noite passada lhe vieram à mente. *Os homens quebram leis, andam sobre chamas e iniciam guerras para dar a uma mulher como você tudo o que ela quer.*

Nada do que ele fez esta noite chegou remotamente perto de qualquer um desses atos, mas isso não significava que ele não fosse capaz de cada um deles.

Por ela.

Era disso que ele havia fugido todos aqueles anos atrás: o conhecimento de que não havia nada que ele não faria por esta mulher, para ser digno dela. Era uma fraqueza absoluta, pior do que ópio e, apesar de dez anos tentando ultrapassá-la e evitá-la, ela o pegou de novo.

15

NO DIA SEGUINTE

Ter uma chance: Ter um talento especial; estar pronto para qualquer coisa, ter jeito para qualquer coisa

— *UM DICIONÁRIO CLÁSSICO DA LÍNGUA VULGAR,*
FRANCIS GROSE

Mariana se agachou em um canto escuro e imundo e tentou fazer seu corpo o mais discreto possível. As instruções de Nick naquela noite foram tão sucintas e pouco informativas quanto às das duas noites anteriores:

Rue de Buffon. Pequena porta preta atrás da grade de ferro.

Depois de andar furtivamente pela avenida algumas vezes, ela finalmente localizou a pequena porta preta atrás da grade de ferro, mas não sabia como proceder. Então, ela se escondeu em um nicho discreto no lado oposto da rua, onde podia esperar e observar.

Agora, vinte minutos depois, ela ainda estava esperando e

observando. Esta noite podia ser um fracasso completo — mais um.

Pelo lado positivo, pelo menos, Nick estava errado em um ponto. O absinto não afetou sua cabeça esta manhã, e ela conseguiu ligar para Helene para coletar as cartas dos gêmeos. Tudo parecia certo em seus respectivos mundos com Geoffrey lembrando-a sobre os bombons e Lavinia comprando novas fitas para a crina de sua égua Bessie. Como Bessie era doce e paciente, e que garota louca por cavalos e sonhadora era Lavinia. Com certeza, elas eram a combinação perfeita de cavalo e garota.

Mariana colocou a cabeça para fora e examinou a rua de cima a baixo. Felizmente, ela continuava sendo a única ocupante da rua, exceto por alguns ratos que ela espiou correndo rente às paredes. Ela moveu sua bunda dolorida da esquerda para a direita e agarrou sua mochila com força contra o peito.

O bilhete desta noite foi acompanhado por um longo e fino pedaço de metal parecido com um alfinete de chapéu e o conjunto de roupas que ela agora usava. Nick parecia ter desenvolvido uma propensão a vesti-la, mas desta vez ele foi além do limite. Claro, não lhe escapou que essas roupas eram a razão pela qual ela conseguia se misturar às sombras, vestida como estava em preto: gorro de tricô preto, suéter de lã preto, luvas de couro pretas, e confortáveis calças...

Pretas justas.

Qual poderia ser a lição desta noite? Duplicidade... Astúcia... Invisibilidade... Agora *calças*.

Para ela, calça era um artigo funcional e chato de roupa masculina. Alguns homens as usavam melhor do que outros, mas ela nunca havia pensado nelas. Elas não eram terríveis, mas também não eram muito adequadas. O fato era que ela não conseguia evitar se sentir exposta. Calças eram tão *justas*. Elas não deixavam segredos para uma mulher.

Havia outra coisa também. Depois que ela as deslizou pelas pernas e começou a circular timidamente pelo quarto em uma tentativa de se ajustar, uma sensação estranha a invadiu. Ela se sentiu leve... Livre.

Se ela não tomasse cuidado, ela poderia facilmente se adaptar a essa sensação em particular.

Mais estranho ainda, depois que ela vestiu o traje completo e prendeu o cabelo no gorro de tricô, seu reflexo no espelho de corpo inteiro revelou um homem. Bem, não um homem exatamente, mas uma pessoa ambígua que poderia ser de qualquer sexo. A ideia era... Libertadora.

Mais um sentimento ao qual ela poderia se acostumar.

Ela estava começando a entender o que atraiu Nick para a espionagem.

Ela abriu a mochila, tirou o alfinete longo e olhou furiosamente para a porta do outro lado da rua deserta. Ela tinha um pressentimento sobre esse alfinete longo, aquela porta e a tarefa diante dela.

Ou seja, Nick estava lhe dando uma tarefa fadada ao fracasso. Ela sentia isso em seus ossos. Ele não queria concordar com *mais uma lição*. Provavelmente ele imaginou que se ela falhasse, ela enfiaria o rabo entre as pernas e fugiria de Paris.

O Capitão Nylander — o caminho que ela não seguiu — e seu barco vieram à mente. Ele poderia levá-la para Margate e depois para Londres, onde ela esqueceria os últimos dias estranhos e retomaria sua vida normalmente.

Só que não daria certo.

Ela pediu mais uma lição e conseguiu.

Ela não iria falhar esta noite.

Em uma onda fortificante de raiva, ela se afastou da parede e saiu das sombras, seus pés batendo rapidamente nos paralelepípedos. Em segundos, ela estava diante da porta discreta, com um longo alfinete na mão e sem ideia de como usá-lo. A palavra *idiota* surgiu em sua mente.

Uma gota de suor escorreu pela testa até a ponta do nariz. Ela a enxugou com as costas da mão e se agachou para inspecionar melhor o desafio diante dela. Ela inseriu o alfinete no buraco da fechadura e o sacudiu sem grande efeito. Em um bufo de frustração, ela removeu o alfinete e pensou por um momento. Ela precisava desacelerar.

Pouco a pouco, hesitante, ela reinseriu o alfinete e escutou... E sentiu. Mais uma vez, ele atingiu o ferro implacável. Desta vez, no entanto, sua mão firme guiou o alfinete pela superfície implacável até que a ponta encontrou um pequeno orifício e deslizou para dentro. Gentilmente, ela pressionou para frente enquanto girava a maçaneta da porta.

Como um milagre, a fechadura cedeu e a porta rangeu ao abrir.

De sua posição curvada, ela entrou e pressionou as costas contra a porta até que ela se fechou atrás dela com um clique suave. Ela fechou os olhos com força e respirou aliviada. A súbita dissonância de mãos batendo palmas quebrou seu alívio. Seus olhos se abriram assustados e ela se levantou rapidamente. Do outro lado da sala estava Nick.

"Por que você é uma verdadeiramente uma mulher ímpar, se é que já vi uma", ele disse com um sorriso irônico.

A irritação com esse homem a atingiu em todos os ângulos — desde sua expressão presunçosa até suas palavras condescendentes. No entanto... Ela também não conseguia deixar de se sentir gratificada. Na linguagem vulgar, ele acabara de chamá-la de inteligente. Quatro dias atrás, ela não saberia o que essas palavras significavam muito menos se sentiria lisonjeada por elas.

Desconcertada com o pensamento, ela limpou a garganta e se mexeu. "A lição de hoje?"

"Arrombamento e invasão. Você, querida, tem um talento natural."

Mesmo enquanto se irritava por ele tê-la chamada de *querida*, ela sentiu uma onda de prazer com o elogio. Ela estava sempre em desacordo consigo mesma quando se tratava de Nick.

Ela olhou ao redor para as centenas de pequenas gavetas alinhadas nas paredes do chão ao teto.

"Que lugar é esse? Uma botica?"

"Você não sabe?"

Ela balançou a cabeça. O sorriso familiar brilhou em seu rosto, e uma descarga de excitação correspondente a percorreu. Ela não conseguiu evitar. Aquele sorriso fez coisas em seu interior.

"Siga-me", ele instruiu, em movimento.

Em um piscar de olhos, ele passou por uma porta adjacente e saiu de vista. Mariana correu para alcança-lo. Seu ritmo rápido não diminuiu enquanto eles andavam por uma série de corredores estreitos que pareciam um labirinto.

Finalmente, eles chegaram a um conjunto de portas duplas trancadas com um cadeado de ferro maior do que suas duas mãos juntas. Essa era uma fechadura muito mais difícil e resistente do que a externa. Ela apostaria que pesava meia pedra.

"Que lugar é este?" ela perguntou novamente, sua curiosidade quase tropeçando em si mesma para descobrir.

Ele encostou um ombro no batente da porta. "Hora de fazer sua mágica novamente."

Ela desviou os olhos do maldito homem e considerou o desafio diante dela. A sorte estava do seu lado com a primeira fechadura. Com esta fechadura? Sua sorte tinha acabado. Ela arriscou um olhar para Nick. Um brilho intenso cintilou em seus olhos. Era como se ele estivesse impaciente para que ela tivesse sucesso.

Isso era inesperado.

Ela estendeu a mão para a fechadura e permitiu que seu peso afundasse em sua mão. Ela soltou o pedaço de metal e tateou dentro de sua mochila em busca do pino. Seu comprimento longo e elegante não parecia igual ao desafio. Ela suspeitou que Nick percebesse sua hesitação, o que fortaleceu sua determinação de ter sucesso. Ela não falharia na frente dele.

Não de novo, de qualquer maneira.

Com foco renovado, ela se agachou para examinar melhor a fechadura. De fato, ela era grande, pesada, de ferro e formidável. Ela deslizou o pino para dentro, incrementando-o cuidadosamente, e encostou o ouvido em sua superfície fria e dura. Assim como com a fechadura externa, a ponta do pino encontrou um pequeno orifício e entrou. Dessa vez, ele se recusou a soltar.

Frustrada, ela levantou a cabeça e imediatamente percebeu seu erro. Diante de seu rosto estava o fecho das calças de Nick. Tudo o que estava entre ela e a masculinidade dele era um pedaço de ar de 30 cm de comprimento e um pedaço de lã frágil.

"Mariana?"

Ao som de sua voz, ela se assustou e caiu para trás sobre seu traseiro. A humilhação desta noite nunca terminaria? Ocorreu-lhe o pensamento um tanto apaziguador de que, pelo menos, ela estava usando calças. Um lampejo de suas partes teria sido demais.

Seus olhos voaram para encontrar os dele, esperando encontrar diversão ali. Mas não encontrou. Ele permanecia atento a ela de uma forma que a fez se lembrar do Nick que ela conhecia. Quando ele se abaixou ao lado dela, ela se ergueu e se espelhou a posição dele. Seus olhos se fixaram e se mantiveram em um plano igual.

Na curta distância entre seus lábios, ele disse: "Você está quase lá."

"Oh?" Era um momento em que ela poderia mergulhar e permitir que acontecesse, mas a realidade era que ele se referia à fechadura e não... Outras possibilidades.

"Um giro rápido e forte para a esquerda deve resolver."

Embora seu cérebro tenha recebido a instrução, ela mal conseguia processá-la. A proximidade, o calor e a forma como eles se combinaram na noite passada a distraíam completamente. Com aquele beijo, um beijo agora não parecia fora do reino das possibilidades. Ocorreu-lhe que poderia até ser uma inevitabilidade...

Uma inevitabilidade?

Ela see desviou do olhar dele e se concentrou na fechadura. Um giro rápido e forte para a esquerda e — *voilà!* — a fechadura se abriu, com um barulho. O triunfo correu por ela, e um grito irreprimível de alegria escapou dela.

Ao lado dela, Nick permaneceu sério e calmo. O sorriso dela vacilou, e de repente aquelas *outras possibilidades* pareceram inevitáveis.

"E agora?" ela perguntou.

E AGORA?

Os lábios dela eram o lugar óbvio para começar — óbvio demais.

Ele se moveria em direção a ela, e os olhos dela se fechariam em antecipação aos lábios dele nos dela. No último momento, ele mudaria de curso e pressionaria a boca no espaço vulnerável entre o maxilar e o pescoço dela, onde sentiria a pulsação dela sob sua pele. Um suspiro de surpresa soaria, seguido pela liberação de um suspiro suave e lento... Esse era um resultado possível.

A pergunta dela foi o choque da razão de que ele precisava. Era imperativo que ele controlasse quaisquer ideias indisciplinadas sobre possíveis resultados. "Abra a porta e descubra", ele conseguiu dizer.

As pontas dos dedos dela se afastaram do chão e as pernas longas se desenrolaram, seu corpo se erguendo graciosamente. Ela abriu a porta com um empurrão enquanto seus pés a levavam, passo a passo, para dentro da sala, e o olhar dele estava fixo no perfil dela, sem piscar. Este era o momento que ele estava esperando desde a noite passada.

Em paradas e recomeços de descrença e admiração alternadas, sua expressão floresceu com prazer arrebatador. Ele nunca se esqueceu de como gostava de agradá-la.

Sob um telhado composto de vidro opaco, preto com a noite, havia um andar central aberto cercado por todos os lados por quatro andares de galerias com balaustradas de ferro forjado que exibiam animais e ambientes de todos os sete continentes. As exibições meticulosamente reproduzidas variavam as borboletas da Amazônia até os predadores da savana africana.

"Esse é..." Ela limpou a garganta. "Esse é o Museu de História Natural?" Ela avançou pelo corredor central lentamente, reverentemente, as pontas dos dedos alisando o pelo de uma onça-pintada sul-americana empalhada. "Como você conseguiu isso?"

Nick se levantou e a seguiu para dentro da sala. "*Você* invadiu, lembra?"

Sua cabeça girou rapidamente. "Não tenho tanta certeza disso. Acredito que suas *pessoas* podem ter tido algo a ver com isso."

Ele se mexeu sob a acuidade do olhar dela. "Você gosta?"

Seu rosto se inclinou para cima, para um teto povoado por esqueletos de dinossauros e aves de rapina empalhadas. "*Gostar* é uma palavra tão morna para o que alguém deve sentir dentro desta sala. Se alguém apenas *gosta*, então não merece estar aqui." Seu olhar desceu para encontrar o dele. "O que você sente sobre este lugar?"

Sua pergunta foi um teste com uma resposta correta. "O que vejo diante de mim é nada menos que glorioso."

A importância de suas palavras tornou o ar íntimo e quente. Um batimento cardíaco, depois outro, pulsou dentro de seu peito. Ela se virou e seus pés começaram a se mover.

Os minutos passaram enquanto ele mantinha uma distância discreta e Mariana explorava um corredor após o outro. Este corredor exibia a vida no Ártico... No outro, macacos habitando suas árvores... Enquanto outro corredor exibia ossos de répteis de muitos milênios atrás. A alegria evidente dela o contagiou com uma reação de euforia automática e inevitável.

Embora ele não entendesse completamente como a mulher que ele conhecera há uma década havia se transformado em uma pessoa fascinada por ossos velhos, não importava. Aqueles esqueletos antigos lhe davam prazer. Era *tudo* o que importava.

Enquanto ele a seguia, algo inevitável aconteceu: sua natureza mais baixa prevaleceu, e seu olhar afundou abaixo da curva flexível de sua cintura para uma curva mais generosa. Ele nunca havia encontrado uma mulher usando calças, portanto não havia previsto seu efeito animador em sua pessoa.

Ele pensou, talvez esperasse, que elas a tornariam masculina, mas o oposto era verdade: lã grossa envolvia amorosamente a curva de seu traseiro antes de delinear o comprimento de suas pernas. Ela nunca pareceu mais feminina.

Um "Oh!" encantado chamou a atenção de Nick para longe da direção cada vez mais lasciva de seus pensamentos.

Claro, ela havia encontrado o Mamute Lanoso.

"É magnífico", ela sussurrou, aproximando-se do esqueleto lentamente, reverentemente, como se tivesse medo de assustá-lo. "Este é um macho bem grande. Treze pés de comprimento, pelo menos. Você sabia" — Nick observou uma confiança pronunciada substituir seu espanto — "um espécime como este pesaria setecentas toneladas?"

Ela se moveu ao redor do enorme e falecido paquiderme para explorá-lo melhor de todos os ângulos: suas mãos se estendendo para cobrir os pés robustos da criatura... Sua cabeça se abaixando para ter uma visão diferente da enorme caixa torácica do animal... Suas pontas dos dedos roçando ao longo do comprimento das presas extravagantemente curvas.

"Basta olhar para essas presas." Era evidente pelo seu tom seguro que ela, de fato, estava passando quantidades consideráveis de tempo na companhia de professoras e guias de museu. "Suas curvas disfarçam quão longas elas realmente são. Quatorze pés, pelo menos. Alguns cientistas sugerem que um mamute lanoso com um par de presas impressionantes como essas escolher entre as mulheres." Ela estremeceu como se estivesse saindo de um transe. "Escolher suas fêmeas."

Nick escolheu mostrar misericórdia e deixar passar o que ela havia dito. Ele tinha outras preocupações em mente. Por exemplo, ele não conseguia tirar os olhos dos contornos do traseiro dela através do tecido daquelas calças. Ele se aproximou dela com o pretexto de inspecionar uma presa. Na verdade, ele estava se livrando da visão perturbadora.

Mais perto dela não era melhor, pois agora o cheiro inebriante de jasmim e nerolio o envolveu em uma nuvem de Mariana. Se ele não soubesse melhor, ele deduziria de suas reações a ela esta noite — e nos últimos dias, se ele fosse honesto — que ele estava apaixonado por sua esposa.

De novo.

Não, não podia ser. Ele jurou nunca deixar isso acontecer.

Amor não havia motivado seu plano esta noite. Mariana havia expressado interesse nesse museu, e aconteceu que era o cenário perfeito para sua terceira aula de espionagem. Não precisava haver nada mais significativo nisso.

Ele pensou um tanto envergonhado na próxima fase dessa noite e no jardim logo além dessas paredes. Não faria muito para refutar o pensamento anterior. "Você gostaria de uma refeição leve?"

Ela lhe lançou um olhar interrogativo. "Aqui?"

"Siga-me." Ele passou por ela, com um passo decidido, enquanto atravessavam duas salas pequenas e adjacentes antes de chegar a uma porta larga. Ele a abriu e se afastou, permitindo que Mariana passasse por ele. Sua inalação quando ela passou por ele foi puro instinto. Ele foi incapaz de não se ajudar a respirar um pouco dela.

Uma vez através da porta, ela parou de repente e engasgou

ainda mais alto do que quando viu o Mamute Lanoso. "Nick", ela começou, sua voz um sussurro hesitante, "o que é *este* lugar?"

"O Jardin des Plantes."

Abaixo deles cintilavam centenas — duzentas, se ele bem se lembrava — de velas que revestiam um caminho de granito e pendiam de árvores e arbustos em alturas variadas.

"Isso é mais do que uma refeição leve." Âmbar dourado caiu sobre ele. "Isso é mágico."

Nick suprimiu uma onda de prazer com as palavras dela. O fornecedor pode ter exagerado um pouco. Tudo o que ele pediu foram alguns pratos para um jantar leve, uma tenda ao ar livre, alguns sofás reclináveis e algumas velas. Duzentas, para ser exato.

Era inteiramente possível que o fornecedor tivesse seguido suas instruções à risca.

Nick seguiu Mariana enquanto ela descia o pequeno lance de escadas antes de pisar em um caminho que se curvava pelo jardim criado tanto para fins de lazer quanto de pesquisa.

Quando chegaram a uma mesa posta sob a tenda pouco iluminada, ela perguntou: "Eu não estava realmente arrombando e invadindo esta noite, estava?"

"Não." Ele puxou uma cadeira para ela. "O museu e seus jardins são nossos esta noite."

"Esse é talvez o mais adorável jantar que alguém já me proporcionou."

No momento em que Nick se sentou em frente a ela, um desfile de atendentes apareceu com um primeiro prato de ostras apresentado com pequenos pratos de petiscos variados e coloridos da culinária.

"Devemos comer essas criações encantadoras?" O deleite acendeu um brilho âmbar em seus olhos. "O que são?"

"*Amuse-bouche* (aperitivos)."

"*Amuse-bouche?*"

"Mouth amuser (petiscos pra se deleciar)"

"Oh, os franceses." Um sorriso encantado curvou seus lábios. "Eles simplesmente não conseguem se conter não é?"

"Um único *amuse-bouche* é normalmente servido no início da refeição ou entre os pratos, mas eu não tinha certeza de..." ele parou. Ele não gostou da atração dessa conversa em direção ao passado.

"Meus gostos? Então você trouxe vários", ela terminou para ele. Ela era uma que enfrentava uma dificuldade de frente. "Este jardim é muito encantador para o passado."

Ela levou uma ostra à boca e a inclinou para trás, permitindo que ela deslizasse para dentro da boca e pela garganta.

Nick sentou-se, paralisado.

Ela limpou os lábios com um guardanapo e perguntou: "Eu passei nessa lição de espionagem?"

Ele limpou a garganta. "Com louvor."

Ela colocou uma mecha de cabelo atrás da orelha. "Devo confessar", ela começou. Ele teve um vislumbre inesperado de nervosismo. "O mamute lanoso me tirou o fôlego."

"Ele é mais imponente do que você imaginou?" A pergunta saiu de sua boca antes que ele a considerasse. Se alguém olhasse com atenção, poderia encontrar um duplo sentido ali. Seu nervosismo o contagiou enquanto ele antecipava a resposta dela.

"Não o tamanho dele." Ela hesitou um segundo. "A presença dele."

Nick se mexeu na cadeira. "Bem, você o mencionou, e eu pensei em —"

"Me surpreender?"

"Na verdade," ele começou, "eu tenho uma conexão dentro do museu —"

"Claro que tem."

"—E já que este lugar é conhecido por seus milhares de cadeados, eu apenas pensei que seria um local adequado para sua aula."

O desfile de garçons retornou com um prato de carnes assadas e vegetais.

As sobrancelhas de Mariana se juntaram, e Nick ficou alarmado por ter cometido um erro, mas elas se soltaram e um sorriso raro e maravilhoso iluminou seu rosto.

"Isto é," ela começou, seu garfo cutucando sua carne, "isto é *coelho?*"

A memória, afiada e doce, correu entre eles.

A Ilha de Skye... a lua de mel deles.

"Como achamos que seria divertido", ela disse com uma risada irônica, "chegar ao chalé três dias antes dos criados e ter o lugar inteiro só para nós."

"Mas esquecemos de um detalhe essencial", ele disse, atraído pela memória junto com ela.

"Comida", ela respondeu. "Em minha defesa, pensei que tinha passado horas suficientes nas cozinhas da minha família quando criança para aprender o básico da culinária." Ela espetou uma batata. "O primeiro dia não foi tão ruim."

"Isso porque o estalajadeiro em Kyleakin achou por bem nos mandar embora com um pão e uma torta escocesa."

Ela engoliu a batata e riu. "Nós acabamos com a comida rapidamente."

"No dia seguinte, foram carnes curadas e o restante do pão velho."

"Mas no terceiro dia", ela começou, cortando um pedaço de coelho e levando-o à boca.

"Estávamos morrendo de fome."

"Famintos", ela acrescentou. "Como chegamos à casa do zelador?"

"Pensamos em aliviar nossa fome dando uma volta." Ele deixou sem dizer o que mais eles fizeram para manter a fome sob controle.

"Isso mesmo. Nós encontramos a casa dele. O Sr. Budge, um escocês velho e mal-humorado, se é que já existiu um."

"Ele estava apenas nos apontando de volta na direção do chalé —"

"Quando, como um milagre," Mariana interrompeu, "a porta da frente se abriu e saiu tanto a esposa do homem quanto o aroma mais celestial de assado de um —"

"Coelho."

Seus olhares se encontraram e eles deram um sorriso.

"Como conseguimos entrar na sala de jantar deles?" ela perguntou.

"Nossos olhares de lobos famintos devem ter funcionado."

"Tenho quase certeza de que a Sra. Budge nos alimentou com toda a sua despensa."

"Sem dúvida."

O sorriso de Mariana ficou sonhador e pensativo de uma forma que ele não via há anos. Isso o lembrou dos melhores momentos do casamento deles, quando ela se abria para ele e revelava a suavidade em seu âmago. Só ele conhecia essa parte dela, e isso o aquecia. O sorriso dela era um presente.

"Eu mando para a Sra. Budge um ganso de Natal e uma caixa de laranjas todo ano", ela disse.

"Você manda?" ele perguntou a aspereza em sua garganta obscurecendo esperançosamente a emoção por trás disso.

"Claro. Ela faz parte de uma das memórias mais felizes do nosso —" Mariana interrompeu o resto da frase, e o presente afastou o passado.

"Casamento", Nick terminou por ela, jurando imediatamente não terminar mais nenhuma de suas frases.

O sorriso dela desapareceu, e ela assentiu.

Mais uma vez, o desfile de criados retornou para mudar seus pratos e trouxeram queijo. Nick dispensou os atendentes pelo resto da noite.

Mariana passou os dedos pela haste da taça, e Nick teve que desviar o olhar. Enquanto ele se identificava com o impulso de mais champanhe, havia um apetite diferente que havia sido despertado e exigia apenas uma refeição para atingir a saciedade.

Uma refeição?

Não.

Uma vez com sua esposa nunca foi o suficiente.

A lua de mel escocesa deles atestou esse fato.

"Sobre o Conde de Villefranche?" ela começou, afastando-o de pensamentos que não conseguiam chegar a um fim satisfatório.

"Sim?" ele perguntou seco, curto. Ele não deveria se sentir incomodado por ela ter mencionado a missão. Afinal, ela era sua agente.

"Pensei um pouco em meus encontros com ele. Ele pode ser jovem e idealista, e talvez um pouco impetuoso, mas não me parece um revolucionário inclinado à anarquia."

"Que tipo de revolucionário ele é?"

"Do tipo bem-intencionado, eu acho."

"Do tipo bem-intencionado?" Nick perguntou incapaz de esconder seu ceticismo.

"Talvez do tipo equivocado."

"Você está disposta a apostar as vidas dos ingleses em conjecturas?"

Mariana segurou a língua e desviou o olhar.

"Não permita que um jovem idealista bonito vire sua cabeça."

"Bonito? *Jovem?*"

Nick detectou a insinuação em seu tom. "Impetuoso," ele continuou, esperando que isso resolvesse o problema.

"Ah," ela falou lentamente. O sutil levantar de suas sobrancelhas falava de descrença.

A Mariana que disse, "Ah," e guardou o restante de seus pensamentos para si mesma era nova, o oposto da garota galante que pisou forte pelo interior de Skye proclamando sua fome iminente para o mundo. Ele não tinha certeza de qual versão preferia.

Ela se afastou da mesa e se levantou. Taça de champanhe na mão, ela caminhou em direção a um canteiro de dálias em flor. "Durante sua famosa expedição ao México", ela começou, mudando de assunto, "Alexander von Humboldt enviou sementes de dália para Paris, Londres e Berlim." Ela olhou por cima do ombro, um brilho de travessura em seus olhos. "Talvez você tenha encontrado Humboldt em um de seus barcos no rio Mississippi?"

"Humboldt e eu não andamos nos mesmos círculos."

Ela voltou sua atenção para as flores brilhantes. "Kew Gardens mantém um canteiro de dálias vivas a partir das sementes de Humboldt."

Enquanto Mariana continuava com uma aula de botânica sobre os tubérculos comestíveis — aparentemente antigas civilizações sul-americanas as usavam como alimento — ocorreu a Nick que sua educação, e sua necessidade de educar, era um dispositivo destinado a colocar distância entre eles.

"O efeito da luz de velas nas pétalas das flores é adorável", ela continuou. "A maneira como absorvem a luz, mas a refletem com um brilho suave e profundo. Como pequenos pedaços de veludo sob o céu noturno."

"Você se tornou uma poetisa, Mariana?" Dada à reação dela de se afastar dele, ele teria detectado um rubor na luz do dia?

"Se eu não soubesse," ela começou, um engasgo na voz que só ele conhecia, "eu pensaria que esta é a cena de uma sedução."

Incapaz de permanecer sentado em silêncio quando tais palavras saíram dos lábios dela, ele se levantou. "Se você não soubesse?"

Ela chamou a atenção dele por cima do ombro. "Sim."

"Você tem tanta certeza de que não?" Ele próprio não tinha tanta certeza.

"Sim."

Foi a voz irregular dela, quando disse aquele simples "sim" que o levou ao limite e o colocou em um rumo tão insensato quanto inevitável, com possíveis resultados repentinamente desastrado.

16

Titter-Tatter: Alguém cambaleando e pronto para cair ao menor toque...

— *UM DICIONÁRIO CLÁSSICO DA LÍNGUA VULGAR,*
FRANCIS GROSE

Nick deixaria a provocação passar?

Ela podia ver pela determinação de sua boca e pela estreita fenda de seus olhos que ele estava analisando suas palavras, decidindo se responderia ou não. Ela pode até ter detectado um leve alargamento de suas narinas.

Um pequeno arrepio de pânico percorreu seu corpo, junto com uma quantidade nada pequena de excitação.

Gentilmente, talvez gentilmente demais, ele colocou a taça de champanhe sobre a mesa e se aproximou dela em passos lentos. A onça-pintada sul-americana que ela havia acariciado antes passou por sua mente. A onça-pintada era um predador solitário e oportunista, do tipo rei de sua selva. Dentro dos olhos do homem diante dela, ela viu o parentesco entre o homem e o gato selvagem.

"Você conhece a cena de uma sedução tão bem?" ele perguntou sua voz tão suave quanto um ronronar.

"Claro."

Sua boca se abriu mais, como se ele tivesse percebido a falsa bravata dela. *"Uma sedução"*, ele repetiu, continuando a avançar sobre ela.

Ela se manteve firme, não querendo recuar sob a intensidade de seu olhar e a firmeza de seus passos.

"A frase sugere uma falta de iniciativa de sua parte. Nunca achei que você faltasse nesse quesito." Um dedo indicador bateu em seus lábios uma, duas vezes. "Vamos analisar os elementos de uma sedução, certo? Estamos envolvidos em uma *aula de espionagem*, afinal."

Sua boca ficou seca, mas ela não conseguia desviar o olhar. Os predadores de ponta entendiam o olhar desviado como submissão. Ela não se submeteria.

"Champanhe? Claro."

Sua boca se alargou, como se ele tivesse percebido a falsa bravata dela. "Uma sedução" ele repetiu continuando a avançar sobre ela.

Mesmo com uma dose saudável de cautela a preparando contra seu avanço constante, ela não se sentia tão cautelosa quanto deveria. Afinal, esta era Paris, onde uma sensação de irrealidade estava por trás e influenciava cada momento. Em Londres, essa noite... Esse cenário não seria possível.

Mas em Paris?

Aqui, a possibilidade abundava.

E nesse jardim?

Tudo era possível.

"Ostras? Claro. Eu me pergunto..." Um brilho perverso surgiu em seus olhos. "Seu autodidatismo se estendeu ao reino do sensual? Talvez uma pesquisa empírica sobre a eficácia dos afrodisíacos?"

Um breve balançar de cabeça foi toda a resposta que ela

confiou em dar enquanto seus sentidos despertavam para a expectativa. Nenhum afrodisíaco na terra era mais poderoso do que Nick, suas palavras... Sua voz... Sua presença dominante lançando um feitiço de sensualidade ao redor deles.

Poderia ser verdade que *tudo* era possível nesse jardim.

Talvez ela pudesse receber uma dispensa especial: uma noite livre de seu casamento naufragado, onde ela poderia seduzir seu marido. Ah, a ironia...

uma noite livre do naufrágio de seu casamento, onde ela poderia seduzir seu marido

"O que você acha?" ele murmurou.

Um pequeno pedaço de grama agora a separava dele. "O que eu acho?" ela perguntou, em um sussurro rouco. "Isso é loucura."

Seu olhar quase a desafiou a desviar o olhar. "E quais palavras devo usar para essa sedução?"

"Por *essa* sedução?" ela sussurrou.

Ele assentiu uma vez em confirmação. Não era mais uma sedução em teoria. Não importava se ela o havia incitado ou se essa era sua intenção o tempo todo. *Essa* sedução estava acontecendo neste exato momento. Ele estava a menos de um palmo de distância dela, o ar entre eles estava denso com a inegável realidade. Ela inclinou a cabeça para olhar para ele.

"Palavras de amor?" ele perguntou. "Palavras de luxúria?"

Suas pernas ameaçaram ceder. A mão dele se estendeu e, antes que ela entendesse sua intenção, ele tirou o boné da cabeça dela. Os cabelos soltos caíram sobre seus ombros, seus olhos ficaram tão escuros quanto o céu índigo acima, e ela sabia.

O desejo entre eles era mútuo.

Ele não estava brincando com ela do jeito que um jaguar brinca com sua presa apenas para soltá-la quando fica entediado. Em vez disso, seus olhos sugeriam uma narrativa diferente.

Ele não a soltaria.

Ter Nick em seu poder era um sentimento ao qual ela era incapaz de resistir. Uma onda crescente de audácia a encorajou a alcançar o insignificante espaço que separava seus corpos. Ela pensou em acariciar a nuca dele antes de puxar sua boca para a dela. Mas tal ação era esperada... Comum.

Em vez disso, sua mão se estendeu para frente e acariciou o tecido de suas calças. Sua mandíbula cerrou, e uma forte inalação de ar soou por entre seus dentes. A ponta do dedo dela começou a traçar o contorno de sua masculinidade através da lã grossa, sua unha roçando a superfície áspera. Ela deu um passo à frente, seus corpos a um fio de cabelo de se tocarem, e ficou na ponta dos pés. Seus lábios encontraram seu ouvido. "Oh, acho que ações, em vez de palavras, bastam."

Seu corpo ficou tenso, e ela sentiu o último resquício de sua mente racional se afirmando. Ele estava tentando recuperar o controle.

Isso não daria certo.

Ela já havia feito esse homem perder o controle antes. Aqueles três dias famintos e gloriosos em Skye, por exemplo. Não era nada novo. No entanto...

Parecia novo.

Seu estômago tremeu e ficou leve, o mundo ficou claro, nítido e fresco. Ela ainda não havia experimentado Nick como a pessoa que ela era hoje.

E ela não deixaria este jardim esta noite até que tivesse experimentado cada centímetro dele.

Seus dedos encontraram a barra da calça dele e hesitaram ao fechar.

Os dedos dela encontraram a barra da calça dele e hesitaram no fecho. "Você não quer isso?"

"Não é tão simples."

"É tão simples." Ela abriu os botões, um... dois...três, liberando sua masculinidade excitada.

Incapaz de resistir, os dedos dela envolveram o comprimento nu dele, suas coxas instintivamente se apertando em resposta. Fazia tanto tempo, muito tempo, desde que ele tinha estado dentro dela. Ela poderia empurrá-lo para baixo em um dos sofás reclináveis e tê-lo montado entre suas pernas, pronta para levá-lo para dentro dela em questão de segundos.

Mas não era assim que ela o queria.

Ela retirou os dedos do eixo dele e registrou uma nota de protesto em seus olhos. *Bom.* Era um começo.

"Eu tenho uma confissão."

"Você está muito longe de uma capela," ele rosnou.

"Eu secretamente admiro mulheres escandalosas."

"Alguns podem te chamar de mulher escandalosa."

"Essas pessoas não têm imaginação." Ela fez uma pausa de um segundo, apenas o tempo suficiente para atiçar sua curiosidade sobre o que ela poderia dizer em seguida. "Tenho sido muito gentil e abstêmia durante todos esses anos. Hoje à noite, eu desejo ser uma parisiense hedonista." Ela alcançou a parte inferior de seu suéter e o puxou sobre sua cabeça. Seus olhos abaixaram para se banquetear com seu torso nu. A luxúria crua carregando seu olhar aumentou seu desejo dez vezes mais. "Eu sempre me perguntei" — ela tirou seus sapatos — "como seria" — ela desabotoou a sua calça — "deixar todas as inibições e ser completamente, totalmente livre?"

Ela balançou seus quadris e se livrou das calças — sua última peça de roupa.

"Mariana", sua voz áspera, "o que você quer de mim?"

"Não é óbvio?" Ela estava absolutamente embriagada — e não era de champanhe. "Eu quero que você perca o controle."

Uma luz astuta brilhou em seus olhos. "Não é isso que você quer."

As palavras dele soaram um alarme na cabeça dela, mas ela não se importou. "Não é?"

"Não é." Ele a puxou para si e a desafiou a desviar o olhar. Sua masculinidade se pressionou contra sua pélvis nua, dissolvendo seu corpo em uma poça de lava derretida. "Você quer que eu te foda."

Um tremor de choque a abalou. *Foder.* Uma palavra vulgar, mas também uma palavra que está repleta de carnalidade. Junto com o choque, correu uma emoção de pura luxúria.

"Não é a mesma coisa?" ela perguntou sem fôlego.

"Não. Diga."

"Dizer o quê?" ela sussurrou. O poder do momento parecia estar se esvaindo dela, e ela não se importava.

"Diga, *eu quero que você me foda.*"

Sem considerar as possíveis consequências, ou talvez por causa delas, ela sussurrou ferozmente, "Eu quero que você me foda," antes de acrescentar perversamente, *"agora mesmo."*

Uma mão se enrolou em volta do braço dela, à outra se soltou e deslizou pelo espaço apertado entre seus corpos até chegar à fenda íntima de seu sexo, os olhos dele se recusavam a soltar os dela, a respiração deles se misturando no pequeno espaço entre os lábios.

Sua mão hesitou, e ela pensou que explodiria em chamas se seus dedos não alcançassem seu destino inevitável. Suas íris se alargaram quando as pontas dos dedos dele acariciaram o sensível ponto do clitóris dela, uma palavra que ela aprendeu há pouco tempo em um livro de anatomia considerado indecente demais para mulheres de todas as idades.

Seus olhos se fecharam em um suspiro involuntário. Tudo o que ela era capaz de fazer naquele momento era *sentir.* Um suave gemido de desejo escapou dela enquanto as pontas dos dedos dele acariciavam para frente e para trás, provocando uma onda de prazer seguida por outra, a próxima mais alta que a anterior. Enquanto um dedo longo continuava a acariciá-la, outro deslizava para dentro dela, centímetro a centímetro.

Seus lábios se movendo contra sua orelha, ele sussurrou: "Você está tão molhada para mim."

O prazer com suas palavras e a sensação dele percorreram seu corpo, mas não foi o suficiente. Ela queria... Precisava... *De mais.*

Ela estendeu a mão e segurou suas nádegas firmes com ambas

as mãos enquanto o puxava para si, sua masculinidade pronta esfregando em sua pélvis. Seus quadris deram um impulso impaciente.

Não foi o suficiente. Não seria o suficiente até que...

Ele deu um passo à frente, forçando-a a dar um passo para trás. Eles repetiram a pequena dança cooperativa até que suas pernas bateram contra a borda de um sofá. Um pequeno grito de protesto escapou dela quando seus corpos se separaram, e ele a abaixou em almofadas luxuosas.

De sua posição deitada, ela observou as roupas voarem dele em uma rápida sucessão de movimentos eficientes, seu corpo delicioso era um banquete para seus olhos. Os músculos endurecidos flexionando em cada centímetro magro dele eram nada menos que esplêndidos. Louca de prazer, desejo e cobiça, ela abriu as pernas e se expôs para ele, com um sentimento de deliciosa pecaminosidade tomando conta dela. Nunca em sua vida ela havia sentido tanta segurança em sua feminilidade como quando ele congelou ao vê-la.

"Mariana..." ele disse, aparentemente incapaz de completar a frase. Desejo, escuro e sinuoso, a invadiu, fazendo seu sexo tremer em antecipação a ele. Os cantos de seus lábios se ergueram levemente.

Mais uma vez, ele era um gato selvagem, e ela não queria nada mais do que ser sua captura.

Quando ele caiu de joelhos entre as pernas dela, ela se levantou sobre os cotovelos. Ela queria observá-lo enquanto ele a penetrava.

Ele envolveu os dedos longos em volta do seu eixo e pressionou os quadris para frente, lentamente, deliberadamente, até que sua masculinidade se empurrou contra o sexo dela. O corpo dela ficou tenso de ansiedade, e a respiração ficou suspensa em seus pulmões. Ela sentiu uma hesitação dentro dele.

Ele a queria.

Isso ela sabia.

Mas ele não queria desejá-la.

Isso ela também sabia.

"Você não vai me *foder*?" ela sussurrou, a pergunta como uma exigência e uma súplica.

Com sua masculinidade pronta para sua abertura, ele se pressionou para frente, centímetro por centímetro excruciante, seus olhos se fechando. Ele parecia completamente perdido no momento. Ao vê-lo e senti-lo, ela oscilou à beira do orgasmo, outra palavra que ela recentemente havia aprendido.

Mais e mais fundo ele afundou nela, córregos de sensação fluindo pelos nervos focados em um único propósito: prazer. Envolvida até o fim, seus olhos se abriram, e ela também estava perdida. Incapaz de se conter, ela envolveu seus braços em volta do pescoço dele enquanto suas pernas rodeavam sua cintura. Ela o sentiria por inteiro.

Envolvido até o fim, seus olhos se abriram, e ela também estava perdida.

Um gemido abafado escapou dela quando ele se afastou; um suspiro agudo a encheu quando ele empurrou para frente. A cada impulso deliberado de seus quadris, seus dedos mordendo a pele dela, firmando-a, estimulando-a, ela não sabia nem se importava mais onde ele terminava e ela começava.

No entanto, algo não estava certo.

Eles não se beijaram.

Com um desejo repentino e desesperado, ela precisava do toque de seus lábios nos dela, o sussurro de sua respiração irregular em sua pele, misturando-se com a dela.

Ela estendeu a mão, puxou sua cabeça para baixo e reivindicou sua boca. Sua língua encontrou a dele e brincou com ela enquanto seus quadris respondiam ao seu ritmo cada vez mais frenético. O momento se transformou de uma indulgência sem sentido em um momento complicado por uma inesperada onda de intimidade, uma proximidade familiar e nova.

Os quadris dele se movimentaram com mais força, mais

rápido, mais profundamente, arrebatando-a, destruindo-a, quebrando-a em um milhão de pedaços de luz, ar e um nada requintado.

Incapaz de segurar o beijo, a cabeça dela se inclinou para trás enquanto o eixo dele a penetrou implacavelmente, e um sentimento indescritível de selvageria começou a dominá-la, impulsionado por uma febre que se aproximava do ponto de ruptura.

Ela precisava de mais, *muito mais*, seu sexo se apertando, suas unhas cravando nas costas dele enquanto a tensão se recusava a ser liberada. "Oh, Nick", ela engasgou.

Uma imagem de uma fechadura de ferro, teimosamente fechada, veio a ela. Fazia tanto tempo... Talvez tempo demais... Um gemido de frustração escapou dela.

"*Goze*" — ele saiu de dentro dela — "*para*" — ele penetrou nela — "*mim*".

Com um grito, seu corpo se libertou de suas travas e a liberação a dominou em onda após onda pulsante. Sua essência se separou de seu corpo e voou alto, alto na asa da luxúria, enquanto ele pressionava em direção ao seu próprio clímax, encontrando-a ali no reino do abandono e do esquecimento.

Com os braços trêmulos, incapazes de sustentá-la, ela caiu de costas nas almofadas macias onde ficou deitada, olhos fechados, completamente, deliciosamente fodida. O corpo exaurido de Nick acompanhou o dela, e eles se deitaram pele com pele, batimento cardíaco com batimento cardíaco, respiração com respiração, em uníssono, o mundo conhecido desaparecendo.

Poderia ter sido o piscar errante de uma vela ou o canto de um pássaro noturno nas árvores, mas o mundo começou a se reafirmar, para lembrá-la de sua existência. Seus olhos se abriram, e o pânico, cego e auto preservador, surgiu.

Ela empurrou seu peito duro e musculoso. "O que fizemos?"

17

Seis e setes: deixado em seis e setes; isto é, em confusão: comumente dito de um cômodo onde a mobília, etc. está espalhada; ou de um negócio deixado sem solução.

— UM DICIONÁRIO CLÁSSICO DA LÍNGUA VULGAR,
FRANCIS GROSE

Nada que não devêssemos ter continuado fazendo todos esses anos foi o primeiro pensamento de Nick.

Mas não seria bom falar esse pensamento em voz alta.

Ou pensar isso de novo, para falar a verdade.

Com um gemido saciado e irritado, ele deslizou para fora de Mariana, ignorando o grito de protesto dentro dele. Seu corpo não desejava se separar do dela, mas ele não conseguia pensar em uma linha reta de outra forma. O olhar dela sustentou o dele em um momento tenso e terno, e ele sentiu um abismo insuperável se abrir e bocejar entre eles, a sensação de intimidade se tornando mais ilusória a cada segundo que passava.

Ele sentou-se sobre os calcanhares, de repente tão nu quanto Adão depois de comer o fruto proibido.

Mariana rolou para o lado e se enrolou, negando a ele a visão nua de seu corpo que ele desejava. "Você viu Yvette e Lisette desde... aquela noite?"

Imediatamente e inexplicavelmente magoado, ele respondeu com um defensivo, "Claro que não."

Em um gesto de segurança, ela estendeu a mão e tocou os dedos em seu braço. "Estou com saudades do meu medalhão e esperava que estivesse em sua posse."

Ele se levantou e começou a se vestir sob o olhar inflexível dela. "Não me lembro de um medalhão."

Ele pretendia devolver o medalhão para ela esta noite. Em vez disso, ele mentiu agora mesmo, e sabia o porquê.

Ele não queria deixar nenhuma parte dela escapar.

Sem outra palavra, ela saiu do sofá e passou por ele. Ele a deixou passar, dando a ela um pouco de privacidade enquanto ela recuperava suas roupas descartadas.

Ele sabia o que deveria dizer em seguida. "Você está pronta para enfrentar seu *belo, bem-intencionado e equivocado* revolucionário amanhã."

Uma pausa se estendeu entre eles antes que uma risada frágil explodisse dela. "Não se esqueça, *jovem*."

O interlúdio que acabara de ocorrer se foi para sempre. Ele fingiria que uma pontada de dor pela perda não tinha acabado de passar por ele.

"Eu passei na lição de sedução, assim como na invasão de domicílio?" Zombaria soou em sua voz. "Dois coelhos com uma cajadada só, com certeza."

Ele combinou o tom dela com um tom sarcástico. "Você sempre foi eficiente."

Se preparando, ele encarou Mariana completamente vestida, seus olhos brilhando duros como diamantes. "Se você não tiver mais instruções, eu vou embora."

"Ali na esquina" — ele inclinou a cabeça — "há um portão destrancado."

Seus olhares se mantiveram por um momento a mais do que ele esperava. Ela estava com raiva por ter sido dispensada tão casualmente. Ele não a culparia por dar um tapa em seu rosto, dado tudo o que tinha sido dito e feito esta noite. Ele poderia até querer que ela desse um tapa em seu rosto, só para ter o contato de sua pele contra a dele.

Ela deu um breve aceno de cabeça e desapareceu pelo caminho.

Assim que ela saiu de vista, ele pegou seu sobretudo e seguiu seus passos por um corredor de arbustos, em torno de uma curva acentuada de pedra calcária e através do portão aberto. A uma distância de cerca de seis metros, ela caminhou à frente dele e atravessou a rua.

"Não me siga", ela gritou por cima do ombro.

Ele optou por não responder verbalmente, deixando seus pés falarem por ele. Ele a levaria de volta em segurança para seu hotel, já que seu agente havia recebido instruções apenas para segui-la até o museu esta noite.

Ele havia previsto o resultado da noite?

Ele estava sendo dissimulado consigo mesmo. Claro que sim. Sua pele ainda pulsava com a eletricidade da pele dela contra a dele.

Quantos anos se passaram desde que ele a sentiu pela última vez? Quantos anos ele passou tentando esquecer a sensação dela?

Seus olhos se fixaram em sua forma fugaz, sua mente viajou de volta para a noite em que ele havia colocado um fim à eletricidade entre eles.

Ou havia tentado.

Londres
Meia-noite, 6 de maio de 1814

NICK ATRAVESSOU a soleira de entrada e deu rédea solta à impaciência e à ansiedade que o haviam atormentado durante a tediosa noite de faz de conta.

Por quase quinze dias, ele vinha tentando atrair um agente inimigo que possuía uma lendária veia ciumenta ao se envolver publicamente com a amante do homem, uma cantora de ópera cuja lealdade e afeição poderiam ser vendidas ao maior lance.

Esta noite, o estratagema finalmente começou a dar resultado na forma de uma nota calorosa do agente. O homem havia declarado em termos inequívocos que Nick deveria abandonar o flerte. Isso era esperado e caiu nas mãos de Nick. No entanto, uma frase velada negou qualquer triunfo que ele pudesse ter sentido com a descoberta.

Lembre-se: ao contrário dos amantes, as esposas amadas não são descartáveis.

Um fato ficou claro. Mariana estava em perigo mortal. Sua missão desapareceu em segundo plano, e nada mais importava. Tudo o que importava era que Mariana estivesse segura, e que ele a mantivesse assim.

Amada.

O uso da palavra pelo agente inimigo o incomodava. Pois aqui estava o que ele sabia desde o nascimento dos gêmeos: isso não estava fora do reino das possibilidades. Tudo o que ele queria fazer — tudo o que ele realmente queria fazer — era entrar furtivamente na cama quente de sua esposa, aconchegar seu corpo contra o dela e nunca deixá-la ir embora.

No caso dele e de Mariana, a familiaridade não estava gerando desprezo. Ele não entendia como isso era possível, mas o casamento deles parecia ser feliz. Era fácil ver como um observador externo também poderia pensar assim. Outra onda de ansiedade pulsou através dele.

Um raio de luar perdido fluindo através de uma janela alta, ele parou e escutou, ouvidos atentos a qualquer som desagradável. Ele seguiu o suave brilho alaranjado que emanava da sala de estar da família, perto do corredor central. Talvez um criado tivesse se esquecido de apagar a lamparina, talvez não. Ele colocou a mão por baixo do sobretudo e seus dedos envolveram o punho da adaga escondida em sua cintura.

Do lado de fora do quarto, seus pelos se arrepiaram. Alguém estava esperando por ele do outro lado da parede. Ele contou de cinco para trás e virou a esquina, esperando que o elemento surpresa estivesse a seu favor. Um único olhar abrangente revelou que ele dividia o quarto com outra pessoa: Mariana.

Ele exalou uma rajada de alívio. A menos de um metro e meio de distância, ela estava sentada com o roupão bem fechado no pescoço e as mãos cruzadas no colo, observando-o, olhos arregalados e estranhamente insondáveis. Ela não parecia ela mesma. Mas ele ainda não havia processado totalmente essa observação.

"Mariana, o que você está fazendo acordada até essa hora? Todo mundo está bem?"

"Uma noite na ópera?"

"Ah, você sabe como essas coisas são", ele respondeu em seu jeito evasivo de sempre.

Mariana nunca se intrometeu tanto em seus negócios. Ele não gostava do sentimento de culpa que começava a se infiltrar nesses subterfúgios. Começaram a parecer mais mentiras e, cada vez mais, ele não queria esconder sua outra vida dela. Era um problema, é verdade, para um espião cuja esposa era vista como *amada* por ele.

Sua cabeça inclinou para o lado. "Não tenho certeza se sim."

Ele manteve o tom leve e fácil, mas algo não estava certo. "Diplomacia consiste em pouco mais do que mostrar aos dignitários visitantes os pontos turísticos e criar laços com uísque forte e finos—"

"Mulheres?"

"—Charutos," ele concluiu.

Como ela parecia pálida e abatida. Poderia ser o adiantado da hora ou os gêmeos tendo uma noite difícil.

"Olivia me fez uma visita esta manhã," ela disse, combinando com seu tom leve e fácil palavra por palavra.

"Isso é tão incomum?" Mariana e Olivia eram próximas, especialmente depois que o marido imprudente de Olivia, Percy, havia se alistado no exército e partido para o continente em uma onda de fervor idealista.

"Ela estava com a última edição do *The London Diary* antes mesmo de eu tomar um gole da minha bebida matinal. Você leu?"

"Você sabe que eu não leio esse lixo." Ele notou uma casualidade estudada irradiando dela, e seus olhos se estreitaram.

"Você deveria reconsiderar. Afinal, você aparece com destaque na edição mais recente deles."

Foi quando ele ouviu — o tremor de emoção mal contida na voz dela.

Algo estava errado — terrivelmente errado.

"Você se importaria em ler? Tenho uma cópia aqui." Seus lábios se fecharam em uma linha apertada, ela levantou o papel do colo e estendeu para ele.

Nick deu um passo à frente e pegou o objeto ofensivo da mão dela. Ele não tinha como saber que quando as pontas dos dedos dele roçaram as dela, seria a última vez que ele a tocaria em dez anos.

Ele rapidamente examinou o jornaleco ofensivo até encontrar o que estava procurando, bem no centro da página dois na seção "Sobre a cidade":

Comportamento muito parecido com o de seu pai?
O Lorde N--s A--h foi flagrado se familiarizando intimamente com a língua italiana graças à famosa soprano A--a N--i.
A inclinação desse lorde em particular para a ópera é claramente de família. Basta perguntar ao pai dele, o M--s de C--e.

Embora fosse uma mentira — admitidamente, uma que ele fez de tudo para encorajar em certos círculos — essas quatro frases o atingiram profundamente. Toda a sua existência girava em torno de ser o mais diferente possível do Marquês de Clare, com uma exceção gritante...

E ele estava olhando diretamente para ela.

Como seu pai antes dele, ele fez um casamento por amor. Mariana era amada por ele — completa e desesperadamente.

Durante a louca corrida de um noivado e um ano de casamento, ele evitou seus sentimentos por ela. Ela era jovem, bonita, provocante e um par apropriado aos olhos da família e da sociedade. Como tantos homens de seu grupo social, ele nunca falou de amor. Era totalmente supérfluo para a instituição do casamento.

Mesmo quando o sentimento o enchia até explodir às vezes, ele nunca se entregou a ele. O peso da união de seus pais pairava sobre sua cabeça como um machado suspenso logo acima de seu pescoço, prestes a cair.

Agora, o sentimento de pavor que pairava sobre o seu casamento desde o início, e especialmente desde o nascimento dos gêmeos, começou a se transformar em algo concreto. Ele sabia que essa vida nunca tinha sido realmente sua. Seu casamento feliz não passava de uma miragem.

"Expliquei a Olivia", disse Mariana, "que é uma fofoca cruel e infundada do jornal mais barato de Londres."

Nick arregalou os olhos com partes iguais de esperança e medo e viu que ela estava lhe dando o benefício da dúvida. Ela estava lhe dando uma chance de lhe contar a verdade.

Mas era uma verdade diferente que o atormentava. Diante dele estava a oportunidade de consertar o mal que fizera a Mariana ao se casar com ela. Ele sabia desde o início que estava colocando em risco o coração dela, mas a nota do agente inimigo deixou claro que esse casamento estava colocando em risco sua pessoa física também.

Isso ele não podia suportar.

Em um único golpe, ele poderia proteger Mariana do

submundo cada vez mais perigoso que ele navegava diariamente, e poderia salvá-la do colapso inevitável do casamento deles, junto com a amargura e o ódio que se seguiriam. Ele não repetiria os erros de seu pai.

"A coluna está falando a verdade", ele afirmou. "Cada palavra."

Seu coração batia tão forte no peito que ele pensou que poderia se partir em dois. Mas ela não conseguia ver isso. Ela só via o sorriso arrogante colado em seu rosto.

"Como pode ser? Eu pensei que nós éramos—"

"Felizes?" ele terminou para ela, seu tom maduro com notas distantes de condescendência e desdém.

Embora isso o matasse isso era o certo a fazer. Que ele deveria ter feito desde o início. Ele faria qualquer coisa para proteger Mariana e mantê-la segura — mesmo que isso significasse partir seu coração.

O ácido subiu em sua garganta pelo que ele deveria dizer em seguida, e pela maneira como ele deveria dizer. "Nós fomos felizes, querida. Mas não consigo entender como o fato de eu ter um pouco de carinho ao meu lado tem algo a ver com você."

Ela se encolheu como se ele a tivesse atingido fisicamente, e outra parte dele morreu. "Eu não sabia que tínhamos um—"

"Casamento como todos na sociedade?" Ele forçou uma gargalhada, maldosa e abrasiva. "Por favor, diga, que outro tipo de casamento nós teríamos? Não seja tola, querida."

Ela piscou uma, duas vezes. Traição, quente e ferida, brilhou em seus olhos. Ele conseguiu. Ele a fez odiá-lo e garantiu sua segurança.

"Saia," ela ordenou baixo e forte. Suas sobrancelhas franziram em descrença, como se ela tivesse se atordoado com suas próprias palavras.

"Minha querida Mariana," ele começou naquele tom arrogante que a irritava até hoje, "eu pensei que você soubesse o tipo de casamento que temos."

Com os olhos brilhando para ele através de lágrimas não

derramadas, ela puxou seu robe apertado como um escudo protetor. "Saia," ela repetiu mais alto e mais forte, sua determinação claramente ganhando força, "e não volte até que eu diga que você pode." Ela hesitou antes de acrescentar, "A menos que seja para ver Geoffrey e Lavinia. Nesse caso, você me avisará com antecedência quando chegar, para que eu possa sair."

Assim, a miragem de seu casamento feliz evaporou, e o padrão futuro de seu casamento foi estabelecido.

Ele imediatamente foi para o Continente antes que pudesse mudar de ideia e implorasse para que ela o aceitasse de volta. Uma única conversa de dez minutos havia posto em movimento a trajetória de sua vida na última década.

Em nome da Inglaterra, ele desistiu de Mariana.

Em nome da verdade... Bem, essa era uma questão diferente. Não parecia mais que ele estava esperando o machado cair. Ele caiu, e ele sobreviveu.

Ele mal sabia que sobreviver era tudo o que faria na próxima década — que sobreviver não era o mesmo que viver. Uma parte dele, a única parte que importava, havia morrido naquela noite.

À frente, o passo de Mariana diminuiu conforme ela se aproximava do hotel bem iluminado e, sem olhar para trás em sua direção, ela se permitiu ser conduzida para dentro por atendentes obsequiosos. Como ela explicaria suas calças? Em um hotel luxuoso, discrição era tudo. Provavelmente, ela não precisaria se explicar.

O ritmo de Nick dobrou quando ele passou pela entrada. Incapaz de resistir, ele arriscou uma rápida olhada para a esquerda em direção ao saguão e viu suas necessidades sendo atendidas por nada menos que três atendentes. Depois de passar, ele aumentou ainda mais o ritmo até quase correr, como se pudesse superar o presente e o passado.

Mas o passado ainda não havia acabado com ele. O ímpeto daquela noite a muito tempo o havia impulsionado para frente e para longe dela. Pelo menos, até três noites atrás, quando ele viu sua esposa no balé.

Exceto que a mulher com quem ele tinha acabado de fazer amor não era sua esposa, não exatamente.

A Mariana que ele estava conhecendo em Paris era uma mulher diferente da garota que ela tinha sido. Ela era uma mulher que havia juntado os pedaços de sua vida, depois de ter sido abandonada pelo marido, e esculpiu seus próprios caminhos e experiências. Com sua irmã, ela até criou uma vocação para si mesma ao fundar uma escola progressista para meninas.

Sua irresistibilidade, quando ele viu pela primeira vez sua forma energética e ágil entrando em um bosque com um cão robusto ao seu lado, não era nada comparada à sua irresistibilidade esta noite. Esta Mariana — uma mulher composta de carne e osso e fantasia — não era uma mulher que um homem libertava de seu alcance uma vez que a segurava dentro dele.

Mas não era tão simples assim. Entre eles havia uma cadeia de montanhas intransponível da altura e largura do Himalaia: sua história — uma história cheia de meias-verdades, mentiras descaradas e impossibilidades.

Ele dobrou uma esquina e uma rajada de vento o atingiu no rosto. Era o tapa de que ele precisava enquanto viajava por uma Paris turva com um bilhão de pontos de neblina. Assim como a neblina começou a se dissipar sob o brilho dos primeiros raios do sol, a incerteza da noite também.

Uma verdade essencial permaneceu inalterada: ele não poderia ter Mariana. Era muito perigoso. Mas ele estava tendo problemas para lembrar para quem era mais perigoso.

Para Mariana?

Ou para ele?

18

NO DIA SEGUINTE

Mariana escolheu seu caminho solitário por um caminho de granito ladeado de cada lado por fileiras imponentes de castanheiras-da-índia. O vento soprando através da copa alta, fazendo as folhas de outono girar em graciosas piruetas até o chão, lembrou um passeio despreocupado ao meio-dia pela longa e ondulante estrada de Little Spruisty Folly.

A realidade era tudo menos despreocupada. Ela suprimiu o gemido que ansiava ser libertado pela brisa. Ontem à noite...

O que ela tinha feito?

Ela respirou profundamente e se acalmou. Foco era necessário para o assunto em questão: seu tête-à-tête com o Conde de Villefranche.

Mas foco era impossível. Ela chegou ao extenso Jardin du Luxembourg meia hora mais cedo, esperando limpar sua mente

217

do único pensamento que continuava girando em círculos. O que ela tinha feito...

Com Nick?

Sentimentos conflitantes de euforia, desejo e pânico a invadiram em uma corrida competitiva, cada um defendendo a primazia.

Como ele era o mesmo de dez anos atrás. *Como ele estava diferente.*

Sua intensidade. Seu envolvimento. Sua... dureza.

Um rubor quente subiu até as pontas de suas orelhas. Ele sempre foi um homem duro. Mas, agora, ele estava...

Mais duro.

Ela devia estar toda avermelhada agora.

Ela abriu a caixa de Pandora. Agora todos os prazeres da vida estavam disponíveis para ela. Assim como suas dores. O que ela tinha feito? O que ela ainda queria fazer?

Desavergonhada. Hedonista. Nenhuma outra palavra a descreveria melhor.

Seus olhos se fecharam, e uma memória sensorial a impulsionou. Os dedos hábeis dele os quadris dela... a pressão do corpo implacável dele contra a carne indulgente dela... as pontadas agudas da respiração dele em sua nuca... O pé dela pegou uma raiz exposta, e ela tropeçou, seus olhos se abrindo rapidamente.

Talvez fosse melhor se ela não fechasse os olhos por enquanto, possivelmente nunca mais. Se ela continuasse se movendo, ela poderia ser capaz de fugir de seu eu desavergonhado e hedonista.

Por mais perturbadora que fosse sua capitulação total ao seu desejo, outra coisa a perturbava mais. Era a confusão total dele. Em um momento eles estavam fazendo amor como se suas vidas dependessem disso, no outro, ele estava dizendo a ela que ela estava pronta para seduzir Villefranche.

Nick estava sempre a atraindo e sempre a afastando. Ela se convenceu de que todos os destroços emocionais do naufrágio de seu casamento tinham subido à superfície anos atrás, mas aparentemente não. Bastou cinco dias em Paris para soltar mais destroços. Parecia haver um suprimento infinito deles.

Ela deu uma sacudida mental em si mesma. Ela estava decididamente desconcentrada para uma mulher atualmente envolvida em uma missão de espionagem. *Missão de espionagem* — o que quer *que* fosse. A espionagem era um negócio terrivelmente ambíguo.

No momento em que ela saiu da trilha arborizada, um par de cavalheiros a viu. Ela saiu do caminho e se escondeu atrás de uma grossa castanheira, com perseverança e força. Ela colocou a cabeça atrás do tronco, cometendo o que parecia ser seu primeiro ato verdadeiro como espiã.

Silhuetada contra a luz de fundo de um arco de pedra estava Villefranche, envolvido em uma conversa com outro homem. Ela podia agir inocentemente e "*encontrar*" o par, mas o posicionamento próximo de seus corpos implicava uma discussão privada, até mesmo secreta.

Além disso, outro problema ocorreu a ela: ela reconheceu o outro homem. Embora seu perfil distante revelasse um maxilar bem barbeado, ela o reconheceu como o crupiê barbudo do jogo de pôquer. Este era o mesmo homem em quem Nick confiava sua vida.

Villefranche olhou de um lado para o outro, mas não o suficiente para vê-la, e estendeu um pacote fino e achatado. O crupiê o embolsou com eficiência e se afastou na direção oposta, ombros curvados, cabeça baixa.

Villefranche girou em sua direção. Mariana se abaixou e tentou pensar. O barulho dos saltos de suas botas ficou mais alto conforme ele se aproximava rapidamente. Ela tinha aproximadamente três segundos.

Pense.

Ela teve uma ideia. Já havia funcionado uma vez, por que não de novo?

Apoiada no tronco áspero da árvore, ela contou *um... dois... três...* antes de correr para frente e literalmente dar de cara com ele. Quando seus corpos colidiram, sua bolsa deslizou pelo caminho. Como o galante que era Villefranche entrou em ação e recuperou sua bolsa.

"Madame, eu acredito" — seus olhos se arregalaram em choque — "Lady Nicholas? Você está ferida?"

"Oh, *non*, Conde", Mariana respondeu enquanto recuperava sua bolsa de suas mãos. "Estou bem."

"Era meu entendimento que nos encontraríamos na Fonte Medici em meia hora."

"Às vezes eu gosto de um passeio contemplativo em um jardim." Foi Nick quem lhe disse que para uma mentira ser crível, ela devia ser entrelaçada com a verdade.

"Você está desacompanhada da sua criada?" Villefranche perguntou o choque afetado evidenciado por suas sobrancelhas levantadas.

"Ela sucumbiu a uma febre repentina esta manhã e não pôde me acompanhar", ela respondeu. Hortense estava, de fato, com saúde perfeita e protestou veementemente contra Mariana se aventurar no jardim sem ela. "Estou ansiosa para ver pela primeira vez a Fonte Medici. Ouvi dizer que é gloriosa. Você sabe o caminho?"

"Claro, será um prazer lhe mostrar."

Ela pousou a mão no antebraço dele e percebeu que estava tocando no homem errado. Que pensamento tolo e indesejável.

Ela deveria se distrair flertando com Villefranche, mas não conseguiu reunir forças. E como ele não tinha capacidade para conversas leves, eles perambularam pelo famoso Jardin du Luxembourg como se estivessem em uma marcha mortal em vez de um passeio de prazer. Então ocorreu a ela exatamente o que precisava dizer.

"Lucien... Posso chamá-lo de Lucien?" Após seu aceno hesitante, ela continuou: "Devo me desculpar por minha *curiosidade* em relação aos charutos."

A única resposta dele foi a mancha vermelha traiçoeira que subiu pelo seu pescoço.

"Depois que você me deu aquele adeus apressado, percebi que o assunto pode ter sido mal interpretado como, bem, não tenho certeza de como terminar essa frase."

Essas foram as palavras de uma ingênua perturbada. Ela arriscou um olhar tímido para ele, e seus cílios podem ter tremido. Este era o momento que faria ou quebraria sua missão.

"Não pense nisso, Lady Nicholas. Mal-entendidos podem ocorrer."

As palavras eram rígidas. Seu tom era rígido. Mas o Conde de Villefranche não era nada senão rígido. Em outras palavras, ela poderia tê-lo apaziguado, mas era muito cedo para dizer.

"Você é a própria alma da graciosidade", ela disse obsequiosamente. Ela apertou seu antebraço para garantir. "Você costuma se aventurar no jardim para encontros?"

"Encontros?" ele exclamou. Ele deve estar se perguntando se ela o viu com o outro homem.

Ela colou um sorriso brilhante e sedutor nos lábios e respondeu: "Bem, como você chamaria o que estamos fazendo?" Os músculos rígidos sob sua mão soltaram o menor incremento. Ela tentou novamente. "Você conhece a história deste jardim?"

Uma aula de história teria que servir. Claramente, nenhum dos dois estava com vontade de flertar.

"Marie d'Medici", ele começou, "criou o jardim há duzentos anos no estilo italiano para lembrá-la de sua casa de infância, o Palazzo Pitti em Florença. Dois mil olmos foram plantados a seu pedido."

À medida que sua palestra — Villefranche não sabia falar de nenhuma outra maneira — começou a tomar forma, o foco de Mariana se desfazia permitindo a entrada de outros pensamentos. Em um dia normal, ela absorveria cada palavra, deliciando-se com o conhecimento recém-descoberto que talvez nunca fosse útil, mas também não era inútil. Essa aquisição informal de conhecimento foi como ela havia se educado na última década.

Mas esse não era um dia comum. Esse era o dia depois que ela tinha *fodido* — ah, essa palavra perversa — Nick.

Mas tinha sido mais do que simples prazer físico. Ela também tinha experimentado um prazer emocional na noite passada, que poderia ser resumido em duas palavras: Mamute Lanoso. Era um exemplo do homem terno e atencioso com quem ela se casou — um lado que ele só havia revelado a ela, ela tinha certeza. Era um presente em si.

Na última década, ela nunca se permitiu lembrar esse lado de Nick. Ela teria sentido muita falta dele.

E agora ela se lembrava.

Villefranche acenou com um dedo instrutivo na frente do rosto dela, efetivamente interrompendo seu devaneio. "Marie d'Medici se referiu ao palácio como Palais *Médici*."

"Seu próprio paraíso italiano", Mariana respondeu, a declaração branda e indiferente.

"Talvez", Villefranche admitiu. Mariana sentiu uma nuvem de tempestade prestes a se formar sobre sua cabeça. "Mas aqui é Paris, e ela era a rainha da França. Ela construiu seu *paraíso italiano*, como você o chama, com dinheiro francês e nas costas de trabalhadores franceses, sem se importar com nada além de seus próprios desejos. Você sabia que ela é a avó do rei Luís XIV?"

"Eu nunca pensei nisso."

"*Le Roi Soleil*. Esse foi o nome que ele deu a si mesmo. O Rei Sol."

"Eu posso ter lido algo —"

"E o Palácio em Versalhes? Um desperdício total da riqueza coletiva francesa," ele cuspiu.

O olhar de Mariana se fixou nele. "Você certamente tem opiniões fortes sobre... tudo."

Uma apreensão tímida apareceu em suas feições. "Minhas

desculpas, Lady Nicholas. Eu tendo a deixar meus princípios me levarem."

Mariana segurou a língua. Na determinação implacável em seus olhos, no tom de sua voz, na postura de sua mandíbula, ela se reconheceu em Villefranche. Ela permitiu que seus princípios a levassem para longe mais de uma vez. Seu trabalho na Escola Progressista para Jovens Senhoras e a Educação de Suas Mentes era o fruto de um desses princípios. Era uma qualidade que ela respeitava nos outros. Ela respeitava esse homem por isso.

Ele era o tipo de homem que formava a espinha dorsal das revoluções. Ele tinha o intelecto. Ele tinha as conexões. Ele tinha os recursos. E, o mais importante de tudo, ele tinha a vontade.

Suas palavras, e seu fervor em sua entrega, confirmaram outra impressão dele também. Este era um homem enredado em um papel para o qual ele era extremamente inadequado. Ele não era um revolucionário. Ele era um peão a ser usado e descartado ao capricho de jogadores mais poderosos.

Não havia dúvida na mente de Mariana de que Villefranche estava indo direto em direção a Nick, que entendia melhor o jogo e suas implicações maiores. Nada no mundo secreto de Nick era preto ou branco, certo ou errado.

Isso seria um problema para o jovem idealista ao seu lado. Villefranche *somente* via o mundo em preto e branco. Embora ela simpatizasse com essa visão, sua vida adulta lhe ensinou que esse mundo existia apenas em contos de fadas e sonhos.

Nenhum dos dois estava errado. No entanto, nenhum dos dois parecia ter razão. Já havia passado da hora de eles chegarem a um acordo. Ela não sabia o que a conversa entre Villefranche e o crupiê envolvia, mas não havia dúvida em sua mente de que as apostas haviam sido aumentadas quando os dois homens trocaram aquele pacote.

Nick precisava saber. Mas, então, ele tinha *pessoas*. Provavelmente, ele já sabia.

Ela deixou o pensamento para trás e caminhou em silêncio

com Villefranche até que o céu se abriu acima deles e as árvores ficaram para trás. Como se fosse uma metáfora instrutiva, sua mente também se abriu, e uma possível solução para o problema de Villefranche e Nick começou a se formar.

Ela balançou a cabeça. A ideia era ousada demais. E havia uma forte possibilidade de que fosse uma ideia terrível, talvez até desastrosa, como tantas de suas ideias desde que chegara a Paris. Ela deveria fazer o trabalho que lhe foi dado e deixar as ideias ousadas para os profissionais experientes.

A vista diante dela se ampliou, e ela se permitiu ser distraída pela vista. Diante dela havia uma gruta enorme, alta e larga, composta de uma pedra marrom que dava a impressão de ter brotado diretamente da natureza. Esta devia ser a Fonte Medici.

Seu olhar seguiu a linha das quatro impressionantes colunas por todo o caminho para cima, até encontrar o requisito — afinal, essa era uma fonte italiana — de imagens clássicas de deuses relaxados supervisionando tudo do alto. E embora a fonte em si fosse um fluxo de água nada impressionante que fluía para uma pequena piscina na base da gruta, quando vista como um todo, a Fonte Medici possuía uma majestade que falava muito sobre o poder colossal da mulher que havia encomendado sua construção.

O olhar de Mariana voltou para a terra, e seu olho encontrou uma forma sombria a cerca de trinta metros de distância. Sua respiração passou de relaxada para superficial no espaço de um segundo, seu coração um martelo implacável em seu peito, sangue congelado fluindo em suas veias.

Instintivamente, seu olhar se desviou e se fixou em um deus grego arrogante. Quando não detectou nenhum outro movimento, ela deu uma olhada, e a figura havia desaparecido. Seu estômago se revirou de alívio, e seus olhos se fixaram na piscina a seus pés, para não revelar a explosão de ansiedade e paranoia que estava desaparecendo.

A voz de Villefranche entrou em sintonia mais uma vez. "Foi

Napoleão quem reabilitou a Fonte Medici depois que ela saiu de moda e caiu em desuso. Ninguém tinha utilidade para uma fonte italiana pitoresca do século passado."

"Suponho que não fosse dourada o suficiente", ela respondeu, uma ponta cáustica e distante aliviando um pouco seu tumulto interior.

"*Exactement*," exclamou Villefranche. "Gostos, como sabemos, são inconstantes. Atualmente, estamos desfrutando de um retorno recente ao sublime."

"Lord Byron não poderia ter dito melhor."

"Ah, mas foi Byron quem disse primeiro."

Mariana se arrependeu de ter evocado o falecido poeta, um herói para jovens idealistas em todos os lugares. Aquela palavra, *idealista*, novamente invadiu seus pensamentos, evocando ideias de preto e branco, certo e errado.

A solução para o problema do Conde de Villefranche retornou a ela, e ela não conseguia se lembrar do por que seria melhor deixar para os profissionais resolverem. *Ela* não era uma profissional... de certa forma?

Antes que pudesse voltar atrás novamente, ela abriu a boca e disse: "Há algo que você deve saber." Ela esperou pela atenção total de Villefranche. "Você é péssimo nisso. Nós dois somos péssimos nisso."

Suas sobrancelhas se franziram em confusão antes de soltar. "Nós somos? Lady Nicholas, entender a mente de um poeta talvez seja uma tarefa rigorosa demais para a constituição delicada de um mero —"

Ela levantou uma mão. "Em espionagem. Você. Eu. *Nós* somos espiões terríveis."

Seus olhos poéticos ficaram brilhantes e sérios.

"Estamos sendo usados em um jogo que nenhum de nós entende completamente."

"Você me confundiu com outra pessoa." Ele soltou o braço dela e inclinou a cabeça. "Desejo-lhe um bom dia."

Ele começou a se virar. Ela tinha que pensar rápido, ou o perderia. Ela olhou ao redor para garantir que não havia ouvidos atentos por perto antes de gritar: "O rei está morrendo, *non?*"

Villefranche se virou, a perplexidade nublando seu rosto bonito. Animada por seu desânimo, ela continuou: "Não é segredo para ninguém que os Bourbons e seus parentes os Orléans têm pouca utilidade um pelo outro. Talvez você tenha esperança de um novo começo."

"Nada será ganho com a morte de Louis", Villefranche declarou categoricamente.

"Isso não é completamente verdade. Você ganhará um novo rei no Duque d´Artois", ela disse suas palavras avançando a passos largos.

"Como eu disse, nada será ganho", ele repetiu com a complexidade emocional de um bloco de madeira. Seus olhos se estreitaram. "Você demonstra um grande interesse na política da França."

Era hora de ela ser ainda mais ousada. Ela se sentia como uma maestrina, influenciando as subidas e descidas de uma sinfonia. "Haverá guerra se o Duque d'Artois for assassinado, tornando muito difícil para sua família reivindicar o trono."

"Você está insinuando que minha família se rebaixaria a assassinar um futuro rei para ganho pessoal?"

"Alguns podem acreditar que sim", ela disse. "Mas eu não. Acredito que o assassinato do Duque seria para propósitos nacionalistas, não materialistas."

Villefranche empalideceu quando a implicação de suas palavras foi absorvida.

"Mas a que custo?" ela pressionou.

"Há um custo alto demais para a *liberté*?"

"Não foi derramado sangue jovem suficiente nos campos da França?"

"Não haverá guerra", ele declarou com firmeza.

Mariana não conseguiu conter uma risada cínica diante da certeza e da ingenuidade dele. "Com poder, dinheiro e controle em jogo? Haverá guerra." Ela cortou a distância entre eles pela metade. De longe, alguém poderia pensar que eles estavam envolvidos em uma briga de amantes em vez de uma luta pela vida e pela morte. "Assim como eu, você é um peão no jogo deles."

"E quem são *eles*?" Ele zombou desdenhosamente. "Você é louca."

"Eles vão usar você," ela disse, suas palavras um sussurro insistente, "e eles vão te descartar. É o que eles fazem. Você quer que a Inglaterra se envolva na política do seu país? Depois que você deixar Whitehall entrar, boa sorte para tirá-los de lá. Seus compatriotas acolheriam uma medida tão radical?"

"Lady Nicholas, você não sabe de nada —"

"O que havia no pacote que você entregou àquele homem?"

Um brilho de suor brilhava contra sua pele pálida. "Você viu?"

"Eu disse que nenhum de nós é bom nisso."

Mais uma vez, a analogia do maestro veio a ela. Havia um tempo para grandiloquência e drama, mas também um tempo para sutileza e sensibilidade.

Sua voz surgiu em uma nota baixa e firme, do tipo que soava através de um instrumento de sopro. "É tarde demais?"

Seus olhos se arregalaram, lembrando um cavalo assustado. E ela sabia o suficiente sobre cavalos amedrontados para saber como dar uma resposta calma e correta.

"Você perderá tudo", ela continuou. "Sua família perderá tudo. A França perderá tudo. E por qual motivo? Pelas ações de um garoto ingênuo e mimado?"

Ela deu um passo para trás para permitir que ele tivesse um espaço para reflexão. Um sentimento inebriante cresceu e se expandiu dentro dela. Ela viu como alguém poderia se tornar viciado nisso, influenciando o destino das nações.

Seu olhar voltou para Villefranche, esperando encontrá-lo reflexivo e possivelmente arrependido. Em vez disso, ela encontrou um homem intenso e singularmente focado em um ponto acima de seu ombro.

Uma sensação a invadiu como se o próprio ar que ela respirava tivesse mudado sua composição molecular. Deve ser assim que os animais selvagens se sentiam no momento em que percebiam que estavam sendo perseguidos. Ela olhou por cima do ombro e seguiu o olhar de Villefranche através da piscina e pelo caminho oposto.

Ela piscou. Então piscou mais uma vez para confirmar que sua mente não estava conjurando visões. Se Villefranche também o estava vendo, não podia ser ficção.

Devia ser verdade, pois quem estava se aproximando deles era ninguém menos que Nick, que retribuía o olhar de perplexidade dos dois com uma desenvoltura polida única, exclusivamente dele.

19

Sim, Mariana decidiu que *polido* era a palavra correta para Nick, impecavelmente vestido com uma jaqueta verde-sálvia e uma camisa de linho engomada e recém-lavada, completa com uma gravata de seda com nós complexos. Ele era uma visão do cavalheiro inglês elegante, exceto por seu cabelo curto fora de moda, que realçava a beleza angular de seu rosto.

O cheiro de prisão francesa que pairava sobre ele alguns dias atrás havia desaparecido.

Mariana percebeu que esta era a primeira vez que o via à luz do dia desde sua chegada a Paris.

Ele roubou seu fôlego.

Ela fez amor com este homem na noite passada.

Pouco antes de Nick se aproximar educadamente para falar, ela lançou um olhar furtivo para Villefranche. Ele havia arranjado suas feições em uma máscara de total desrespeito. Ela quase se sentiu mal por ele. Villefranche ainda não sabia, mas ele não tinha chance contra Nick.

Claro, ela também não tinha certeza se tinha, não quando toda a atenção dele estava focada nela, como se o mundo exterior tivesse deixado de existir. Ela podia sentir seus joelhos tremerem.

Foi só quando ele chegou a um metro dela e não mostrou nenhum sinal de parar que ela percebeu sua intenção. No momento seguinte, ela foi envolvida em seu forte abraço. Seu queixo erguido aninhou-se na curva do pescoço dele, ela não teve escolha a não ser inalá-lo. Ele tinha um cheiro delicioso.

"Entre no jogo", veio uma dupla de palavras, baixas e quentes, sussurradas no ouvido dela. O toque de seus lábios aveludados fez arrepios percorrerem sua pele.

Uma vez, em uma palestra, ela aprendeu a palavra científica para arrepios: piloereção. A plateia havia arfado coletivamente, com o leque das mulheres tremulando de indignação. Ela ficou encantada na época. No momento, no entanto, não estava.

Piloereção. Um rubor surgiu diante da natureza sugestiva disso.

Os braços de Nick a soltaram tão repentinamente quanto a abraçaram, mas ele a manteve por perto, puxando sua mão pela curva de seu braço. Ela havia sido completamente reivindicada. Uma parte indisciplinada dela emocionou-se com o tratamento, enquanto outra parte dela, acostumada a se opor a ele, se irritou.

"Meu amor", ele começou, o arrogante vaidoso em plena exibição. "Recebi seu bilhete atencioso de que a encontraria aqui, e — *voilà!* — aqui está você."

"Aqui estou", ela respondeu ao mesmo tempo confusa e intrigada. "E aqui está você."

O que ele estava fazendo? Ele não deveria estar desaparecido, presumido morto para as pessoas em seu mundo de sombras e intrigas?

"Vejo que você não teve problemas em encontrar um jovem

galante para escoltá-la pelas selvas de Paris", ele disse com uma ironia vazia e uma piscadela, que o almofadinha inglês interpretava tão bem.

Um Villefranche vigilante permaneceu em silêncio.

O exigente costume francês ditava que uma apresentação só poderia ser feita se ambas as partes concordassem. Claramente, esses dois homens trabalhando tão assiduamente um contra o outro nunca foram formalmente apresentados.

Mariana estendeu o braço em direção a Villefranche. "Lucien Capet, Conde de Villefranche" — ela decidiu deixar de fora o ritual de nomeação dos antepassados — "posso apresentar meu marido" — a palavra quase ficou presa em sua garganta — "Lorde Nicholas Asquith?"

Os dois homens se curvaram e se avaliaram sem palavras. Nick foi o primeiro a falar. "Na minha ausência, devo agradecer por um serviço tão atencioso" — dois rubores escarlates fizeram as bochechas de Villefranche ficarem rosa com a clara insinuação — "à minha esposa".

“Presumiu-se”, devolveu Villefranche em um tom que só poderia ser descrito como beligerante, ‘que o senhor fugiu de Paris quando chegou à notícia de que sua esposa havia chegado’.

Uma risada chocada escapou de Mariana com a franqueza de Villefranche. Ela não teria suspeitado que ele fosse capaz disso.

"Pelo contrário", Nick respondeu suavemente, levando a mão enluvada de Mariana à boca para um rápido roçar de seus lábios. Ela não tinha mais vontade de rir. "Voltei tão rápido quanto meus cavalos cavalgavam quando recebi a notícia de sua chegada. Parece que estamos sempre nos desencontrando."

Ele olhou para ela amorosamente, como se seu mundo inteiro dependesse dela...

Ela se conteve. Uma mulher menos experiente poderia confundir aquele olhar com o artigo genuíno, mas não ela. Isso era uma farsa.

Ela não devia se esquecer.

"Em tempos incertos como esses em Paris", Nick continuou, "não se pode ser muito cuidadoso, com certeza."

"Em tempos incertos como esses?" Villefranche repetiu. "A França desfrutou de paz nos últimos nove anos. Posso garantir que sua esposa está perfeitamente segura em nossa cidade."

"Claro, meu bom senhor", Nick respondeu. Ele inclinou seu corpo em direção a Mariana. "Para ser jovem e idealista novamente."

"Ah, sim," ela ronronou, "ele é jovem, não é?" Não haveria dúvidas sobre a apreciação feminina em sua voz. Os olhos de Nick se estreitaram e se fixaram nos dela por um longo segundo. Ela havia acertado seu alvo.

Ele voltou sua atenção para Villefranche. "Meu caro senhor, parece que começamos com o pé errado. Refiro-me simplesmente à incerteza quanto à saúde do rei."

"Não há nada de incerto sobre sua saúde," Villefranche retrucou. "O homem está morrendo."

"Isso deve ser um bom presságio para sua família, *non?*"

"Você conheceu o herdeiro Charles, o Duque d'Artois?" Villefranche perguntou, com fogo em sua voz.

"Eu o conheci. O homem é um —" Nick fez uma pausa como se estivesse procurando a palavra correta.

"Arrogante vaidoso, como vocês ingleses dizem," Villefranche falou.

Os olhos de Nick se estreitaram, e o sorriso alegre saiu de seus lábios. O ar ficou mortalmente sério. "Essa operação desonesta para assassinar Charles nunca terá sucesso. Você tem alguma ideia de com quem está lidando?"

O choque tomou conta do rosto de Villefranche. O homem não tinha nenhuma habilidade para esconder seus sentimentos do mundo. Ele precisava de uma noite de pôquer com Nick e um par de prostitutas.

"Como... você," o homem gaguejou, "você não sabe nada de —"

"Oh, eu sei algumas coisas," Nick interrompeu. "Digamos que

seu plano funcione, e Charles seja assassinado. Sobre quem você acha que a culpa recairá?"

"Há muitas pessoas que desejam a morte da linhagem Bourbon."

"Mas quem se beneficiaria mais? Sua família Orléans. É quem se beneficiará."

Os lábios de Villefranche se contraíram em uma linha reta e teimosa.

"Desça dos seus altos ideais e pense homem. Não se engane, se você decidir levar essa calamidade até o fim, eu vou te impedir, de uma forma ou de outra."

A boca de Mariana ficou seca. Ela acreditou nele, e se Villefranche tivesse um pingo de bom senso em sua cabeça idealista, também acreditaria.

Ele se ergueu até sua altura máxima e limpou a garganta. "Lorde Nicholas, você e sua esposa formam uma dupla inesperadamente unida. Talvez os rumores em torno de seu casamento não tenham substância?"

Mariana respirou bruscamente, e a expressão de Nick ficou cuidadosamente vazia.

"Minha família está organizando uma festa hoje à noite," continuou Villefranche. "Vou adicionar seus nomes à lista de convidados. Alguns dos convidados dessa noite podem ser do seu interesse."

Com isso, ele girou sobre os calcanhares e caminhou pela larga avenida de cascalho, deixando Mariana e Nick sozinhos. Ela não pôde deixar de notar que, com Villefranche fora, eles ficaram frente a frente como combatentes.

Foi ele quem quebrou o silêncio carregado. "Seu convite pode ser uma armadilha para me atrair para o campo aberto."

"Não é", ela respondeu com uma garantia silenciosa que quase sentiu.

"Formamos uma *dupla inesperadamente unida*?" ele perguntou sem perder o ritmo.

"Eu conversei com ele."

"Sobre?"

"Às vezes, linguagem simples é o que é necessário, não subterfúgio. A sedução não é a única arma no arsenal de uma mulher."

"Essa é uma grande aposta que você fez."

"Uma aposta que você correspondeu."

Outro de seus sorrisos de pura alegria brilhou nos lábios de Nick, e o estômago de Mariana vibrou. Sua compostura ameaçou escorregar. "Há mais", ela disse, sua voz um arranhão áspero contra sua garganta. "Eu vi Villefranche com o crupiê. Ele entregou um pacote ao homem."

"Você tem certeza?"

Ela assentiu. "Você ainda confia no homem?"

A pergunta pairou entre eles em um tom aberto. Quando Nick respondeu, sua voz só foi longe o suficiente para alcançá-la. "Como eu disse antes, nada neste jogo é o que parece."

Ele deu um passo à frente, e a consciência do corpo dela sobre o dele veio à tona. Ele não fez nenhum movimento para tocá-la e, em vez disso, estendeu o braço. Ela intuiu que eles deveriam passear. Não havia como evitar. Ela precisava tocá-lo.

Ela dirigiu seu olhar para algum ponto indistinto à distância antes de estender a mão e pousar uma palma leve em seu antebraço sólido. Se um pulso de eletricidade surgisse entre eles, ela poderia atribuir isso à secura do ar.

Seus pés se uniram em passos unificados enquanto andavam pelos terrenos pacíficos em silêncio, observando o exterior do palácio e seus jardins formais tão diferentes da informalidade selvagem que cercava a Fonte Medici. Aqui, cada arbusto e flor foram colocados com cuidado meticuloso para manter as fileiras perfeitamente retas e previsíveis. Se ao menos a vida pudesse ser organizada com tanta precisão, mas a vida não era nada, se não imprecisa.

"Você pegou as anotações diárias dos gêmeos com Helene

hoje?" Nick perguntou em um recuo familiar para os últimos dez anos, quando eles só conversavam sobre seus filhos.

"Só esta manhã. Na verdade", ela disse feliz demais para entrar no jogo com esse retorno à ordem, "Geoffrey solicitou que a faca kukri que vamos comprar para ele para o dia do seu nome seja do tipo oriental, e não ocidental. Ele gostaria — e eu cito — *de uma lâmina mais facilmente transportável.*"

Nick bufou. "Para que tipo de escola você mandou o menino que precisa de armas transportáveis?" ele perguntou, e essa pergunta não era uma repreensão, mas uma provocação.

"Como tenho certeza de que você sabe, Geoffrey poderia se defender sozinho com as próprias mãos. O menino é muito engenhoso."

"Uma característica que ele compartilha com sua mãe, com certeza."

Gratificação, quente e líquida, se espalharam por Mariana, e sua boca se fechou. Ela não se achava mais capaz de brincadeiras fáceis.

Em um movimento nascido de uma necessidade repentina, sua mão escorregou do braço dele, e seus pés saíram do caminho antes de vagar para o coração do famoso matagal de olmos de Marie d'Medici, os únicos sons eram o estalar da palha sob seus pés e o vento farfalhando as folhas nas árvores.

Embora ela sentisse uma pontada pela perda dele, não havia como evitar. Pensamentos completos e racionais se recusavam a se formar quando qualquer parte de seu corpo o tocava. E ela definitivamente precisava ser racional quando eram apenas ele, ela e as árvores.

"Você não prefere que andemos juntos?" ele gritou para suas costas.

Suas palavras a pararam no meio do caminho. Nelas, ela detectou uma nota ao mesmo tempo aberta e vulnerável. Era uma nota que fez seu interior se iluminar.

Quando ela se virou, viu que havia corrido uns vinte metros à frente dele. Eles se encararam através da extensão verdejante até que ela quebrou o silêncio. "Ninguém pode nos ver." Ela fez uma pausa e reuniu coragem para falar uma verdade que ambos precisavam ouvir. "Villefranche se foi. Não há necessidade de fingir aqui."

Os olhos dele a fitaram por mais um momento. A intensidade neles a pegou desprevenida. Por fim, ele perguntou: "Fingir o quê?"

"Que somos realmente marido e mulher."

ATRAVÉS DA EXTENSÃO do chão da floresta coberto de folhas, Mariana era a imagem de um cervo assustado pronto para fugir ao menor movimento dele. Ela poderia muito bem escapar por entre seus dedos, e ele poderia perdê-la para sempre. Ele não podia deixar isso acontecer. Ele precisava fazer ou dizer algo, qualquer coisa para mantê-la no lugar.

"Dez anos atrás", ele começou. A cabeça dela se inclinou para o lado em curiosidade. Ela estava ouvindo. Ele precisava fazer suas próximas palavras valerem a pena. "A cantora de ópera foi um estratagema."

Seus olhos ficaram vazios. Ela não fingiu ignorância e perguntou qual cantora de ópera. Em vez disso, ela se fechou para ele. Ele viu em seu rosto e sentiu no ar. Eles nunca falaram sobre a cantora de ópera além daquela noite fatídica.

Por fim, ela quebrou o silêncio, sua voz oca e instável. "Um estratagema?"

Ele não tinha certeza se ela estava ciente de que havia dado um passo à frente. Ele respondeu da mesma forma — qualquer desculpa para diminuir a distância entre eles.

"E para quem foi esse *estratagema?*" ela continuou. Sarcasmo amargo permeou suas palavras e manchou seu rosto adorável. Ele fez isso com ela.

"Precisávamos atrair um agente inimigo cruel, e a cantora de ópera era sua amante. Entre seus muitos defeitos, o homem também era extremamente ciumento."

"Ah, entendo." Suas feições endureceram.

"Tenho quase certeza de que não." Ele pode ter piorado as coisas.

"É um quebra-cabeça fácil de resolver", ela continuou como se ele não tivesse falado. "Começou como um estratagema, mas logo o cálculo frio se transformou em uma paixão ardente que não seria negada. Estou perto?"

"Nem remotamente."

"Parece", ela continuou, "que a noite passada não foi uma anomalia para você. Seu *métier* tem certos pré-requisitos."

Um gancho de esquerda maldoso do próprio Gentleman Jackson [1] não poderia ter derrubado Nick de forma mais eficaz. "Eu nunca fiz amor com ela."

A boca de Mariana se fechou, suas sobrancelhas se uniram e um batimento cardíaco passou. "Ocorreu-me que você teve a oportunidade de explicar esse fato pertinente há dez anos. Ou durante qualquer período desde então."

Ele poderia ir embora. Ainda havia tempo para isso.

Ou ele poderia falar a verdade.

Ele não estava pronto para se afastar dela.

"Eu precisava que você me expulsasse, e eu precisava que fosse real." Como se para destacar sua revelação, o vento parou de soprar entre as árvores, oferecendo-lhe um confessionário calmo e silencioso. "Sua vida estava em perigo, e eu fiz a escolha de mantê-la segura."

Os olhos dela se arregalaram em incredulidade. "Você espera

---

1. John Jackson, também conhecido como Gentleman Jackson, foi um célebre pugilista inglês do final do século XVIII. Ele é às vezes descrito como tendo sido o campeão de boxe sem luvas da Inglaterra em 1795, após derrotar Daniel Mendoza.

que eu lhe agradeça? Você tomou a decisão sozinho de acabar com nosso casamento —"

"Homens de família são vulneráveis", ele interrompeu. "Isso torna suas famílias vulneráveis. Eu nunca deveria ter levado você para aquele mundo."

"Eu não merecia uma escolha no assunto?" ela perguntou, traição e mágoa tremendo sua voz. "Eu pensei que significava mais do que isso para você."

"Você significava."

Ele fez uma pausa. Ele deveria manter o status quo e deixá-la? Ele não podia.

Mesmo que ela não soubesse ainda, ele entendeu que esses últimos dias, e a noite passada em particular, haviam mudado os parâmetros do relacionamento deles.

"Você significava tudo para mim."

"E os rumores sobre suas façanhas e conquistas?" ela continuou como se não o tivesse ouvido.

"Simplesmente rumores. Alguns eram artimanhas e iscas, outros eram invenções de esposas entediadas da Sociedade. Mas nenhum era verdade. Eu nunca fui infiel a você." Ele deu outro passo à frente. Uma parte elementar dele precisava estar mais perto dela. "Nem uma vez," ele disse, finalmente falando a verdade que ambos precisavam ouvir. "Nunca."

Um peso terrível foi tirado de seus ombros.

"Nunca é muito tempo," escapou dos lábios dela.

"Dez anos."

"Você nos roubou de uma vida juntos." Seu sussurro frágil foi longe o suficiente para alcançá-lo antes que sua coluna visivelmente enrijecesse, e ela se empertigasse em sua altura máxima. Suas próximas palavras surgiram em uma nota mais forte. "Parece que meu trabalho em Paris acabou."

"O que você quer dizer?" Ele sentiu como se tivesse sido jogado de uma grande altura, e a única maneira de amortecer sua queda, a única maneira de mantê-la no lugar, era mantê-la falando.

"Quero dizer" — suas palavras e a raiva latente dentro dela ganharam força — "Estou deixando Paris."

Ela se afastou dele, suas saias balançando em torno de seus tornozelos com a força de sua intenção.

"Fique", ele gritou com a palavra sendo um arranhão em sua garganta.

O que era aquilo em sua voz? Desespero? Ele estava *desesperado* por ela?

A palavra, ou o desespero contido nela, fez seu trabalho quando ela se acalmou. Seus olhos encontraram os dele por cima do ombro.

"Mariana." Ele diminuiu a distância entre eles, chegando até a colocar uma mão firme no braço dela, para que ela tivesse que encará-lo. "Somos marido e mulher."

"Não de uma forma significativa."

"Então o que foi que aconteceu ontem à noite?"

Essas eram as palavras erradas.

A noite passada não foi sobre o status deles como marido e mulher.

A noite passada foi sobre desejo reprimido e irreprimível.

Ela deu uma risada curta e amarga. "Certamente não foi significativo." Ela se livrou da mão dele e recuou alguns passos para se firmar contra o olmo mais próximo. "Você jogou uma granada no nosso casamento e o explodiu em pedacinhos. Agora você está reivindicando casamento depois de uma noite de paixão? Você me acha uma mulher tão fraca que uma noite poderia virar minha cabeça e desfazer o passado?"

Ele captou uma emoção nos olhos dela que não esperava encontrar.

Medo.

Do que ela tinha medo?

A resposta veio antes que ele tivesse formulado completamente a pergunta.

Ela estava com medo de si mesma.

Outra pergunta lhe ocorreu, uma que ele estava quase com medo de perguntar. "Você se considera essa mulher?" Ele deu um passo à frente, atraído por essa possibilidade frágil.

"Você não pode me deixar em paz?"

"Eu acho que não posso."

"O que está acontecendo entre nós é insanidade." Os olhos dela procuraram os dele. "Você já não provou o suficiente?"

"Eu não acho que provei", ele respondeu. Ele nunca soube o quão viciante dizer a verdade poderia ser. "Eu acho que tenho muito mais a provar."

A noite passada não fez nada para saciar o desejo que sentiam um pelo outro. Isso apenas os aguçou. Certos desejos não eram mitigados pela passagem do tempo.

Ela lhe lançou um olhar, uma pergunta em seus olhos que ele não conseguia interpretar. Houve um tempo em que ele sabia seus pensamentos antes dela. Não era mais esse o caso. As *lições de espionagem* funcionaram muito bem.

O problema era que ele queria ser capaz de lê-la. A debutante que ele conhecera na Folly estava na fase de primeiro rascunho de sua feminilidade. Agora ela era um manuscrito completo — uma novidade para ele.

Ou, em sua maior parte, ela era nova.

Algumas páginas ele leu com atenção.

"Nós dois sabemos que isso — seja lá *o que* for — não pode levar a lugar nenhum", ela disse.

Ela acreditava em suas palavras? A noite passada contava uma história diferente de exatamente onde isso poderia levar.

"Por que você está me pedindo para ficar?" ela perguntou, a pergunta correndo ao longo da borda serrilhada de um pânico crescente que ele ouviu em sua voz.

"Não é óbvio?"

Seus dentes morderam seu lábio inferior carnudo pelo espaço de um... dois... três batimentos cardíacos.

Finalmente, ela o soltou e cedeu. "Talvez."

20

Tentar fazer ou facilitar algo que é improvável que aconteça ou seja bem-sucedido: empenhar-se em impossibilidades.

— UM DICIONÁRIO CLÁSSICO DA LÍNGUA VULGAR,
FRANCIS GROSE

Talvez.

Localizada na periferia daquela palavra, havia uma porta aberta pela qual Nick poderia entrar.

"Isso está acontecendo rápido demais", disse Mariana, suas palavras um protesto em desacordo com a nova luz que havia entrado em seus olhos — uma luz que sugeria não apenas possibilidade, mas também fome.

"Está?" Ele empurrou ainda mais a porta da oportunidade. "Ou talvez tenha demorado dez anos para acontecer."

Uma dúzia de batimentos cardíacos acelerados passou e ela permaneceu em silêncio. Ela limpou a garganta de forma decisiva, e o ar congelou no peito de Nick.

"Ano passado, assisti a uma palestra", ela começou, e a esperança dele afundou, a possibilidade diminuiu. A mulher conseguiu assistir a um bom número de palestras. "O tópico era religiões da Ásia. Você conhece o assunto?"

Ele balançou a cabeça, sentindo-se ao mesmo tempo tolo e um pouco desanimado.

"Veja o budismo, por exemplo", ela disse. "No cerne dessa crença está à ideia de que não se deve viver no passado ou sonhar com o futuro. Em vez disso, vive-se apenas no momento presente. Nenhum outro momento importa."

"E?"

Uma luz astuta brilhou em seus olhos âmbar. "E em certas circunstâncias, tal filosofia pode ser útil."

A compreensão surgiu em Nick. "Sem passado. Sem futuro."

Ela assentiu uma vez, um movimento lento para cima e para baixo. O subtexto de suas palavras subindo à superfície, quase uma coisa tangível.

Ela o queria. Agora. O passado e o futuro não tinham relação com esse desejo presente.

E se sua mente sugeria que ele poderia arrancar um acordo melhor com ela, um acordo que duraria além do presente e no futuro, seu corpo decidiu se concentrar em tê-la agora. O futuro poderia esperar.

Ele avançou nessa onda inesperada de possibilidade. "Talvez eu pudesse demonstrar para você como tal filosofia pode lhe ser útil", ele disse sua voz grave saindo do fundo de seu peito.

Ele se apoiou em um antebraço contra o olmo resistente, bem ao lado da cabeça dela, e se inclinou sem tocá-la. Ela teve que inclinar a cabeça para trás para manter o olhar dele. O cheiro dela se estendeu e o envolveu em seu casulo quente de jasmim e neroli. Ele tocou os lábios na orelha dela. "Mas não vamos ser precipitados e deixar o passado para trás completamente."

"Oh?" ela falou, o monossílabo uma exalação ofegante, o sarcasmo distante de minutos atrás esquecido. Rajadas curtas e quentes de sua respiração em seu pescoço causavam arrepios em seu corpo.

Ele pegou o lóbulo delicado da orelha dela entre os dentes e o beliscou, provocando outro ofegante, "Oh", mas dessa vez não foi uma pergunta. Transmitia liberação e permissão.

Ele manteve seu corpo a uma distância determinada do dela. Se ele a pressionasse, sua intenção se perderia em seus próprios desejos. O próprio pensamento fez seu pênis pular contra o tecido de suas calças. E não era disso *que* se tratava. Isso era sobre Mariana e seu prazer.

Ele permitiu que seus dedos tocassem o corpo dela, começando na suave reentrância de sua cintura, traçando para cima até que alcançassem o alargamento maduro de seus seios. Com as palmas formando uma taça, seus polegares se moviam sobre os mamilos tensos, provocando-os através de camadas finas de seda e musselina. Incapaz de se conter, ele puxou seu corpete curto até que seus seios se soltassem. Com sua plenitude rechonchuda e picos escuros combinando, eles eram a personificação da tentação.

"Ainda melhor do que eu me lembrava", ele murmurou antes de inclinar à cabeça e levar um mamilo a boca e o outro entre o polegar e o indicador, apertando-o.

Um gemido suave escapou dela e sua cabeça arqueou para trás. A respiração dela agora vinha em arquejos superficiais, e era tudo o que ele podia fazer para se conter e não a devorar.

Ele poderia fazer melhor. Ele lhe daria o que ela explicitamente havia pedido: prazer sem complicações do passado ou do futuro — prazer que importava apenas no presente. Se a noite passada foi sobre perda de controle, este momento foi o oposto.

Ele se ajoelhou diante dela e agarrou seu traseiro exuberante com as duas mãos. Com um rosnado baixo, ele a puxou para si, com o rosto aninhado na junção macia das pernas dela. Ele inalou o cheiro quente e erótico dela e exalou lentamente através das finas camadas de musselina, com o hálito quente encontrando a vulva dela. De sua posição suplicante, ele observou os lábios dela se separarem e seus olhos se fecharem para todas as sensações, exceto a promessa de sua boca.

Ainda assim, ele poderia fazer melhor.

"Eu me lembro de algo que você gosta muito. O passado tem suas utilidades."

Ele se sentou sobre os calcanhares, ignorando o soluço de protesto dela pela separação, e agarrou a bainha de suas saias antes de levantá-las dobra por dobra, revelando tornozelos... Panturrilhas... Coxas... Vestidas com meias de seda sustentadas por ligas azuis simples. A bainha foi subindo cada vez mais, expondo a carne nua da parte superior das coxas e o púbis coberto por nada, exceto por uma mancha selvagem de cachos cor de mel. Novamente, ele soprou uma corrente de ar úmido sobre o sexo dela.

Com sua intenção clara, ele levantou o pé dela e o guiou para seu ombro, sua vulva se abrindo para ele como uma flor de estufa. Seu corpo estremeceu em antecipação ao que viria a seguir. Uma mão firme apertou em volta de sua coxa antes que ele se inclinasse e sacudisse o botão rosa apertado de seu sexo com a ponta de sua língua... Uma vez... Duas vezes... Os dedos dela se enfiaram em seu cabelo em um longo gemido.

"De novo," ela exigiu, sua voz uma combinação sensual de êxtase e dor.

O corpo dele era o seu servo, a língua dele encontrou um ritmo que a tornou incapaz de falar, apenas ofegando, gemendo e choramingando enquanto sua vulva se tornava mais exuberante sob a língua dele, seus quadris se inclinando para frente, enquanto ela contrabalançava o movimento pressionando com mais força o olmo às suas costas. Ela não era nada mais do que uma criatura composta de carne e luxúria.

Sua mão encontrou seu caminho até sua coxa, e seu dedo indicador entrou em sua boceta escorregadia e quente. Ele queria sentir a pulsação dela ao redor dele quando ela explodisse em liberação. Sua língua começou a alternar entre movimentos fortes e suaves, encorajando seu desejo cada vez mais forte, enquanto seu dedo mergulhava mais fundo até que finalmente, inevitavelmente, seu corpo ficou tenso por um... Dois... Três segundos antes que ela gritasse seu clímax para o céu azul salpicado de folhas acima. Suas mãos a firmaram enquanto ela desabava contra a árvore, repleta de saciedade.

Ele sentou-se sobre os calcanhares e absorveu a deliciosa e irresistível bagunça que era Lady Nicholas Asquith — sua esposa. *Dele*. Uma necessidade feroz de possuí-la quase o dominou. Mas isso não era sobre sua necessidade, era sobre a dela.

Seus olhos vidrados de luxúria se abriram e se fixaram nos dele. De cima, ela o olhou com uma admiração que ele não era digno há anos, se é que alguma vez foi.

Ele ainda não era digno desse olhar.

Relutantemente, ele colocou a mão no tornozelo dela para remover o pé do ombro dele. Ele o colocaria no chão, e o vestido dela se encaixaria como se nada de importante tivesse acontecido entre eles. Era uma das marcas registradas de sua classe que eles pudessem agir assim. Ele já lamentava a perda do presente para o passado.

"O que você está fazendo?" ela perguntou, seu corpo enervado se esticou em uma linha mais firme contra a árvore.

Ele parou. Ele não tinha certeza se a estava vendo através das lentes de sua luxúria furiosa, mas leu em seus olhos um desejo por um cenário diferente.

"Nós não terminamos", ela disse, um comando sutil em sua voz.

Seu dedo indicador se abaixou e engatou sob seu queixo. Ele o seguiu até ficar diante dela, com o vestido dela preso entre eles, impedindo-o de cair castamente no chão. Não havia nada de casto nessa situação.

Era tudo o que ele podia fazer para não gemer de frustração com a ideia de que nada além dos cordões de suas calças se interpunha entre seu pênis e sua boceta cheia de desejo.

"Isso era para você." Ele pronunciou as palavras com pura força de vontade.

Ela se aproximou e pressionou a mão contra o pênis dele. "Isso é para mim."

Seus dedos fizeram um trabalho rápido dos cordões de suas calças e alcançaram se pênis para envolvê-lo. Ele fechou os olhos e exalou um gemido profundo.

Uma longa perna envolveu sua cintura, abrindo-a descaradamente para ele. O comprimento de seu pênis latejante deslizou indulgentemente ao longo de sua fenda molhada. "E eu quero que você me foda sem parar."

Seus quadris responderam com um impulso lento e instintivo, e ele deslizou para dentro dela, seus olhos fixos nos dela, desafiando-a a desviar o olhar. Ela não o fez. Ele deslizou seu comprimento para fora e empurrou dentro dela novamente, desta vez mais devagar, sua tensão sedosa era tanto uma provocação quanto uma promessa. Ainda assim, ele manteve seus olhos nos dela, mas detectou uma mistura de prazer e frustração em suas profundezas.

"Diga-me o que você quer", Nick exigiu.

"Eu quero—" ela começou ofegante.

Ele a silenciou quando se retirou.

"Eu quero" — o calcanhar dela cravado na parte inferior de suas costas — "isso" - os quadris dela se esfregando contra os dele — "mais forte".

Sua perna dobrou para que ele pudesse se inclinar mais para dentro. "Assim?"

Ela gemeu, "Oh, sim", e ele repetiu o movimento. Ela estendeu os braços e agarrou a bunda dele com as duas mãos, as unhas cravando, estimulando-o. "Sim", ela sussurrou, seus quadris acompanhando o ritmo dele.

Com vontade própria, uma espécie de instinto animal assumiu o controle, seus quadris empurrando mais forte e mais rápido, seus lábios e língua reivindicando os dela com uma ferocidade indomável que combinava com o ritmo de seus corpos. Ele não conseguia ter o suficiente dela.

Ele sentiu um tipo específico de intensidade começar a se desenvolver dentro dela. Seus golpes se tornaram curtos e superficiais.

"Oh, sim", ela proferiu com abandono irracional.

Ela estava perto.

Mais uma vez, ele aprofundou suas estocadas, penetrando-a com força.

"Venha, goze comigo", ele gemeu em sua boca. Ele estava perto, tão perto de gozar.

"Nick", ela gritou, sua boceta convulsionando em liberação, pulsando seu clímax em torno do pênis dele. Mais uma... Duas investidas, e ele a acompanhou na liberdade selvagem da liberação. Foi um momento que ele não queria que acabasse nunca mais. No entanto, seus quadris gradualmente e inevitavelmente se acalmaram, e batida depois de batida, seu coração desacelerou.

"Nick?" ela falou.

Ainda não, ele implorou silenciosamente. Não era seu nome em seus lábios que ele se importava; era a pergunta em sua voz. Ele sentiu distância naquela pergunta. Ele levantou a cabeça da curva de seu pescoço úmido e aceitou que o futuro estava sobre eles.

Ele pressionou uma palma contra a casca áspera e se afastou, pegando um rápido vislumbre de sua boceta antes que seu vestido caísse e se encaixasse. Seus dedos se abaixaram para apertar os cordões de sua calça. O momento caiu no passado.

Seus olhos encontraram os dela, e em suas profundezas brilhava a incerteza. Um futuro poderia estar localizado naquela apreensão, se ele o administrasse corretamente. A possibilidade reacendeu uma luz que ele pensava estar extinta. Talvez o espaço entre eles não fosse insuperável. "Mariana" — uma nota tola e incontrolável de otimismo soou em sua voz — "você sente..."

"Não tenho certeza do que sinto."

"Mas você também sente."

"E eu *sinto*?" ela perguntou.

"Mais do que você admitiria", ele respondeu, mas não insistiria no assunto. Ele ainda não havia conquistado o direito.

O olhar dela se separou do dele. Em uma onda eficiente de movimentos, ela começou a tirar a poeira e alisar suas saias.

Ele ergueu o olhar e seguiu uma grande ave de rapina enquanto ela cortava o céu acima deles. Quanto tempo havia passado? Não importava. Por um único e glorioso momento no tempo, eles voaram acima do reino da realidade.

"Somos marido e mulher agora?" ela perguntou, revigorada e pronta para enfrentar o escrutínio do mundo. Se ele detectasse o menor indício de oscilação na voz dela, o resto do mundo não detectaria. Eles não a conheciam como ele.

A tentação de interpretar mal suas palavras quase substituiu todo o bom senso. Essa união poderia ser uma espécie de consumação, uma renovação, um começo. Mas essa interpretação seria hipócrita. Ela estava, é claro, falando do jogo de faz de conta deles.

"Sim", ele respondeu. Simples era o melhor no momento. "Você vai à festa da família Capet hoje à noite?"

Com um rápido aceno de cabeça, ela confirmou que iria. Alívio o inundou, mesmo que ele tivesse percebido a relutância dela. "Hoje à noite, seremos marido e mulher amorosos", ele disse imprudentemente. Por que ele estava forçando a sorte?

"Amorosos?" ela zombou. "Não há muitas pessoas que acreditariam nisso."

"Só são necessários dois."

As palavras eram ousadas, ousadas demais, mas eram verdadeiras?

Seus dedos se agitaram com sua bolsa, lembrando de novo um cervo nervoso.

"Minha carruagem me espera no final da avenida", ela declarou e girou sobre o calcanhar, o mesmo calcanhar que havia cravado na parte inferior de suas costas há menos de cinco minutos. "Até nos encontrarmos hoje à noite, *marido*."

Como na noite passada, ele a seguiu a uma distância respeitosa enquanto ela escolhia seu caminho através do pequeno, mas denso, bosque de árvores e para a avenida de granito que levava à sua carruagem. Em um pequeno salto, ela entrou e se afastou. Na periferia de sua visão, outro veículo entrou em movimento. Seu agente cuidaria disso.

Para onde foi o presente?

Para se juntar a todos os outros momentos do passado que ele deixou escapar.

A escuridão familiar da união condenada de seus pais se esgueirou em direção às bordas de sua consciência. Por anos, ele permitiu que o passado tivesse rédea solta sobre seu futuro, mas não hoje. Hoje, ele o afastou e se voltou para a verdade, inevitável e clara.

Ele estava apaixonado por sua esposa.

Era simples assim.

Era complexo assim.

O que ele sentia em seu corpo se estendia além da sensação física. Havia uma plenitude... Uma leveza... Uma totalidade... Uma correção.

Por mais egoísta que fosse, ele não estava disposto a deixá-la ir. Não uma segunda vez. Ele teria mais do que simples saciedade física de Mariana. Ele teria um futuro com ela.

Que se dane o passado.

21

Velhaco: patife de primeira qualidade,

   Onde certas cores são ditas em grão,

   para denotar sua superioridade,

   por serem tingidas com carmim, chamada grão.

— UM DICIONÁRIO CLÁSSICO DA LÍNGUA VULGAR,

FRANCIS GROSE

Enquanto a carruagem a transportava por indiferentes ruas parisienses, Mariana afundou no estofamento de couro e deixou sua cabeça bater contra a almofada.

O que ela tinha feito?

De novo.

No entanto, mesmo com a mortificação queimando através dela — ela realmente tinha feito *isso... de novo...* com Nick no *Jardin du Luxembourg?* — o arrependimento se recusou a tomar conta dela.

Ela queria Nick.

Apesar do passado deles.

Apesar de tudo.

E ela o teve.

Com toda a honestidade, ela o queria de novo. Ela o *desejava* do mesmo jeito que um viciado em ópio desejava a papoula. Quanto mais ela tinha, mais ela queria. Sua transformação em uma parisiense amoral e hedonista parecia completa.

Seu olhar encontrou o rio Sena à sua esquerda enquanto a carruagem passava ao longo do rio. Esta noite, ela iria brincar de esposa de Nick na soirée da família Capet. Uma risada histérica, até mesmo desequilibrada, borbulhava em sua garganta. Se o sentimento libidinoso que fluía por suas veias fosse algum indicador, parecia que ela e Nick eram excelentes em brincar de marido e mulher.

Ela não deveria ir. Seus negócios com o Conde de Villefranche estavam encerrados, para o bem ou para o mal. E seus negócios com Nick?

Uma onda de energia nervosa a preencheu. Ela explodiria se permanecesse presa dentro daquela carruagem confinante por mais um momento. Ela bateu no teto duas vezes e passou pela porta antes que as rodas parassem completamente.

"Monsieur", ela gritou, "eu o encontrarei na Rue de Rivoli, do lado de fora do Palácio do Louvre, daqui à uma hora."

"Madame", o cocheiro indignado gritou com seu forte sotaque francês, "não é seguro..."

"Minha segurança é minha preocupação", ela retrucou. Sem outra palavra de protesto, o cocheiro colocou a carruagem em movimento.

A brisa do rio girava na água e soprava sobre ela. Enquanto ela apreciava a vista magnífica de Notre Dame, ela desejou que o tumulto de emoções fosse liberado e se dissipasse. O que restava eram duas emoções predominantes e conflitantes. Uma, esperada e correta; a outra, inesperada e completamente errada.

Corretamente, ela estava com raiva de Nick. Suas amantes não tinham sido cantoras de ópera e dançarinas todos esses anos. Em vez disso, ele teve uma amante incrível: o Ministério das

Relações Exteriores. O homem tinha destruído o casamento deles para brincar de capa e espada. Mas... ele não tinha traído a intimidade entre eles.

E se for mentira? sua mente racional a importunava. O homem contava mentiras para viver.

Mas não era mentira.

Seu coração irracional sábia que sua confissão era a verdade, um pensamento que não era facilmente descartado ou apagado pela raiva. Na verdade, esse conhecimento a levou diretamente para a outra emoção inesperada e completamente errada.

Esperança.

Uma emoção que ela não se permitiu sentir por uma década. Isso a teria esmagado.

Mas agora que Nick havia revelado a verdade para ela, a esperança se expandiu dentro de seu coração até explodir. Parecia que bastavam alguns dias em Paris com Nick para reacender a emoção inconveniente.

São necessários apenas dois.

Incapaz de processar a enormidade daquelas quatro simples palavras e sua reação a elas, ela correu. Ainda assim, ela correu, mas não conseguiu ultrapassá-las, por mais que tentasse. Naquelas palavras estavam os sonhos destruídos de seu coração de vinte anos.

E seu coração de trinta anos? Como ele se sentia sobre elas?

Mariana tinha que se afastar dele o mais rápido que suas pernas pudessem levá-la — antes que ele visse a verdade em seus olhos. Parecia que seu coração não tinha passado dos vinte anos.

A esperança competia com a raiva, e a esperança podia estar vencendo.

Um gemido involuntário escapou dela e ela se afastou do rio, como se sua mente pudesse acompanhar o movimento e mudar seu padrão de pensamento tão prontamente quanto ela mudava sua visão. O truque não funcionou. Nada funcionou. A verdade e a esperança se recusavam a ser evitadas. Por que seu coração havia escolhido esse homem todos aqueles anos atrás? E por que ela estava pensando em corações depois de tê-lo arrancado de seu peito todos aqueles anos atrás?

Cansada de ficar parada e pensar demais, ela colocou os pés em movimento e logo se viu vagando por uma confusão de vielas estreitas. Enquanto seus saltos estalavam sobre paralelepípedos medievais, sua confusão de energia encontrou uma saída na caminhada rápida. Ela nunca havia caminhado tanto em toda a sua vida como em Paris. Esta viagem lhe revelou um prazer inesperado na atividade. Ela se sentia limpa. Ela a revigorava.

Na verdade, ela não só nunca havia caminhado tanto em sua vida, como nunca havia pensado tanto em sua vida. Ela não era de pensar, mas de fazer. No entanto, em Paris, ela se viu dentro de sua própria mente com mais frequência do que gostaria, classificando pensamentos que se recusavam a ser classificados.

Duas vezes em menos de vinte e quatro horas.

Ela gemeu alto. Parecia que tudo o que ela fazia ultimamente provocava um gemido. Oh, isso não parecia certo.

Duas vezes em menos de vinte e quatro horas.

Logo ela se viu no coração de um bairro vagamente familiar, e seu passo diminuiu. Talvez o café de absinto fosse por aqui. Ou era o bordel?

A atmosfera havia se transformado com a luz do dia: agitada, vibrante — o ombro de um homem a tocou — rude. A distração das pessoas correndo ao seu redor, seguindo com suas tarefas do dia, era bem-vinda. Essas pessoas eram realizadoras, não pensadoras. Quando se tiravam as armadilhas da classe e da riqueza, ela via que eles eram seu povo.

No quarteirão seguinte, ela se deparou com uma barraca de frutas oferecendo variedades de suculentas maçãs e peras. De repente, ela estava faminta.

"Bonjour, Madame" — ela vasculhou seu cérebro para encontrar a frase francesa correta — *"combien coûte?"* Ela tinha certeza

de que havia deixado de fora uma ou duas palavras de conexão, mas teria que servir.

A vendedora de frutas — que ainda não havia olhado para Mariana enquanto polia suas mercadorias uma por uma — inclinou a cabeça, finalmente presenteando Mariana com sua atenção. Ela se mexeu em seus pés sob a intensidade do escrutínio dos olhos castanhos da mulher.

"Anglaise?" a mulher quase cuspiu.

"Oui", ela respondeu, reconsiderando as ofertas desta vendedora de frutas em particular. Esta mulher pode não fazer parte do meu povo.

Ela olhou Mariana de cima a baixo por um minuto inteiro antes de dizer, *"Un sovereign"* [1].

Foi o uso do inglês pela mulher que a impressionou primeiro, mas foi o preço da fruta que a pegou completamente surpresa. Um *sovereign* por uma fruta que vale menos que um centavo?

Ela notou alguns pares de olhos curiosos observando a transação. Claro. Ela parecia exatamente uma dama.

Em vez de expressar sua oposição a esse assalto, ela enfiou a mão dentro de sua bolsa e tirou um único *sovereign* de ouro. Um sorriso astuto esticou os lábios finos e rachados da mulher enquanto ela pegava a moeda. Mariana segurou o *sovereign* por um momento a mais do que o necessário e observou o sorriso da mulher desaparecer enquanto elas se envolviam em um sutil cabo de guerra.

"Deux", disse Mariana, levantando dois dedos com a mão livre.

A vendedora de frutas deu de ombros indiferentemente, e Mariana soltou a moeda, um tanto apaziguada. Pelo menos com o acordo, ela teria uma maçã e uma pera.

Enquanto ela se demorava selecionando a fruta maior e mais suculenta, a vendedora de frutas voltou a ignorá-la, Mariana

---

1. Sovereign é uma moeda de ouro britânica que foi usada na Grã-Bretanha de 1817 a 1914 e valia £ 1 (uma libra).

notou uma figura masculina imóvel na periferia de sua visão. Pode ter sido sua imaginação, mas parecia que o homem estava concentrado em... *nela*. Seus olhos dispararam para a direita, e ele se foi.

A tensão que envolvia seus ombros foi liberada e deslizou por suas costas. Esses jogos de espionagem estavam criando ameaça onde não havia nenhuma. Sem escolha a não ser agir como uma mulher adulta razoável, ela mastigou a maçã e pôs os pés em movimento.

Enquanto ela serpenteava pela Margem Esquerda, seus pensamentos se acalmaram, e um prazer vertiginoso a percorreu. Mulheres não comiam maçãs enquanto perambulavam sozinhas por cidades estrangeiras. Duas, possivelmente três, regras quebradas, ela tinha certeza. Seus professores de etiqueta nunca tinham enumerado explicitamente essas regras, mas ela tinha certeza de que eles não achavam que precisavam.

Ela deu outra mordida na maçã. *Deliciosa*. Esta maçã proibida podia ser a melhor que ela já provou.

Quando ela parou para examinar melhor os produtos de uma livraria, sua visão periférica novamente captou um vislumbre da figura masculina. Os minúsculos pelos na parte de trás do seu pescoço se arrepiaram. Era definitivamente o mesmo homem.

Ela jogou a maçã meio comida em um beco e procurou na rua por uma carruagem. Quando não encontrou nenhuma, ela pensou em acelerar o passo. Isso seria o cúmulo da estupidez. O homem saberia que ela sabia que estava sendo seguida.

Ela cortou instintivamente para a esquerda em uma parte escura de um beco e imediatamente se arrependeu de sua decisão. Ela ficaria sozinha com seu perseguidor. Ela tinha apenas alguns segundos antes que ele a alcançasse.

Ela examinou o chão em busca de uma arma antes de se deparar com uma tábua grossa de madeira. Seus dedos se fecharam em uma ponta, e um pedaço podre se desfez em sua mão. Provavelmente, não causaria dano suficiente para ela escapar. Mas era tarde demais para explorar outras opções. Teria que servir.

Com as costas apoiadas na parede de pedra úmida, ela ficou imóvel e esperou, a tábua frágil erguida acima de sua cabeça e pronta. Assim que seus braços começaram a se cansar, o homem se esgueirou pela esquina. Sem pensar duas vezes, ela lançou a tábua de madeira na cabeça dele, desequilibrando-o. Antes que seu suposto agressor pudesse recuperar o equilíbrio, uma onda de adrenalina a impulsionou pelo beco, seu coração disparado mais rápido que seus pés.

Ela já havia fugido uns bons dez metros quando ouviu: "Cristo todo-poderoso!"

Ela parou de repente. Aquela voz definitivamente não era a de um batedor de carteira parisiense. Na verdade, era inconfundivelmente inglesa.

Lentamente, ela se virou para encarar o homem, que agora estava curvado contra o pedaço de parede que ela tinha acabado de desocupar e esfregando a parte de trás da cabeça. Ela o reconheceu como o crupiê, ou quem quer que ele fosse hoje. Mas não foi isso que prendeu sua atenção: ela conhecia aquela voz. A dele era uma voz do passado dela.

Mas de onde do passado dela?

Contra seu melhor julgamento, ela começou a se mover em direção a ele, escolhendo seu caminho através de poças escuras de sujeira que ela não tinha notado alguns segundos atrás. O beco tinha ficado assustadoramente silencioso. Sua mão apertou ainda mais a tábua de madeira, que ela não tinha percebido que ainda segurava. Ele começou a entrar em foco.

Ele era um homem alto, mas também corpulento. Sua cabeça estava coberta por um boné liso com cachos escuros que apareciam por baixo. A luz cinza do beco e a aba de seu boné conspiravam para obscurecer os detalhes de seu rosto.

"Você está ferido?" ela gritou de uma distância cautelosa.

Uma risada seca escapou do homem quando ele lhe lançou

um olhar de soslaio e removeu uma mão manchada de sangue da parte de trás de sua cabeça. Ainda assim, ele não disse uma palavra. E ela precisava que ele falasse. Ela precisava confirmar o que seus ouvidos haviam lhe dito.

Seus pés se aproximaram, como se ela se aproximasse de um animal selvagem e imprevisível, e começou a discernir uma familiaridade em seu perfil, não apenas em sua voz. Embora este fosse o mesmo homem que ela tinha visto com Nick e Villefranche, esse sentimento de familiaridade era mais profundo.

Ela conhecia esse homem. Mas de onde? O contexto continuava a lhe escapar.

"Eu deveria ter pensado melhor", a voz profunda do homem cortou o silêncio, "do que subestimar Lady Mariana Montfort Asquith."

Ele virou a cabeça e a encarou diretamente.

A tábua podre caiu de sua mão repentinamente frouxa quando o contexto a atingiu com a intensidade de um vento forte vindo do Mar do Norte. Seu cérebro se recusou a aceitar o que seus olhos e ouvidos estavam lhe dizendo. Não podia ser. Aquela voz e aquele rosto, embora ambos muito alterados, estavam mortos há muito tempo.

"Percy?" Ela teve dificuldade em compreender o nome, mesmo quando ele passou por seus lábios.

Percy era o marido de sua irmã, falecido há muito tempo. Percy era um jovem impetuoso que tinha corrido para a guerra e morrido na primeira oportunidade. Percy foi enterrado em um campo na Espanha.

Percy estava morto.

"Percy?" Ela repetiu como uma simplória quando a prova ficou clara diante de seus olhos.

Percy estava vivo.

Ele se endireitou e se afastou da parede, e ela deu um passo para trás. "Capitão Lorde Percival Bretagne" — ele fez uma reverência digna de um salão de baile — "a seu serviço".

Era ironia que ela detectou em seu tom e em suas maneiras? Quando Percy desenvolveu ironia? "*Você* não é Percy", ela sussurrou.

Ele era Percy... Mas ele não era.

Seus olhos ficaram duros e indecifráveis. Ocorreu-lhe que ela não sabia nada sobre este homem parado diante dela em um beco escuro. Ela ansiava por sua tábua de madeira podre. Ela poderia precisar dela.

"Siga-me", ele disse e acrescentou por cima do ombro, "ou não". Em alguns passos largos, ele se abaixou na esquina e sumiu de vista.

Maldição. Antes que ela pudesse considerar a tolice de suas ações, ela correu para segui-lo. Era uma oportunidade que ela não podia desperdiçar. O olhar dela percorreu a rua lotada e finalmente localizou as costas dele, que se moviam rapidamente, meio quarteirão à frente. Ele estava ziguezagueando pelas ruas em um ritmo tão rápido que ela teve que correr para manter o ritmo.

Depois de vários quarteirões e cruzamentos de ruas, ele fez uma curva fechada à direita indo para um prédio sujo e de má reputação. Quando Mariana chegou à entrada, ela estava sem fôlego, e Percy já estava no topo de uma escada decrépita que não parecia adequada para suportar o peso de uma criança, muito menos o de um homem adulto. Ela olhou ao redor da escada miserável e colocou um pé hesitante no degrau inferior. Quando ela olhou para cima buscando a confirmação de Percy, ele já tinha ido embora.

Foi sua escolha.

Bem, ela não tinha muita escolha. Ela devia seguir. Com as saias levantadas até as panturrilhas, ela permitiu que seu fôlego voltasse e começou a subir, com os pés rápidos subindo os degraus em seu rastro. Ele não escaparia tão facilmente.

Por fim, ela chegou ao patamar mais alto e parou diante de uma porta rachada. Uma vez que ela entrasse nesta sala, nada seria o mesmo. Passos incertos se arrastavam para frente, enquanto ela estendia a mão e abria a porta. Três passos depois, ela se viu no centro de um quarto escuro do tamanho de um galpão de jardim.

A porta se fechou atrás dela, e ela se virou para encontrar Percy observando-a, sua expressão pétrea impenetrável. Ela resistiu à vontade de estender a mão e tocá-lo, para confirmar a realidade de sua forma. Em vez disso, ela cerrou as mãos em punhos e as manteve ao lado do corpo.

Seus olhos se fixaram firmemente nos dele, ela falou primeiro. "Você não deveria estar morto?"

Uma emoção indescritível passou por seu rosto, mas ele permaneceu em silêncio. Era uma pergunta muito importante. Essa pergunta não podia ser facilmente respondida. Ela devia ser respondida em pequenas porções.

"O que aconteceu com seu cabelo?" ela perguntou, começando de novo. "Estava grisalho quando te vi no bordel. Eu realmente não te reconheci." Parecia uma abertura bastante simples.

"Eu não sou reconhecível quando me convém." Ele cruzou a sala e serviu a cada um deles uma medida de um líquido âmbar.

Esse homem não se movia como Percy. O Percy que ela lembrava se movia com uma postura ereta, como os cavalos que ele tanto amava exibir em Rotten Row. Esse Percy escorregava e deslizava como uma sombra, nunca tomando o caminho direto.

Ele colocou um copo na pequena mesa abaixo da única janela da sala e silenciosamente brindou com o outro. Ela pegou seu copo e o seguiu, virando o uísque em um só gole. Um forte "Oof" escapou dela.

Ele indicou com um movimento de pulso que ela se sentasse. Ela foi até a cadeira oferecida, mas ficou atrás dela. Ela não estava pronta para se sentir confortável para uma discussão civilizada de, *E como você tem passado? Faz um tempo terrivelmente longo desde a última vez que nos falamos. Meu Deus, como o tempo voa!*

Isso não daria certo.

"O que aconteceu com você?"

"Essa é uma pergunta geral ou específica?" ele perguntou antes de se acomodar em uma cadeira que rangia.

"Tanto faz." Ela olhou para a cicatriz fina e prateada que corria por toda a extensão da maçã do rosto direita dele. "Ambos."

"A Batalha de Maya [2]."

Uma semente de frustração se abriu dentro dela. "A Batalha de Maya terminou há onze anos."

"Para alguns." Ele preguiçosamente traçou um dedo ao redor da borda do copo vazio.

Isso era uma evasão flagrante. A frustração dela criou raízes. "Você me deve mais do que isso. Não é só a cicatriz, Percy. Você está mudado."

Uma mão sem pressa pegou o uísque, e ele serviu alguns goles para cada um. Ela o observou tomar um gole e deixou o seu intocado.

Como era esse Lorde Percival Bretagne? Sentado à sua frente estava um homem esguio como um lobo. O tipo de homem que alguém instintivamente atravessava a rua para evitar. *Esse* era Percy?

Percy era um jovem animado que ela se lembrava de ser a alma de todas as festas. Ela poderia chegar ao ponto de descrevê-lo como frívolo. Honestamente, ela nunca tinha entendido o que, além de sua aparência atraente, Olivia via nele. Mariana sempre o

---

2. A Batalha de Maya (25 de julho de 1813) viu um corpo imperial francês liderado por Jean-Baptiste Drouet, Conde d'Erlon, atacar a 2ª Divisão Britânica sob William Stewart na Passagem Maia nos Pireneus ocidentais. Apesar de surpresos, os soldados britânicos em menor número lutaram bravamente, infligindo maiores perdas aos franceses do que eles próprios sofreram. À tarde, os franceses ganharam a vantagem e estavam avançando, mas a chegada tardia de uma brigada da 7ª Divisão Britânica estabilizou a situação. As forças britânicas escaparam sob a cobertura da noite e os franceses não perseguiram efetivamente. A batalha da Guerra Peninsular em Maya foi parte da Batalha dos Pireneus, que terminou em uma vitória anglo-aliada significativa.

achou superficial e sem personalidade. E quando ele fugiu e foi explodido em pedaços no Continente, ela não ficou nem um pouco surpresa.

O homem diante dela não era um jovem impetuoso e superficial. Seu rosto havia perdido qualquer traço de infantilidade. Ainda era um rosto bonito, mas há muito acostumado à privação. A palavra semelhante a um *lobo* retornou a ela. Os olhos não se demorariam o suficiente no rosto deste homem para notar sua beleza rude. Este homem possuía profundezas tão escuras quanto às de um lago escocês.

"Vamos começar do começo?" ela perguntou, buscando algum tipo de abertura.

"E onde é o começo?" A pergunta surgiu de sua boca em um tom lacônico.

"Por que você me trouxe aqui apenas para ser deliberadamente obtuso?" Ela não conseguiu evitar que uma onda de frustração embaralhasse suas palavras. "Como é que você está vivo? Isso seria um começo."

Ele pegou seu copo de uísque e engoliu seu conteúdo em um gole rápido. Aqui estava outra coisa que ela estava aprendendo sobre esse Percy: ele era difícil. O Percy que ela lembrava estava sempre ansioso para agradar.

Não esse.

"Minha morte, ao que parece, não durou muito. Eventualmente, fui encontrado ainda vivo, embora em condições precárias." Ele soltou uma risada sombria e um calafrio percorreu o corpo dela. "Acontece que sou muito mais útil morto do que vivo."

"Por que você diz uma coisa dessas?"

"Tantas perguntas indelicadas para uma dama. Mas, então, você nunca foi de medir palavras." Ele distraidamente bateu na lateral de seu copo vazio. "Se você quer saber, um governo tem muitas utilidades para um homem morto."

Uma sensação doentia de pavor invadiu seu estômago. Seus

olhos se afastaram dos dela, e ela sabia. Seu governo... Whitehall...
o Ministério das Relações Exteriores...

Nick.

Nick sabia.

Claro que sabia.

Ela os tinha visto juntos duas vezes. Ela até tinha passado uma
noite no mesmo quarto com esse homem. Um pensamento
sombrio lhe ocorreu. Ela não tinha certeza se era fruto do medo
ou... esperança. "Eu vi você com Nick *e o* Conde de Villefranche.
Talvez você esteja jogando dos dois lados. Talvez você tenha
enviado aqueles homens para atacar Nick."

Ele refletiu sobre as palavras dela antes de responder: "E se eu
tivesse?"

Era tentador ceder à possibilidade de sua confissão. Afinal, se
Percy fosse um agente duplo, a situação seria preto e branco, e
facilmente concluída. Tão rápido quanto o pensamento surgiu,
ele foi substituído por outra consideração, uma baseada na realidade. Nick confiava neste homem, *Percy*, com sua vida. Nick não
confiava em ninguém.

Percy não estava por trás do ataque. Além disso, estava claro
que ele estava dando cobertura para Nick. O preto e o branco
virou cinza novamente.

"Sua lealdade a Nick é tão profunda que você me permitiu
pensar o pior de você para que eu não pensasse o mesmo *dele*?"

O olhar de Percy brilhou com uma luz intensa. "Nick está
acabado."

Uma onda de proteção cresceu dentro de Mariana. "Nick
conhece muito bem o seu negócio. Quando ele se dedica a algo,
ele é o—"

"O melhor?" Percy terminou por ela. "Ele *era* o melhor
antes—"

Ela se preparou. Ela sabia como essa frase terminaria.

"— de você chegar. Agora, ele está acabado. Ele simplesmente
não percebeu ainda." Ele se moveu para frente. "Você sabe por

que ele está acabado? Você consegue admitir o porquê até para si mesma? Deixe-o voltar para casa, Mariana."

"Você tem a ousadia de falar essas palavras para mim?" Ela retrucou. "E sua *casa*, Percy? E Olivia? E sua filha que você nunca conheceu? Ou você ao menos conhece Lucy?"

Ele estremeceu. Ela tinha acertado em cheio. "Eu sei sobre ela."

"Você já pensou em como Olivia sofreu?"

"Não tanto quanto ela teria se eu tivesse voltado."

"Ajude-me a entender. Por que você e Nick escolheram *isso*?" Ela abriu os braços para indicar o quarto em ruínas que os cercava. "Você é filho de um duque."

"Eu sou um filho da Inglaterra." Ele imitou o gesto dela, os braços bem abertos. "Meus arredores não têm importância. Mas o trabalho que eu faço tem." Ele inclinou a cabeça, e uma luz astuta brilhou em seus olhos. "É o mesmo trabalho que você está fazendo. Este trabalho te seduz. Ele revigora e faz você se sentir viva. Você sente isso, *non?*"

Sua boca se fechou quando ela se lembrou da sensação inebriante de poder que havia experimentado ao *conduzir* Villefranche.

"Nem todo mundo neste mundo pode fazer a escolha fácil ou seguir o caminho direto. Seu mundo em Mayfair organizado depende disso. A facilidade da sociedade tem um preço para aqueles que o pagam. E não se engane, Mariana, alguém deve pagar o preço. Você já deu uma boa olhada ao seu redor em Londres? Você já notou as hordas de homens mutilados espalhados pelas calçadas? Aqueles homens pagaram o preço e ainda estão pagando."

Esta conversa tomou um rumo brusco, e ela estava determinada a corrigi-lo. "Mas Percy, você deve..." Seus olhos estalaram fogo, e o restante de suas palavras morreu em sua boca.

"Você não sabe nada sobre minhas dívidas", ele disse. "Eu não lhe devo nada."

"Mas Olivia—"

"Minha esposa, sim."

"Sua *esposa?*" A pergunta a assustou. "Percy, você foi declarado morto. Olivia é viúva. Você não pode chamá-la de sua esposa."

Uma pontada de preocupação por sua irmã a atravessou. Após anos de viuvez, Olivia havia se estabelecido em uma vida comedida de paz e rotina. Não era o tipo de vida que Mariana poderia tolerar por mais de cinco minutos, mas Olivia a havia escolhido. Isso era o suficiente para Mariana.

E, agora, aqui estava Percy, vivo para estragar o passado.

E o presente.

Sua cadeira raspou no chão de forma aguda e estridente e ele se levantou. "Permita-me acompanhá-la até a porta."

"Você não respondeu à minha pergunta", ela protestou. "Por que você escolheu esta vida em vez de sua família?"

Sua cabeça inclinada para o lado, seus olhos um brilho de ônix em luz meio sombreada. "Você acha que esta vida é uma escolha? Você não está fazendo a pergunta certa."

"Diga-me que pergunta fazer." Uma ideia estranha ocorreu a ela. "Você está aqui contra a sua vontade?"

Embora ele não estivesse se movendo, de alguma forma seu corpo ficou ainda mais imóvel. Era como se ela fosse uma górgona [3] que o tivesse transformado em pedra com sua pergunta. "Algum dia você e eu podemos debater as meditações de Aristóteles sobre livre arbítrio e destino, mas não hoje. É hora de você ir embora."

Ele colocou uma mão orientadora na parte inferior das costas dela e quase a empurrou. Quase passando pela porta, ela plantou

---

3. Uma Górgona é uma criatura da mitologia grega. As Górgonas aparecem nos primórdios da literatura grega. Embora as descrições de Górgonas variem o termo mais comumente se refere a três irmãs que são descritas como tendo cabelos feitos de cobras vivas e venenosas e rostos horríveis que transformavam em pedra aqueles que as viam. Tradicionalmente, duas das Górgonas, Esteno e Euríale, eram imortais, mas sua irmã Medusa não era e foi morta pelo semideus e herói Perseu.

os pés nas tábuas podres do assoalho. Ela precisava dizer mais alguma coisa a este homem, e ele ouviria. Ela se virou para encará-lo. "Seja lá o que acontecer, deixe Olivia em paz."

Uma estranha mistura de curiosidade e vulnerabilidade brilhou em seus olhos, mas ele se manteve em silêncio.

"Continue morto, Percy."

Ele se encolheu. Ótimo. Ela girou sobre os calcanhares e seguiu pelo corredor, com os passos ecoando decisivamente atrás dela. O velho Percy estava lá, mas enterrado profundamente — muito profundamente para ela compreender.

Quando chegou ao lado de fora do prédio, seus pés batiam com mais força e determinação, seus pensamentos correndo em direção à fonte de sua crescente ira.

Nick.

Ela tinha agido como uma tola para esse homem.

De novo.

Uma tempestade de raiva a invadiu, corpo e mente, antes de se transformar em uma fúria fria. Suas fúrias geralmente eram ferozes e quentes, obscurecendo o mundo ao seu redor pelo tempo que levava para beber um bule de chá, mas essa era diferente de qualquer outra que ela já havia experimentado. Em meio a essa fúria fria, os eventos da semana passada se mostraram nítidos e claros.

Ela poderia ter perdoado Nick, o estratagema da cantora de ópera. Na verdade, ela viu agora que tinha sido inevitável. Talvez ela estivesse a caminho de se reconciliar com ele. Talvez isso também tivesse sido inevitável.

Agora ela sabia a verdade sobre Percy, uma verdade que Nick tinha mantido em segredo, não só dela, mas de Olivia. Perdão e reconciliação com Nick eram impossíveis.

A amargura desgastou as bordas de sua fúria nítida e clara. Ela deveria ter pensado melhor antes de ser seduzida pela mais insidiosa das emoções — *esperança.*

A esperança não tinha lugar no vocabulário de seu relacionamento com Nick.

Não era mais um jogo que eles estavam jogando. A vida real estava acontecendo todo esse tempo, bem debaixo do seu nariz. Ela estava brincando com um homem implacável, um que observava os outros sofrerem quando ele sabia de uma verdade que salvaria tantos da dor de cabeça. O bem de muitos superava o bem de poucos. Essa era a crença de Nick. Quanto valiam algumas vidas quando tantas outras estavam em jogo?

Mas e aqueles poucos? E aqueles indivíduos que sacrificaram tanto sem nenhum conhecimento de seu ato? E Olivia?

Machucar Olivia era machucar Mariana. Sempre foi assim, e sempre seria. O homem que infligiu aquele mal uma vez segurou seu coração, um coração que ele podia segurar novamente...

Ela deixou de lado o restante daquele pensamento indisciplinado e voltou à sua fúria fria, uma fúria que incluía a si mesma. Ela entrou em suas negociações com Nick com o pleno conhecimento de que brincava com fogo. No entanto, ela continuou jogando, tolamente pensando que poderia separar o emocional do físico. Ela pensou que não se queimaria — que havia aprendido a lição da primeira vez.

Bem, ela estava queimada.

E ela não tinha ninguém para culpar, exceto a si mesma, nem mesmo Nick. O comportamento passado era o melhor prognóstico do comportamento futuro, afinal. Absurdamente, ela caiu na armadilha de acreditar que poderia ser diferente e que um novo padrão poderia se desenvolver.

Ha.

Nick sempre seria Nick. E ela sempre seria Mariana, a garota que se apaixonava perdidamente por ele sempre que ele olhava para ela. Quão facilmente ela se permitiu esquecer.

Mas agora ela se lembrava. E agora, mais uma vez, ela devia encontrar uma maneira de esquecer e seguir com o resto de sua vida. Uma possibilidade sombria se infiltrou junto com o pensamento, e uma maneira de esquecer lhe ocorreu. Mesmo quando seu estômago caiu até os dedos dos pés, o intelecto frio avançou.

Para esquecer um homem, podia-se seduzir outro. O próprio Nick lhe dera algumas lições para esse fim.

Como um dominó tombando, o candidato perfeito para sua sedução se encaixou: Capitão Nylander.

Qual foi a descrição que Helene fez dele?

Um grande gole de água Viking.

O caminho que não foi seguido.

Bem, era prerrogativa de ela seguir esse caminho agora.

O Capitão Nylander era lindo e discreto, e ele lhe dera seu endereço em Calais. Ela podia chegar lá em um dia.

Mas ela sabia que a resposta deveria ser não. O homem claramente tinha um código de honra em relação às mulheres, e ela não tiraria vantagem disso.

Ela precisava de outra pessoa, alguém que não pudesse ameaçá-la emocionalmente e vice-versa. Ela precisava...

O Conde de Villefranche.

Ela não suportava o homem, o que o tornava perfeito. E ela já havia se esforçado com ele. Além disso, ele não era exatamente repulsivo.

Com Villefranche, o ato sexual seria um caso frio e estéril. Ela se afastaria dele completamente ilesa. Essa era a consideração mais importante.

Villefranche serviria.

A soirée desta noite lhe daria a oportunidade que ela precisava. Não importava que Nick certamente descobrisse. *Essa* não era sua motivação. Claro que não era. Através da névoa de sua fúria fria, ela viu que estaria fazendo isso por si mesma. Ela precisava disso para esquecer Nick, para quebrar seu vínculo com ele.

Ela deveria ter tido um amante anos atrás. Não importava que Nick nunca tivesse tido uma. Ele deveria ter. Cada um deles deveria ter. Era a única maneira de proteger seus corações um do outro.

O passado estava feito. Um novo futuro se abriu para ela. Era um futuro em que ela embarcaria esta noite. Ela deveria se sentir otimista.

E se não se sentisse?

Se o futuro que se estendia diante dela parecesse tão sombrio quanto à tundra de sua fúria fria?

Bem, haveria mais amantes.

22

Beije minha bu-da: Uma oferta, como Fielding observa feita com muita frequência, mas nunca, como ele pôde descobrir literalmente aceita.

— UM DICIONÁRIO CLÁSSICO DA LÍNGUA VULGAR,
FRANCIS GROSE

"Eu não lido com política. Sou uma simples mulher", disse Mariana.

Uma bandeja de champanhe que passava flutuou ao seu alcance, e ela pegou uma taça. Ela tomou um gole bem profundo, um que poderia ser caracterizado como engoliu rapidamente, e tentou ignorar o pequeno francês persistente parado ao seu lado.

Ele estava lá desde que ela pisou na soirée da família Capet, dentro do jardim privado do Palais-Royal. Dentro desta reserva exclusiva, os princípios de *Liberté! Egalité! Fraternité!* Não existiam. Este jardim opulento, com champanhe fluindo, joias cintilantes de todos os matizes e sorrisos friamente sofisticados, era reservado exclusivamente para o prazer da aristocracia restabelecida.

"Mas, Madame, você lida com política por esse mesmo motivo", o homem insistiu com uma seriedade exaustiva. "Tudo sobre uma mulher é político. E essa escola da qual você fala a Escola do Progresso —"

"A Escola Progressista para Moças e a Educação de Suas Mentes", ela respondeu por ele, incapaz de manter um tom cansado fora de sua voz.

"*Exactement*", ele exclamou, seu braço gesticulando teatralmente para o ar. "Isto é política. Educação é política."

Os olhos protuberantes do homem se fixaram na linha de seu decote, e ele ficou mudo. Mariana limpou a garganta, afazendo com que ele levantasse os olhos. A política certamente não tornava um homem assexuado.

"Basear uma escola nos preceitos de *Émile* [1] de nosso próprio Rousseau [2] é política", ele continuou, aproximando-se um pouco mais e criando um espaço íntimo com um hálito que deve ter sido de cebola crua e alho. "Tal ousadia só prova que você é, de fato, uma inglesa rara."

Mariana deu um passo instintivo para trás em sutil rejeição. Ela tinha dois homens em mente, e este pequeno sapo não era um deles. Seu olhar percorreu o jardim pela centésima vez esta noite. *Nada.*

"Seus olhos", começou o pequeno sapo, "eles brilham como a luz clara de um diamante perfeito."

------

1. *Emílio, ou Da Educação* (em francês: *Émile, ou De l'éducation*) é uma obra filosófica sobre a natureza do homem, escrita por Jean-Jacques Rousseau em 1762, que disse "Émílie foi o melhor e mais importante de todas minhas obras," aborda temas políticos e filosóficos referentes à relação do indivíduo com a sociedade, particularmente explica como o indivíduo pode conservar sua bondade natural (Rousseau sustenta que o homem não é mau por natureza), enquanto participa de uma sociedade inevitavelmente corrupta.

2. "Filósofo, escritor e teórico político genebrino, Jean-Jacques Rousseau foi um dos principais pensadores da Modernidade. Curiosamente, apesar de estar alocado histórica e filosoficamente no iluminismo, Rousseau é um dos maiores críticos da filosofia de sua época: a filosofia iluminista. Rousseau é considerado um importante teórico contratualista, deixando contribuições para a continuidade do debate acerca da formação de uma estrutura civil."

Algumas noites esse tipo de homem, servil e obsequioso, a divertia. Não esta noite. Um sorriso gélido curvou seus lábios. "Essa metáfora em particular não descreve melhor os olhos azuis? Meus olhos são, na verdade, castanhos."

"Castanhos? Seus olhos não são castanhos comuns." O pequeno sapo quase cuspiu a última palavra. "Veja como o rosa do seu vestido—"

"Eu não tenho um único vestido rosa", ela interrompeu. "Este vestido é coral."

"Ah, *oui*, meu inglês pobre não consegue capturar a nuance das cores. Mas a maneira como o coral realça o âmbar dos seus olhos me lembra de um raio de sol da manhã perfurando um favo de mel com seu brilho quente."

"Brilho quente?" ela repetiu com uma risada sem alegria que soou frágil até para seus próprios ouvidos. "Acho que você foi mais direto ao ponto com a metáfora do diamante."

Ela não tinha certeza sobre as partes perfeitas ou brilhantes, mas a comparação chegou muito perto de sua transformação nas últimas horas. Ela pode ter sido carvão esta manhã, mas, esta noite, ela era um diamante endurecido.

Esta noite, ela se sentia íntegra e incorruptível.

Mais uma vez, seu olhar examinou o jardim iluminado por lanternas de estrelas multicoloridas compostas de *papel machê* translúcido. Pequenas chamas tremeluziam e dançavam na brisa caprichosa, criando imagens ilusórias que lembravam as fadas que dançavam no teto de sua infância. Em uma noite diferente, este jardim a encantaria.

Esta noite, não fez nada disso. A fúria fria de antes havia dado lugar a uma estranha sensação de distância de si mesma.

Enquanto seu olhar disparava do vibrante quarteto de cordas para fileiras perfeitamente cuidadas de flores de outono e para a frota de lanternas flutuando no vazio negro da fonte central do jardim, ela ainda não detectou nenhum sinal de nenhum dos dois homens. Seria mais fácil, claro, se Villefranche aparecesse antes de Nick chegar. Assim ela poderia seduzir o homem sem nenhuma interferência potencial de Nick.

É claro que não lhe passou despercebido que seu plano poderia ter uma falha. Ou seja, como ela poderia seduzir um homem que não se aproximava nunca de ser seduzido?

Ela pegou outra taça de uma bandeja que passava, trocando eficientemente sua taça vazia por uma cheia. Os franceses tornaram muito fácil exagerar.

Sentindo uma oportunidade enquanto bebia metade do conteúdo da taça, o pequeno sapo tentou outro ângulo. "Seus olhos brilham como a luz ardente de uma deusa vingadora."

"Cuidado", Mariana começou, "ou você vai esgotar todo o seu repertório de clichês antes que a noite tenha a chance de realmente começar."

Ela estava sendo insuportavelmente rude, mas não se importava nem um pouco. Na verdade, os olhos do pequeno sapo só brilharam mais.

Ela desviou o olhar dele com repulsa, mesmo quando a palavra *ardente* lhe chamou atenção. Esta tarde, ela poderia ter atravessado este jardim como uma deusa feroz e vingativa. Esta noite, no entanto, a emoção necessária para alimentar um voo tão dramático estava fora de alcance. Em suma, ela se sentia entorpecida e pesada, divorciada de suas emoções e presa pelo peso de chumbo que ela amarrou em volta do próprio pescoço: essa sedução. Ela queria acabar com isso o mais rápido possível.

Se uma vozinha protestasse que seduções não eram para serem tarefas, que seduções eram para ser saboreadas e apreciadas, ela a reprimiria com mais um gole de champanhe.

O pequeno sapo abriu sua boca odorífera para, sem dúvida, cuspir mais uma rodada de bajulações nocivas e banais, quando Helene apareceu pelo seu lado direito. No mesmo instante, Tia Dot veio até ela pela esquerda. O pequeno sapo foi completamente espremido. Um silêncio estranho e incerto se estendeu com as três mulheres uniformemente encarando o homem. Por fim, ele deu um suspiro resignado e saiu para tentar a sorte em outro lugar.

O alívio de Mariana com sua partida durou pouco quando ela notou uma tensão palpável irradiando das duas mulheres ao seu lado. "Tia Dot, você conhece minha tia honorária, Helene de Vivonne, a Marquesa de Chevreuse?"

"Oh, minha querida", começou Tia Dot, seus olhos fixos à frente. "Eu sou, é claro, sua tia de sangue" — não havia como confundir o ressentimento em sua voz — "e todos nós sabemos que o sangue é mais espesso que a água."

"Que grande verdade, Madame Montfort," Helene falou suavemente, seu olhar também fixo à distância. "Eu sou apenas tia de Mariana por opção." Helene apertou o braço de Mariana. "Qual é o ditado? Você não pode escolher sua família, mas pode escolher seus amigos?"

A boca da Tia Dot se fechou, e Mariana começou a sentir saudade do pequeno sapo. Hálito abominável e olhar lascivo podem ser preferíveis a passar uma noite espremida entre duas mulheres que se odiavam sem nenhuma razão melhor do que uma ser francesa e a outra inglesa.

"Vamos dar uma volta no jardim?" Mariana perguntou, incapaz de reunir a emoção para se importar de uma forma ou de outra. Pareciam apenas as palavras educadas e certas a serem ditas.

"*Ma chérie*", disse Helene enquanto seus pés encontravam um ritmo calmo e coletivo, "você vê nosso querido Charlet? Não dá para deixar de vê-lo. Ele é tão talentoso com suas litografias."

Mariana seguiu a direção do olhar de Helene e encontrou o pintor. Ele era de fato inconfundível com sua altura imponente e sorriso sempre presente. Uma pequena multidão se reunia ao redor dele, se aquecendo no calor de um bom humor juvenil evidente mesmo a essa distância.

"Você sabe, é claro, que Charlet era um amigo querido de Géricault." A voz de Helene assumiu um tom reverente. "Que tragédia foi a morte de Géricault. O menino estava apenas a alguns passos da idade adulta."

"Uma tragédia?", resmungou Tia Dot. "Quando a morte de um pintor por devassidão e libertinagem é tão incomum a ponto de ser uma tragédia?"

"Não, tia," Mariana falou antes que Helene pudesse responder. "Olivia mencionou a saúde debilitada de Géricault quando ele mostrou *The Raft of Medusa* (A Jangada da Medusa) em Londres alguns anos atrás. Ele sofria de uma doença pulmonar persistente, se bem me lembro."

"Oh, *The Raft of Medusa* (A Jangada da Medusa)—" Helene começou.

"Obsceno," inseriu Tia Dot.

"—*Tragique*," Helene continuou como se Tia Dot não tivesse falado. "Aquelas pobres almas... serem abandonadas após um naufrágio por seu próprio capitão."

"Fala de certo caráter nacional, alguém poderia pensar," Tia Dot interrompeu.

"E a representação de Géricault daquelas pobres almas perdidas na jangada era tão—"

"Animalesco," Tia Dot interrompeu novamente, um tremor dramático sacudindo seu peito generoso. "Todos aqueles membros e corpos contorcidos vestidos apenas com alguns pedaços de pano, eu me atrevo a dizer."

"—*sympathique* à sua situação difícil e ao seu sofrimento," Helene continuou. Mariana nunca tinha visto Helene tão determinada. "Géricault compreendia a condição humana muito além de sua idade. Sua perda... Oh, que tragédia para Charlet. Amigos é a família que escolhemos." Ela fez uma pausa, permitindo que sua última provocação fosse absorvida antes de perguntar: "Mariana, você sabia que nosso grande Delacroix — será que ele está aqui esta noite? — posou para Géricault como um dos pobres infelizes?"

"Oh, meu querido, Delacroix", exclamou Tia Dot. "Aquele

jovem depravado? Não, obrigada. Dê-me um pintor como o Sr. Turner. Mariana, você viu *The Battle of Trafalgar* (A Batalha de Trafalgar)? *Isso* sim é um tesouro nacional do qual devemos nos orgulhar."

"Pelo que entendi", Helene começou, "uma controvérsia cerca esta pintura. Talvez a descrição de Monsieur Turner não seja tão precisa? É possível que a falta de rigor com a verdade fale — como a senhora disse, Madame Montfort? — *de certo caráter nacional?*"

O corpo de Tia Dot estava tão rígido que era de se admirar que a mulher conseguisse continuar colocando um pé na frente do outro. Se tivesse se emocionado, Mariana poderia ter se sentido mal pela tia.

Talvez... Provavelmente não.

"Duquesa", Helene exclamou de repente antes de se abaixar em uma profunda reverência. O olhar de Mariana pousou em uma mulher pequena, mas de alguma forma escultural, se aproximando delas sem um único movimento em suas feições. Nem mesmo suas saias se moviam enquanto ela avançava. Mariana e Tia Dot seguiram a liderança de Helene e mergulharam em suas próprias reverências.

"Que *magnifique* soirée", Helene falou enquanto se levantava. "As estrelas. A moda. A soirée do ano."

A duquesa inclinou a cabeça e concedeu às três mulheres um sorriso que só poderia ser caracterizado como condescendente. Afinal, ela era uma duquesa. Filha de um conde, Mariana não ficou especialmente impressionada. Ainda assim, essa mulher era a mãe de Villefranche, e esta era sua residência em Paris.

Assim, ela percebeu a solução para o seu problema, e ficou claro exatamente como ela poderia seduzir um homem que não se deixava ser seduzido.

Depois que Helene passou pelo ritual de apresentação necessário, Mariana exclamou com toda a graça de uma ingênua do campo, "Duquesa, a beleza do seu jardim me surpreende com seu esplendor." Ela podia ter exagerado um pouco. Afinal, ela foi apresentada à corte, e ninguém menos que o atual Rei George em pessoa a nomeou e Olivia *Milk and Honey* [3], devido à sua pele. Um apelido que a seguiu por toda parte em sua Temporada Social de estreia. "Se me permite ser tão ousada" — ela se inclinou levemente — "nossos estilos ingleses empalidecem em comparação."

Helene lhe deu um tapinha presunçoso na mão direita enquanto Tia Dot se preocupava com a esquerda. Se Mariana quisesse ver a Folly novamente, ela encontraria uma maneira de compensar a tia. Mas essa era uma tarefa para a futura Mariana. Esta noite, ela tinha um jogo maior em andamento.

"Eu me pergunto se... Oh, isso pode ser pedir demais", Mariana hesitou, desejando que um rubor subisse às suas bochechas. A duquesa olhou para ela com toda a vivacidade de um peixe de olhos mortos. "Mas eu me pergunto se um tour pela sua residência seria uma possibilidade? De repente, estou me sentindo inspirada para reformar minha casa em Londres exatamente neste estilo."

As sobrancelhas da duquesa se ergueram em surpresa. "De fato?" Com um movimento elegante do pulso, ela chamou um criado.

Enquanto uma conversa abafada se seguia, Mariana olhou para a esquerda e encontrou uma Tia Dot vermelha como beterraba olhando para frente. Ela virou à direita para encontrar uma Helene quieta estudando-a atentamente. "Do que se trata tudo isso, *ma chérie?*"

A duquesa salvou Mariana de ter que inventar uma mentira. "Lady Nicholas, quando estiver pronta, chame Gaston" — seus dedos delicados tremularam na direção do criado impassível à sua esquerda — "e ele lhe mostrará tudo o que deseja ver."

Mariana deu um passo à frente para implementar seu plano e

---

3. A frase "Milk and Honey - Leite e Mel" é uma metáfora bíblica que representa abundância, fertilidade e bênção divina.

deixar as três mulheres negociarem o resto da noite sem ela. Ela tinha algumas explorações a fazer. Gaston iria mostrar a ela cada centímetro desta residência, incluindo o quarto onde Villefranche dormia. Antes que esta noite terminasse, era inteiramente possível que ela empregasse cada uma de suas novas habilidades de espiã — duplicidade, astúcia, invisibilidade, arrombamento de fechaduras e sedução...

Inesperadamente, seu olhar se fixou na figura que ela havia procurado a noite toda, parada em um recanto isolado no outro extremo do terreno.

Villefranche.

Dois fatos se tornaram imediatamente aparentes. Ele não estava sozinho. E se a natureza apaixonada de seus gestos com as mãos era um indicador, ele estava bravo.

Intrigada, Mariana observou a figura oposta a Villefranche. Forma imponente... Barriga enorme... Papadas caídas... Ela conhecia aquele homem.

Era o Tio Bertie, envolvido em uma discussão acalorada com Villefranche. Não se tratava de um conhecimento educado feito em um evento da sociedade. O que diabos o Tio Bertie e o Conde de Villefranche tinham para discutir *acaloradamente?*

Outra pergunta surgiu rapidamente. Nick sabia da conexão do Tio Bertie com Villefranche?

Onde estava o maldito homem, afinal?

Como se sua pergunta não dita tivesse o poder de conjurá-lo do nada, outra figura familiar apareceu em sua visão. Um suspiro coletivo chegou aos seus ouvidos, e seu corpo congelou. Um arrepio de expectativa percorreu suas veias.

Uma inalação de ar estabilizadora depois, ela se virou para encarar completamente o que seu corpo já sabia. Do outro lado do jardim estava Nick vestido em branco e preto, examinando o jardim como se fosse o dono.

Os olhos da sociedade se alternavam entre ele e ela enquanto esperavam o que viria a seguir. Ele a reconheceria? Iria ignorá-la?

Lhe daria um abraço? Que deliciosa *fofoca* ela e ele estavam servindo à sociedade.

Enquanto isso, ele permanecia aparentemente alheio ao silêncio abafado. Como ela havia sido enganada por tanto tempo por sua fachada de vaidoso arrogante?

Ela sabia como. Ela havia escolhido ver. Dessa forma, tinha sido mais fácil dispensá-lo e criar uma nova vida para si mesma. E agora ela sabia que janota era um disfarce para o verdadeiro Nick — um bastardo enganador.

Enquanto seu olhar continuava a percorrer todo o jardim, seu coração martelava em seu peito, seu corpo traidor se enrolando na expectativa do momento em que seus olhos pousariam sobre ela. Pela primeira vez esta noite, ela se sentiu viva. Ela poderia se odiar por isso, ainda mais do que o odiava.

Por fim, seu olhar a encontrou. Um sorriso rápido surgiu em seus lábios e iluminou seus olhos, e sua respiração ficou presa. Quão facilmente ela poderia ficar encantada com seu sorriso. Era o tipo de sorriso que tinha o potencial de apagar um passado inteiro. Esse sorriso era tão completamente diferente de Nick — aberto, amoroso, genuíno — como se todo o seu mundo girasse em torno dela.

Muito aberto. Muito amoroso. Muito genuíno.

E ela não era o mundo inteiro dele. Ela nunca foi e nunca seria. O sorriso dele brincou para os cem pares de olhos que os cercavam por todos os lados, não para ela.

O pensamento era o jato de água fria de que ela precisava. Esta noite, ela tinha um papel: esposa amorosa de Nick seu marido devotado. Um sorriso que combinava com o dele em brilho curvou seus lábios, mesmo que ela sentisse que não alcançava seus olhos.

No batimento cardíaco seguinte, o silêncio se rompeu, e foi substituído pelo zumbido de abelhas se aglomerando. Era o som da fofoca, animada e implacável.

A curiosa dormência da noite se foi, sua fúria adormecida

despertou e começou a se levantar. Ao dar o primeiro passo para esta noite incerta, com um sorriso dúbio colado em seu rosto, ela permitiu que sua fúria a envolvesse como um manto protetor. Ela não se distrairia de sua intenção de ter um amante.

Não importava que ela nunca tivesse compartilhado uma cama com um homem que não fosse Nick. Hoje à noite, ela remediaria isso. Ela era um diamante, inabalável e multifacetado.

E se dentro dessas facetas ilusórias se escondia um ponto fraco que nunca havia endurecido o suficiente, só ela precisava saber disso. Ela levaria a sedução até o fim. Hoje à noite era o começo do resto de sua vida sem Nick.

Só que ele ainda não sabia.

23

Uma pergunta absurda: uma espécie de enigma, quebra-cabeça ou charada.

— *UM DICIONÁRIO CLÁSSICO DA LÍNGUA VULGAR,*
FRANCIS GROSE

Nick avistou Mariana do outro lado do jardim estrelado, e a confirmação, profunda e verdadeira, se instalou em seu estômago.

Ela era dele.

Um sorriso que se recusava a ser reprimido se abriu amplamente em seu rosto, esticando músculos que não eram usados desde a infância, e possivelmente nem mesmo naquela época. Se ele parecia tolo, então esse era o preço que ele deveria pagar. Ele queria que todos vissem seus sentimentos por ela, mas, muito mais, ele queria que ela os visse.

A cada passo que ele dava em direção a ela, seu mundo se equilibrava cada vez mais. Seus pés andavam em um ritmo rápido e seguro, enquanto ele navegava pela festa, desviando de garçons

efusivos, sorrisos conhecedores da sociedade e animais de topiaria [1] que bloqueavam seu caminho.

Com apenas uma dúzia de pés para percorrer, o caminho para
Mariana ficou livre, e eram apenas ele e ela sob uma lua crescente
baixa que brilhava exclusivamente para eles. Mesmo que a lua
estivesse cheia e brilhante essa noite, não poderia se igualar à seu
sorriso que o puxava inexoravelmente em sua direção.

Ele hesitou um pouco à frente dela e silenciosamente
sustentou seu olhar. Palavras não eram necessárias. Não depois
dessa tarde.

"Nick", ela começou, "há algo que você precisa saber."

Incapaz de resistir à sensação dela, ele deu um passo à frente e
deslizou os braços ao redor da curva flexível de sua cintura. Ele
inclinou a cabeça e encontrou a curva pulsante de seu pescoço
com os lábios. Um suspiro suave saiu dela. Encorajado, sua boca
se aproximou da orelha dela, e sob os lábios dele surgiu uma leve
camada de arrepios subiu.

"Aja da mesma maneira como você agiu mais cedo", sua voz
retumbou, "e eu a recompensarei... novamente."

Dois batimentos cardíacos depois, o corpo dela se enrijeceu
em uma linha rígida e ela saiu completamente para fora do
círculo de seus braços. Talvez ela achasse que eles estavam escan-
dalizando a sociedade?

Estranhamente exposto e incerto, ele abriu a boca para ques-
tioná-la quando outro silêncio desceu sobre a multidão, atraindo
todos os olhares. Ele anulou seu desconforto e seguiu o olhar
coletivo, onde encontrou o herdeiro do rei Charles, o Duque
d'Artois. Nick não conseguiu evitar um respeito relutante pelo
pretensioso patife. Foi um movimento inteligente e ousado,

---

1. Topiaria é a arte de podar plantas em formas ornamentais. Trata-se da prática
de jardinagem que consiste em dar formas artísticas às plantas mediante corte
com tesouras de podar

entrar na cova dos leões, mesmo enquanto seu irmão, o rei Bourbon, estava em seu leito de morte.

Nick olhou para baixo e viu Mariana observando a cena em silêncio. Eles teriam que deixar de lado seu futuro até que a questão do assassinato do Duque fosse encerrada. Ele inclinou a boca em direção ao ouvido dela. "Espera-se que Louis morra esta noite."

"E o Duque d'Artois está participando de uma soirée dos Orléans para obter o apoio de que precisa para sua reivindicação ao trono", ela concluiu por ele.

Ele precisava pedir mais um favor à esposa. "Se a morte for anunciada, corra até o Duque e crie uma pequena cena."

"Por quê?"

"Nós precisamos de uma distração nesse exato momento."

"E quem somos *nós?*"

Seus olhos se estreitaram para ela. Ela se manteve com um semblante de desinteresse, mas uma inspeção mais detalhada revelou o oposto. Seus olhos tinham uma luz afiada. Havia uma resposta correta para sua pergunta, mas ele não tinha certeza do que era. "Eu tenho outro agente colocado no jardim", ele disse cuidadosamente.

"Ah", ela disse, um sorriso frágil curvando seus lábios. "Devo seduzir o Duque ali mesmo?"

"Sobre meu cadáver", ele declarou, uma ferocidade repentina surgindo dentro dele.

O sorriso congelou em seu rosto. "Eu pensei que eu deveria usar qualquer meio", ela retrucou. Antes que ele pudesse responder, ela continuou: "Já que estamos falando de capas e espadas, sinto-me um tanto obrigada a lhe dizer que vi Villefranche envolvido em uma discussão bastante acalorada com meu tio—"

"Bertie", Nick terminou a frase por ela.

"Claro, isso não é novidade para você. Quem na minha família não está envolvido em suas intrigas de espionagem?"

Ocorreu a ele que algo estava errado. Como isso era possível?

Eles estavam prestes a confessar seu amor um pelo outro esta tarde. Agora ela agia como se não suportasse vê-lo. Seu senso de equilíbrio mudou. "O que aconteceu entre esta tarde e agora? Esta tarde nós—"

"Nós?" ela interrompeu, sua voz um fragmento de zombaria. "Não existe nós. Nunca existiu."

Nick sentiu-se sem fôlego como se tivesse levado um soco no estômago. Ele se aproximou dela. Ele não sairia do lado dela até que eles resolvessem isso.

Uma batida repentina e cacofônica de metal contra vidro soou e exigiu a atenção de todos. Um silêncio expectante desceu enquanto o olhar coletivo se voltava para o estrado elevado onde o Duque d'Artois estava sentado, olhando friamente para o jardim. Um Nick frustrado não teve escolha a não ser esperar.

Um cortesão deu um passo à frente, com uma expressão grave no rosto, e proclamou: *"Le roi est mort, vive le roi!"* ("O rei está morto, viva o rei!")

Em uníssono, os reunidos se curvaram diante de seu novo monarca, o homem que seria coroado Carlos X.

Mariana terminou o último gole de champanhe em um único gole. "Atores, tomem seus lugares."

"Suspenda o plano de assassinato", Nick se viu não apenas dizendo, mas também querendo dizer com cada grama de seu ser. "Você e eu somos—"

"Muito menos importante do que o destino de duas nações, correto?"

"Nem perto disso." Os dedos dele envolveram o braço dela quando ela tentou se afastar. Os olhos dela brilharam por cima do ombro, e o estômago dele afundou.

"Você deve fazer o que quiser. Assim como eu devo." Ela se livrou da mão dele e correu em direção ao estrado para colocar o plano em ação.

Ele recebeu uma mensagem em termos inequívocos. Suas

suspeitas se fundiram em uma conclusão totalmente formada, inevitável: algo havia novamente sido quebrado entre eles.

Essa linha de pensamento foi interrompida quando Percy, disfarçado de um criado onipresente e anônimo, chamou sua atenção. Os pés de Nick se puseram em movimento rapidamente. Ele localizou Mariana a tempo de vê-la dar de cara com o novo rei da França. O sorriso assustado que iluminou seu rosto combinava uma mistura perfeita de frivolidade, timidez e admiração. Ele não conseguiu resistir a uma onda de orgulho, mesmo com a constante sensação de ansiedade. Ele devia se concentrar na tarefa em questão e levar essa noite até o fim.

Mariana deveria vir mais tarde.

Seus pés aceleraram em uma corrida leve enquanto ele e Percy convergiam para a multidão que acabava de se levantar de suas profundas reverências e mesuras. Seus passos caíram em um ritmo unificado enquanto corriam em direção ao mesmo destino: o Conde de Villefranche.

"Tire Villefranche daqui", Nick falou baixinho.

"Por quanto tempo?" Percy perguntou.

"Esta noite, no mínimo. Alguns dias seriam o ideal."

"Considere feito."

"Seu disfarce será descoberto", Nick continuou. "É apenas uma questão de tempo até que Montfort saiba que você está vivo. Talvez seja hora de você ir para casa também."

"Talvez", Percy admitiu, seu tom indicando o oposto. Percy seguiria seu próprio caminho. "Mas Nick", ele continuou, "precisamos discutir sobre sua esposa."

"Agora não é a hora." Com os olhos fixos em Villefranche a uns vinte metros de distância, Nick não queria interromper o ritmo de avanço deles.

"Há algo que você precisa saber," Percy pressionou.

"Agora não, Bretagne," Nick retrucou. Eles estavam tão perto. Villefranche estava na mira dele, e nada menos que uma força da natureza o impediria de completar esta missão.

Quando ele e Percy se aproximaram, o corpo de Villefranche se moveu e ficou visivelmente tenso. O inevitável estava caminhando em sua direção, e não havia como evitar.

O olhar de Villefranche encontrou o de Nick por um breve segundo antes de o homem se afastar de seus convidados e bater em uma retirada apressada para uma passagem escura próxima. Percy e Nick, o seguiram. Nick deu uma última olhada para trás, seus sentidos em alerta para uma armadilha. Não percebendo nada de estranho, ele deslizou para as sombras.

Os três homens parados em um triângulo fechado e desconfortável, Nick falou primeiro. "O assassinato não vai acontecer esta noite. Seu novo rei está apenas aguardando a coroa."

Villefranche hesitou, seu olhar arregalado mudando de Nick para Percy. Seu queixo se projetou em direção a Percy. "Ele era seu agente esse tempo todo?"

"Oui", respondeu Nick. Um Percy atento permaneceu em silêncio.

Uma risada sem humor escapou de Villefranche. "Sua esposa estava certa sobre minhas habilidades de espionagem."

"Deixe Mariana fora disso", disse Nick, seu corpo repentinamente tenso para a batalha. Os dedos de Percy se fecharam discretamente em volta de seu braço.

"Há mais alguma coisa que precisamos saber?" Percy perguntou.

"Eu disse a Bertrand Montfort para deixar a França sem demora, ou ele seria acusado de inimigo do estado por tramar a morte do rei." Villefranche tamborilou os dedos impacientes em sua coxa. "Minha parte na trama está feita, mas é o inglês que decidirá se ela realmente acabou."

Nick voltou sua atenção para Percy. "Você sabe para onde vai leva-lo?"

Percy assentiu, e Villefranche começou a protestar, "Eu me recuso a ouvir o que—"

O olhar de Percy disparou em direção a Villefranche. "Você

me seguirá. E não sairá do meu lado até que eu permita. Entendido?"

Villefranche permaneceu teimosamente em silêncio.

"Ou será necessária força?" Percy perguntou com uma voz ao mesmo tempo assustadoramente calma e totalmente capaz, não deixando dúvidas de que o homem por trás das palavras poderia executar a ameaça implícita.

Um Villefranche cauteloso se mexeu antes de concordar com um único aceno de cabeça. Percy lançou um olhar de despedida para Nick antes de caminhar pela passagem de pedra, Villefranche logo atrás. Nick apontou para a direção oposta e saiu das sombras enquanto examinava o terreno em busca de Bertrand Montfort.

Seu olhar pousou no homem enorme e imponente para encontrar Montfort já o observando. Montfort era uma aranha perfeita, e as aranhas não gostavam de ter suas teias destruídas. Ele estaria disposto a se vingar pela destruição de seus planos elaborados nesta noite.

Bertrand Montfort agora era seu inimigo, um fato que Nick entendia com clareza cristalina. Ele também entendeu o que era necessário nessa situação — provas ligando Montfort ao complô para assassinar o novo rei da França. Era sua melhor e única apólice de seguro.

Mas onde existiria tal prova?

Enquanto seu olhar se fixava no olhar paciente de Montfort, ele chegou aos aposentos de Nick Villefranche. Ele precisava encontrar a prova antes que um dos agentes de Montfort o fizesse. Montfort nunca deixava um trabalho inacabado. Mas Nick também não.

Ele deu um aceno irônico para o homem antes de se movimentar. Primeiro, ele precisava despistar o agente que certamente o seguia sob as ordens de Montfort. Então ele poderia finalmente terminar esta missão.

E Mariana?

Como se fosse atraído por um ímã, seu olhar mais uma vez se fixou nela. Mesmo a essa distância, ele podia vê-la lidando habilmente com um Rei Charles visivelmente encantado. Mais uma vez, o orgulho surgiu. A mulher parada ali com um rei totalmente preso na palma da sua mão era sua esposa. Ele a faria sua esposa novamente.

Já havia passado o tempo de ele permitir que o espectro da união condenada de seus pais se dissipasse. Ele deveria ter falado as palavras esta tarde, mas queria dar a ela tempo para refletir sobre o turbilhão dos últimos dias.

O brilho duro nos olhos dela voltou para ele, e ele sentiu uma nota de presságio. Ele sacudiu a cabeça para tentar clarear as ideias. Tudo daria certo. Tinha que dar. O universo lhe dera outra chance com ela. Apenas mais alguns minutos e eles começariam a planejar o resto de suas vidas juntos.

Mas não havia futuro até que esse último negócio fosse resolvido.

Então ele finalmente estaria livre para falar para ela as palavras que nunca teve coragem de falar.

24

Nick abriu outra gaveta da escrivaninha e tateou cegamente dentro.

Vazio. Nem mesmo o menor pedaço de papel que lhe daria vantagem contra Montfort pôde ser encontrado. *Maldição.*

Um suspiro frustrado escapou dele. Então ele ouviu: o abrir rápido de uma fechadura seguido pelo gemido baixo de dobradiças girando. Um agente trabalhando para Montfort deve tê-lo seguido. Ele se abaixou e esperou, aguardando que lamparinas fossem acesas e a exposição viesse em seguida.

O quarto permaneceu escuro como breu. Quem quer que estivesse compartilhando este quarto com ele não sabia que ele estava aqui.

Alguns segundos tensos se passaram antes que o outro intruso começasse a se mover ruidosamente. O som era familiar. Era o

293

farfalhar de saias de seda. Ele espiou ao redor de uma perna de nogueira sólida bem a tempo de ver uma longa faixa de seda coral atravessar a luz da lua que passava por uma janela rachada.

Mariana.

Deve ter ocorrido a ela revistar os aposentos de Villefranche também. Exceto que ela mal parou neste cômodo, claramente o escritório de Villefranche. Em vez disso, ela foi direta para o quarto. Mulher inteligente. Ela estava começando a pensar como uma espiã.

Claro, Villefranche manteria seus segredos mais íntimos perto dele em seu quarto. Nick sentiu outra onda de orgulho por esta mulher rápida e inteligente que era sua esposa.

Cautelosamente, ele se levantou, esticando seu corpo longo, seus ouvidos treinados nos sons que emanavam do outro cômodo — saias fazendo barulho, colchas farfalhando — enquanto ela procurava evidências em cantos e recantos. Mas por que ela estava ali em primeiro lugar? A pergunta só agora lhe ocorreu. Ela não entendia que o perigo havia passado agora que a conspiração para assassinar o Rei Charles havia sido frustrada?

Curiosidade aguçada, Nick caminhou suavemente em direção ao quarto. As saias dela ficaram em silêncio. Ela detectou seus passos, mas ainda não sabia que o outro ocupante era seu marido. A menos que... A menos que ela o tivesse seguido e o tivesse visto entrar no quarto. Esse era o cenário mais provável, mas por que ela não o reconheceu se esse era o caso?

Um pensamento inútil ocorreu a ele. Mariana estava no quarto.

Maldição.

Foco. Ele não estava ali para fazer amor com ela em uma cama. Ele estava ali para encontrar evidências e encerrar esta missão. Haveria tempo para camas mais tarde.

Logo depois da porta, ele diminuiu a velocidade até parar quando ela entrou em foco. Seu cérebro precisava de um momento para processar a visão que saudava seus olhos.

Esticada sobre a enorme cama de dossel do Conde de Ville-franche, reclinava-se uma Mariana vestida simplesmente com uma camisola branca transparente e meias presas por ligas prate-adas. A combinação chegava apenas o suficiente para cobrir sua boceta.

Sua respiração ficou presa no peito. Ela parecia nada mais do que a cortesã mais deliciosa do mundo.

Com os olhos fixos na porta, ela gritou em um sussurro abafado: "Lucien?"

Um detalhe saliente ficou imediatamente claro: ela não o seguiu até os aposentos de Villefranche. Na verdade, a julgar pela expressão hesitante em seu rosto, ela não tinha ideia de que seu marido estava do lado de fora da faixa de luz.

Um tumulto de emoções assaltou Nick quando ele deu um passo à frente em direção a um raio de luar. Seu sorriso cauteloso congelou, depois caiu, revelando mais do que ela poderia querer contar. Ele não podia mais negar a conclusão que o estava enca-rando desde o instante em que ela entrara naqueles aposentos.

Mariana estava ali por Villefranche.

Em meio ao barulho da raiva e da traição, um último fio de esperança soou: talvez ela pensasse que ainda precisava seduzir o homem para obter informações. Ela poderia estar confusa.

Não.

Mariana não ficava confusa.

Mas um homem se afogando se agarraria a qualquer coisa para evitar afundar. Ele se forçou a afrouxar sua postura, apoiar um ombro relaxado contra o batente da porta e colar um sorriso fácil em seus lábios. Nada nunca foi mais difícil em sua vida. "Sinto que um adendo à nossa última *aula de espionagem* está em ordem."

Seus braços cruzados defensivamente. *Ótimo.*

"Ao seduzir um alvo em sua própria cama, tenha certeza abso-luta de que ele ainda esteja no local."

"Ele estava aqui quando o vi pela última vez."

"Então você não precisa mais se exercitar," ele continuou como se não a tivesse ouvido, sua mão indo em direção à cama, *"de jeito nenhum."*

Sua cabeça inclinou-se inquisitivamente para o lado. "Quem disse que eu não *preciso* mais seduzir Villefranche?" ela perguntou, seus olhos ardendo com a luz que ele havia detectado antes. "E o que eu *quero?*"

O interior de Nick ficou pesado de pavor, sua pergunta confirmando seu medo mais profundo.

Ela estava, de fato, em cima da cama do Conde de Villefranche para seduzir... O Conde de Villefranche.

Mágoa e traição o percorreram com a força de uma onda gigante. "Ontem à noite e esta tarde não significaram nada para você?" ele perguntou incapaz de se conter.

"A noite passada e esta tarde significaram prazer para mim. Pura e simplesmente."

"Não, Mariana, significou mais para você do que luxúria. Eu estava lá, lembra?"

Ela soltou uma gargalhada. Ela ressoou em seus tímpanos da mesma forma que ele sentiria o gosto de um marmelo amargo em sua língua. "Isso foi antes," ela começou, "e isso é agora. Estou buscando uma nova experiência."

Ele se aproximou. "Posso não saber todos os detalhes da sua mente, mas sei exatamente quem você quer *experimentar*." Ele lançou o desafio.

"Estou aqui para *experimentar* um homem diferente", ela respondeu, pegando-o.

Uma determinação fria rasgou a mágoa e a traição. "Você não vai seduzir Villefranche esta noite."

"Não vou?" ela perguntou, o desafio escrito claramente em seu rosto e em suas palavras.

"Não."

Villefranche não a teria. Nenhum outro homem a teria. Ela era dele.

Ele desfez o nó da gravata.

"O que você está fazendo?", ela perguntou, assustando-se para frente, com os olhos arregalados. "Não estou aqui por você. Você não me ouviu?"

"Oh, eu ouvi você." Ele tirou o paletó e o deixou cair no chão. Seus dedos começaram a desabotoar a camisa.

Na quase escuridão, ele podia ver os olhos dela brilharem, mesmo quando ela arrastava os pés para mais perto do corpo, efetivamente cortando sua visão de tudo, exceto dos pés, das canelas e dos seus olhos luminosos. "Ocorre-me que ainda não fizemos amor em uma cama de verdade. Não há anos, de qualquer forma."

"Isso não é sobre você, Nick."

"Não é?"

"É sobre o que eu preciso. E eu preciso me libertar de você."

Ele deu um passo mais perto, lentamente, deliberadamente. "Você está livre para ir embora."

A resposta dela foi pegar o lábio inferior entre os dentes e morder.

"Eu não vou te impedir." Ele parou ao lado da cama, o longo comprimento do corpo dela ao seu alcance. "Você não quer a incerteza de um filhote verde. Você quer um homem que saiba exatamente o que lhe dar e como."

"Os gostos mudam", ela disse, um soluço ofegante em sua voz.

"Não desses tipos."

"E se eu quiser mudar meus gostos?"

"Você quer o que eu tenho a oferecer. Você sempre vai querer. Mariana" — cada sílaba de seu nome soava como um apelo urgente e desesperado — "deixe-me tocar em você."

"Não vai resolver nada," ela sussurrou, seus olhos implorando e vacilando ao mesmo tempo.

"Talvez não," ele disse enquanto estendia os dedos para tocar os dedos dos pés dela.

Ele se inclinou para frente e substituiu os dedos pelos lábios.

Certa resistência se esvaiu do corpo dela quando seus joelhos se separaram ligeiramente e seus olhos encontraram os dele. Ele viu refletido ali um ardor de emoção que espelhava o seu próprio: traição e raiva, sim, mas acima de tudo, desejo, cru e sem filtro, tão forte que tornava todas as outras emoções insignificantes até que fossem saciadas.

Ele deveria parar agora, ele sabia. Ele deveria investigar por que ela estava tão brava com ele, e o que havia mudado entre esta tarde e esta noite. Ele sabia disso também. Mas não podia.

Seus olhos se baixaram para picos elevados discerníveis sob a seda transparente antes de afundarem cada vez mais para a visão a centímetros de seu rosto: sua boceta nua tentadoramente visível sob a bainha de sua camisola. Era possivelmente a visão mais erótica de sua vida.

"Diga-me o que você quer", sua voz áspera, seu olhar se erguendo em direção ao dela. Ele encontrou uma selvageria ali, uma que ele nunca foi capaz de resistir. Ele não estava prestes a começar esta noite.

Seus olhos se desviaram, como se pesasse suas palavras, antes de retornar a ele, resolutos em suas profundezas. "Me lamba", ela exalou, "até eu dizer pare."

Sem hesitar, ele tocou sua língua no arco delicado de seu pé e a arrastou sobre o tornozelo, subindo pela perna longa, sobre o joelho dobrado até a parte interna da coxa úmida. Seu perfume feminino e inebriante tinha acabado de alcançá-lo quando ele ouviu a palavra "Pare".

Ele obedeceu, mesmo quando seu pênis inchado latejava em protesto. Os olhos dele se fixaram nos dela, mas seu foco permaneceu em sua boceta nua, a centímetros de sua boca. Molhada e pronta para ele. Ela devia sentir cada expiração de sua respiração em sua carne sensível.

A audácia iluminando seus olhos, ela levou o dedo indicador aos lábios entreabertos e o lambeu. Pelo vale entre seus seios, descendo por sua barriga macia e lisa, cada vez mais para baixo ele se arrastava. "Agora eu quero que você" — seu dedo resoluto deslizou para o ponto brilhante de seu sexo — "observe".

Como se ele tivesse escolha.

Lentamente, seu dedo começou a se mover, deslizando para baixo, depois para cima, sobre a carne sensível, rosa e inchada de desejo. Um gemido soou do fundo de sua garganta. Quão facilmente sua língua poderia se juntar ao dedo dela e dobrar seu prazer. Ele se moveu para o lado e estendeu a mão para desabotoar suas calças, com a intenção de aliviar seu pênis dolorido.

"O que você está fazendo?" ela perguntou, seu dedo cessando seu movimento erótico.

Seu olhar voou para cima para encontrar o dela. "Eu acho que você sabe."

"Eu não lhe dei permissão para me tocar… ou a si mesmo."

"É sua intenção me torturar?"

"Talvez."

Como que para ilustrar seu ponto de vista, com a outra mão, ela pegou um mamilo duro como cereja entre o indicador e o polegar enquanto continuava a esfregar o seu sexo. Outro gemido escapou dela, e seu pescoço se arqueou para trás.

Tudo aquilo era demais.

Com uma voz rouca e desesperada que ele não reconheceu como sua, ele murmurou: "Eu posso ajudá-la com isso".

As sobrancelhas dela se ergueram e ela o fixou com um olhar de luxúria. "Oh?" foi tudo o que ela disse, mas ele ouviu: *Impressione-me*.

Ele se esticou para frente, lânguido e seguro, a carne dela separada dele por um fino trecho de ar. "Eu faria isso."

Ele encostou os lábios em sua boceta, quase com simplicidade, antes de passar a língua e se mover contra ela em um movimento longo e lento, provocando um gemido longo e lento dela.

"Então eu faria isso."

A mão dele deslizou por baixo dela para introduzir um… Dois dedos dentro dela.

"Seguido por isto."

A língua dele endureceu até ficar aveludada e começou a bater, encontrando um ritmo rápido à medida que o dedo entrava e saía dela.

Ela se derreteu sob a língua dele, mesmo quando os músculos começaram a se contrair, uma tensão palpável a dominou claramente enquanto sua cabeça se inclinava para trás e seus quadris se impulsionavam para frente. Mais alguns toques de sua língua e sua liberação a envolveria...

E depois?

Ela terminaria com ele. Ele não estava pronto para isso.

Sua língua parou abruptamente o movimento e seus dedos deslizaram para fora dela.

Um gemido de frustração, em vez de um gemido de liberação, saiu dela.

Os olhos dela se abriram e o encararam com um olhar ardente. "Eu não lhe dei permissão para parar."

"Eu sei."

25

Baixa qualidade: Retornando o mesmo tratamento; um equivalente.

— UM DICIONÁRIO CLÁSSICO DA LÍNGUA VULGAR,
FRANCIS GROSE

Mariana congelou.

Eu sei.

Com essas duas palavras simples, Nick mudou o equilíbrio de poder. E ele sabia disso, ela suspeitava. Mas ela estava longe demais para se importar.

Ele sabia disso também.

Maldição, esse homem.

"Eu quero que você precise de mim", ele disse.

Algo sobre a maneira como a palavra *precisar* raspou na garganta dele quase a desfez.

Ele saiu da cama e tirou sua calça desabotoada. Seu olhar fixo caiu em seu eixo duro, e ela sentiu o deslizar de sua língua contra seu lábio inferior.

"Tudo de mim", ele terminou.

Ela o observou do outro lado da cama, e uma fome enorme tomou forma dentro dela. Muita distância os separava. Ela se inclinou para frente e ficou de quatro. Com uma sensação de propósito sem pressa, ela começou a rastejar pela extensão de seda, seu olhar firme no dele. Bem na ponta, um pouco tímida, ela parou, sua boca a um dedo de seu membro pronto, sua cabeça e costas profundamente arqueadas para que ela pudesse segurar seu olhar.

"É *isso*" — ambos sabiam o *que* era — "tudo o que você é?"

"No momento."

A antecipação correu por suas veias. "E o momento é tudo o que temos."

Com o olhar ainda fixo no dele, sua língua se estendeu para lamber a ponta de sua masculinidade antes de circundá-la uma vez... duas vezes... molhando completamente a coroa. Seus olhos se fecharam enquanto seu corpo pressionava para frente, e ele deslizou para dentro de sua boca aberta, uma polegada requintada de cada vez.

Nunca em sua vida ela tinha sido tão descarada, tão devassa, tão desinibida. Um profundo gemido de prazer vibrou através dela, mesmo quando ela apertou suas coxas para aliviar a dor entre elas.

Ele ficou completamente imóvel. "Faça isso de novo."

Novamente, ela gemeu mais longo e mais alto dessa vez, as vibrações do gemido pulsando através de sua coluna dura e aveludada. Os dedos dele se enfiaram em seu cabelo, e seus quadris balançaram para frente e para trás. Ela entrou em um ritmo com ele enquanto sua masculinidade deslizava para dentro e para fora de sua boca. Novamente, ela gemeu.

Os dedos dele se agarraram com mais força, os quadris balançando, agora empurrando, em sua boca. Ela se sentou ligeiramente para trás enquanto seus dedos agarravam a base dele, e sua boca sugava a coroa. Ela olhou para cima. Ele tinha desaparecido completamente, seu corpo se retesando, alcançando... Ela agarrou os quadris dele e segurou, efetivamente fazendo com que o impulso parasse bruscamente, a respiração dele vindo rápida e forte. Os dedos dele soltaram o aperto no cabelo dela e começaram a acariciar o couro cabeludo em pequenos movimentos circulares.

Ela quase se sentiu desfeita pela medida inconsciente de conforto. Ela negou a ele a liberação, mas era ela quem estava sendo acalmada.

Ela balançou os quadris para trás, permitindo que o comprimento do falo dele, certamente dolorosamente ereto, deslizasse de sua boca. Ela se sentou sobre os calcanhares e o encarou.

Eles poderiam parar aqui. Ambos sabiam disso.

Mas ela queria mais. Ela queria tudo.

Ela estendeu a mão e pressionou a palma da mão contra o peito musculoso dele enquanto suas pernas balançavam até a beirada da cama. Posicionada no canto atrás dele, ela notou uma pequena cadeira. Ela não havia formulado um plano para o que viria a seguir, mas um de repente se formou quando ela se levantou.

Seu braço enrijeceu, um pé se moveu para frente e ela o cutucou para trás. Ela repetiu o movimento até que as costas das pernas dele encontrassem a cadeira. Com um empurrão final, ela o empurrou para baixo.

"Mesmo quando há uma cama no quarto", ele disse, "não conseguimos usá-la."

Outra vez, suas palavras teriam provocado uma resposta de flerte, mas não agora. Não quando o comprimento do corpo iluminado pela lua oferecia uma distração tão requintada. Músculos definidos, ao mesmo tempo fortes e substanciais, se estendiam por ele, conduzindo seu olhar pelo corpo de um homem endurecido pelo tempo e pela energia. E por falar em duro...

Seu olhar se fixou em sua masculinidade grossa. "Duro e verdadeiro e sempre pronto", emergiu de sua boca. Seus olhos se assustaram ao encontrar os dele. Ela não pretendia falar as palavras em voz alta.

Um sorriso conhecedor surgiu no lado direito de sua boca e enviou uma descarga de luxúria direto através dela. Ele estava certo: ele sabia exatamente o que ela queria e como. Não adiantava mais negar a si mesma.

Em um par de movimentos eficientes, ela montou nele e na cadeira. Posicionada centímetros acima da cabeça brilhante de sua masculinidade, seu sexo latejava em antecipação à pressão dele contra sua carne. Ela se inclinou para frente e apoiou uma das mãos no encosto da cadeira, com o cabelo solto caindo em volta do rosto de ambos e formando uma cortina sedosa. Sua outra mão envolveu a base dele. Suas pupilas dilataram quase se estendendo até a borda externa de suas íris.

Os quadris dela abaixaram até que a coroa da masculinidade dele tocou a entrada do sexo dela. Um segundo depois, ela começou a levá-lo para dentro dela, seu comprimento um deslizamento delicioso e duro, até que, finalmente, ele a preencheu completamente.

Um ofegante "Oh" saiu dos lábios dela.

Impossivelmente, ele se sentia melhor agora do que na noite passada ou mesmo esta tarde. Ele continuava melhorando e melhorando. Ela precisava dele cada vez mais.

Ele era o ópio, e ela a viciada.

Ela nunca teria o suficiente.

As pontas dos dedos dela passaram pela mecha de pelos na base do pênis dele. De forma leve, quase reverente, elas percorreram os músculos enrijecidos do estômago dele e a ampla extensão do peito. Finalmente, alcançando os ombros largos, ela cravou as unhas, inclinou os quadris para frente e se lançou ainda mais sobre ele.

Ondas trêmulas de prazer e dor a percorreram. Nada além dos pontos em que seus corpos se encontravam importava. Deve ser assim que um viciado se sente no momento em que a droga enche seus pulmões.

Ela queria penetrar nele lenta e deliberadamente, mas cada impulso de seus quadris tirava sua determinação até que tudo o que restava era um desejo avassalador de alimentar esse desejo que se recusava a ser saciado. Ainda assim, ela tentaria, suas coxas se retesavam e se soltavam, deslizando para cima e para baixo dele. A testa dela encontrou a dele, o cabelo dela os envolvendo, o suor dela se misturando com o dele enquanto escorria entre seus corpos.

"Foda-me, Mariana", ele sussurrou em seu ouvido, aumentando impossivelmente o desejo dela por ele.

Os dedos longos e hábeis dele se estenderam e agarraram os quadris dela, firmando-a antes de aumentar o ritmo das investidas. O senso de controle de Mariana desapareceu à medida que o corpo dele exigia mais dela. Ela foi reduzida a um nervo em frangalhos, capaz de nada mais do que dar e receber prazer.

E ela não se importava.

Não quando o prazer aumentava cada vez mais, apertando cada vez mais seu sexo até atingir o ponto mais doce da ansiedade.

"Nick", ela gritou, 'por favor'.

Os dedos dele encontraram o rosto dela e empurraram seu cabelo para trás. "Olhe para mim", ele exigiu. Os olhos dela encontraram os dele. "E não desvie o olhar."

Com o olhar fixo nela, ele voltou a colocar as mãos nos quadris dela e começou a movê-la sobre ele, como se estivesse racionando os golpes um... a... um.

Uma intimidade repentina e inesperada surgiu entre eles enquanto seus olhares se fixavam um no outro. O sexo dela começou a se curvar para dentro e a se contrair. O cinza de uma nuvem de tempestade a segurou e a manteve firme enquanto um impulso glorioso e imparável se acumulava em seu âmago e começava a dominá-la. Ela alcançou e se esforçou para alcançar uma liberação que somente ele poderia proporcionar. Mais alguns golpes e o sexo dela explodiu no clímax, com pequenos terremotos de prazer a percorrendo-a enquanto ela se livrava do mundo de restrições e limitações e caía em êxtase.

"Mariana" saiu da boca dele enquanto os quadris continuavam a empurrá-la incansavelmente uma vez... duas vezes antes que ele gritasse sua própria liberação.

Tudo o que restou dele e dela foi uma confusão de respiração. Os pulmões se expandiam, e se contraíam em um ritmo acelerado. O queixo dela se encaixava perfeitamente na cavidade da clavícula dele. Ela já havia percebido isso uma vez.

Agora ela sabia novamente.

"Mariana", ela ouviu como se estivesse a uma grande distância. Seus olhos se fecharam em protesto. *Muito cedo.*

As mãos dele se ergueram para acariciar gentilmente o rosto dela. Ela resistiu ao impulso de se aconchegar no calor das mãos e, em vez disso, seguiu a direção delas. Ela se inclinou para trás e o encarou.

Ele se aproximou e encostou os lábios nos dela.

Foi um beijo quase casto — o tipo de beijo que não deveria se seguir a uma união tão animalesca.

Foi um beijo perfeito.

Era exatamente o tipo de beijo que poderia enfraquecer a determinação de uma mulher.

Sem aprofundar o beijo, ele se separou, com um sorriso tímido nos lábios. "Ocorreu-me que ainda não tínhamos feito isso".

Mariana se sentiu exposta. Como um simples beijo tinha o poder de destruí-la depois do que eles tinham acabado de fazer?

Mas não foi apenas o beijo. Foi o tom de sua voz também. Suave e doce, ela não reconheceu aquela voz... porque nunca a tinha ouvido. Nick nunca havia falado com ela dessa forma. Ou olhado para ela dessa forma.

Na verdade, isso não era verdade. Ele tinha o mesmo olhar no início da noite. Era um olhar que poderia dar esperança a uma mulher...

Sua coluna se enrijeceu e seus pés bateram no chão. Quando ela o empurrou para ficar de pé, seu corpo traidor sentiu uma pontada momentânea pela perda dele. Pelo menos, ela esperava que fosse momentânea.

Esperança.

Como ela havia experimentado essa emoção recentemente. Como ela foi esmagada em pouco tempo.

Ela foi até o pé da cama e se encostou à beirada. Com as sobrancelhas unidas, um Nick perplexo a encarou.

"O que mudou entre esta tarde e esta noite?" ele perguntou.

Ela deveria ter ficado feliz por ele ter dito as palavras primeiro. Mas não ficou. Uma parte ingênua dela achava que poderia seduzir Villefranche e sair de Paris sem ter de prestar contas a Nick.

"Precisamos conversar sobre o motivo de você estar aqui nos aposentos de Villefranche."

Ela forçou uma risada seca. "Prefiro estar vestida para essa conversa em particular."

Esgotada a energia ardente que a havia impulsionado durante o dia e a noite, ela se levantou pesadamente e foi até a penteadeira onde estavam suas roupas.

Ele pegou a calça descartada e começou a enfiá-la pelas pernas. "Mariana—"

Sua voz estava cheia de frustração. *Que bom.* Isso foi um começo.

"—precisamos discutir suas intenções esta noite se quisermos salvar—"

"Salvar?" ela disparou enquanto se virava para encará-lo, revigorada pelo confronto que se aproximava. "Não há nada entre nós para salvar." Um silêncio confuso se estendeu entre eles. "Há quanto tempo você sabe que Percy está vivo?"

A pergunta tomou conta do quarto, afundando e se estabelecendo entre eles onde permaneceria para sempre. A expressão perplexa nublando suas feições disse a ela que ele ainda não entendia isso.

"Dez anos," ele declarou categoricamente. Ele parecia sem remorso.

Assim, a raiva de Mariana retornou como uma fúria ártica. Era uma raiva que a sustentaria durante esta conversa, durante esta noite e até Londres. "Como você pôde manter isso em segredo?"

Nick agarrou sua camisa e a colocou sobre os ombros. Uma pontada de perda pela visão de seu corpo lindo a atravessou. Ela percebeu que isso estava realmente acontecendo. Incrivelmente, uma parte dela estava se agarrando à esperança de que houvesse palavras corretas para consertar essa situação — que ele e ela pudessem ser salvos.

"Não era meu segredo para contar", ele disse, jogando seu corpo em uma preguiçosa e enganosa extensão na cadeira em frente a ela.

"Olivia é minha irmã", ela começou com retidão, "e eu sou sua—"

"Esposa? Decida-se." O olhar dele manteve o dela. "Percy estava muito envolvido, e eu não podia me arriscar a expô-lo. Então o tempo continuou passando, e ele continuou enterrado. Não era eu que deveria contar."

"Como você pode ser tão cruel?" ela disparou de volta. "Você é tão sem sentimento? Você é tão sem humanidade?"

Ele se levantou, impaciência evidente.

"Não chegue perto de mim", ela declarou, enunciando lentamente cada palavra.

Ele parou de repente. "Percy não tem nada a ver conosco."

"Como você pode dizer isso? Depois de todos os segredos e mentiras, eu nunca poderia confiar em você."

"Percy fazia parte de uma vida que não tinha nada a ver com

você." Ele deu um passo à frente. "Uma vida que estou deixando para trás."

"Por que me incomodar? Você nunca vai mudar."

"Não estou dizendo que vou." Ele deu outro passo à frente. "Você está no meu sangue, Mariana. Isso nunca vai mudar. Cansei de lutar contra isso."

"Estou no seu sangue? Como ousa falar essas palavras para mim? Esse nunca foi o nosso problema. O problema é que eu nunca estive no seu coração."

Outro passo o trouxe a poucos metros dela. Ela só precisou estender a mão para colocar seu corpo em contato com o dele. Mas o que isso faria?

"Você também me quer."

Tão ousadas eram suas palavras. Ela poderia ignorá-las ou negá-las, mas nenhuma das duas serviria. Somente a verdade serviria esta noite. "Eu te quis demais," ela confessou.

Seus olhos procuraram os dela. "Será que é demais?"

"Não há nada substancial em você. Nada em que eu possa me agarrar. Você sempre escapa por entre meus dedos."

Ela se levantou e fez menção de passar por ele. Ela precisava ir embora. Não havia mais nada a dizer.

Sua fuga, no entanto, foi interrompida quando ele disse: "Eu te amo."

Contida em seu olhar estava mais emoção do que ela imaginaria ser possível: raiva, medo e amor. Sim, amor. Como ela nunca havia notado antes? E agora que havia notado?

Era tarde demais.

Às vezes, o amor não era o suficiente.

"Eu sei", ela disse. "Mas aqui está o que mais eu sei sobre você: essa outra vida também está em seu sangue, e eu não posso competir com ela. Eu deixo Paris ao amanhecer."

"Não é isso que você quer."

"Talvez não," ela respondeu, "mas é o que eu preciso fazer."

Ela se virou e passou pela porta sem olhar para trás. Ela tinha algumas malas para fazer e uma noite agitada para sofrer. Então, iria para Londres... e sua vida continuaria. A mesma vida que ela vinha levando nos últimos dez anos.

E se uma vozinha protestasse que não era possível? Que Paris a havia mudado?

Ela também colocaria na mala.

O que não podia ser isolado com tanta facilidade era a sensação desagradável de que um vazio sem fundo se abria a seus pés e a consumiria. Ela havia sobrevivido uma vez.

Talvez ela sobrevivesse de novo.

26

COTSWOLDS, DOIS DIAS DEPOIS

*Tópico complexo: Quando uma pessoa confunde seus negócios em geral,
ou qualquer negócio em particular, diz-se que ela fez uma bela confusão
com isso.*

— *UM DICIONÁRIO CLÁSSICO DA LÍNGUA VULGAR,*
FRANCIS GROSE

A carruagem fez uma curva fechada para a direita, e os olhos de Mariana se abriram assustados. Ela desviou o olhar de Hortense, profundamente adormecida no assento em frente a ela, e em direção à visão de uma encosta verde e ondulante correndo ao lado da carruagem enquanto ela descia a longa e reta entrada de Little Spruisty Folly.

A familiaridade da cena liberou um pouco da tensão que estava retorcendo suas entranhas por dois dias. Este pedaço de terra nunca deixou de ter esse efeito sobre ela, embora esta visita não fizesse parte do plano.

Esta manhã, após uma viagem alucinante por terra e mar, Mariana chegou a Londres com Hortense a reboque. Ela imediatamente foi visitar as escolas das crianças: primeiro, a Westminster School para informar Geoffrey sobre seu retorno e entregar a caixa de bombons franceses. Então ela foi ver Lavinia na Escola Progressista para Moças e a Educação de Suas Mentes, onde foi recebida na porta da frente pela Sra. Bloomquist.

Um pequeno problema com ratos — como se houvesse algo como um pequeno problema com ratos — foi descoberto, e os alunos haviam sido mandados para casa alguns dias atrás. Os caçadores de ratos e seus terriers [1] teriam o controle do prédio durante a semana. Mariana agradeceu à Sra. Bloomquist por sua dedicação à causa antes de seguir para a mansão do Duque de Arundel, onde Olivia ocupava uma ala desde seu casamento.

Uma vez lá, ela descobriu que Olivia havia decidido aproveitar o feriado surpresa e levar suas filhas para a Folly para uma visita improvisada. Geoffrey havia optado por permanecer em Westminster.

"Bem, estou indo para o campo, ao que parece", Mariana informou para Hortense, incapaz de esconder seu aborrecimento com a inconveniência de tudo isso. "Você está livre para ficar em Londres, se quiser."

"Fui instruída a não sair do seu lado até receber uma notificação explícita de que todas as pontas soltas dos negócios franceses estão amarradas."

Mariana não quis perguntar de quem partiu essa diretriz.

"Além disso," Hortense continuou, "eu não me importaria de ver mais do país onde nasci."

Mariana sentiu um choque com a revelação da garota e imediatamente se repreendeu por isso. Nada mais deveria chocá-la.

Agora olhando pela janela, ela permitiu que um pouco do peso dos últimos dias se desprendesse dela. Ela estava chegando à hora dourada do crepúsculo, quando o campo, desde as colinas

---

1. O Rat Terrier é uma raça de cão utilizada na caça a ratos, originária dos Estados Unidos, sendo conhecido por ser um caçador de ratos ideal.

suaves até as copas das imponentes castanheiras, se bronzeava com o brilho quente do sol poente. Essa era a hora mais bonita na Folly, além do amanhecer, é claro. Enquanto o amanhecer florescia com uma claridade orvalhada, porém nítida, o crepúsculo chegava com uma suavidade ainda sedutora irresistível para ela.

Tranquilizada pelo sutil movimento da carruagem, ela permitiu que seus olhos ficassem vidrados e sua mente voltasse à manhã anterior. Ela estava na estrada assim que o amanhecer permitiu luz suficiente para viajar, a raiva sustentadora e protetora da noite anterior a deixou entorpecida, mas determinada.

Uma vez em Calais, ela não perdeu tempo em localizar o Capitão Nylander. Fiel à sua palavra, ele estava disposto a fazer um rápido desvio e transportá-la de volta para a Inglaterra antes de seguir para locais mais exóticos.

Nylander. Ela estava certa em não envolvê-lo em seus problemas conjugais. Na superfície — sua superfície poderosa, beijada pelo sol e tentadora — ele era exatamente o tipo de homem que uma mulher usaria para esquecer outro homem.

Mas um estudo mais detalhado revelou uma vulnerabilidade oculta em sua reserva impenetrável que a maioria certamente não percebeu. Ela intuiu que ele havia sido usado por um bom número de mulheres em sua vida, e ela não se adicionaria a elas. Ele ia querer mais dela do que seu corpo, e ela não podia oferecer isso a ele.

E por que não?

Seus olhos se fecharam, mas logo se abriram. Olhos fechados apenas encorajavam a lembrança da última vez que ela e Nick estiveram juntos. Como ela se permitiu se apaixonar pelo marido... de novo? E agora o vazio inevitável estava começando a se expandir dentro dela.

De novo.

As palavras de Nick voltariam para ela em contraponto. Ela

estava em seu sangue... Ele a amava. Ela quase conseguia se convencer de que as palavras eram o suficiente. Mas não eram.

Nick era um homem que se adaptava às circunstâncias e às pessoas de acordo com seus caprichos e sua vontade. Ela se recusava a ser dobrada ainda mais. Mais uma dobra, e ela certamente quebraria.

As pontas dos dedos dela roçaram seu esterno onde ficava seu amado medalhão. Agora ele se foi, para sempre. Com toda a honestidade, era melhor assim. O medalhão tinha sido mais uma desculpa para se apegar a um passado que não tinha futuro — um fantasma sem substância alguma. E ainda assim alguns fantasmas pareciam tão substanciais, tão reais. Como o Mamute Lanoso.

Ela não devia se permitir considerar o Mamute Lanoso.

Nada com Nick era real. O homem mentia para viver. Veja Percy, por exemplo. Percy estava vivo. Ela desejou não estar cavalgando para Folly armada com esse conhecimento em particular.

Fique morto.

Essas foram suas palavras de despedida para ele. Alguns dias atrás, ela as dissera com sinceridade, mas agora via o assunto de forma diferente. Ficar quieta sobre Percy revelaria tudo o que ela e Olivia significavam uma para a outra. Não a tornaria melhor do que Nick.

Olivia veio até ela com a notícia do "caso" de Nick antes que chegasse aos seus ouvidos de qualquer outra forma. Ela faria o mesmo por Olivia. Era apenas uma questão de tempo até que os jornais de fofocas descobrissem Percy. Ela só esperava encontrar as palavras certas. Quaisquer que fossem.

A carruagem virou mais uma vez à direita, oferecendo a primeira visão completa da bagunça da casa de Folly, que se espalhava de forma muito desordenada para ser chamada de bonita. No entanto, agora parecia um pouco despojada de seu calor acolhedor habitual.

O Tio Bertie havia se envolvido de alguma forma com o plano

de assassinato francês. Era sua prerrogativa evitar o assunto e fingir que ele nunca havia acontecido. Afinal de contas, a única conversa que tiveram sobre isso foi dissimulada. Mas essa não era a natureza dela. Quando ela visse o Tio Bertie novamente, o que poderia ser em minutos, já que a carruagem já estava diminuindo a velocidade, ela teria que enfrentar o problema imediatamente. Ela suspeitava que ele fosse tão culpado quanto Nick, talvez mais, no caso de Percy. Mas ela ouviria isso de seus lábios antes de tirar conclusões precipitadas.

Os cílios negros como carvão de Hortense se abriram, revelando olhos opacos e azuis marcantes de uma pedra das Américas que ela já vira. Turquesa. Como ela não tinha notado antes que a garota era uma beldade?

"Chegamos", começou Mariana. "Como vamos —"

"Serei sua criada até que me digam o contrário", Hortense falou.

A carruagem parou e um cocheiro ajudou Mariana a descer. Ela ouviu o barulho da bota de Hortense no cascalho atrás dela.

"Este lugar é muito mais grandioso do que eu jamais imaginei."

Mariana encarou a garota. "Você passou muito tempo imaginando a Folly?"

Hortense se mexeu. "Ouvi coisas sobre a Folly de Bertrand Montfort", ela disse seu olhar se afastando sem se comprometer.

Mariana não conseguia se lembrar de ter mencionado o lugar para Hortense em detalhes, mas assim que seus pés cruzaram a soleira da casa, o som de risadas femininas vindo de um corredor a distraiu completamente do assunto. Ela não queria continuar com essas intrigas de espionagem. Ela queria sentir o abraço caloroso de sua irmã e de duas garotas risonhas.

Ela queria um amor suave e feliz, não uma realidade fria e dura. Em suma, ela queria um descanso.

Ela garantiu aos criados que preferia se anunciar antes de permitir que seus pés cruzassem o saguão ensolarado em direção às melodias convidativas de música, piano e risadas. Era uma risada pura e desenfreada — o som da felicidade e da alegria de uma família reunida, curtindo uma piada particular. Ela não queria nada mais do que estar aninhada no centro daquela piada.

Quando chegou à sala de estar, hesitou na relativa escuridão do corredor e observou o quadro se espalhando diante dela. Lavinia e Lucy, rindo e cantando cantigas ao piano, estavam de um lado da sala, alegremente indiferentes a Olivia do outro lado. Ela estava agachada quase como uma bola em um banquinho, seus olhos erguidos em direção à dupla barulhenta, mesmo enquanto sua mão se movia ativamente pelo papel em seu colo. Todos na família já estavam acostumados há muito tempo com Olivia sacando seu caderno de desenho quando a inspiração surgia, um passatempo que ela havia adotado após a morte de Percy.

O agradável momento dos pensamentos de Mariana parou bruscamente. A morte de Percy.

Percy não estava morto.

Percy estava vivo.

"Tia Mari!" soou a voz de Lucy.

Mariana sacudiu o pensamento indesejado de Percy e saiu da sombra, todos os três pares de olhos sorridentes sobre ela facilitando o esquecimento das coisas desagradáveis de Paris.

Lavinia saltou do banco do piano e atravessou a sala até seus braços. "Estou tão feliz em ver você, querida", disse Mariana abraçando o cabelo negro de sua filha que cheirava a lírio e cavalo.

"Eu também, mamãe", ela respondeu, já sacudindo o abraço de sua mãe e correndo para se juntar a Lucy no piano. "Você ouviu nossa nova música?"

Mariana pensou de volta. Dez segundos poderiam ter sido dez dias atrás. "Era a Sinfonia Número 5 de Herr Beethoven?"

"Lulu está escrevendo uma letra para ela", disse Lavinia, com adoração por sua prima um pouco mais velha evidente em seus olhos brilhantes e brilhantes.

Como se estivesse na deixa, Lucy começou a bater no piano, reduzindo a sublimidade da obra-prima de Herr Beethoven às suas notas mais rudimentares. Ela limpou a garganta antes de cantar:

"Lavinia ama cavalos
Catarina, a Grande, também
Tanto, na verdade
Deixou o marido dela azul
Dizem até...
Com um pavor horrível...
Que ela os... levou... para—"

"Lucy," Olivia interrompeu uniformemente.

O interlúdio musical parou abruptamente, e um silêncio ensurdecedor preencheu o vazio. Olivia entendeu como usar sua reserva silenciosa com grande efeito.

"Sim, mamãe?" Lucy perguntou, os olhos arregalados de inocência.

"Talvez esta peça tenha se desviado um pouco do caminho?"

"Talvez", Lucy respondeu, parecendo nada convencida.

Mariana chamou a atenção de Olivia. Ela reconheceu um sorriso ali para suas filhas precoces. As palavras nunca foram tão necessárias entre elas. Exceto agora...

Agora ela abrigava um segredo que mudaria, possivelmente destruiria a vida que Olivia havia construído para si mesma na última década.

Ao diminuir a curta distância entre elas, ocorreu a Mariana que pela primeira vez na vida ela não tinha ideia do que dizer à irmã. Ela se acomodou no denso tapete Aubusson ao lado de Olivia, que ainda estava vigilantemente empoleirada no banquinho baixo, e olhou para o esboço inacabado.

"Você as capturou em sua essência mais frívola", disse Mariana, erguendo os olhos para a dupla, que havia passado para Herr

Mozart, a julgar pela rápida sucessão de notas que soavam no piano. "Você e as meninas ficaram com a casa só para vocês?"

"Até esta manhã", respondeu Olivia, com uma nota distraída na voz enquanto continuava observando as meninas e riscando carvão no papel. "O tio e a tia chegaram pouco antes do chá, e agora vocês chegaram algumas horas depois."

"E onde está a tia?" perguntou Mariana quando realmente queria saber sobre o tio.

Como era difícil parar de ser uma espiã.

"Descansando", respondeu Olivia. "A viagem de Paris foi *bastante traumática.*" Nem Mariana nem Olivia conseguiram resistir a um sorriso irônico. Elas conheciam bem a tia.

"E o tio?", perguntou Mariana, tentando soar natural.

"No escritório dele", ela respondeu.

Um silêncio confortável se instalou enquanto elas observavam as meninas compondo outro conjunto de letras obscenas. Herr Mozart teria ficado encantado. Herr Beethoven? Provavelmente não.

A mão de Olivia parou, e seu olhar perspicaz focou em Mariana. "Você está diferente desde a última vez que te vi."

"Eu?"—Mariana forçou uma risada—"Eu nunca mudo. Você sabe disso."

"Eu mudo?" A cabeça de Olivia se inclinou interrogativamente. "Às vezes eu sinto que há um mundo inteiro dentro de você do qual eu não sei nada."

"Você seria a única pessoa que vê isso em mim."

"Oh, eu acho que há outra pessoa," Olivia disse, discretamente voltando sua atenção para o esboço.

Ela estava, é claro, falando de Nick.

"Você sempre gostou de Nick," Mariana disse, tentando, e falhando, não conseguindo, manter a voz baixa. Era a primeira vez que ela falava o nome dele desde que ela tinha deixado Paris.

"Na maior parte do tempo", disse Olivia com um aceno de cabeça. "Eu só queria que ele tivesse te feito mais feliz, mas com aquela mãe e pai venenosos dele, não tenho certeza se ele sabia como."

Uma carga repentina de emoção obstruiu a garganta de Mariana. Olivia nunca perdia tempo com conversa fiada. Ela ia direto ao ponto.

Olivia continuou com sua voz suave e esganiçada, "Você o encontrou?"

"Ah, sim", Mariana resmungou. Ela não conseguiu evitar uma risada seca. "Olhe para nós. Duas solteironas casadas."

As sobrancelhas de Olivia se uniram. "Eu sou viúva, Mariana."

"Claro", ela disse rapidamente, uma pontada de pânico percorrendo-a.

"Mas eu entendo o que você quer dizer", continuou Olivia.

"Você entende?"

"Eu fiz a escolha de ficar sozinha." Um momento se passou. "Como uma solteirona."

"É isso que você realmente quer?"

"Casamento não é para mim. Eu fiz as pazes com isso."

"Paz de espírito é o suficiente para você?" O estômago de Mariana se contorceu novamente em nós familiares enquanto ela esperava a resposta de Olivia.

Olivia, seus olhos azuis claros, brilhantes e afiados como navalhas, a encarou diretamente. "Sim."

Mariana percebeu uma dureza inesperada na voz de sua irmã. Ela também não pôde deixar de notar o rubor aparecendo nas bochechas de sua irmã. Os sinais físicos de Olivia não combinavam com o conteúdo de suas palavras. Se ela desconsiderasse essas palavras, Mariana suspeitaria que Olivia não parecia nem um pouco pacífica. Claro, Olivia raramente falava de Percy. Mariana sempre presumiu que era porque o passado era um lugar doloroso demais para revisitar. Mas, agora, parecia... diferente.

"Eu esqueci o aniversário da morte de Percy em julho", disse

Olivia, uma risada sem humor escapando dela. "O duque teve que me lembrar."

Mariana detectou um fio de culpa no tom de Olivia. Uma onda de raiva e proteção a invadiu diante da ideia de que Olivia sentiria o mínimo de culpa por um homem como Percy.

"Você acredita que já se passaram onze anos?" Olivia perguntou. "Parece que foi ontem."

"O tempo pode ser um trapaceiro", disse Mariana para ganhar tempo, sua mente acelerada.

Olivia merecia mais do que paz. Ela merecia mais do que sentir culpa por seu marido sem consciência. Ela merecia a verdade. Ela merecia...

Liberdade.

Impulsivamente, Mariana agarrou a mão de Olivia e se levantou, puxando sua irmã pela sala e pela porta. As meninas no piano não perceberam. Mariana as guiou até o pequeno assento da janela situado abaixo da curva da escada principal. Muitas tardes ela e Olivia passaram aqui contando uma à outra seus segredos mais profundos e obscuros. Esta noite, Mariana tinha um último segredo profundo e obscuro para contar.

Ela olhou nos olhos de sua irmã. "Há mais sobre Paris."

Um sorriso cúmplice iluminou o rosto de Olivia. "É sobre Nick?"

Mariana assentiu.

"E ele está vivo?"

Novamente, Mariana assentiu.

Olivia pegou as mãos de Mariana e apertou. "Estou tão feliz por você. Eu sabia que você e Nick encontrariam o caminho um para o outro novamente."

O estômago de Mariana simultaneamente se embrulhou e afundou. "Não, Olivia. Bem o oposto, na verdade." Ela respirou profundamente. "Percy está vivo."

O olhar largo e feliz de Olivia se transformou em um olhar

perplexo e incrédulo. "Percy está vivo", ela repetiu. "Parece que eu teria ouvido falar sobre isso antes."

"Não tenho certeza se você o conhece. Ele é um espião e... está mudado."

"Vivo... um espião... e mudado", Olivia repetiu lentamente. "Você tem certeza de que era ele?"

Mariana assentiu. "Era ele."

O olhar de Olivia se fixou na vista escura e bucólica do lado de fora da janela. A reservada e vigilante Olivia sempre levava um tempo para processar seus sentimentos. Bem o oposto da ousada e impetuosa Mariana.

"Ele mencionou quando voltaria para casa?"

Mariana não imaginou que essa conversa pudesse ficar mais difícil, mas ficou. "Não acho que ele tenha intenção de voltar para casa." Ela hesitou, esperando encontrar qualquer sequência de palavras que confortasse sua irmã. "Eu sei que você o ama—"

Olivia prendeu Mariana com um olhar penetrante. *"Amor?* O que diabos o amor tem a ver com Percy e eu?" Ela se levantou e olhou para uma Mariana confusa. "Você vai ficar com as meninas e trazê-las de volta para Londres em alguns dias?"

"Você vai para Londres?"

Olivia assentiu. "Preciso falar com o duque."

"Tenha cuidado", disse Mariana. "Será o choque da vida do duque ouvir que seu filho favorito ressuscitou dos mortos."

Olivia se inclinou e deu um beijo rápido na bochecha de Mariana antes de sussurrar em seu ouvido. "Você vai ficar comigo? Não importa o que eu escolha fazer?"

Ela se moveu para trás para encontrar melhor o olhar de Olivia. "Não importa o que você quiser fazer."

Olivia assentiu uma vez antes de se virar e correr pelo corredor para se despedir de Lucy. Com os olhos fixos nas costas recuadas de Olivia, Mariana sabia que o curso de Olivia estava definido e que ela compartilharia sua decisão quando estivesse pronta. Mariana sentiu uma onda de esperança por sua irmã.

Ela deixou alguns minutos passarem antes de voltar para a sala de estar, onde Lucy e Lavinia ainda estavam ocupadas compondo letras para Herr Mozart, abençoadamente alheias aos recentes desenvolvimentos familiares. Haveria tempo para isso nos próximos dias, semanas e meses, ela suspeitava.

Como se atraídas por uma força magnética, seus pés a levaram além das meninas e através da sala, andando agilmente pelos agrupamentos aleatórios de sofás, mesas e bibelôs adquiridos aleatoriamente pela Tia Dot em anos de excursões de compras indiscriminadas.

Por fim, Mariana se viu parada diante do conjunto de portas francesas com vista para o terraço, através de uma ampla extensão de grama bem aparada e descendo até o bosque de árvores do outro lado do ha-ha.

Outra noite de luar veio à mente. Uma garota cheia de esperanças, medos e sonhos selvagens que ela tinha sido naquela noite. E agora?

Agora ela não estava tão distante daquela garota quanto gostava de acreditar. Aquelas esperanças, medos e sonhos selvagens eram como rebarbas pegajosas presas em seu coração, pequenos irritantes tenazes que se recusavam a deixar de lado.

Agora que ela havia contado a verdade a Olivia, entendeu que era impossível continuar com a ficção de que havia deixado Paris para trás. Paris a havia seguido.

Paris a havia feito se lembrar de quem ela tinha sido todo esse tempo. Ela não queria ser uma solteirona casada. Ela sabia desse fato profundamente em seus ossos. E ela não podia mais negar. Talvez houvesse um homem para ela por aí...

Seu olhar captou um movimento na orla da floresta e se estreitou. Uma faísca correu por ela, iluminando terminações nervosas adormecidas enquanto passava. Apenas algumas semanas atrás, ela não teria pensado nada sobre aquela sombra. Agora ela pressionou o nariz no vidro e rastreou a sombra enquanto ela se movia ao longo da linha das árvores. Poderia ser um veado, uma lebre, uma coruja em seu primeiro voo da noite.

Seu instinto lhe dizia o contrário. Ela esperou, com a respiração acelerada... e esperou, com o coração ameaçando bater em seu peito... Esperou tanto que quase desistiu — a paciência nunca foi uma de suas virtudes — quando a sombra emergiu do bosque, escalou eficientemente o muro baixo e correu pelo gramado em direção à casa.

O escritório do tio Bertie ficava no final daquela ala em particular, e apenas um homem se movia como aquela sombra em particular.

Paris ainda não havia terminado com ela.

Instintivamente, ela girou a maçaneta da porta e estava na metade do caminho antes de se lembrar das meninas. "Acho que vou admirar um pouco a luz do luar", ela gritou por cima do ombro.

Assim que a porta estava se fechando atrás dela, ela ouviu a voz de Lucy falar: "Lavinia, vamos tentar Moonlight Sonata!"

A porta se fechou, abafando o som estridente de Lucy e Lavinia, e o silêncio da noite se instalou no ar ao seu redor. Suas costas se pressionaram contra um painel de vidro, e seu coração disparou na velocidade de sua mente. Ela não tinha certeza absoluta de que a sombra era ele. Só havia uma maneira de descobrir.

Ela encostou o corpo na casa e começou a se mover com cuidado em sua sombra, seus pés se arrastando ao longo do comprimento da casa, seu maior medo era o estalar de um galho ou a torção de um tornozelo. Embora parecesse demorar uma eternidade, ela chegou à janela mais próxima do escritório do Tio Bertie em questão de segundos. Cautelosamente, ela se abaixou e parou, esperando acalmar a respiração.

Na superfície, tudo o que ela conseguia ouvir era a sinfonia da noite — grilos cantando, sapos coaxando, corujas piando. Conforme sua respiração se acalmava, ela começou a discernir outro som, um som suave e persistente. O som abafado de vozes masculinas graves, em desacordo, mas com a intenção de privacidade, vinha do escritório.

Uma rápida avaliação das portas francesas à sua direita revelou que elas estavam entreabertas. De sua posição agachada, ela se aproximou. A cada centímetro, o murmúrio suave das vozes se fundia em sílabas, depois palavras.

Ela contou até três antes de se aventurar a espiar pelo vidro. Era como ela suspeitava. Tio Bertie e Nick. Embora o instinto a mandasse correr e confrontar os dois homens, o bom senso ditava que ela ficasse parada. Era possível ganhar mais ouvindo.

Por enquanto.

"Aqueles homens na sua suíte de hotel tinham a intenção de assustá-lo, exceto—" Essa era a voz profunda e agradável do tio.

"Eles não fizeram isso," Nick interrompeu. "Eu fiquei e fui para a clandestinidade, e você teve que encontrar uma maneira de me expulsar." As notas profundas da voz dele surgiram fortes e seguras, apelando para o lado errado dela. Ela tinha uma doença incurável pelo homem.

"Eu imaginei que ela daria conta."

Ela? Num piscar de olhos Mariana sabia que ela era *ela*.

"Você não contava com ela fazendo parceria comigo," Nick declarou categoricamente.

Fazendo parceria?

A palavra soou tão igual.

Era assim que Nick a via? Como sua igual?

"Eu não achei que você seria tolo o suficiente para envolvê-la," veio a resposta do tio.

O que havia de tão tolo em envolvê-la?

Antes que ela pudesse reconsiderar, ou mesmo considerar, sua intenção, sua palma pressionou contra a porta, abrindo-a, e seus pés corajosamente a conduziram através de sua soleira.

Expressões gêmeas incrédulas a cumprimentaram, liberando outro arrepio de excitação dentro dela.

"Eu apreciaria se vocês parassem de falar de mim como se eu não estivesse presente."

27

Brim: (Abreviação de Brimstone - Enxofre) Uma mulher abandonada; talvez originalmente apenas uma mulher apaixonada ou irascível, comparada ao brimstone por sua inflamabilidade.

— UM DICIONÁRIO CLÁSSICO DA LÍNGUA VULGAR,
FRANCIS GROSE

Nick parecia um completo simplório, desprevenido e perplexo, enquanto Mariana entrava na sala como uma fúria irada, peito arfando, olhos brilhando. Mas não havia como evitar.

"Não serei discutida como um peão em seu jogo de xadrez", ela declarou, parando decisivamente diante dele e Montfort. "Sou uma mulher de recursos, tanto mundanos quanto intelectuais, que toma suas próprias decisões."

"Minha querida", Montfort começou com uma nota lamentosa.

Os ouvidos de Nick se animaram. Ele nunca tinha ouvido aquele tom específico emitido pelo imperturbável Bertrand

Montfort. Esta noite ficava mais interessante e mais confusa a cada momento.

"Não, *meu* querido, tio", ela declarou, efetivamente silenciando o homem.

Nick se recostou levemente contra a sólida mesa de carvalho às suas costas. Mariana havia assumido o comando total da sala, e ele estava inclinado a deixá-la ter. Qualquer coisa que perturbasse o equilíbrio de Bertrand Montfort era bem-vinda.

O fato é que ele não conseguiu descobrir um pingo de evidência física ligando Montfort ao plano de assassinato. Mas ele veio aqui de qualquer maneira com a intenção de blefar e descobrir o motivo do homem para iniciar todo o negócio. Na verdade, ele pulou Londres completamente por esse motivo.

Bem, havia outro motivo: ao evitar Londres, ele pensou em evitar Mariana. Claramente, o destino tinha outras ideias.

"Deixe-me ver se entendi direito, tio", ela disse. "Você enviou assassinos para... o quê?... assassinar Nick?"

"Eles deveriam alertá-lo sobre a intriga do rei francês. Nada mais."

Nick não pôde deixar de gostar de assistir Montfort se contorcer sob a ira e a retidão de Mariana. Bertrand Montfort nunca se contorceu um dia em sua vida. "Tenho quase certeza", Nick interrompeu, "que feri mortalmente um deles."

"'Eles eram rufiões", Montfort dispensou. "Eles não mereciam nada melhor."

"Eles podiam ter famílias que dependiam deles", Mariana rebateu sua atenção pousando em Nick por um segundo fugaz antes de retornar a Montfort.

Mas para Nick aquela fração de segundo de sua atenção parecia o brilho quente de um sol de primavera após um inverno longo demais. Quarenta e oito horas, mais ou menos alguns minutos, era muito tempo para ficar sem ela.

"Ah, minha querida", Montfort começou, condescendência paternal cobrindo cada sílaba, "infelizmente esse não é o mundo em que vivemos. Negociações difíceis são feitas, e negociações difíceis são levadas para casa. É fácil esquecer tais realidades em nosso paraíso na Folly."

Os olhos de Mariana brilharam. "Não ouse me tratar com condescendência", ela disse, a sua voz uma oitava mais baixa. "Estou começando a conhecer você, tio. O doce tio que você parece ser está em um desacordo perturbador com o operador implacável revelado em Paris."

O olhar de Montfort se voltou para Nick. "Ela sabe sobre Bretagne?"

"Eu sei sobre Percy," Mariana falou claramente irritada com a exclusão.

Ainda assim, Montfort continuou a se dirigir a Nick. "O que ela sabe?"

Mariana lançou um olhar irritado para Nick antes de fixar seu tio com um olhar inabalável. "Eu sei," ela começou, "ele tem sido parte da sua rede de espionagem nos últimos onze anos."

Uma risada curta e surpresa saíram de Montfort. "*Minha* rede de espionagem? Percy Bretagne roeria a própria mão antes de voltar a trabalhar para mim. Ou fingiria sua morte, mais uma vez."

"Você pode culpá-lo?" Nick perguntou.

"Talvez não," Montfort respondeu com um encolher de ombros quase imperceptíveis.

"O que estou perdendo?" Os olhos de Mariana dispararam de um lado para o outro entre os homens.

Montfort fechou a boca e desviou o olhar, deixando para Nick resolver esse assunto de uma vez por todas. Nick pigarreou. Ele deveria ter contado a Mariana em Paris. "Embora todos pensassem que ele estava morto depois da Batalha de Maya" — ele hesitou — "Percy na verdade sofria de amnésia."

As sobrancelhas de Mariana se uniram. "Perda de memória? Olivia o declarou morto à revelia. Duas testemunhas testemunharam ter cavado sua sepultura depois da retirada."

"Seu tio" — Nick projetou o queixo em direção a Montfort — "sabia desde o começo que Percy estava vivo e começou a usá-lo para reunir informações sem dizer quem ele realmente era." A expressão de Mariana ficou mais sombria, um sinal claro da tempestade se formando dentro dela. "Quando cruzei com Percy na Espanha, já fazia um ano desde sua morte. Eu me senti obrigado a fazer algo por ele." Nick hesitou com a lembrança. Ele nunca havia encontrado um homem mais necessitado de uma tábua de salvação. "Ele precisava saber seu passado... quem ele era."

"Você o ajudou a recuperar a memória e a se afastar do tio" — a compreensão surgiu em seu rosto — "fingindo sua morte."

Nick assentiu. A maneira como ela disse as palavras, como se tivesse mudado de ângulo e agora o estivesse vendo de uma nova perspectiva, fez seu interior ficar leve.

"Você devolveu a vida a ele."

E agora ele sentia algo mais... Algo que ele pensava ter perdido há muito tempo — esperança.

"Eu não iria tão longe," ele disse, tentando controlar o sentimento.

Não funcionou.

Parecia que uma mudança gigantesca havia ocorrido entre eles, conectando-os estranhamente através do trauma.

"O que Percy escolhe fazer com sua vida é decisão dele, mas você deu a ele a oportunidade. E você nunca contou a ninguém", ela terminou em um sussurro.

Nick intuiu o que ela deixou sem dizer: você nunca *me* contou. Não importava o quanto ela se sentisse ligada a ele, a decepção continuava a formar uma barreira entre eles.

"Eu não poderia trair a confiança de Percy." Finalmente, ele estava livre para lhe contar cada gota da verdade. "Eu não poderia trair sua confiança. Eu não sabia —"

Seus olhos brilharam com epifania. "O que meu tio faria. Quem sabe do que é capaz um homem que esconde a memória de um amnésico — um amnésico que por acaso era seu sobrinho-neto?"

Nick assentiu.

"Você tem protegido Percy o tempo todo."

Nick permaneceu em silêncio, com medo de responder, com medo de se mover, com medo de quebrar o feitiço tênue que mantinha seus olhares fixos. Ele detectou uma confiança nascente ali.

Montfort se mexeu, chamando a atenção de Mariana. "Tio, eu ao menos te conheço?" ela perguntou. "Você não só escondeu Percy, mas usou um homem doente para fazer seu trabalho sujo. Você é incapaz de empatia ou remorso? Você está em dívida com Percy."

"Eu estou em dívida com Percy? Quê dívida? Um pedido de desculpas?" Montfort gaguejou. "Por transformar um garoto frívolo em um homem? Percy Bretagne estava ansioso para fazer algo de si mesmo. Eu lhe dei a oportunidade que ele ansiava. Ele a aproveitou."

"Ele pode ser um *homem*, mas e sua humanidade?" ela rebateu.

"Isso é problema dele", Montfort respondeu. "Cada pessoa nesse mundo de Deus tem que descobrir como viver sua vida." Ele estendeu as mãos, as palmas voltadas para o teto. Ele levantou uma. "Para alguns, a vida se encaixa facilmente. Para outros" — ele levantou a outra — "a vida é um eterno quebra-cabeça."

Mariana deu um passo mais perto de Montfort. "Você enviou homens para assassinar—"

"Não assassinar, minha querida," Montfort interrompeu.

"—Nick," ela pressionou. "Por que você traiu nossa família?"

"Traí nossa família?" perguntou Montfort, visivelmente perplexo. "Minha querida Mariana, tudo que eu quero é sua felicidade. Você é como uma filha para mim." Ele abriu bem os braços. "Tudo o que você vê será seu um dia. Eu nunca te trairia."

"E o meu marido?" ela perguntou calmamente. "Uma traição a ele é uma traição a mim."

Meu marido. Essas palavras preencheram um espaço dentro de Nick que ele não tinha percebido que estava vazio. O possessivo *meu*. E não mais *Nick*, mas um marido. O marido *de Mariana*.

"Aqui está o que vai acontecer, tio. Agora que você sabe que Percy está vivo, e agora que Nick frustrou o plano de assassinato, você deixará todo esse assunto passar."

"Claro, minha querida," Montfort respondeu, recuperando uma pitada de seu sangue-frio habitual, "não pense mais nisso."

"Além disso..." Ela fez uma pausa, permitindo que o peso da questão fosse absorvido. "Você se aposentará de Whitehall, deixando assim sua reputação e sua família intactas."

O sorriso presunçoso de Montfort diminuiu um pouco. Nick talvez tivesse que aceitar o fato de que sua esposa havia sido mais esperta que todos eles. Ele nunca tinha visto ninguém colocar Bertrand Montfort em seu lugar. No entanto, aqui estava Mariana fazendo exatamente isso. O orgulho cresceu dentro dele. Ele podia tê-la perdido, mas ele já havia possuído essa mulher gloriosa.

"Em troca," ela continuou, "eu continuarei sendo sua sobrinha, e meus filhos continuarão fazendo parte de sua vida." Ela respirou fundo. "Isso não é sobre você. Isto é sobre meus filhos, Tia Dot, e a união da família. Acredito que você nos ama, mas que seu amor às vezes é equivocado. Talvez sua aposentadoria para a vida no campo o ajude a ver isso. Caso contrário, você perderá família, posição e reputação. Conheço o poder e o alcance de um jornal de fofocas."

Montfort lançou um rápido olhar para Nick antes de caminhar até um bar lateral abastecido com garrafas de cristal de vários formatos e tamanhos. Ele deliberadamente pegou três copos e despejou alguns dedos de uísque em cada um. "Vamos brindar a minha aposentadoria?" ele perguntou enquanto distribuía os copos.

Eles levantaram seus copos em uníssono e engoliram o líquido ardente. Mariana nem sequer gaguejou.

"Você fez um bom negócio, minha querida," Montfort disse, o seu comportamento envergonhado, mas não intimidado. Ele se recuperaria desta noite. Homens como Bertrand Montfort sempre se recuperavam.

Havia outros, no entanto, que não tiveram tanta sorte.

"E quanto a Percy Bretagne?", Nick perguntou. Ele teria uma prestação de contas de Montfort antes que esta noite acabasse.

"E quanto a ele?" Os olhos de Montfort continham um desafio em suas profundezas. Ele abriu a tampa de uma caixa de charutos e silenciosamente ofereceu um a Nick.

Ele balançou a cabeça, recusando-se a se distrair. "Você não vai persegui-lo agora que seu disfarce foi descoberto?" Ele queria uma garantia declarada explicitamente. Mariana só tinha visto a ponta do iceberg no que dizia respeito à Montfort. Sua crueldade era tão escura e profunda quanto o próprio oceano.

"Eu prefiro esperar que seja o contrário", Montfort respondeu, cortando uma ponta de seu charuto antes de acender um fósforo e acendê-lo suavemente. A fumaça do charuto se espalhou e permeou o ar com seu aroma rico e terroso.

Nick se mexeu impacientemente. Ele queria mais de Montfort, cujas mãos invariavelmente saíam imaculadas das situações mais confusas. Uma pergunta o atormentava. "O Ministério das Relações Exteriores estava envolvido no plano de assassinato?"

"Você sabe a resposta para essa pergunta."

"Você comandou uma operação desonesta para assassinar um futuro rei francês." A confirmação se instalou no intestino de Nick. "Por quê?"

"Para a segurança da Inglaterra, é claro", respondeu Montfort. "Achei que você, de todas as pessoas, entenderia isso, mesmo sem concordar com os meus métodos."

"Como mergulhar a França nas garras de outra revolução mantém a Inglaterra segura?"

Pelo canto do olho, Nick viu a cabeça de Mariana inclinar-se em curiosidade. Ela também queria saber a resposta.

"Whitehall vem tentando, e falhando, estabelecer uma monarquia constitucional naquela bagunça presunçosa de um país há anos." Montfort foi para a lateral da biblioteca da sala e acomodou seu enorme corpo em um sofá de couro macio, permitindo que um braço descansasse confortavelmente ao longo da poltrona de tachas de latão brilhantes. Mariana não se moveu para segui-lo, então Nick também não. Ele ficaria com ela.

"Livre-se de Louis, Charles e sua corja de Ultra-Monarquista, e teremos uma chance de estabilidade na França", continuou Montfort. "O que são alguns anos de revolução no grande esquema? Esses idiotas vão incitar outra no ritmo em que estão indo de qualquer maneira. Reparações para a nobreza destituída?" Ele riu ironicamente. "Isso nunca vai funcionar. Mas coloque um homem no trono com as ideias certas — Louis-Philippe do ramo de Orléans gostaria de ter uma chance — e uma compreensão de suas obrigações para com aqueles que o colocaram no trono, e então realmente poderemos chegar a algum lugar."

"Você está falando de um governo fantoche?" Nick interrompeu. "Você acha que é uma possibilidade remota que os franceses permitam que você influencie a política?"

Montfort deu de ombros sem se comprometer. "Uma monarquia limitada por uma constituição e um parlamento é a única solução em longo prazo."

"E quanto ao efeito em curto prazo de um assassinato que mudaria o regime de uma nação?"

"E daí?"

"Revolução."

"Você não estava prestando atenção? Haverá uma revolta de qualquer maneira. Dessa forma, pelo menos, a Inglaterra teria controle sobre o resultado."

"Você ultrapassou completamente os limites."

"O preço da paz geralmente é a guerra," Montfort disse com uma finalidade que não tolerava oposição.

Mariana deu um passo à frente, seu olhar fixo em seu tio.

"Você não considerou seu próprio sobrinho-neto, Geoffrey? Não lhe ocorreu que ele poderia se envolver em conflitos futuros que teriam sido um resultado direto da conspiração?"

"Não o nosso Geoffrey," Montfort respondeu com um movimento de pulso desdenhoso.

"Tio", ela pressionou, "toda família tem um Geoffrey."

A resposta de Montfort foi tomar um gole de seu uísque, e Nick só conseguiu permanecer no lugar, não atravessar a sala e tirar aquela expressão indiferente do rosto dele. Um tipo específico de loucura e um senso inflado de sua própria importância haviam se apoderado de um homem que antes era bom. Na espionagem, era preciso passar por uma grande dose de maldade a serviço do bem. Com o tempo, os dois se entrelaçam e, para alguns, se tornaram um nó górdio [1], impossível de se separar.

Isso era o que acontecia com homens que permaneciam no jogo por muito tempo. E, sem dúvida, Montfort estava há muito tempo.

"Cheguei ao fim do meu envolvimento com o Ministério das Relações Exteriores", disse Nick. "Vim aqui esta noite para lhe dizer isso também."

Embora sentisse o calor do olhar de Mariana em sua bochecha, ele se recusou a encará-la. Muitas palavras não ditas fervilhavam entre eles.

Um sorriso pomposo curvou a boca de Montfort. "Com toda a honestidade, já era hora."

"Tarde demais para preocupações paternas agora," Nick respondeu.

"Claro que não. Já faz algum tempo que é óbvio que seu estômago para o jogo está ficando fraco. Uma transição para operações estratégicas pode ser providenciada."

---

1. O nó górdio é uma lenda que envolve o rei da Frígia (Ásia Menor) e Alexandre, o Grande. É comumente usada como metáfora de um problema insolúvel (desatando um nó impossível) resolvido facilmente por ardil astuto ou por uma quebra de paradigma.

Montfort balançou para frente e para trás algumas vezes antes de se levantar do sofá. Ele fez seu caminho até o bar lateral. "Você pode estar certo sobre a aposentadoria," ele admitiu. "Sem ressentimentos?" Seu olhar disparou entre Nick e Mariana.

"Tentarei não me opor ao fato de que você enviou assassinos ao meu hotel para *me avisar*," Nick respondeu.

"Nada disso, meu velho," Montfort disse dando um passo à frente, dando um tapa jocoso nas costas de Nick. "Só lhe dar um pequeno susto. Nenhum dano foi causado."

Montfort pegou uma garrafa e encheu novamente todos os três copos. Ele se virou em direção a Nick. "Boa espionagem mantendo Percy Bretagne em segredo todos esses anos." Para Mariana, ele disse: "E você, minha menina, eu não poderia estar mais orgulhoso de você. Você me colocou no meu lugar esta noite melhor do que qualquer profissional velho e grisalho" — ele piscou para Nick — "poderia ter feito. Muito bem, minha querida." Montfort levantou seu copo. "Aos adversários dignos e à Inglaterra."

Nick e Mariana escolheram não se juntar.

Montfort distraidamente pousou seu copo. "Nick, você vai passar a noite aqui, eu presumo."

"Eu…" Nick começou. "Eu não tinha pensado nisso."

"Está decidido," Montfort gritou por cima do ombro enquanto se dirigia para sua mesa imponente. "Sua família está aqui, afinal." Ele se acomodou em sua cadeira e se inclinou para frente, seus cotovelos plantados na mesa de carvalho liso e polido. Estava claro que ele havia recuperado o controle da sala. "Agora, se vocês me perdoarem, eu tenho uma carta de demissão para redigir."

Assim, Nick e Mariana foram dispensados como um par de crianças repreendidas. Seu olhar deslizou em sua direção apenas para encontrá-la parecendo tão incrédula quanto ele se sentia. Montfort possuía uma audácia que ele poderia usar com grande efeito quando o momento exigisse. Este era um desses momentos.

Desequilibrado, Nick seguiu Mariana para fora da sala, com o perfume de jasmim e neroli dela deixando um rastro atrás dela, envolvendo-o em seu cheiro. Ele inalou.

A porta se fechou com um clique, e ele se viu sozinho com ela no corredor mal iluminado, sua quietude e silêncio criando um espaço perturbadoramente íntimo. Separados por alguns metros, eles ficaram de frente um para o outro, desajeitados e sem palavras.

"Isso acabou..." ela começou com uma risada tímida que desapareceu pouco antes de ser proferida.

"Inesperadamente?" ele terminou para ela.

"Bastante," ela respondeu, seu olhar focado em seus pés.

Uma timidez tomou conta e paralisou a atmosfera. Não o tipo de paralisia social que pertencia a estranhos que nunca haviam se conhecido e, portanto não tinham nada a dizer. Em vez disso, o tipo oposto de paralisia que poderia atingir repentinamente duas pessoas que se conheciam muito bem. Eles não tinham mais nada a dizer...

E tudo o que resta dizer.

Por onde começar quando se depara com o óbvio? E era óbvio que ela sentia isso também. Por tanto tempo, eles se esconderam atrás de defesas cuidadosamente construídas. Agora essas defesas haviam evaporado no éter. E ali estavam eles presos a terra e despidos, nus e expostos um ao outro.

"Eu irei embora antes do amanhecer", ele disse, entendendo imediatamente que suas palavras eram um teste. Para quem, ele não tinha certeza.

O olhar dela o encontrou, e ela piscou uma vez... Duas vezes. Ela não esperava essas palavras. Ele também não.

"Você vai dar boa noite para Lavinia?" ela perguntou, sua voz antes firme e segura agora fina e vacilante.

O assunto dos filhos deles tinha sido uma posição defensiva

confiável e segura ao longo dos anos. Agora, estava de volta. Ele sentiu uma dor surda pelo que havia perdido.

"Claro", ele disse firmemente. Uma nota amarga queria soar.

Bem, ele não permitiria isso. Se ela não respondesse com um olhar implorante que ele desejava ver, ele não tinha ninguém para culpar além de si mesmo.

"Nick?" veio sua voz.

Seu coração ficou preso no peito. "Sim?"

"Boa viagem."

Seu coração se aliviou, e ele assentiu uma vez. Seu corpo entorpecido pelo desespero — não havia maneira menos dramática de descrever o sentimento — ele virou as costas para ela e caminhou pelo corredor, acelerando o passo. Era a única opção que lhe restava. Ele precisava continuar andando, colocando um pé na frente do outro.

Ele tinha apenas imaginado a força que os conectara esta noite? Por um lampejo de tempo naquela sala, ela não estava irrevogavelmente perdida para ele.

Ele balançou a cabeça para clareá-la. Imaginações e desejos não importavam. Eles não tinham substância. Ele não conseguia segurá-los em suas mãos, ou envolvê-los em seus braços. Esta posição de não ter controle sobre o presente ou o futuro era uma experiência nova. Mas era realidade... Sua realidade.

Ele havia jogado sua mão.

E perdeu.

28

Caprichos: Brincadeiras, divagações selvagens.

— *UM DICIONÁRIO CLÁSSICO DA LÍNGUA VULGAR,*
FRANCIS GROSE

Nick pulou o ha-ha e seguiu em direção ao bosque. Ocorreu-lhe que estava apresentando todos os sintomas de um infeliz apaixonado. Ele disse a si mesmo que precisava de ar fresco e de um silêncio abençoado para pensar, mas quanto mais se embrenhava no bosque, pior ele se sentia.

Simplificando, ele estava com o coração partido.

Ele nunca havia sofrido um desgosto antes, pelo menos, não que estivesse disposto a admitir para si mesmo. A sensação era... Singular. E, sim, miserável.

Era como se lhe tivessem tirado um órgão vital, e tudo o que restava em sua ausência era um buraco que doía e nunca poderia ser acalmado ou preenchido. A poesia não fazia justiça ao sentimento, mas agora ele entendia a compulsão de tentar. Qualquer coisa para aliviar a angústia. Para os poetas, eram palavras floridas. Para um homem de ação, era uma caminhada à meia-noite.

Ele deveria voltar para a estalagem onde seu cavalo estava alojado e cavalgar como um louco para Londres. Sua sanidade provavelmente dependia disso. Mas, por outro lado, ele não conseguia se lembrar da última vez que havia tomado uma decisão sensata. Não desde que ele pôs os olhos em Mariana em Paris, e certamente não ao vir aqui esta noite.

Seus pés o levaram adiante, juntamente com pensamentos que se recusavam a ficar presos no fundo de sua mente. Um sorriso inconsciente começou a brincar em seus lábios. Mariana havia lidado com Bertrand Montfort como um mestre, entrando naquela sala neutralizando seu tio em minutos. E Montfort...

Bem, Nick podia admitir um respeito relutante pelo homem. Ele havia escolhido a família em vez do orgulho. Poucos homens eram grandes o suficiente para fazer essa escolha. Montfort até expressou uma admiração por sua sobrinha, um sentimento com o qual Nick poderia muito bem se relacionar. Mariana era uma mulher rara.

Um pensamento discordante surgiu. Ele esperou muito tempo para confiar nela — com seus segredos, com sua vida, com seu coração — e agora o tempo havia acabado. Algumas feridas eram profundas demais. Algumas mágoas estavam destinadas a serem para sempre vazios dolorosos da alma.

Que podridão piegas.

Ele exalou um suspiro áspero e olhou ao redor para a noite selvagem transformada em vários tons de cinza pelo luar indiferente. Acima, uma brisa suave agitava as folhas lançando ardósia escura contra um céu índigo. Abaixo, a vegetação rasteira de arbustos de ambos os lados do caminho transformado em um pântano indistinto pela profunda escuridão das cinzas. Um mundo silencioso, tanto auditivo quanto visualmente, o cercava.

Seus olhos encontraram uma pequena lápide à sua esquerda e ele parou.

Aqui jaz Horace

Um beagle atrás do próprio bacon

Ele desejou ter uma fatia de presunto com ele para oferecer em memória. Não parecia apropriado que alguém passasse pelo local de descanso final de Horace sem uma carne de café da manhã de uma variedade ou outra.

Seus pés retomaram sua caminhada, seus pensamentos também, retomando seu padrão recém-estabelecido de arrependimento piegas. Esperançosamente, o tempo apagaria a parte piegas, mas ele suspeitava que não houvesse solução para o arrependimento.

Seus olhos encontraram um objeto a meia distância, desviando momentaneamente seu estado de espírito taciturno. Era um objeto leve e insignificante. O que lhe dava significado, no entanto, era o simples fato de que ele brilhava nítido e branco contra o mundo escuro e turvo ao seu redor. A curiosidade aguçou, ele caminhou até lá e o agarrou. Uma linha se formou entre suas sobrancelhas enquanto sua mente registrava o objeto longo e sinuoso em sua mão.

Uma meia de seda diáfana da cor de alabastro.

Sua cabeça se ergueu de repente, sua consciência da madeira ao redor de repente afiada. Logo à frente, na curva do caminho, ele avistou outro objeto. O companheiro da meia. Em segundos, ele segurou o par combinado, seus pés continuando para frente em uma linha determinada.

Aqui estava a questão sobre essas meias: elas pertenciam a uma dama. Uma criada brincando com seu amante não perdia essas meias. Se uma criada tivesse a sorte de possuir um par de meias dessa qualidade, ela não as esqueceria em uma trilha do campo, não importa o quão divertido fosse o encontro. Uma dama deixou essas meias.

Se ele não soubesse, poderia pensar que estava seguindo um rastro de migalhas. As migalhas nesse caso eram as roupas íntimas de uma dama. E não eram roupas íntimas de qualquer dama, ele sabia.

Novamente, ele examinou a área, mas nenhuma outra peça de roupa lhe chamou a atenção. O caminho à sua frente levava a Duck Pond. Ele saberia percorrer essa trilha com os olhos vendados. Uma esperança ameaçou florescer em seu peito, uma esperança que ele deveria reprimir. Ele já deveria saber disso. Mas o coração, ao que parece, nunca aprende.

Depois de algumas curvas do caminho, seu olho prendeu-se em outro objeto, e seu pé tropeçou em uma raiz. Em um único movimento eficiente, ele se endireitou e pegou o objeto entre o indicador e o polegar. Este item era menor, mas mais substancial. Seu coração disparou quando a lua saiu de trás de uma nuvem e iluminou o pedaço de seda em sua mão.

Uma liga de mulher — uma liga *fúcsia* de mulher.

Um barulho abafado e rítmico chamou sua atenção logo na próxima curva do caminho. Vinha de Duck Pond. Seu coração se tornou um martelo firme em seu peito. Ele não podia mais negar essa suspeita crescente. Mas ele também não conseguia se permitir acreditar.

Lentamente, quase reverentemente, ele se moveu em direção ao barulho. Quase como se ele fosse assustá-la caso se aproximasse sem as *devidas intenções*.

Intenções adequadas? O que seriam exatamente essas intenções? Ele e Mariana não tinham um bom histórico de cumprir as devidas intenções.

Enquanto ele subia a elevação até o lago, ele encontrou mais roupas — outra liga um vestido, uma combinação, uma bota, depois a outra. Elas estavam espalhadas como se tivessem caído do corpo dela enquanto ela andava. Então ele chegou ao topo e toda especulação — todo pensamento, na verdade — desapareceu diante da visão diante dele.

A forma nua de Mariana flutuando sobre um vazio negro de água, acariciada pela luz suave dos raios noturnos da lua.

Sua respiração suspensa em seu peito.

"Eu pensei que poderia te encontrar aqui", ela gritou.

Suas palavras arrancaram uma risada dele, permitindo que sua respiração se soltasse.

Brincando, ele respondeu: "Que coincidência você ter me encontrado."

Seu olhar sério viajou pela água, dissipando o momento de leviandade. "Não tenho certeza se te conheço."

A franqueza das palavras dela quase o derrubou, confirmando o que ele já sabia sobre sua esposa. Ela era formidável e corajosa. Era uma força rara tornar-se aberta e vulnerável. Era uma força que ele nunca havia possuído, mas que ele deveria reunir se quisesse aproveitas a chance que lhe estava sendo oferecida. E ele ouviu nas palavras dela uma chance.

"Isso é tão ruim assim?" perguntou ele, seu corpo tenso e quente com a antecipação da resposta dela, como se sua própria vida dependesse disso.

Talvez dependesse.

"PODE SER MUITO BOM," saiu dos lábios de Mariana sem pensar.

Ela estava cansada de pensar e pensar demais. Estava pronta para sucumbir a um sentimento.

E ela tinha um sentimento por Nick.

"O homem que eu pensava que você era se tornou um péssimo marido."

Ela começou a nadar em direção à margem... Em direção a ele... Deleitando-se com o frio da água enquanto ela se curvava em torno de sua pele nua. Pouco antes de a água se tornar rasa demais para ficar totalmente imersa, ela interrompeu seu impulso para frente e começou a pisar no fundo do lago. Ela tinha algo a dizer a esse homem, e preferia dizê-lo daqui com certa distância entre eles.

"Você não podia me contar sobre Percy," ela disse. "Eu entendo isso agora. Você o estava protegendo do tio e... você estava me protegendo. Você não queria ficar entre eu e um membro querido da família." Ela desejou que sua voz não falhasse com a emoção repentina. "E você tem sido esse homem o tempo todo."

Ela procurou uma reação no rosto dele, mas ele não lhe permitiu o menor vislumbre de seus pensamentos. Era inteiramente possível que ele só a tivesse deixado ganhar no jogo de cartas em Paris.

Pensamento indesejado.

"Você está com frio?"

Assim que ela começou a balançar a cabeça, seu corpo deu um arrepio involuntário. "Um cobertor está logo à sua direita."

Não escapou a ela que ele havia evitado suas palavras como se seus elogios o tivessem desconcertado. Se era possível se apaixonar ainda mais por seu marido, ela simplesmente se apaixonou. Esse homem não estava acostumado a reconhecimento e agradecimentos, suas boas obras realizadas, sozinho e nas sombras, necessárias e ingratas.

Sob seu olhar atento, ele recuperou o cobertor e o estendeu. Em seguida, ele tirou o sobretudo e o segurou aberto diante dele. Ela deslizou para frente. Ambos sabiam o que estava por vir.

Ela sairia da água — nua.

Seus pés encontraram apoio no fundo, e ela começou a colocar um pé na frente do outro. Ousadamente, ela se levantou do lago, como a Vênus de Botticelli. Um arrepio de excitação a percorreu ao ver como o olhar dele a absorvia.

Tentada pelo casaco quente e seco que lhe foi estendido, ela se esquivou. Em vez disso, colocou os pés sobre o denso cobertor de lã e se deitou de bruços, o rosto voltado para as estrelas. Talvez, se ela apertasse os olhos com força suficiente, pudesse discernir nas profundezas do universo um mapa para guiá-la por esta noite.

Nick não hesitou mais do que três batidas de seu coração antes de se juntar a ela no chão e silenciosamente esticar seu longo corpo ao lado do dela, seus olhares agora apontados em paralelo para o céu noturno acima. O ar estava repleto de consciência.

Separados por um espaço não mais substancial do que uma polegada, uma tensão magnética pulsava entre eles, desafiando-os a sucumbir à carnalidade que estava ao seu alcance. Mas, não, ela se manteria firme no roteiro que estava improvisando. Ela e ele estavam na fronteira de um tipo específico de território — um território há muito tempo inexplorado. Eles deveriam enfrentar a ansiedade.

"O que eu disse em Paris estava errado." Ela inalou e se aproximou. "Você não é desumano nem cruel. Todo esse tempo você foi o homem que passei uma década inteira tentando esquecer o quanto eu gostava. E agora sinto que pode ser seguro fazer isso de novo. Por que você escondeu, seu verdadeiro eu, de mim todos esses anos?" Com o olhar firmemente fixado nas estrelas mudas, ela se aventurou mais. "Não foi devido ao seu trabalho com o Ministério das Relações Exteriores."

Um momento tenso passou. Então outro. E outro. Ela pensou que ele não responderia, mas então ele falou. "Desde o primeiro momento em que te vi, eu sabia que não era digno de você."

"Oh, Nick—"

Ele balançou a cabeça uma vez, e ela se acalmou. Ela deveria deixá-lo contar sua história à sua maneira.

"Eu fugi para o Continente em nome da Coroa e do País, mas principalmente eu fugi de você." Ele fez uma pausa, e um rouxinol cantou sua adorável canção noturna. "Este é o lugar exato onde eu te vi pela primeira vez depois daquele longo ano no Continente."

"Uma experiência gravada na minha memória, posso te garantir."

"Eu queria que você não passasse de uma garota muito curiosa, muito bonita — o tipo de garota que eu já havia encontrado milhares de vezes. Pensei em chocar você." Ela arriscou um olhar furtivo para o lado e detectou um sorriso involuntário aparecendo no canto da boca dele. "Pensei que você correria para salvar sua vida. Em vez disso, você pegou minhas roupas, e eu sabia que tinha que ter você." O sorriso apareceu nos lábios dele. "Foi instantâneo."

Mariana rolou para o lado e se apoiou em um cotovelo. Ela veria o rosto dele enquanto ele falava a verdade que ela ansiava por ouvir.

"Eu queria entender essa garota e seu efeito sobre mim, como se fosse mensurável. No entanto, eu sabia em algum nível elementar que você já era minha e sempre seria." Seus olhos encontraram os dela. Ele estava ao mesmo tempo tão perto e tão longe. "Você e eu simplesmente *éramos*. O que compartilhamos era inevitável... biológico." Ele fez uma pausa como se estivesse avaliando o quanto revelar. "*Elementar, inevitável, biológico*. Essas foram as palavras que usei para descrever nosso vínculo. Eram palavras necessárias. Palavras destinadas a criar distância. E nunca me permiti considerar, muito menos admitir, a única palavra que descrevia com mais precisão meu sentimento."

Dentro dos olhos dele, ela viu os fantasmas do passado deles girando. Eles eram os mesmos fantasmas, ela suspeitava, que a assombravam pela última década.

De repente, ele também rolou para o lado e se apoiou, seu corpo um espelho perfeito do dela com uma exceção: ele permanecia completamente vestido.

Ela sentiu a respiração dele se retrair no peito ao vê-la, seu olhar incapaz de resistir de olhar sua forma nua. Uma sensação inebriante de poder sensual percorreu-a, uma que ela deveria suprimir. Ela e ele estavam à beira de uma verdade que deveria chegar à superfície se houvesse um futuro para eles.

"Era fácil dizer a mim mesmo", ele continuou, sua voz rouca e áspera, "que eu tinha que manter distância por causa da minha conexão com o Ministério das Relações Exteriores. Mas a verdade é que eu temia seu efeito sobre mim. Nosso vínculo surgiu tão rápido e tão forte. Não era o tipo de casamento que eu queria. Eu queria um casamento como é na Sociedade. Meu maior medo era ter um casamento como—"

"O dos seus pais," ela terminou para ele, sentindo a confirmação de suas palavras ressoarem profundamente em seu estômago.

"Eles começaram como um casamento por amor. E depois que o amor acabou, eles passaram a maior parte da minha infância destruindo um ao outro, tanto em particular quanto publicamente. Minha compreensão do amor era que ele inevitavelmente entrava em colapso, e que o amor puro eventualmente se transformava em ódio. Desde o começo, eu sabia que nosso casamento feliz era uma miragem."

"Nick—" ela começou a protestar, mas parou, reprimindo a vontade de aliviar seu tormento.

"No entanto, a cada dia que passava, meu sentimento por você aumentava."

"Apenas aumentando seu medo de que repetiríamos os erros de seu pai e sua mãe," ela arriscou.

"Você foi meu pior pesadelo se tornando realidade."

Imbuída com uma explosão de nervos digna de uma colegial, ela se sentou, pegou o sobretudo descartado e o colocou sobre os ombros, inalando por reflexo o resíduo do calor dele.

Ele a seguiu, sem deixar de olhar para ela. Mais uma vez, eles eram espelhos um do outro, mas ele não parecia nem um pouco nervoso. Muito pelo contrário, na verdade. Foi essa qualidade que a atraiu pela primeira vez — a capacidade dele de permanecer sempre calmo e controlado.

"Eu entendi em um nível fundamental que se eu amasse alguém, eu teria que deixá-la ir. Eu nunca tive fé suficiente em mim mesmo, mas principalmente eu nunca tive fé suficiente em você. Você é formidável, engraçada, inteligente, bonita, amorosa, gentil, corajosa... Você é tudo, Mariana. Mesmo quando minhas viagens me levaram para terras distantes e através dos oceanos—"

"Ainda precisamos discutir o barco no rio Mississippi," ela falou incapaz de resistir à atração pelo humor, a alegria há muito adormecida se liberando dentro dela e borbulhando. Ela não estava nervosa de forma alguma. Na verdade, ela estava extasiada, efervescentemente feliz.

"—Você era meu tudo. Eu deveria ter confiado em você."

"Não, Nick, você deveria ter confiado em nós."

"Você pode me perdoar?" ele perguntou, seu olhar cinza ao mesmo tempo vulnerável e penetrante.

"Eu te perdoo." Seu coração ameaçou saltar do peito. "Afinal, você me deu um mamute lanoso."

Ela enfiou as mãos nos bolsos forrados de seda, e um metal quente e flexível envolveu seus dedos. Instantaneamente, ela soube o que estava ao seu alcance. Ela o puxou das profundezas do bolso.

"Você estava com ele todo esse tempo?"

Ela ergueu o medalhão, seu peso balançando suavemente de um lado para o outro, captando o brilho transitório de um raio de luar.

"Sim", ele disse sem um pingo de desculpas.

"Por quê?"

"Porque se eu não pudesse tê-la, poderia, pelo menos, ter um pedaço de você. Era egoísta, mas eu não podia abrir mão disso. Eu não podia deixar você ir embora. Você se lembra das palavras inscritas no verso?"

"Você está para sempre no meu sangue."

"Palavras de um covarde."

"Achei-as adoráveis."

"Você está para sempre no meu sangue, Mariana. Você está para sempre no meu coração."

Ele deslizou a corrente dos dedos frouxos dela e se inclinou para frente para alcançar seu pescoço. Os olhos dela se fecharam, seus outros sentidos o captando: o toque quente das pontas dos dedos dele enquanto trabalhavam na trava; a respiração dele em seu ouvido; a liberação de sua respiração em seu pescoço.

Ela poderia permanecer aqui, neste lugar e neste momento, para sempre. O peso do medalhão se acomodou em seu peito, e ela se sentiu inteira.

É claro que essa sensação também poderia ter algo a ver com o homem cujos braços envolviam seu pescoço. Ela percebeu, em vez de sentir, que os músculos dele estavam tensos quando ele começou a se deslocar para trás. Ela não podia permitir que isso acontecesse. Qualquer quantidade de espaço entre eles era totalmente inaceitável.

Seus olhos se abriram e suas mãos se levantaram, agarrando os pulsos dele, mantendo-os suspensos. Com os narizes quase se tocando, os olhos fixos e a respiração se misturando, ela soltou a mão e estendeu o braço para acariciar gentilmente o rosto dele, com ângulos duros e inflexíveis sob seu toque.

As pontas dos dedos dela começaram a percorrer o rosto dele, como faria uma pessoa cega memorizando cada detalhe individual de um amante. Não bastava conhecê-lo pela visão. Ela o conheceria pelo toque.

"Estou aqui, Nick, uma mulher de carne e osso, não uma miragem. Não vou a lugar nenhum."

Quando os dedos dela encontraram seus lábios macios, foi a vez de ele envolver os pulsos dela com os dedos.

"Você nunca agiu de forma previsível ou segura", ele disse no pouco espaço de ar que separava suas bocas. "Pensei que você fosse como eu. Mas a verdade é que eu me superestimei. A verdade é que eu nunca fui tão corajoso ou ousado quanto você. Eu não estava disposto a enfrentar a natureza selvagem do coração."

Ele pressionou primeiro uma palma, depois a outra, em sua boca, provocando pequenos choques de prazer nela.

"Eu te amo."

Todos os vestígios de um passado teimoso desapareceram, deixando apenas ela e ele e apenas uma resposta. A alegria dentro dela não poderia ser contida. "E eu amo você."

Ele fechou a distância entre eles e colocou seus lábios nos dela. Foi um beijo hesitante, quase reverente. Era o tipo de primeiro beijo com que as meninas sonhavam, porque não conseguiam imaginar o quanto mais um beijo poderia ser.

Mariana não queria um beijo sonhador e feminino. Ela queria um beijo de carne e osso, de saudade, de necessidade e de desejo cru e sem filtros.

Ela se inclinou para ele e permitiu que o sobretudo caísse de seus ombros. Quando todo o comprimento de seu torso nu fez contato contra ele, seus mamilos duros pressionaram o fino linho de sua camisa.

Ela era uma mulher de carne e osso. Ela podia ser sua esposa, mas também era sua amante. Este novo casamento começaria como ela queria que continuasse.

Assim que ela se moveu para combinar ação com intenção, ele gemeu, agarrou seu quadril e a afastou dele. Os olhos dela se abriram em um grito de protesto.

Quando ele se levantou, foi em seguida um suspiro de choque que saiu do "O" arredondado de seus lábios. Antes que ela pudesse formular um pensamento, ele estava tirando as botas, puxando a camisa pela cabeça e descartando as calças em um frenesi deselegante de movimento atípico do Nick calmo e controlado que ela conhecia. Era fascinante.

Ela se reclinou sobre os cotovelos e o viu de pé, total e completamente nu, seu corpo tenso e magnífico. Ela não sabia se deveria se sentir espantada ou divertida.

Inesperadamente, ela se sentiu excitada.

"Você é mais selvagem e corajosa do que eu jamais tive coragem de ser", ele disse, suas palavras quase se atropelando umas às outras. "Prometo sempre ficar nu e sem medo diante de você."

"Oh, meu Deus, isso pode causar alguns jantares desconfortáveis", ela não conseguiu deixar de gracejar.

"Sempre, Mariana", ele continuou, seus olhos brilhando de amor. "Você está para sempre no meu sangue. Você está para sempre no meu coração."

Sua sinceridade vulnerável estendeu a mão e agarrou o coração dela. Ela suspeitou que ele nunca a deixaria ir. Ela se levantou e inclinou a cabeça para trás para encontrar o olhar dele. "Seremos selvagens e corajosos juntos."

Dessa vez, quando seus lábios reivindicaram os dela, o beijo foi tudo o que um beijo deveria ser.

E muito mais.

Era tudo o que ela sempre quis.

EPÍLOGO

LITTLE SPRUISTY FOLLY, MANHÃ SEGUINTE

Amorzinho: Uma palavra carinhosa: como, meu amorzinho querido; meu querido amorzinho.

— *UM DICIONÁRIO CLÁSSICO DA LÍNGUA VULGAR,*
FRANCIS GROSE

A sala de café da manhã estava silenciosa e repleta de um ar de profundo contentamento, seus únicos sons eram o farfalhar variado de jornais, goles delicados de café bem quente e estalos abafados de torradas crocantes, enquanto a paisagem nebulosa visível através das portas francesas externas se tornava brilhante e nítida no brilho nascente da luz da manhã.

No geral, era uma cena bucólica e doméstica. O tipo de cena de amanhecer que nenhum dos ocupantes da sala havia experimentado juntos na última década de seu casamento.

"O dia será uma beleza", ela falou em meio ao silêncio.

Ele pegou a mão dela e entrelaçou os dedos com os dela. "Não tive escolha, eu temo."

Um sorriso curvou seus lábios. Era o sorriso de uma mulher se deliciando com um segredo. "Eu nunca dormi sob as estrelas."

Ele se inclinou para o lado e pressionou os lábios contra a concha sensível da orelha dela. Os olhos dela se fecharam quando os lábios dele começaram a se mover. "Não tenho certeza de quanto sono mensurável tivemos."

Tia Dot, seguida por um bando de criados carregando todo tipo de comidas deliciosas para quebrar o jejum, entrou apressada na sala, efetivamente dissipando sua paz. "Agora, vou demonstrar para você precisamente como arrumar os pratos, já que parece impossível—" O fluxo de suas palavras parou ao ver seus olhos saudando, a frase permaneceria para sempre inacabada. "Mariana?"

"Bom dia, tia."

Seu olhar arregalado se moveu para a esquerda. "Nick?"

"Tia," ele disse com um aceno de cabeça. "Espero que tenha aproveitado uma noite de sono restauradora."

"Como…" Seus olhos dispararam para frente e para trás entre os dois antes de pousar em seus dedos entrelaçados. "Inesperado."

Tio Bertie entrou, salvando a sala de mais constrangimento, e cumprimentou o trio da maneira usual com as gentilezas matinais. Um assobio alegre em seus lábios, ele se serviu do bufê recém-posto. Embora Tia Dot tivesse começado a encará-los como se tivessem brotado apêndices adicionais da noite para o dia, Nick e Mariana permaneceram imperturbáveis com o exame minucioso dela, isolados das preocupações do mundo pela bolha única e particular dos recém-apaixonados.

Por fim, um Tio Bertie aparentemente alheio sentou-se e sorveu um gole revigorante de chá preto forte. Ele tinha acabado de abrir seu *Morning Chronicle* quando perguntou: "Mariana, você está usando o mesmo vestido de ontem à noite?"

Os olhos da Tia Dot se arregalaram e depois se estreitaram. "Oh, céus."

Mariana olhou para si mesma e emitiu uma pequena risada surpresa. "Sim, tio, eu acredito que estou."

"Oh, minha querida", falou fracamente uma Tia Dot escandalizada.

Um sorriso discreto curvou os lábios do Tio Bertie enquanto ele mergulhava nos negócios sérios do jornal da manhã.

A sala tinha acabado de se acomodar em uma aparência de normalidade quando Lucy e Lavinia irromperam em uma onda de conversa de crianças. Elas mal estavam sentadas à mesa por dez segundos quando Lucy exclamou: "Tia Mari, isso é um... *galho?*... Que estou vendo no seu cabelo?"

"Oh, céus", disse Tia Dot, sua voz enfraquecendo quando disse *oh céus*.

Cinco pares de olhos pousaram em Mariana, que por sua vez começou a tatear em volta do cabelo preso antes de remover casualmente primeiro uma folha, depois um galho. "Sim, Lulu, eu acredito que sim."

Uma Lucy visivelmente emocionada exclamou: "Tia Mari!" antes de tapar a boca aberta com a mão. Tia Dot emitiu outro fraco: "Oh, minha querida."

Assim que as revelações excitantes da sala começaram a se acalmar, uma Lavinia vigilante falou, seus olhos nem excitados nem escandalizados, mas observadores e curiosos. Essa dupla escandalosa eram seus pais, afinal. "Eu nunca vi vocês quebrarem o jejum juntos", ela começou. "Na verdade, eu nunca vi vocês chegarem a menos de um metro e meio um do outro, muito menos de mãos dadas."

Uma expectativa silenciosa invadiu a sala enquanto os olhos se arregalavam e a respiração coletiva ficava suspensa.

Em uníssono, Nick e Mariana estenderam os braços sobre a mesa, cada um pegando uma das mãos de Lavinia. "Espero", disse Mariana, "que seja uma visão à qual você possa se acostumar diariamente."

O ar estava pesado de suspense enquanto cada um dos ocupantes da sala aguardava a resposta de Lavinia. Com apenas dez anos de idade, Lavinia nunca havia tido um cômodo sob seu domínio. Ela gostava bastante disso. "Sim, mamãe", ela falou sinceramente. "Eu acredito que posso."

A respiração coletiva foi, finalmente, liberada.

Nick estendeu os braços para acariciar simultaneamente a bochecha de Mariana e virá-la para ele. Não se podia ignorar a potência do amor que passava entre eles. Em acordo tácito, seus rostos começaram a se mover um em direção ao outro. Sua intenção era clara, a respiração coletiva novamente contida.

Assim que seus lábios se tocaram, Tio Bertie discretamente desviou o olhar, Lavinia corou com a vergonha de uma criança de dez anos testemunhando uma demonstração pública de afeto dos pais, Lucy gritou e bateu palmas de alegria, e Tia Dot emitiu outro, embora resignado, "Oh, querida".

Nesse ponto, Nick e Mariana podem ter esquecido seus arredores, e o beijo pode ter se aprofundado.

Uma Tia Dot visivelmente extasiada balançou sobre os pés e falou o mais fraco "Oh, minha querida" de sua vida, este um pouco sem fôlego.

Fim

TAMBÉM ESCRITO POR
SOFIE DARLING

All's Fair in Love and Racing
  Odds on the Rake
  The Duchess Gamble
  Wager With a Siren
  Devil to Pay
  Win Me, My Lord
  A Lady's Rogue to Ruin

Sedas e Sombras
  Três Lições de Sedução
  Seduzida Por Um Visconde
  Pecado de Amor à Meia-Noite
  Como Vencer um Lorde Perverso
  À Disposição de um Marquês
  Por Uma Noite, Sua Dama
  Nell e o Duque Incontrolável

SOBRE A AUTORA

A paixão da premiada autora de best-sellers Sofie Darling por romance histórico começou no ensino médio, no momento em que ela abriu *O Morro Dos Ventos Uivantes* (Wuthering Heights) de Emily Bronte. Um caso de amor instantâneo e duradouro nasceu.

Sofie passou grande parte dos seus vinte anos criando dois meninos e lendo todos os romances que conseguia colocar as mãos. Quando percebeu que simplesmente precisava escrever os livros que amava, terminou seu curso de inglês e começou a escrever. (Ticonderoga #2 é seu lápis preferido).

Quando não está escrevendo heróis que a fazem desmaiar, Sofie gosta de fazer uma boa caminhada no fim de semana, visitar um castelo medieval em ruínas sempre que tem oportunidade e ter um relacionamento ligeiramente codependente com seu beagle, Bosco. Visite seu site